有喜

清扬婉兮——著

重庆出版社

图书在版编目（CIP）数据
有喜 / 清扬婉兮著. -- 重庆 : 重庆出版社, 2025.
8. -- ISBN 978-7-229-20221-7
Ⅰ. I247.5
中国国家版本馆CIP数据核字第20251QR869号

有喜
YOUXI
清扬婉兮　著

选题策划：李　子
责任编辑：钟丽娟　李林娟
责任校对：刘小燕
封面设计：侯　健

重庆出版社　**出版**
重庆市南岸区南滨路 162 号 1 幢　邮政编码：400061　http：//www.cqph.com
重庆升光电力印务有限公司印刷
重庆出版社有限责任公司发行
邮购电话：023-61520656
全国新华书店经销

开本：880mm×1240mm　1/32　印张：13.25　字数：426 千
2025 年 8 月第 1 版　2025 年 12 月第 2 次印刷
ISBN 978-7-229-20221-7
定价：65.00 元

目录

第一章
悲喜交集

他静静地躺在那里。

四周有音乐声，声音不大，但明珠觉得很吵，每一个重音落下时，她都能感觉到地板在颤动。这样会不会吵醒他？她想找到音响开关把音乐关掉，便四下看看，一抬眼就和他母亲的眼神撞上——那一双浑浊的老眼，被泪水浸泡后，显得水润闪亮了一些，闪亮中饱含哀婉深挚情意，到了明珠的视线里，就有了些许善意。明珠不敢与那目光长久对视，便移开了视线。

她用细如蚊蚋的声音叫他："建奇！建奇！"

建奇仍静静地躺在那里，闭着眼睛，一句话也不说。他睡着的样子真好看，让女孩子嫉妒的翘睫毛覆盖在眼睑上，莫名地让人觉得温柔，嘴巴紧闭着，有点微微翘起，像是在索吻。他的嘴唇薄薄的，很适合亲吻。她记得他第一次吻她，是在小区的湖边，冬天，有点冷，他坐在长椅上，让她横坐在他的腿上，很认真地吻了十分钟。上了年纪的人最讨厌年轻人这副鬼样子，恨不得上来棒打鸳鸯，替父母教训他们几句，可是她开心极了，搂着他的脖子，快喘不过气来。

不知是谁把音乐声忽然调大了一些，蓦地一个沉重的音符撞出来，把她吓了一跳，像是在提醒她注意场合。她的脸后知后觉地烫起来，怎么可以在这里想起那些羞羞的事来?

她想对他说句悄悄话，这话只能说给他听。昨晚她做了一个梦，梦到他带她去探险，他们走进一个漆黑的山洞里，她在山洞里发现一颗闪闪发光的宝石，伸手去拿时，忽然被藏在暗处的蛇咬了一口，于是她就醒了。她想对他说，要是噩梦惊醒时有你抱着我就好了。这句话只能悄悄说。她就俯下身，凑近了些，好像发现了什么。

在他的耳垂后面，有一团很小的煤灰，煤灰的旁边还有一小处烧伤，皮肉皱缩在一起，早已结痂。

为什么让她看到这个破损的他?她听说殡仪馆有一个工种，叫入殓师，专门修整遗体的面容和身体。为什么她看到了那处烧伤?一定是因为那个入殓师玩忽职守，敷衍了事，他应该受到投诉。她看不到的烧伤又是什么样?听新闻说，建奇是来不及逃生，吸入过量二氧化碳和烟气窒息死亡的。

她忽然抑制不住，呼吸急促起来，像一团棉花堵在嗓子眼，咳不出，咽不下，她要告诉他的悄悄话在口腔里酝酿着，乱窜着，被一股翻涌的胃液推着，她剧烈地咳嗽了一声，弯下腰，呕出淡黄色的胆汁来。

悲怆的音乐声再次响起。这是专门在葬礼或追悼会上播放的哀乐，时而像亲友的呜咽、悲哭，时而像死者的冷酷、决绝、永不回头。

明珠的异样再次引起他母亲的注意，她的目光投射过来，有失望，有质问，有不满。

呕出的液体有一半溅在了明珠的鞋上，她有点恍惚，但心里还保持着清醒，不能吐在建奇的追悼会上。她慢慢直起腰，给冯母一个抱歉的眼神，只觉得身体里那个空洞忽然没封住，浑身一阵虚软，眼前一黑，她晕了过去。

她醒来时，窗外在下雨，初秋的潮气，夹杂着医院消毒水味和一股来路不明的血腥味，从没关严的窗缝里钻了进来。她环顾四周，四壁雪白，屋内空无一人，墙上贴了一张海报，上面印着一位穿粉色护士服的护士，还有“提倡母乳喂养”的字样。她明白了，这里是医院。

等等，这里是妇产科?

护士进来，给她挂水，问她叫什么名字。

“沈明珠。”

得到确切的回答后，护士才娴熟地给她扎针，说：“这个是葡萄糖，对胎儿没有影响的，输完你叫我，还有一瓶氨基酸。”

“胎儿？”她从嘶哑的喉咙里发出细如蚊蚋的声音。

冯母忽然急匆匆从外面冲进来，一看到明珠在挂水，马上紧张地惊叫起来：“我才上个厕所的工夫，怎么就输液了呢？孕妇不能随便输液吧？你这是什么药啊？”

“孕妇？”她直起身，望着冯母，一头雾水，“阿姨！”

“快躺下，你怀孕了，医生说有先兆流产的迹象，要卧床休息。”冯母手忙脚乱，帮她拿枕头，掖被角，将她按回床上。

明珠望着眼前的女人，建奇的妈妈，她是那种很普通的五十来岁的妇女，颧骨有点高，皮肤黑，不笑的时候，看上去很凶，笑的时候，又总是撇撇嘴，像是一种嘲笑。建奇第一次带明珠去家里，她就是那种笑，表面也客气，可就是瞧不上明珠。现在，她哭过的眼睛下肿起两个硕大的眼泡，压迫着脸，看上去瞬间老了十岁。她是建奇的妈妈，她爱的人的妈妈，而她爱的人刚刚死了。

“这是建奇的孩子，生下来，这是他的孩子。”冯母在床边坐下来，一只手轻轻地放在了明珠小腹上的被子上，说完这句话，她又情不自禁地流下泪来。

明珠闭上眼睛，眼泪滚落到枕头上。没错，她的月经已经推迟好几天了，她有点担心，告诉了建奇，他说：“不怕，怀孕了就生下来，孩子的名字我都想好了，男孩叫相濡，女孩叫以沫。”她本打算去药店买试纸先查一查的，还没来得及买，建奇就出事了。

听说起火点是个老式的居民楼，消防车进不去，消防员从就近的居民楼找到接水点灭火。楼里有群众被困，他们就背着灭火器，徒步入室救人。他两次往返，最后离开时，被突然倒塌的大衣柜砸中，昏迷后烟气窒息致死。

建奇告诉过她，父母不支持他做消防员，大学刚毕业就在财务局给他找好了工作，他没去，偷偷参加了消防员国考，考上了。他说，他有一个英雄的梦想。

现世没有英雄，也许帮一个调皮的幼儿园男生把头从运动器械的夹缝里解救出来，就是一个英雄。

他们认识的那天，她班里最调皮的王小宝把头卡进了滑滑梯的一个孔洞里，那孩子一开始觉得好玩，一群孩子围着他，嬉笑着，跃跃欲试，让他快点拔出头，轮到下一个，后来他发现，头拔不出来了。只是明珠一眨眼的工夫，就发生了这样的事故，王小宝后来哭了，她没哭，对他说："别怕！"建奇来时第一句也对她说："别怕！"这句看似随口的安慰，和他脸上漾开的一丝微笑，让她涌出的泪又憋了回去。

那个孔洞内里是钢板材质，他和队员试了好几个办法都无效，最后决定用切割机进行拆分，切割机散发的热烫温度让王小宝不适，吱哇乱叫，她用湿毛巾为他敷脖降温。那天天气很热，建奇也出汗了，汗珠将他麦色的皮肤涂得油亮，她偷眼看他，心忽然加快了两拍。后来王小宝的头被成功解救出来，毫发无伤。园长千恩万谢，让明珠带他们去洗漱、喝水，明珠拿了自己的毛巾给他用，他擦一把脸，在水龙头下冲洗干净，拧干了，再还给她。明珠把那块毛巾在太阳底下晾干了，挂在宿舍一根细细的晾衣绳上，像心上的经幡摆荡，像远远的酒旗飘展。古有佳人遗帕惹相思，哪知英雄遗帕也惹相思，明珠觉得心里有一面湖，有风吹过，有雨落过，蜻蜓飞过，皱了一池春水。

他们第二次见面，是因为一次真正的火灾。那天，幼儿园旁边的一个小区楼上冒出滚滚黑烟，她出来帮一个同事开门正好看到了，就站在门口看了一分钟，唏嘘不已。消防队的车开不过去，他们就徒步从幼儿园门口抄近道，他跑过时那一瞬间，她认出了他，忽然脱口而出："小心点儿！"

他停下了脚步，也认出了她，十万火急，他有任务在身，心里却忽地一紧，像是被绊了一下，丢下一句："等忙完我过来找你。"说着就朝前跑去。

那天明珠带小朋友做律动操时总是做错动作被孩子们嘲笑，带孩子们在操场活动时会下意识地看看旁边那栋楼，休息的空儿也搜索了当日的都市新闻，新闻里说，××小区因天然气泄露发生火灾，消防队及时扑灭，无人员伤亡。

下班以后，她没有回家，一直留在幼儿园忙碌。一个幼师下班后可忙的事情有很多呢！做课件手工，做卫生，消毒，回复微信群，写总结，忙完这些，还可以练练琴，跳跳舞。她最近新编了一个舞蹈，叫《刷牙歌》，她很喜欢跳舞，在学校还拿过舞蹈比赛民族舞的第一名。

《刷牙歌》跳完时，身后响起了清脆的鼓掌声。她一回头，看到一张黑黢黢的脸正咧着嘴笑，他刚从火线上下来，仿佛还带着一股烧焦的烟灰味。他像是顺路经过，又像是来赴那个随口的约，说："洗手间在哪儿？我去洗洗。"

她指了指幼儿园院子里的洗手池。

他去洗手池洗脸，那个洗手池的高度是照着小朋友的身高设计的，太矮了些，他不得不猫着腰，显得有点笨拙。她又拿了自己的毛巾给他用，用完后，挂在那根细细的晾衣绳上。

洗完脸，他的脸干净又俊朗，下巴上长了一些青青的胡楂，眼睫毛是卷的。他长得真好看。明珠记得小时候听村里的老人说过，卷睫毛的男人都花心，不老实，想到这里，她忽然有点沮丧。

"去吃饭吧？我请你吃大闸蟹。"他说。

她想矜持一下，推辞一下，可是脱口而出的却是："好啊！"

人生有很多第一次，明珠答应后才恍然意识到，自己竟然还没吃过大闸蟹。为免尴尬，她提前说明："我没吃过大闸蟹，我不会吃，剥壳好像太麻烦。"

冯建奇二十七岁了，谈过两次恋爱，也和一些女孩子约会过。他爱玩，喜欢新鲜玩意儿，还是个老饕，喜欢搜寻美食，有时他带女孩子去格调高雅的餐厅，吃到新奇新鲜的东西时，她们的装腔作势在他眼里一目了然，像明珠这样坦率真实的人不多。

他笑了："不会为女朋友剥虾去壳挑火龙果籽的男朋友是不合格的。"

"啊？挑火龙果的籽？"明珠一时没反应过来，她的脑子里没有土味情话这个词，数秒后，当她意识到这是一句不正经的情话时，她低下了头，有点恼火，又有点甜蜜，像糖罐子在心里炸开了，甜过后她又有点沮丧，原来老人们说得没错，卷睫毛的男人果然不老实，对见第二面的女孩就说这种话，他真是一个不老实的男人哪！

这个不老实的男人带她去了附近的一家本帮菜馆。菜馆的装修展现出一种老上海的古典与大气风范，深红、深紫，灰绿、灰蓝相互映衬，桌椅是西式古典风，大厅的一部留声机播放着一曲华尔兹。她有点局促，但看到他穿着消防制服，脖子上还有没擦洗干净的煤灰，她很快释然了。

他点了虾、桂花糖藕、小笼包、大闸蟹……大闸蟹上桌时，侍者奉上了一套精美的不锈钢餐具，有剪刀、小锤、针和钳，像医生的手术器械。她这么想时，被自己暗暗逗笑了。

他拿起了那把剪刀，介绍道："这一整套叫蟹八件，这个是蟹剪，用蟹剪从后到前把蟹腿剪下来，注意要避开关节部分。"

说到这里，他停了下来，把取出的蟹肉放到她眼前的姜醋汁小碟里，他说："其实你不用知道这些，以后我都可以帮你剥。"

情话信手拈来，那就是不走心的撩拨，是油嘴滑舌，是街头调戏良家少女的登徒子。明珠更加沮丧了，不屑地撇撇嘴，低头吃东西。

"我叫冯建奇，你叫什么名字？"他忽然问。

多么突兀、奇怪的问句，出自一个刚刚说过甜言蜜语的男人之口，明珠忽然觉得这场即兴的约会如此荒谬、不真实。她似乎是为自己的唐突和冲动感到恼火，又好像是为他问她名字太晚而感到生气，于是丧气地说："你不用知道我的名字，我也不想知道你的名字，今天我们只是饭搭子。"

女人翻脸比翻书还快，前一秒还是迷妹，这一秒就成了冰山女神。冯建奇像是猜到她心思一般，讳莫如深地笑笑："我有明珠一颗，久被尘劳关锁，今朝尘尽光生，照破山河万朵。"

原来他知道她的名字，还会用这么美的诗为她的名字释义。她马上原谅了他，但还是丧气地说："我的名字没那么多弯弯绕绕的意思，就是我爸随口瞎起的。"

沈明珠的名字是养父起的，掌上明珠的意思。她是养父母婚后数年不育从许村抱养的，谁知抱回来第二年，养父母就生了儿子，她庆幸养父母没给自己起名叫招娣或引娣。有了亲生儿子的养父母后来就对她潦潦草草，取名叫“明珠”的那一刻，大概是他们对她爱意最浓厚的时刻。

“明珠，这名字很好，让人听了就想忍不住捧在手心里。”他又开始甜言蜜语。

明珠还没谈过恋爱，但爱情小说和言情剧看过不少，没吃过猪肉也见过猪跑，调情嘛！撩拨嘛！学学就会。她夹起一块藕在眼前晃了晃，闻了闻，调皮地说：“这个东西很甜吧？是不是吃了它，就会说甜言蜜语了？”

他停下了手里的“手术”，一脸受伤的样子，叹了口气，眼神亮亮地凝视着她，认真地说：“我是认真的。”

“什么？”她的心跳加速，紧张得几乎让她窒息，她怕他又要说不正经的话了，却又那么强烈地期待他说下去。

“我喜欢你。”

“才不信。”

“你可以对我一见钟情，为什么不相信我对你一见钟情？”他笃定地说。

“我哪有……”她想否认，话音未落，却噤声沉默了。

婚后的日子成了诗、偶像剧，是斑斓的梦境，天上的彩虹。真正的爱，发自内心的爱，让每一个平凡的人成为爱的艺术家、浪漫主义的诗人，他是撩妹暖男、情场高手，她是撒娇达人、他的小迷妹，他们的情话技能、撒娇水准每天都在提升、爆发，他是情有独钟，她是开辟鸿蒙。

他带她旅行，在夜晚的海边散步，在月光中亲吻她，他的吻像海浪一样激烈迅猛，像要将她拖入海底，又像海浪一样温柔，轻轻地，柔柔地拍打着海岸。她就是那海岸。承接着海浪的激情和温柔，浪来时她如同葬身海底，潮退时她感到轻松，又渴望被带走，浪与岸的缠绵，就是一场情欲的交付，在那一晚，她将自己交付给他。

这个孩子，一定就是在那时不期而至。

“生下来吧！明珠，这个孩子一定要生下来，这是你和建奇的孩子。”冯母一脸期待，甚至带着一丝讨好的目光看着她。

“嗯！我知道，我会生下这个孩子。”她哽咽着答应了冯母。

要生下来吗？她有点迟疑了，她现在脑子里一片混乱，不知道该如何思考。这是她和她爱的人的孩子，他（她）流着建奇和她的血，是数亿个精子中脱颖而出的佼佼者，细胞染色体传递和留存着建奇和她的基因，他们的美貌、气质、品质得以遗传，他（她）会漂亮、聪慧、可爱，眉毛像他，眼睛像她，嘴巴像他，肤色像她，多么神奇，多么美好，这是他们的孩子，他们有了一个孩子。

他（她）是天赐的礼物，应该来看一看这人世间，被呵护被宠爱，如果是女孩，她会教她唱歌跳舞，鼓励她追求自己的热爱，并告诉她，尽管这个世界并不总是公平，但它充满活力，值得我们去探索和体验；如果是男孩，她同样会教他唱歌跳舞，教他善良正直，坚强勇敢，教他理解并承担起自己的责任，既不傲慢自大，也不自卑，同时学会尊重女性。她希望他们都能明白，尽管世界并不完美，但它充满了挑战和希望，值得我们去追求和珍惜。

她答应了建奇的妈妈，这个痛失爱子的女人落下泪来，紧紧地抓住了她的手，激动地说：“乖！别怕！有我们在，我和你爸爸会照顾好你和孩子，别怕！”

明珠头痛欲裂，脑子嗡嗡作响，建奇妈妈在说什么，她一句也听不清楚。建奇妈妈见她失魂落魄的样子，只道是她伤心过度，便擦了擦眼泪，嘱咐道：“你好好休息。”

第二章

温情的谈判

从前有座山，山下有座小村子叫沈庄，沈是这个村的大姓，沈明珠是沈庄人。

百科词条里定义这座山——

“秦岭，狭义上的秦岭位于北纬 32° 至 34° 之间，介于关中平原和南面的汉江谷地之间，是嘉陵江、洛河、渭河、汉江四条河流的分水岭。东西绵延 400 ~ 500 千米，南北宽达 100 ~ 150 千米。

“广义上的秦岭，西起昆仑，中经陇南、陕南，东至鄂豫皖—大别山以及蚌埠附近的张八岭。其范围包括岷山以北，陇南和陕南蜿蜒于洮河与渭河以南、汉江与嘉陵江支流—白龙江以北的地区，东到豫西的伏牛山、熊耳山，在方城、南阳一带山脉断陷，形成南襄隘道，在豫、鄂交界处为桐柏山，在豫、鄂、皖交界处为大别山，走向变为西北—东南，到皖南霍山、嘉山一带为丘陵，走向为东北—西南。广义的秦岭是长江和黄河流域的分水岭。秦岭以南属亚热带气候，自然条件为南方型，以北属暖温带气候，自然条件为北方型。秦岭南北的农业生产特点也有显著的差异。因此，长期以来，人们把秦岭看作是中国‘南方’和‘北方’

的地理分界线。”

明珠的家，就在秦岭山下。山中多宝，靠山吃山，大家的日子都过得去。

明珠的父母在自家开了家农家乐，城里人一到周末就开车到峪口来玩，水边支着桌子，树上绑起吊床，树荫下搭个帐篷，孩子们玩水，玩饿了要吃饭，要吃土鸡、鳟鱼、灰灰菜、农家豆腐、疙瘩汤。明珠的父亲是个木匠，在自家屋前的大树上建了一座树屋，很受城里的孩子们喜欢，所以附近几家农家乐里，属沈家的生意最好。

没兴起农家乐之前，大家都穷。明珠记得小时候，母亲每天早上给一家人做早饭，父亲和弟弟一人一大碗开水冲鸡蛋，里面放上白糖，弟弟吸溜吸溜地喝，而明珠吃着腌菜和馒头，巴巴地流口水。她不高兴，提意见，母亲给她解释，父亲干活重，吃点营养的才有劲，弟弟还小，正长身体，也要补充营养，明珠只能撇撇嘴，懂事地不说话了。有一次她过生日，母亲给她冲了一大碗开水鸡蛋，放了满满一勺白糖，她也吸溜吸溜地大口喝着，甜得舌头发颤，额头冒汗，觉得自己是世界上最幸福的孩子。

明珠的生日不是真的生日，是她被抱来那天的日期。她是抱养的，她从小就知道。

父亲沈大诚是方圆几十里叫得上号的木匠，他继承的是爷爷的手艺，专为人打寿棺。有一回，他替邻村一位年事已高的老太太打寿棺。这家人家底殷实，寿材选的是上等的楠木和檀木，沈大诚下斧头朝木材劈下去时，用力太大，碎木屑乱飞，一小块木屑迸到墙上，又弹了回来溅在他的脸上，他的眉头很快出现了一道细细的血痕。沈大诚心里很不舒服。他听爷爷说，做棺材的时候，第一斧尤为重要，木屑飞出去的角度、远近，就可知这家棺材主人或木匠的命运。如果第一斧下去，木头没劈开，没有木屑飞出，那八成就不妙，主人可能时日不久了；如果木屑飞出去很远，打在墙上又弹了回来，也是凶兆，伤子嗣，预示着这个木匠的子女或儿孙会死亡。一语成谶，那天中午，他怀孕四个月的老婆岳娥在提水时不慎摔倒小产，他们失去了第一个孩子，老婆也损伤了身体，此后三五年，岳娥再无孕事，沈大诚和老婆商议后，托了人，从一位亲戚的娘家村里抱养了一个女孩。那女婴家里清贫，上面已经有了两个姐姐，负担重，孩子被抱来时才刚刚满月，粉粉嫩嫩，岳娥欢喜得很，一抱在怀里就不撒手。沈大诚说："就叫明珠吧！"

养父母对明珠不错，跟平常人家一样疼爱孩子。明珠调皮了，岳娥脾气上来，也会在她屁股上打几下，明珠挨了打，就一个人在围墙外哭鼻子，有那不知深浅的好事者就逗孩子玩儿，说："你妈是窑婆子（方言：继母），你亲妈在许村呢！"小小的明珠可不好惹，每每这时，她就会骂回去："你才是窑婆，你妈才是窑婆。"

沈大诚还有个大哥，大哥家有两个孩子，明珠和那两个姐弟差不多大，常在一起玩，有时玩恼了，小孩子也说混话，大伯家的那个姐姐说："你走开，你回去，你不是我家人，你家在许家村呢！"明珠又气又恼，和堂姐打起来，那姐弟俩就一齐上手，明珠打不过，就哭了。

岳娥来找她，看孩子被欺负了，还为明珠出头，把那姐弟俩臭骂一顿，还和大伯的老婆大吵了一架，好几年都不说话。明珠觉得母亲还是爱她的，肯定是亲妈，也就没问过。

沈大诚在许家村有个姑婆，每年过年会走动一下。有一年，他带着明珠去给姑婆拜年，姑婆家里过年待客，人来人往。还没开席，明珠就和几个孩子在墙角玩，这时，一个女人带了一个十一二岁的女孩，提着几个塑料凳子，和姑婆家的儿媳妇说话，说来还前一天待客借走的凳子。那个女人看上去白白净净，很文雅，不像农民，她和人说话的时候，眼睛一直朝明珠身上瞟，她身后的女孩也盯着明珠看，那目光里含着善意。和明珠一起玩的孩子这时递给明珠一个摔炮让她玩，那个女人忽然冲过来，一把从明珠手里抢走那个摔炮，扔出去好远，紧张地说："咱别玩这个，这个东西可危险了，走，姨给你买糖吃。"明珠吓了一跳，姑婆的儿媳妇讪笑着上前把那个女人的手拖开了，劝道："嫂子，我还忙着，就不留你吃饭了，你回吧！"那个女人尴尬地笑笑，准备回去了，走出几步，又回了一下头。明珠连忙转过头，假装没看到。

她的心怦怦地跳着，那个女人的手是冰的，却像是给明珠递了一把火种，让明珠的手滚烫如火。她说不清那种奇妙的感觉，她猜出来那个女人是谁了，但是她不想表现出任何好奇。她也有一些疑惑，但是她不想去深究，在她心里，岳娥就是她的妈妈，她虽然长得又矮又胖，粗俗，动不动就骂人，还偏心眼，只给弟弟做开水冲鸡蛋吃，但她就是明珠的妈妈，明珠认定，自己就一个妈。

是的，那时候岳娥已经生了自己的孩子，在明珠两岁的时候，生了个儿子，取名明晖，明亮的阳光，寓意很好，充满希望。沈大诚有了自己的儿子，春风得意，过了一年，又生了一个女儿，真正的儿女双全。明珠就像一剂药引子，她的使命完成了。后来她常常自嘲："谢天谢地，他们没给我取名叫招娣、引娣、来娣、念娣。"后来养父母对她潦潦草草，不甚上心，但她惯会安慰自己，父母给她取名叫明珠的时候，也是爱过她的呀！

明珠想到那碗偏心的开水冲鸡蛋时，已经是夜里十二点，她饿得睡不着。医院的夜晚并不安静，仪器的声响，孕妇的痛苦哭号，产妇的隐忍呻吟，楼道里来来回回的脚步声，各种声音交杂，更是让她辗转难眠。明珠住的是单间，冯母留下了保姆陪她，白天她吃了保姆给她做的营养餐，但此刻她发疯一样想喝一碗鸡蛋汤。长大工作以后，她每天早上做饭都给自己打两颗鸡蛋，冲满满一大碗鸡蛋汤，却怎么也吃不出小时候那稀罕的美滋滋的味道。

保姆窝在沙发上打起了鼾，明珠的手机振动了一下，亮了，她打开一看，是大倪发来的微信。

大倪是和明珠合租房子的室友，在动漫公司做设计师，是个爱玩爱笑的女孩。

"怎么没回来？你怎么样了？"大倪知道冯建奇牺牲的事，也知道明珠去参加他的葬礼了。往常明珠夜不归宿或晚归，都会告诉大倪一声，这一次却忘记说了，大倪担心她。

"我在医院。"

"你怎么了？"

"我怀孕了，我和建奇的孩子。"

"你打算怎么办？"

"建奇的妈妈说，让我生下这个孩子。"

"我问你打算怎么办。"

明珠收到这条微信，正打算回复，大倪的语音电话忽然打过来，她回头看看熟睡的保姆，打算起身去洗手间接听。起身一响动，保姆马上警觉地醒来，鲤鱼打挺似的翻身起来，疾步到明珠身边："你要去哪儿？"

"我上厕所啊！"她无辜地回答。

保姆伸手要扶她，看到了她手里亮着的手机，狐疑地问："上厕所拿手机干什么？"

"你上厕所不拿手机吗？"明珠呛了回去，抽回自己的手，自顾走进了厕所。

保姆撇撇嘴，后退了回去，防贼似的盯着她走进了卫生间。

语音电话在刚才的一瞬间已经接通了，明珠和保姆的对话一字不落地被大倪听到了，大倪担心极了，在电话那头想象柔弱女主角被歹徒拘禁胁迫的苦情刑侦大戏，她压低了声音问："你被人绑架了？被监视，被拘禁了？谁？"

明珠虽然很讨厌刚才保姆的做派，但觉得大倪未免有点小题大做了，便说："没，就是建奇家的阿姨，留在医院照顾我。"

"明珠，你听我说，我知道，你爱建奇，你们真心相爱，你想为他留下血脉，就好像你们的爱情得到延续，证明你们的爱崇高又伟大，这些我都知道，我理解你。但是，你不要意气用事，怀孕这件事，一开始是和爱情有关，但是，它现在和爱情无关了，你要考虑的是各种现实问题。我郑重地提醒你，你一定要想清楚，你想不想生这个孩子？为什么生这个孩子？你是不是有足够的经济基础给他良好的生活条件和教育？你是不是心智成熟能够做好一个母亲？其他人的意见，你都可以不做参考，它看上去是一个家庭的事，是一群人的事，其实，这是你一个人的事，关乎着你和孩子的命运，你要面对的痛苦、困难，没有人能够替你分担的。明珠，你一定要想清楚，如果考虑完这些问题，你还是没有理清，那我请你，想想我的遭遇，想想我的身世。"

大倪一口气说完这些话，像是一个恨铁不成钢的老母亲一般苦口婆心，为了说服明珠，她甚至揭开了自己的伤疤。

听完大倪最后一句话，明珠在电话这头沉默了。明珠和大倪情同姐妹，大倪的身世她知道。

大倪妈妈怀孕三个月的时候，她爸爸出车祸去世了，爷爷奶奶劝儿媳妇生下孩子，他们来带，儿媳听了劝，怀着复杂的心情生下了孩子，爷爷奶奶见是女孩，很是失望，先前的承诺都忘到脑后，做起了甩手掌柜。老两口白天一个人经营自己的小卖铺，一个人去公园下棋，晚上回家见儿媳没做好饭，还要甩脸子。大倪妈妈在她三岁的时候，一狠心把孩子留给爷爷奶奶，自己南下打工。过了两年，她和一个男人结了婚，没带走大倪，爷爷奶奶特别生气，爷爷在电话里和大倪妈妈吵了一架，大声说："你的孩子你不带谁带？"那时大倪已经上幼儿园了，正趴在一个吃饭的小桌子上写拼音，她默默地不敢吭声，把 a 不知不觉写满了一页。第二年妈妈回来看孩子，大倪已经快忘记她了，她把大倪搂在怀里，那种陌生的香水味道让她想挣脱。临走的时候，爷爷让儿媳带走大倪，他甚至已经收拾好大倪的书包，装好了她的换洗衣服，大倪像一个烫手山芋一样，被两个大人推来推去，他们各有各的道理。妈妈流着眼泪说："我有我的难处。"爷爷说："我们年纪大了，自顾不暇，过两年就去养老院了。"最后，爷爷迅速进屋关上了门，妈妈把大倪往门前推了推，一咬牙，转头就走。

那个下午让大倪终生难忘，冬天的风像小刀子一样割脸，她背着自己的书包，手里还提着一个包裹，在寒风里敲着门，十分钟后，奶奶心里不落忍，给她开了门。两年后，爷爷突发脑梗去世，她是奶奶养大的，奶奶前几年也走了，她高中没读完就出来打工，一个人在社会上摸爬滚打，颇吃了些苦。

这些苦，是两个女孩在深夜密谈时彼此交付的秘密，说起来云淡风轻，但每一步都是踩着荆棘走过来的。

大倪的话，让她茫然了。

保姆在外面催了："你没事吧？"

明珠回过神来，出了卫生间。

回到病床上，她再也睡不着了。

早晨八点多，冯母就送来了早餐，鸡粥和小笼包。这一次，建奇的爸爸也来了，他神色凝重，嘱咐明珠好好休息，就出去抽烟了。

冯母说鸡粥是她用鸡汤煮的，鸡昨晚就炖上了，文火慢炖七八个小时，小笼包是鲜虾馅儿的，虾线都去掉了。吃食一样样摆出来，还冒着热气。明珠此刻早把开水冲鸡蛋的事忘记了，她有点恍惚，吃着婆婆亲手做的饭，看她的样子似乎也慈祥了几分，像极了她想象中的母亲。

吃完早饭，建奇的爸爸像掐着点似的进来了，冯母让保姆出去买点水果，病房里剩下他们三人，他们有话要说。

“死者已矣，可是我们活着的人，还得继续活下去。”这话一出口，冯母的眼圈又红了，明珠也鼻子一酸。

“孩子的事，我们知道，你可能心里有点犹豫。我们今天来，就是和你交个底，也好叫你放心。你只要愿意把孩子生下来，孩子和你日后的生活保障，你都不用担心。我们给建奇买了一套房子，本来打算给他结婚用的，一百二十平，可以过户给你。”

说这话的时候，冯母回头看了看丈夫，丈夫就点点头。

“我们还有些存款，这些钱就是给孩子的抚养费，两百万可以转存到你的名下，你放心。”说完这句，她又看看丈夫，这一次丈夫点了点头，又看了看她，用力清了清嗓子。

冯母意识到自己话有遗漏，看到丈夫眼色，心领神会，忙补充道：“先打一百万到你卡上，等孩子生了，再付剩下的一百万。你放心，我们可以，可以签个协议。”

后面的话冯母越说声音越小，说到“签个协议”时，明珠的脸又臊又烫，她觉得自己卑鄙又俗气，觉得对方也卑鄙又俗气，亵渎了她的爱人，她的爱情。

冯父再次点了点头表示肯定，表情有些木然。明珠想，他老来丧子，一定是伤心过度的缘故。

明珠低着头，一直没有说话，她有点局促，有点茫然。主观上，她不想打掉这个孩子，因为她真诚热烈地爱着建奇，这爱至今铭心刻骨还未消失；客观上，她知道单亲妈妈生下孩子是一件大事，日后要面对的问题还有很多，婆婆说得对，死者已矣，可是活着的人，要继续面对生活扑面而来的压力，苦难和琐碎，她不知道自己能不能承担得起。

冯母见明珠没有吭声，怕她动摇，又加码道：“我们不会用孩子捆绑你的，你以后婚恋自由，建奇没了，以后你就是我的女儿，我不会那么自私，肯定会为你着想的。你以后要是遇到合适的人了，想结婚也可以，我会拿你当女儿一样风风光光地嫁出去，孩子留给我，我来带，要是你不舍得，你带着也行，我们能经常看到孙子就行。求求你了，明珠，一定要留下这个孩子，就当是给我们留下个念想，好吗？你还有什么条件，都可以提出来，一切都好商量。老冯，你说句话啊？”

冯父这才从恍惚中回过神来，空洞地帮腔道：“是啊！我们冯家的血脉不能断。生下来吧！一切都好商量。”

话已至此，明珠觉得自己若是不答应，简直就是冷血了，她的泪又默默地流下来，带着一种为爱奉献的伟大和悲壮，用力点了点头。

就在这时，这场用温情小心翼翼伪装的冰冷的谈判被打断了，主治医师和一个护士走进病房。

是一位年轻的男医生。他拿着病人的病历一边低头翻阅，一边询问病人，最后说：“B 超检查显示是宫角妊娠，有先兆流产的迹象，出院后要卧床休息，注意营养，我这边给你开了几针孕酮，如果来回到医院不方便，也可以到就近的社区医院去打。”

明珠听到“先兆流产”的字眼，紧张起来，隐隐感到一阵腹痛，她想起来，昨天晕倒时，就是这样的痛。

“医生，什么是宫角妊娠，什么是先兆流产？”她紧张地问。

冯母也听得云里雾里，一脸担忧：“宫角孕，是不是宫外孕啊？那这孩子能保住吗？”

“不要紧张，宫角孕是一种胚胎种植在接近子宫与输卵管开口交界处的宫角部的子宫腔内的妊娠，严格定义上不属于宫外孕。随着妊娠进展，很有可能孕囊停止发育而流产，这边建议终止妊娠，但是……”

话音未落，冯母忽然夸张地尖叫了一声：“哎哎哎！你是医生吗？怎么一来就危言耸听吓唬人！”

“正因为我是医生，本着科学审慎的态度，我更要实事求是地对患者说明真实情况。”

“这孩子不能做掉，这孩子我们得生下来。”冯母下意识地护在了明珠的床前，好像眼前这医生马上要抢走她的“孙子”似的。

明珠也隐隐担心，问："我这几天总觉得左腹部有点疼，是不是因为这个宫角孕？"

医生走近她，俯身，伸出一只手，轻轻地按了按她的小腹："是这里吗？"

"哎？你们医院再没有医生了吗？怎么上手了？昨天的那个医生呢？"

冯母伸出手臂，像老母鸡护住小鸡一样，将明珠紧紧护在身后。她尖锐刺耳的声音如同一把匕首般直指医生，医生下意识地往后退了一步，收回了手，并微微举起，做出一个投降的姿势，解释道："刘丽医生休假了，今天是我值班。"

"我不管，换一个女医生来。"冯母态度很强硬。

冯父万事不挂心的样子，看上去似乎工作很忙，一直在用手机回复消息。

男医生无奈地撇撇嘴，摊摊手出去了，过了一会儿，果然进来一位女医生。女医生显然因为多增加了工作量而感到烦躁，态度也很不耐烦，例行公事地询问嘱咐了几句，开了当日的药，轻描淡写地对宫角孕给出了另一个解释："问题不大，你这个在左前侧，回家注意多右侧位躺卧，看看能不能回到正位，过几天再来做个B超观察一下。"

这个答案是冯母想听到的，她暗暗松了口气，又体贴地掖了掖被角，安抚自己也像是安抚明珠道："我就说嘛！没事的。"

冯父略坐了一会儿，心不在焉，看了看手机，借口有工作要处理，先行离开了。冯母留下来陪明珠拉家常。两个本就不熟悉的人因为某种联系而被捆绑在一起，故做亲密状，聊天就变成了一件非常艰难的事，就像在一段不熟悉的路上摸黑行走，深一脚浅一脚的，不小心就踩了水坑，湿了鞋。

她们共同的话题首先是建奇，但建奇是一个伤心的话题，没谈几句，两人都眼圈泛红，鼻子发酸，冯母连忙打住，不说也罢。

那就聊肚子里的孩子。孩子是希望，是光，照得人心里亮堂堂。冯母说她不重男轻女，男孩女孩都喜欢，又问明珠都喜欢吃什么，孕期吃得营养孩子才能发育健康。明珠老实，如实回答了，冯母就说她记下了，要做给她吃。娘儿俩聊天，渐渐有了新婆媳之间那种虚伪亲热的味儿了，然后又说到为孩子取名，冯母想了好几个名字，男孩女孩名都有，问明珠意见，明珠沉默半晌才说："建奇说，男孩叫相濡，女孩叫以沫。"说完她又心里一酸，默默地流下泪来。

相濡以沫，多美好深邃的情感，可惜再也无法实现了。对话又转回到悲伤的基调上，无法再继续了。冯母叫保姆照顾好明珠，自己先回去了。

冯母走后，明珠睡了一会儿，醒来和大倪聊了会儿天。大倪发了自己在台上领奖的照片，她眼睛里像闪着小星星，真好看。大倪问明珠想好了没，明珠说想好了。这时，护士通知她去做一个孕酮检查，她就在保姆的陪同下去了。

妇产科有好几个诊室，也有好几个专家，几乎每个诊室都人满为患。经过第二诊室时，她看到门敞开着，一个年轻的男大夫坐在那里百无聊赖地转笔，看身影和发型好像是早上被冯母赶出去的那位。

明珠被带到抽血处抽了一管血，回去的时候，又经过第二诊室，这会儿第二诊室热闹了，里面吵吵嚷嚷，一个身材魁梧的男子指着男医生的鼻子叫骂："你这个流氓，你刚才干什么了？我女朋友在里面叫得那么大声，出来还哭了！"

"我只是在做常规的检查。"

"唬谁呢？我看你们就是职业流氓，做什么不好，做妇产科医生。"

几个候诊的患者挤在门口看热闹，那个医生倒像是见惯了这种场面，不慌不忙，平静地说："请你尊重我的职业，如果你觉得我有什么违规操作，你可以去投诉。"

"投诉就投诉，你等着！"男家属气冲冲地推开人群出来了。

保姆生怕有人撞到明珠，忙拉着明珠回到了病房。

下午，各项检查指标都出来了，一切正常，医生建议出院回家卧床保胎。

明珠要出院，保姆不让，说冯母来了才能放她出院。于是，保姆给冯母打电话。过了一会儿，冯母来了，她好言相劝，让明珠暂时不要出院，因为她正在收拾那套房子，等明天收拾好了再接明珠出院。说完，冯母还悄悄给保姆使了个眼色。

明珠婉言谢绝，称住在自己现在租的房子里更方便一些，离单位和医院也近。

一听到“单位”二字，冯母很惊讶：“单位？你还要上班？你都这样子了，怎么上班？”

“我……”明珠其实还没来得及想是否继续工作的问题，现在这个问题摆在她面前，她一时无法决断。

“听话，咱们把工作辞了，好好养胎，平平安安把孩子生下来，以后你要是还想上班，我让老冯给你托关系，××机关幼儿园很好，你就做做行政，别那么累了。以后咱们宝宝也上那个幼儿园，你还能照顾到。”冯母把明珠从怀孕到产后，甚至往后三四年乃至半生的生活都安排得妥妥当当，语气中透露出不容置疑的坚定。

饮食也安排得很好。这一次，她带来的是番茄牛腩、栗子鸡、清炒山药、鲫鱼汤、米饭，样样得宜，营养清淡，最适合孕妇吃，明珠却丝毫没有胃口，吃了几口就放下了。短短半日，她越发迷茫了。她眼前有两条路，两条路都被迷雾笼罩着，被黑暗遮蔽着，她无论选择走哪一条，都感到恐惧、不知所措、紧张、窒息，却又夹杂隐隐的幸福，模糊的快乐，各种情绪齐齐涌上心头。她怕自己后悔，无论走哪一条路，她都害怕自己最后走上一条后悔之路。

冯母跟保姆交代了几句，那保姆就带着饭盒回去了，冯母留下来陪床。

大倪正好发微信过来，问明珠是否已经做了决定，是不是已经出院。

每个人都在追问，明珠也在心里不断地追问自己，她觉得头痛欲裂，却始终不能给出一个答案。她给大倪回复：“你什么时候回来？回来再说吧！”

冯母不动声色地瞥了瞥她的手机，劝道：“你现在要少玩手机，对眼睛不好，以后也会影响孩子视力的。”

明珠听罢，顺从地将手机放到了枕边。冯母见状，不动声色地走过去，泰然自若地拿走她的手机，解释道：“手机放在枕头边也不好，这个手机的辐射是很大的，我帮你收起来。”

病房里有一个储物柜，冯母把手机放到了储物柜最上面一格，关上门，拔掉钥匙，还把钥匙装进了自己的口袋。

明珠当然有意见：“我有电话要接怎么办？没有手机多不方便啊！阿姨，把手机还给我。”

冯母轻描淡写：“放心，手机响了能听见，一会儿响了我拿给你。”

手机就这样被没收了，用这种“体贴温和”的方式。明珠总觉得哪里不对劲，可她的抗议无效。

门外忽然嘈杂起来，撕心裂肺的哭喊声夹杂叫骂声，许多病人都探出头倚着门张望，路过的病患家属也停下脚步犹犹豫豫地“吃瓜”。他们看到一位茫然不知所措的年轻男子，而一位中老年妇女则满脸泪水和鼻涕，揪着医生的胳膊，与他争吵、咒骂他，又哀求他，甚至下跪，纠缠不休。

病房的门虚掩着，明珠躺在床上，从那些零碎的信息和片段拼凑还原出整个事件的过程。她在影视剧和故事里得知，女人生孩子常常会面临危险，但现实中碰上，这还是头一回。宫外孕大出血，孕妇没能抢救过来。她听得胆战心惊，她感到身体里有一股邪恶的力量在横冲直撞。她像一个不断被吹气的气球，渐渐不堪重负。突然“嘭”的一声巨响炸开，她像被扯碎的纸片飘飞，似被撕裂的破布坠落，如被驱散的空气，失去所有踪迹，瞬间消失得干干净净。

这种感觉太恐怖了。

病房外的声音渐渐停息，消失了。

冯母倒了一杯水端给明珠，轻声安慰她：“别怕。现在医闹很多，说不定事情怎么反转呢！”

一天就这么浑浑噩噩地度过了。娘儿俩话很少，明珠或假寐，或无聊地翻看床头的一本孕妇手册，两人除去吃饭和必要的交谈，大多数时候都沉默着，各怀心事。

又一个夜晚降临。天气晴朗，夜幕如墨，窗外有一轮满月。

明珠失眠，无法入睡。

曾有一位名叫艾弗里的医学家发现，几乎每当月亮接近满月之时，那些平时深度睡眠质量良好的患者往往会出现失眠的情况。后来他研究得出结论：人的情绪和睡眠与月亮的升降盈亏紧密相关。月亮的引力引发潮汐变化，进而干扰人的情绪。

英语中，“lunacy”（疯狂）这个词来源于拉丁语“lunaticus”，意思是“moonstruck”（受月亮影响的疯狂）。满月的影响让明珠内心涌起一股冲动，她想做一些疯狂的事。她想逃离这间病房。

冯母在另一张床上睡着了，背对着她，沉重的身体发出鼾声。明珠悄悄起身，轻轻地推开了窗。这里是二楼，楼下的树木在夏日的夜里散发清香，四周静静的，路灯和月光交相辉映，夜像一个灯光熠熠的舞台，等待她上场。

来自月亮的神秘感受驱使着她。她蹑手蹑脚地爬出窗户，踩着窗外的边沿，挪到了一小块平台上，那是另一间病房放空调外机的地方，不知为何空着，她站在这块平台上，朝楼下张望着。两层楼并不算高，此刻她站的地方距地面也不过三四米，可是她的腿忍不住抖了起来。

沿着墙壁有一些管道，从这里爬下去，沿着小路走过去，大概就是门诊大楼。她观察了一下地形，确定了逃跑路线，开始转身，扒着管道，脚往下小心翼翼地试探着。

她穿的是一双平底单鞋，虽然轻便，但管道表面很滑，她很难找到可供着力的棱角，脚一放下去就“刺溜”往下滑。此刻，她双手紧紧抓着空调外机平台的边沿，闭着眼睛，进退两难。

“需要帮忙吗？”下面传来一个男声，有人扶住了她的小腿。

她没想到深夜这里还会有人经过。毕竟深夜的花园静悄悄，那些持刀挟持妇人、下海劫持人船的坏事，往往都是趁着这夜深人静的时候干的。她心里一慌，手足无措，双手从原本紧抓的地方滑脱，整个人重重地仰面朝天摔倒下去。

“嘭”的一声闷响，她从短暂的眩晕中回过神，脑袋还在嗡嗡作响。她手臂有点发麻，动了动，想支撑起身体，这时，摸到了一个软硬适中的垫子。耳边呼来一丝温热的气息，刚才那个男声幽幽地说：“这位病患，请别乱摸，这里是人形肉垫。”

她触电似的收回了手，踉踉跄跄地站起来，“人形肉垫”也站了起来，他穿着白大褂，没有戴口罩，眉目干净俊朗，头发上粘了一片树叶，像别了一个奇怪的发卡。她想起来，这是白天那位查床的妇科男医生，是那个传说中的……流氓医生？

她有些警觉地抱紧双臂，心里急切想要逃走，口中却迟疑道：“你，你，你什么都没看到，好吗？”

医生看了看头顶的窗户，又看了看四周，讳莫如深地笑笑：“医院这么大，你知道从哪条路哪个门出去吗？”

她迟疑了。

“跟我来。”

这是一个多么奇妙的夜晚，像梦境一般冒险和荒诞。她翻窗而逃，跟在一个陌生男人身后，穿过小径，走廊，门诊大楼，很多白天可通行的门夜间都锁了，只为急诊室开了一道门。这时，正好有一行人送急诊，他带着她，趁乱从那道门经过。

深夜的大街上空无一人，偶尔有车辆经过，夜风清凉，自由的空气中带着芬芳。

她站在医院大门口深深地吸了一口气。

“我今晚值班，不能走远。要不要叫人来接你，或者，我帮你叫车？”

明珠这才想起自己的手机还被锁在柜子里，她身上也没带钱，这样出去，寸步难行。她借了他的手机给大倪打电话。大倪一听到是明珠的声音，马上发来连珠炮一般的问题：“我已经回来了。你在哪里？我今天打了你手机几百次也没人接，你没事吧？这是谁的手机号？你说话啊！”

听到大倪已经回来，明珠松了口气：“我在 ×× 医院门口，你来接我吧！”

“你站那儿别动啊！我马上就过来。”大倪匆匆挂断了电话。

明珠和医生并排站在马路边，两人面面相觑。她指指他头上的树叶，他下意识抬手，轻轻将那片树叶拂落，两人都无声地笑了。

“我叫李景哲。”

“沈明珠。”

医院离明珠的住处不远，深夜的城市交通畅行无阻，十分钟后，大倪从一辆红色凯美瑞上下来，冲上来就把明珠揽在怀里，警觉地退后一步，敌视着医生。在大倪眼里，男人是万恶之源，是女人所有痛苦的罪魁祸首。

明珠想解释说“是医生帮我逃出来的”，但旋即觉得这话很奇怪，就改为：“是医生送我出来的。”

“谢谢啊！”大倪撇下一句轻飘飘的道谢，揽着明珠就朝车子走去。

“哎！那个，沈明珠。”医生叫她。

明珠停下脚步，转过身。

“生不生这个孩子，你要自己做决定。”李景哲说。

他的眼神是真诚的。作为一名妇产科医生，见惯了太多世事的残酷，人性的阴暗面。在这生死一瞬的领域，悲喜交织，每一道迎接新生命降临的生门背后，皆是一个纷繁复杂的大千世界。

她点了点头，用力点了点头，说：“谢谢你，医生。”

第三章

爱要完美无瑕

大倪抱回来一个金光闪闪的奖杯，随手扔在沙发上。

经过这半宿的折腾，明珠睡意全无，两个眼珠睁得大大的，望着天花板发呆。大倪连日舟车劳顿，她困极了，打了个哈欠，起身打算回屋睡觉，不料明珠又可怜巴巴地拉住她的手。

“该说的我都说了，这个决定没人能帮你做。生活里没有教科书里的标准答案，那个医生说得对，生不生这个孩子，你要自己做决定。没有人可以强迫你生这个孩子，也没有人可以阻止你生这个孩子。”

明珠沮丧地撇撇嘴。两人便各自回房间睡了。

这套两居室的房子是明珠和大倪合租的，已经住了两年之久，离明珠上班的幼儿园很近，距离大倪的公司也只有十分钟车程。不过大倪去年买了房子，已经打算搬走了。

明珠工作的幼儿园属于中高档型，她是主班老师，每个月满打满算可领取六千元，在这个城市从事这个行业已属高薪。但以她的工资，想要在这个城市买一套两居室的房子，要不吃不喝十五年甚至更久才能攒够钱。

她为什么想到了房子？是的，她想要一个家，能遮风挡雨，二十四小时提供热水的家，一个属于她和建奇的家，而现在建奇不在了，她更需要一个房子来庇护她的孩子。她想要冯母承诺的那套房子吗？她被自己这个念头吓了一跳，为自己一闪而过的贪念感到深深的羞耻，她觉得自己贪婪、肤浅、俗气，她讨厌这样的自己。

养一个孩子要花多少钱？奶粉、纸尿裤、早教课、幼儿园、兴趣班，她负担得起吗？以她的幼儿园为例，每个月保教费三千，一年就是三万，在外面再报个画画班、英语班，又是一笔不小的开销。

到底要不要生这个孩子？孩子一出生就没有父亲，他（她）将来会不会埋怨？生了孩子什么时候去上班？如果去上班谁来帮她带孩子？娘家妈妈吗？好像也可以，可是她会支持自己生下这个孩子吗？冯母冯父年龄大了，真的会帮她吗？冯父似乎对这个孩子并不挂心，人心隔肚皮，他们是否真的可以依靠呢？

这些问题像一团乱麻，搅得她的思绪混乱不堪，又像一把锯子，在她的天灵盖上来回拉扯。她头痛欲裂，直到天快亮的时候才睡着。

她醒来的时候已经是下午两点，大倪不在家，在桌上给她留了早餐，早晨她迷迷糊糊听大倪说要回公司加班。这个工作狂！

她把那份早餐加热后吃掉，在家里的钱包里找出银行卡，打算去买一部新的手机和电话卡，刚打开门，就看到沈父沈母站在门口，父亲正抬手准备敲门。

沈大诚最近老闹胃疼，来城里瞧病，打女儿电话，却是冯母接的，他们听说女儿怀孕的事，马上就找了过来。

父亲把她的手机转交给她，明珠想起那一日一夜软禁一般的生活，忽然委屈地流下泪来。

“你咋打算的？”沈大诚问。

明珠没吭声。

“这样生了孩子，以后怎么嫁人？”岳娥说。

“我以后不结婚了。”明珠说得很坚定。

虽然这听起来像一句年轻时不懂事的傻话，可是明珠此刻是认真的。建奇刚刚走，那份爱在她心里是一辈子的牵挂，她哪里会为将来嫁人做打算。

一听这话，母亲原本小心翼翼地观察着，眼睛突然一亮，试探性地问道："那你是打算生下这个娃了？"

仔细想想，好像也不是。如果是坚定地想要生下这个孩子，她也不至于半夜跳窗逃走，可是不生这个孩子，又对不起建奇。延续香火、血脉传承，依然是中国传统观念中不可或缺的部分，她叹口气，像是为自己找理由："这一胎，不是很健康，医生说叫宫角孕，会面临一些危险。"

母亲略显失望，眼睛里的亮光暗了，恹恹地说："那，还是别要了，身体要紧。"

不知为什么，明珠从母亲的语气里听出了一种暗含的期待，她希望女儿生下这个孩子。她是从医院冯母那边过来的，冯母肯定也跟母亲谈了条件，那些条件很诱人，母亲心动了，她是来当说客的。

明珠的心情很矛盾，她既希望母亲来当这个说客，说服她下定决心，不再左右摇摆；又希望母亲劝她别生这个孩子，说一些母女的体己话，"你还年轻，未来还长，多为自己打算"。她不见得会听母亲的，但她就是想听母亲这么说，这才是一个正常的爱女儿的母亲应该说的，即使已经成年，她还是想从母亲这里找补一些温暖和珍爱。

"可是，建奇是独生子，我想为他生下这个孩子。"

她一说"可是"，母亲眼里的光又闪了一下，通情达理地唏嘘："可不是嘛！独生子的遗腹子，冯家的根，英雄的后代，应该生下来，他们一家人会感谢你的。那个宫角孕，到底是个啥？没听说过啊！严重吗？"

沈大诚一听这话有些不悦："胡闹，这事不成，我不同意。明珠生了这孩子，以后怎么办？她还嫁不嫁人？"

"那有什么？离婚带孩子的都能嫁。"

"我女儿是离婚带孩子的吗？那能一样吗？她和孩子以后被人怎么看？不行，这事绝对不行。"

夫妻俩倒先吵起来。

"就算一婚，嫁个像你这样的穷鬼，也不见得过得好。"

“有事说事，夹带我干啥？谁亏待你了？”

“那就有事说事，我看这冯家家境不错，儿子没了，这孙子生下来就是心头肉啊！那将来明珠和孩子还愁啥？况且人家说了，将来明珠婚嫁自由，我看这家人挺通情达理的，人家就想留下个根，咱也不能寒了人的心，只是啊！这个钱，两百万，是不是少了点？”

听这意思，冯家把开出的条件和明珠的父母也谈过了。两百万和一套房子，对于一个来自平均年收入两万的小乡村的村妇来说，是一笔天文数字了。明珠在这种聒噪的争吵和说服中，听懂了母亲的言下之意——孩子可以生，但钱不能少要。

她讨厌眼前这个庸俗的妇女，讨厌任何人拿金钱衡量她和建奇这份爱情，但她又很需要那份保障，那些和金钱有关的烫嘴的话，必须由母亲那样的人说出来才妥当。

“妈！”明珠嫌恶地叫了一声，表示反感。

“整天钱钱钱的，那后半辈子，是钱能弥补的吗？赶紧把孩子打了。”沈大诚说。

“明珠，你刚才说那个宫角孕，医生咋说的？”母亲问。

“说再观察观察，侧卧睡，看能不能回到正位上，过几天再去做个B超。”

“我就说嘛！别自己吓自己。你看这样行不行？妈留下来照顾你，你安安心心养胎就行了，保证让你把这孩子顺顺利利地生下来，妈给你伺候月子，带孩子，送幼儿园，你什么都不用操心。”

母亲这么一说，明珠有点心动，感到一种轻飘飘的温暖，像喝了一碗开水冲鸡蛋一样舒坦。

“家里的事怎么办？”她问。

“现在农家乐生意慢慢也不行了，摊子大，还劳人，也挣不了多少，我照顾自己女儿，带自己的外孙，又有钱挣，多好！”

“有钱挣？我可没钱。”前一秒明珠心里的那点欢喜，下一秒就灰飞烟灭。

“亲家母说了，一个月给我五千，你别管了。”

“这钱不能要。”她说。

明珠也说不清楚这钱为什么不能要，但她就是这么觉得。她的心里，有一股错综复杂的灰色力量，在高洁和卑劣、纯粹和复杂之间徘徊，使她左右为难。

而农妇岳娥觉得这钱要得理所应当。不仅要这个保姆费，她还得让明珠多要一百万，这一百万除了可以给儿子在县城买一套房子，而且支付未来儿媳的彩礼也绰绰有余。她的算盘打得很好，可是当她说完这些，明珠马上奓毛了："我是为你儿子谋福利的工具吗？我生下这个孩子是为这点利益吗？你想都不要想，这不可能！"

母亲无情，明珠就无义。她们之间有一种奇怪的磁场，看不见，摸不着，有时相斥，有时相吸，当然，相斥的时候多。

"你傻啊？以后后悔了可别找我哭，谁爱管你。"

母女俩谈崩了，父亲也就畅言："罢了，明珠啊！你还年轻，以后的路还长，这个孩子得打掉，别听你妈的，可别犯傻。"

明珠在父亲这里得到了她想要的那点温暖和珍爱，可她却因父亲软弱、人微言轻，且对母亲言听计从而迁怒于他，没好气地说："你们别管了，我自己的事我自己做主。"

沈大诚只剩叹气，岳娥还要劝说，明珠转过脸再不回应了。

后来，父母回去了。母亲是骂骂咧咧地走出这间房门的，撂下了许多狠话，说："就当我没生过……"她惊觉自己说错了，又改口道，"就当我没养过你这种没良心的东西，你可别后悔。"

父母走后，明珠一人在沙发上呆坐了一会儿。她的小腹还很平坦，根本看不出什么变化，但她知道身体深处正在发生一场裂变，一场命运的暗流正在涌动。她用手轻轻抚摸着小腹，感到一种孤零零的温暖。此刻，她和她未出世的孩子相依为命，只有彼此。

因为要卧床，明珠向园长又请了几天病假。她挺想念班里的那些孩子，孩子们的笑声像春天的泉水，叮咚清脆。一想到自己也会生一个那样可爱的小朋友，她忽然觉得之前设想的那些苦也不算什么了。

奇怪的是，冯母并没有来叨扰她，只是隔两日给她发了条短信，大意就是让明珠保重身体，无论她生不生这个孩子，都尊重她的选择。

明珠没有回复，她不知道该说什么。

父母回去后，明珠才恍然想起，父亲那日是来城里看病的，就打电话问他检查结果，电话是弟弟明晖接的，他没好气地说："爸没事，就是胃溃疡，吃点药就行，妈被你气病了，在家躺好几天了。"

瞧！连弟弟也来道德绑架她，怕是也惦记着那百万买房款和娶老婆的本钱。她这个弟弟有意思，没读多少书，在家里的农家乐帮忙，嫌父亲给的钱不够，有一次悄悄把收款的二维码换成了自己的，一天下来，被父亲发现了，在院子里追着打。她想起来觉得又好气又好笑。

有句话说："如果你没有道德，就没有人可以绑架你。"明珠冷笑了一下，说："那你好好照顾妈，多干点活儿。"

大倪回来了，买了很多水果和蔬菜。大倪每天工作很忙，但为了给明珠做饭吃，最近每天都回来得比较早。

"你不是反对我生这个孩子吗？为什么还这么照顾我？"明珠困惑。

"宝贝儿，我从来没说过反对，也没说过不反对吧！我的态度一直都是，这个问题，要你自己做决定。"

明珠还是无法做出决定。她想，这个决定，应该留给天意。

几天后，大倪陪她去复诊。

B 超的探头搁在肚子上滑滑的，凉凉的。

"医生，怎么样了？"她有点紧张。来的路上她就想过了，如果胎儿位置长好了，那她就生下来，如果还是像上次的那样，就打掉算了。物竞天择，优胜劣汰，这个选择权，就交给了老天爷。

"还不错。"医生惜字如金，只说了这三个字。

做完 B 超，她坐在外面等报告，看到有一对夫妻拿着单子，在确认怀有孩子后激动得又哭又笑。刹那间，她忽然觉得这个生命是如此珍贵，让人不舍。她在心底默默祈愿，希望上天的选择是留下这个孩子。B 超单打出来，医生签了名递给她。她就站在原地仔细看着单子，大倪也凑过来一同查看。一个灰色的扇形图案，上面有影影绰绰的阴影，下面有文字，她好像看懂了，又好像没看懂。

拿给她单子的医生，就是上次夜间帮她逃跑的那位。

医生看了看单子，对她的年龄颇感兴趣，似问非问地说："你今年 24，本命年啊？"

一听到本命年，明珠心里“咯噔”了一下。本命年，是中国人耳熟能详的一个词，老话说“太岁当头坐，无福恐有祸”，民间有拜太岁、穿红内裤、扎红腰带的习俗，就是因为本命年往往会出现意外之事，也就是邪事、凶事，所以要趋吉避凶。明珠本来不信那个邪，母亲叫她穿红内裤，她还笑她老封建，直到建奇出了事，她才隐隐信了邪，觉得很后悔，那个红内裤，她要是穿了就好了。

这位“不正经”的医生这时变成了算命先生。他看看她，又看看单子，说：“本命年，民间也叫做槛儿年，是一道门槛，很多人会觉得倒霉，事事不顺。其实我觉得，这个问题，要用辩证的角度来看，我觉得本命年看起来不顺，其实是一个拨乱反正的过程，它只是在这个人生节点上告诉我们，我们的人生应该改变些什么，然后走上正轨。就像这个孕囊，也在努力地游啊游，朝宫腔移动。”

绕了这么大一圈，原来他只是想告诉她，宝宝已经回到正确的胎位了。

“真的吗？医生？你的意思是说，这个孩子可以生？”

“情况有改善，但还是要持续观察，十天后再来复诊。”

明珠急着把这个好消息告诉大倪，谁知一出门就被一对男女围住，男人手里拿着相机，女孩举着一个小小的麦克风，都快戳到明珠脸上了，她开口说：“我是 ×× 新闻的记者，您是冯建奇的妻子吗？能采访一下您吗？”

明珠本能地往后退，那记者又上前一步，生怕她跑了，不管被采访人同不同意，女记者就开始了一连串的发问：“听说你怀孕了？今天是来产检的吗？胎儿一定很健康吧！你会生下这个孩子吗？”

她不知道为什么要接受一个陌生人的盘问，不知道要不要回答这些问题。明珠从没接受过什么采访，她在电视和小说里看到过那种突如其来的采访，被采访的大佬们铁青着脸，丢下一句“无可奉告”就走了，她是不是也可以这么做？可是记者说的下一句，让她放弃了这个想法。

“您是英雄的妻子，能给我们讲一讲，他平时在生活中，是一个什么样的人？”

这些日子，建奇在火灾中牺牲的消息被媒体轮番报道。他被称为

“最美的逆行者”“火光里的英雄”，相关报道连篇累牍。明珠每看一次，就心痛一次，索性断了网络。

现在，听到“英雄的妻子”这几个字，明珠下意识地挺直了脊背。她不能给建奇抹黑，英雄的妻子应该温柔贤淑、品德高尚，也该站有站相，哭有哭相，更不能对记者冷漠吧？

“他，他，他很好……，我……”她不知道该先回答哪个问题。

“您会生下这个孩子吗？您有什么困难和压力吗？”

“我……”明珠四处张望，想寻求帮助，这个大倪，关键时刻不知道去哪儿了。

“您犹豫了？您难道想打掉这个孩子？听说冯建奇是家中独子，您不想为他留下血脉吗？您不会这么自私吧？”

是吗？她自私吗？她承认，自己在很多个瞬间产生过打掉孩子的念头。如果这样做了，建奇会同意吗？会理解吗？会原谅吗？生下这个孩子，才能证明她的爱完美无瑕，她的道德高高在上，对吗？

她被这个牙尖嘴利的记者问得哑口无言，委屈又心酸，都快哭了。

这时，李景哲医生从诊室出来了，他挡在了明珠的前面，质问那对男女：“你们在干什么？什么记者？哪个台的记者？记者证给我看看！这里是医院，你们怎么进来的？”

那女孩还真拿出了记者证，李景哲草草扫了一眼又还给她，继续赶他们走：“你们在这里吵吵闹闹，孕妇情绪波动，动了胎气，你们负责得起吗？孕妇生不生孩子，一要问医生，胎儿发育健康不健康，能不能生。二要问孕妇自己的意愿，想不想生。”

记者一听，马上问医生：“您是她的主治医师吧？请问胎儿健康吗？孕妇怀孕几个月了？”

医生一脸严肃：“这是我病患的隐私，无可奉告。”

随行的摄影大哥差点崩不住笑出来。这个医生有意思，你让人问医生，问了你又说“无可奉告”，难搞。

记者一看采访受阻，再这样下去也问不出什么有用的信息，便打算结束采访，总结陈词了，说：“既然如此，我们就不打扰了，希望您好好调养身体，为我们的英雄生下一个健康聪明的孩子。”

话已至此，记者和摄影大哥本已经打算走了，明珠听到最后一句，内心情绪波澜起伏，忍不住问："是不是像你这样的陌生人、普通网友、群众，都觉得我应该生这个孩子？"

"当然啊！他是独生子，父母失去了他，该多伤心绝望啊！这个孩子就是你们的希望啊！这是英雄的血脉啊！你怎么忍心让他的父母再次伤心？如果是我，我肯定会生下这个孩子。"

记者很年轻，脸上还带着稚气，鼻子上架着一副眼镜，好像才出大学校园不久。李医生愤怒了，斥责道："你是什么记者？三观不正，没点职业道德，你的证件是办假证那里买来的吧？还不走吗？"

不专业的人最怕被人质疑她的专业，记者一听这话马上火了："谁三观不正了？我怎么没职业道德了？"

"请你搞清楚报道事实和评价事实的区别，不要以自己的主观评价去定义当事人，不要用你浅薄的观点去对别人的人生指手画脚，你无权对当事人的行为定性，暗示她应该怎么做。"

"我哪有？你别血口喷人，就你们医生有职业道德吗？……"

两人就这样争吵起来，记者可能是见惯了这种场面，吵起架来气势十足，明珠见李医生有点落了下风，更加发怵，帮不上什么忙。恰好大倪从厕所回来了，明珠如同抓住了救命稻草一般抓住大倪的胳膊："快走！"

不仗义的她撇下友军，落荒而逃。

一路慌慌张张，大倪也稀里糊涂："到底怎么了？"

明珠生怕那两人追上来，她环顾四周，觉得身边的人个个都形迹可疑，心中满是余悸，一不小心，在下台阶时一脚踩空。大倪想去扶也来不及了，明珠猛地扑到了一位老阿姨的怀里，手里的病历也甩了出去。那阿姨身边还跟着一个中年女子，正要上楼，两人稳稳地扶住了明珠，老阿姨笑得很温柔，说："小心点！"

那中年女子帮忙捡起明珠的病历，老阿姨一眼瞥见了上面的名字——"沈明珠"，她的眼睛在眼镜后面亮了一下，语气有点惊喜："你叫沈明珠？"

有了前车之鉴，明珠惊觉恐怕又遇到了一对暗访记者，她警觉地往大倪身后退了一步，矢口否认道：“不，不是！”

老阿姨有点失望，转眼又盯住大倪，亲切地问：“那一定是你了？你叫明珠，对不对？”

刚才明珠被记者围堵时大倪不在，她还觉得愧疚。这一刻，若是要为明珠挡枪眼，大倪在所不辞，她挡在明珠前面，说：“是，我是沈明珠，怎么了？”

“你家是不是沈家庄的？你爸是个木匠？”阿姨的脸上浮现出悲喜交加的复杂神情，让明珠惊讶的是，她所说的内容竟丝毫不差。

这老阿姨说得越准确，明珠就越觉得心慌。难道现在的网友侦查能力真这么厉害吗？人肉搜索居然连她身处山沟旮旯里的父母都能挖出来，还有什么是他们查不到的？

“你，你们是干什么的？又是哪家媒体的记者？”明珠问。

这时，阿姨身边的中年女子赶忙上前，按了按阿姨的手，示意她不要说话，然后温柔地笑笑，说：“我们不是记者，您别担心，我妈眼花，可能认错人了。”

说完，那女人便扶着老阿姨上楼去了。阿姨一步三回头，脸上交织着满足与失落、欣喜与绝望。当然，这般复杂的表情只有上帝“看”到了，慌张的明珠根本无暇顾及。

第四章

静香

喻静香从医院回来后，梦魇的老毛病又犯了。

梦里有一个男婴白白胖胖，落地就会跑，追着她伸手要抱抱，她去抱，发现那孩子却不见了。她在梦里惊叫，胸口像压了一块大石头，声音压抑而可怖，最后自己挣扎着醒了过来。

她醒来后蒙了许久，看到地板上洒着一块白白的月光，这才起身坐了一会儿，想起这是大女儿的家里。她抚了抚胸口，安慰自己，是因为择床的毛病改不了，才会做噩梦。

她起身去倒水喝，发现书房还亮着灯，里面传来敲击键盘的噼啪声。知夏还没睡呢！

她走进去，叫知夏关电脑："这都几点了？你怀这个孩子多不容易啊？不能这么熬夜了！"

"这篇文章必须今晚写完，明天一早就得发出去，不然这个热点就错过了。"知夏的眼睛一直盯着电脑屏幕。

知夏是个作家，出过几本书，写一些情情爱爱婆婆妈妈的小说，卖得不太好，后来有了微信，开了个公众号，一开始只有几百个粉丝，后来写了一篇文章《女人，你为什么没有冠姓权》，竟然火了起来，“粉丝”噌噌地涨。她忽然像打通了任督二脉，戳中了读者的兴奋点，时不时能写出一篇阅读量十万以上的文章，渐渐地开始有广告商找上门来。后来她因为太忙，便请了助理，还注册了一家文化公司。从表面上看，她好像获得了世俗意义上的成功，但只有知夏自己心里清楚，这份工作不比“搬砖”轻松，绝不仅仅是坐在电脑前敲敲写写那么简单。她的团队常常开选题会开到深夜，有时为了抓住一个新闻热点，她会努力寻找好的故事切入点，避免人云亦云。在众多题材中她要精心取舍，找到一个好的着力点去发挥。她努力做读者的情绪捕手、心情小熨斗、心理裁缝，传递观点时力求恰到好处。她那些阅读量超十万的文章，都蕴含着强大的力量，就像从火山爆发中隐隐感受到地球内核强大的力量一样。写这样的文章，没有点灯熬油的心力和以气血为柴的精神，是写不出来的。

喻静香心疼女儿怀着身孕还要熬夜，可又劝不了她，索性坐下来闲聊几句。

“你说她怎么长得不像我们呢？不像我，也不像你爸。”

“什么？谁？”

“就是明珠啊！沈明珠。”喻静香压低了声音。

知夏这才回过神来，意识到母亲还在说白天遇到的那两个女孩，她叹了口气：“当然长得不像啊！因为站在前面那个女孩根本不是明珠啊，明珠就是跌你怀里的那个，那眼睛、眉毛，和你多像啊！”

喻静香恍然大悟，但又心生疑问：“你说她去妇产科干什么？她是不是怀孕了？也是啊！年纪也不小了，比知冬还大两岁，该结婚生孩子了。也不知道她嫁了个什么样的男人，怎么今天去产检也不陪她？”

知夏一直敲打的手指不动了，过了一会儿，点开了一个网页，说：“你看。”

喻静香没戴眼镜，白花花的电脑屏幕，字密密麻麻，她根本看不清楚，知夏就给她三言两语总结概括中心思想——消防英雄火灾中牺牲，爱妻已有身孕，英雄后继有人。

屋子里忽然安静下来，知夏又盯着自己的电脑。喻静香看女儿手边的水杯空了，就起身出去给她倒了一杯水。她把水杯拿进来放下，正打算回房间，又突然折返回来坐下，深吸一口气："这不行啊！"

"什么不行啊？"

"这孩子不能生。"

现在一说到生孩子，知夏马上联想到自己，两秒钟后她意识到，母亲说的是知秋的孩子不能生。可是——

可是，知秋结没结婚，有没有怀孕，生不生孩子，跟她们有什么关系呢？她们管得着吗？但是知夏不能这么说，老母亲敏感又蛮横，这么说会激怒她，也会伤了她的心。

"妈，你早点睡吧！我这里马上弄完了，也要休息了。"她轻描淡写地转移话题。

"可是，这孩子一出生就没爸爸啊！那怎么行？她一个单亲妈妈，生了孩子以后怎么找对象？有了生育，以后想找个条件好的，那就难了。知秋还年轻啊！以后的路还长着，这个孩子得打掉。"

喻静香忧心忡忡，眉头的川字纹更深了。她一发愁，就唉声叹气，先是沉默一会儿，屏住气，然后提起那口气，长长地呼出来，让听到的人很压抑，有种窒息的感觉。

知夏的思绪全被搅乱了，索性合上了电脑，说："妈，她现在叫明珠。"

人老了，思维就迟钝，喻静香没听懂知夏的言外之意，继续说："我知道，我是说明珠啊，你这个妹妹，现在这个状况，有没有人给她拿个主意啊！生孩子，那可是大事。要不，你去问问，劝劝？"

屋里又骤然一阵沉默，知夏被打断了写作思路有点恼火，见母亲这么拎不清，又觉得好气，她深吸了一口气，让自己冷静下来，提醒母亲："喻老师，她现在叫沈明珠，是被你送人的女儿，不要了的孩子。她如今有她的父母，她的兄弟姐妹，她的生活，我们以什么身份什么立场过问她的事？"

这一问，让喻静香刚才那股热情彻底偃旗息鼓了。她把自己从一个母亲的角色生拉硬拽回来，又叹了口气，回屋去睡了。

知秋刚生下来时有些黄疸，医生说回家后多晒太阳。八九点以后太阳很好，透过窗玻璃洒下一大片白晃晃的阳光，喻静香就把包裹好的孩子放在那片阳光底下。她凑近了看，孩子软软糯糯，已经睡着了，呼吸均匀，皮肤上小小的绒毛清晰可见。这婴儿被捆扎在襁褓中，像一份精美的礼物，而她，丢掉了这生命的馈赠，犹弃敝屣，也丢掉了与她的人生发生链接的无限可能。她丢掉了她。

多少年来，那个在阳光下晒黄疸的婴儿时常出现在她梦里，像一个隐喻。那个窗口像一帧曝光过度的照片，她的孩子，像要消失在光里，融化在光里，她终将失去她。

她后来还偷偷见过知秋一次，不是过年去亲戚家还东西那次。那一次她强烈地感到了被嫌弃，这对于曾经当过老师备受尊重的喻静香而言，自尊心实在是受不了，可她还是挂念那个孩子啊！有一次，她和村里一个年轻媳妇去赶集，骑自行车回来时，她说知道有一条路比较近，可以早点骑回家，那年轻媳妇就跟她一起骑那条近道。那条路会经过沈庄。沈庄地处山脚，路不平，没走多久小媳妇就埋怨："喻老师你带的路对不对啊！"她哼哧哼哧地一边骑车，一边安慰她："对着呢，对着呢，这条路近。"

午后的山村很宁静，路边偶尔见几位老人蹲着坐着，猫狗在村里穿梭，几个小孩子会忽然从路边窜出来追跑。喻老师并不知道知秋养父母家是哪一户，她甚至不确定知秋现在长什么样子，她只是怀着一种隐隐的模糊的期待，希望能远远地看知秋一眼。

沈庄不大，她们穿行了整个村子，也没看到一个长得可能像知秋的孩子，那些孩子都脏兮兮、丑巴巴的，怎么可能是她的秋秋啊！出了沈庄，是一片平坦的麦田，田边有一道水渠，她们就在水渠边的路上骑车。沿水渠的路走了一半，她看到有几个孩子在水渠上玩，有人在水渠上用脚手架的竹板搭了一条简易的临时小桥，一半已经缺损了，另一半摇摇欲坠，正值春灌，渠水也汹涌。喻静香是教师，既热心，又爱说教，停下来想要制止。小桥的那头，两个大男孩正要逗引一个五六岁的小男生从桥上走过去，那小男孩已经走上了桥，身后的女孩连忙制止他："弟，别去！"小男生却不停脚步，仍往前走，女孩颤巍巍地跨上去拉他，却一脚踏进竹板的缝隙里。眼看两人都要跌倒，喻静香冲上去一把捞起女孩，将她推到岸边。男孩被吓蒙了，坐在草堆上发呆，女孩爬起来，头发梢粘了半片树叶，小鹿一般的眼睛看向她，愣了一下，说：“姨，我过年在老姑家见过你。”

是她了，是她的知秋没错了。惊讶于小孩子惊人的记忆力，又怕孩子回去给养父母说漏了嘴，她愣了一下，摆出老师一般的严肃表情，轻声呵斥姐弟俩：“快回家去！以后不许到这种危险的地方玩。”

小男孩回过神来，起身拉着姐姐跑了。那女孩已经跑出去十几米，又回过头来看，喻静香被看得心乱如麻，骑车时差点没把住车头。

后来她再没寻机会去看那个孩子。那次回去后不久，家里便接连发生了许多事。忙忙碌碌中，家里老公公去世了，要操办丧事。老大知夏中考了，即将上高中，但她希望知夏考中专，母女俩因为意见不合，还吵了架。小儿子知冬那年冬天还生了一场病，丈夫也下岗了。她的日子过得焦头烂额，生活的波涛汹涌冲刷走了她心里仅存的一些愧疚和柔情，风刀霜剑将她渐渐磨砺成一个心硬如铁的女人。孩子们相继长大，她好像渐渐把知秋忘记了，或许忘记也好。

喻静香一夜没睡，早晨起来，眼袋都快掉到嘴角了。家里没人，知夏一定是早早起床送女儿皎皎上学去了。

喻静香做好了早餐，这时，知夏回来了，一进门就抱怨早高峰太堵车。喻静香顺嘴奚落：“皎皎都上初中了，还每天接送，牙长一点路，自己走路去就行了。养女娃就是麻烦。”

知夏最看不惯喻静香把一件小小的事都能归因于男女有别，为此从小到大没少和她怼，直到现在，也时不时想把母亲脑子里那些迂腐的东西给扳正了，捋顺了。她撇撇嘴，说：“妈，不管是养女儿，还是养儿子，都很麻烦，都要用心，这事不分男女。”

“那倒也是，养儿子小时候轻松点，长大了可要父母老命啊！买房买车，结婚彩礼，一层层扒皮啊！女儿长大了那可是招商银行。”

知夏听到这番论调，已是司空见惯，没心情和母亲辩论，只能回一个“呵呵”、一个白眼了之，她揶揄道：“好，你说得都对，你现在要好好为你的建设银行建设了，碧晨的父母快到了，知春去接了，中午的餐厅我也定好了，剩下的事就交给你了。”

碧晨是知冬的女朋友，两人是大学同学，已经谈了三四年了，现在开始谈婚论嫁。两家父母说好见面，儿子娶妻，喻老师最上心。去年借着旅游之名，在碧晨的老家河南和对方父母见了一面。双方在饭桌上相谈甚欢，初步敲定了儿女的婚事，谈了房子、车子、彩礼等事宜。碧晨的父母都是老实人，当喻老师问到彩礼时，他们支支吾吾，尴尬地笑着，似乎怕落入“卖女儿”的俗套，始终说不出所以然来。这一次，碧晨的父母来 x 市体检，顺便旅游，结婚的事就被重新提上日程。喻老师让大女儿给亲家定了五星级酒店，说要好好尽地主之谊。

去餐厅的路上，知夏问母亲：“妈，彩礼你打算给多少啊？”

“彩礼”两个字像带了刺，把喻老师给扎到了，她惊叫：“彩礼？还要给彩礼？都什么年代了，还给彩礼？又不是卖女儿。”

“您要是手头没钱，这钱我出。”

“我有钱也不能给啊！他俩是自由恋爱，自己谈的，有感情的，你情我愿的，又不是相亲认识的，要什么彩礼？”

“这是什么道理？相亲的陌生人倒有身价，有感情的怎么反倒不值钱了呢？”知夏哭笑不得。

“你懂什么？反正，我就见机行事吧！能不给就不给，能少给就少给。”喻老师撇撇嘴，一副成竹在胸的样子。

她们比碧晨的父母早到了一会儿，面上的礼数要有，给足，但是里子嘛！国人都注重面子，谁管里子是黑心棉还是白心棉？

进了包间，许大忠和女儿知春已到了，许大忠在抽烟，喻老师让他把烟灭了，许大忠没听。落座十分钟后，碧晨的父母进来了，看起来这是一对谦和恩爱的夫妻，进门的时候，包间有个高高的门槛，袁父转身扶了袁母的手。喻老师撇撇嘴，心里有点酸，转头又暗斥丈夫把烟灭掉，这一次，许大忠勉为其难掐灭了烟。

餐厅是知夏选的，是一座具有陕西民居特色的高墙大院，飞檐斗拱，影壁游廊，颇有气势。喻老师觉得很有面子，但又觉得消费肯定不低，刚才悄悄地问过知夏这家菜贵不贵，知夏说她是会员，有折扣，喻老师这才放下心来。

菜单传了一圈，大家都客气了一番，最后点菜的重任落在了知夏身上。知夏点菜，喻老师就在旁边做补充说明。

“这个葫芦鸡一定要尝一尝的，是我们这边的特色。”

“酸辣白菜要点，不要小瞧这道素菜，这是我们关中特色，一般人炒不好。”

袁父袁母只是忙不迭地劝阻：“少点一些，随意一些。”

碧晨插话：“阿姨炒的酸辣白菜就特别好吃。”

“对，晨晨就喜欢我炒的酸辣白菜，还有那个粉蒸肉，是不是？知夏，粉蒸肉点了没？”

“点了点了。”

许大忠话少，就只会不停地递烟：“老哥，抽烟！”

袁父连连摆手。

大概天下所有的女婿在岳父面前都又乖又㞞，许知冬只会默默地倒茶，拘谨内敛。许大忠暗暗吃惊，这小子在他面前说话，一言不合就梗着脖子，说话噎死人，把老子训得一愣一愣的。有一次许大忠听儿子跟同事打电话，对新人传授经验：“把客户当爸爸，亲爸爸，亲爸爸……”许大忠嗤之以鼻：“你拿对亲爸爸的态度对客户，那肯定谈不成啊！你对亲爸爸什么态度？那可不咋好啊！这就是你工作的态度？那可不咋好啊。你得拿出对孙子的态度对客户啊！你看隔壁老赵对孙子，孙子要什么给什么，孙子说什么都对，孙子可以骑他脖子上拉屎……”许知冬被父亲怼得气结。现在，这个时刻跟亲爸爸对着干的小子，在准岳父岳母面前，变成了乖顺的猫崽，甚至为了表现，还给亲爸也倒了一杯茶，许大忠受宠若惊。

菜上齐了，许大忠陪着亲家公喝了几杯白酒，酒过三巡，大家紧绷的神经放松下来，聊起了养生、运动、饮食，聊各自孩子的成长历程，不动声色地夸着自家孩子，间或说点小缺点，请亲家日后多担待之类的话。袁母说女儿懒，不爱洗碗，喻老师说儿子脾气犟。大家心里都明镜似的，这是“出厂”前的“售后免责声明”，最后，喻老师不着痕迹地将话题引入正题——房子、彩礼。

房子已经买好了，三环内，精装修，大三室，户型方正，花了喻老师和许大忠大半辈子的积蓄，大女儿还补贴了一些，按揭二十年，每个月还贷四千，写的是许知冬的名字，婚前财产。袁母很通情达理地说："结婚有房子就行，咱们是冲着过日子去的，房子谁掏钱买的就是谁的，估计这也是你们老两口大半辈子的积蓄，我们也不惦记加名字。"

喻老师也很通情达理："我们这边讲究女方出装修，买家具，咱们就不讲究这些了，我们全都准备好了。"

还是袁父谨慎，问了句："这个房贷，以后谁还？"

提到这个，知冬马上回答："我还，我还，我考到区卫生局了，工资现在虽然不高，但是有公积金，还贷没有问题。"

"工资现在虽然不高"，到底是多少，袁父在家也旁敲侧击问过女儿。再豁达的老人，面对儿女的婚姻大事，都不免计较多虑，面对准女婿的回答，他似乎挑不出什么毛病，但又觉得哪里不对。还了房贷，那点工资还剩多少？其他家用谁来出？是他的女儿吧？她要在那个房子里结婚，生孩子，带孩子，交水电费，买菜，买孩子的纸尿裤、奶粉，可是一旦婚姻有变，她只能……袁父不愿往下想，他这样想会觉得自己卑鄙，这笔秘密的账本他不好意思摆出来，所以他只能若有所思地"哦"了一声。

摆在碧晨面前的一盘酸辣白菜见了底，知冬贴心地夹了一块鸡肉到她的骨碟里，她却嫌油腻，皱眉推开不要。喻老师见到这一幕，故作吃醋状，调侃道："妈也想吃肉。"

知冬笑笑，他知道自己在岳父母面前的表现是令人满意的，大家都打趣又欣慰地笑着。他去给母亲夹肉，让这个调侃达到应有的效果。知春也给母亲夹肉，碧晨把自己碟子里的肉也夹过去，喻老师的碗里一时多了好几块肉。碧晨看着那几块金黄焦脆的鸡肉，忽然感到一阵胃液翻涌，胃里像是有一根小棍在翻搅，她忙捂着嘴巴，起身去洗手间。

知夏定的是个大包间，洗手间就在包间里。碧晨在洗手间干呕了一会儿，并没有吐出什么东西来。她望着镜子里自己那张苍白的脸，心里有点不安。

她回到席间的时候，母亲和喻老师已经谈起了彩礼。不知道是谁先提起的话题，但这场谈话进行得并不顺畅。每个人说一句，就会夹带一个虚伪又尴尬的笑，前一个人的笑消失了，另一个人的笑紧接着补上，而真正的意思都隐藏在那个笑容背后，难以捉摸。并且，每个人说的话都不成完整的句子——“您看，这个……”“别人有的，咱肯定有，不过，这边刚买了房子，这个……”，核心意思全隐藏在没说出口的半句话里。

袁母明显嘴笨，又放不下可笑的自尊心，喻老师显得诚意满满，总是不等袁母把后半句话说出来，就体贴地接了话头：“我知道，亲家，我理解你的意思……”，理解归理解，可她还要说“可是……”，她的“可是”说出来，袁母就迟疑地点点头，像是被她说服了。

在座的其他人虽然有的在若无其事地夹菜，有的在窃窃私语，有的在劝饭劝酒，但每个人都竖起耳朵，关注着这场谈判。

多么俗气的谈判啊！袁碧晨屈辱又局促地坐在那里，感觉自己像一块砧板上的五花肉，被人看中了。“老板，能便宜点吗？”“不能！今年饲料涨价了，人工也高。”“今年形势不好，钱难挣，现在这猪肉价也涨得太离谱了，都吃不起了。”“这样吧！给你抹个零。”“能给个员工价吗？”“可以赊账吗？”“能分期付款吗？”袁碧晨如坐针毡，恨不能遁地而逃，她讨厌这场谈判，可她心里又觉得这彩礼应该给，爽爽快快地给。

谈判终于结束了，似乎是约定了一个数目，十万，还是二十万？袁碧晨没听清，她胃不舒服，想早点回去休息。

这场略显尴尬的饭局终于结束，袁碧晨陪父母回酒店休息。袁父洗澡的时候，母亲悄悄地问女儿：“你刚才一直恶心想吐，该不是……怀孕了吧？”

既然已经谈婚论嫁了，碧晨想了想，就对母亲坦白了：“嗯！拿试纸测了，还没去医院。”

袁母的第一反应是：“知冬知道吗？他妈妈知道吗？”

“还没来得及给他说，打算叫他陪我一起去医院看看。”

“他妈妈不知道吧？”

“肯定不知道啊！”

得知亲家并不知道这件事，袁母松了一口气：“先不要告诉知冬，也不要让他妈妈知道。”

袁碧晨懵懵懂懂地点点头。

不让喻老师知道？喻老师何等人也？她怀孕过六次，生了四个孩子，还分别引产和小产过一个，女人怀孕时那种细微的变化，她一眼就能看出大概。回去的路上，她就开始盘问儿子：“碧晨是不是怀孕了？”

知冬哪知有诈，便老老实实回答：“没有吧！就是前两天听她说那个，就那个，还没来。”

喻老师也松了一口气，微微地笑了，得意地看了儿子一眼：“我儿子真行！”

知夏多嘴问了句：“妈，那个彩礼钱，你够吗？不够我给你拿点儿。”

“不用，我有。”

第五章

知秋

一个女人从什么时候开始变得勇敢？不是她独自走夜路的时候，也不是一个人去旅行走进无人区的时候，更不是她飞蛾扑火般去爱一个男人的时候，而是她决定做一个母亲的时候。在她没有决定做母亲之前，所有的岁月都是她的少女时代，她的少女时代是迷茫的，懒散的，软绵绵的，不知所措的，稀里糊涂的。而现在，她成为了一个母亲，她的少女时代才真正终结了。她变了，她变得坚硬又温柔，眼神坚定，目标明确，她有了自己愿意用生命去保护的东西，她手里像是有了一根隐形的矛，时刻准备着和这个世界大干一场。

明珠打算生下这个孩子，可是，她很快发现，她被同盟和友军相继抛下，她成为了孤家寡人。

冯母晾着明珠，没有来叨扰她，也没有再派说客来。

养母岳娥像是气消了，时不时会打电话来，也会说一些叫她保重身体这样的话，但不再为她指点迷津出谋划策了，一副“随她去吧、爱咋咋地”的态度。

大倪每天都在加班，时常一两天都见不到人影。

明珠一个人去超市买菜。胎儿发育正常了，妊娠状况逐渐平稳。前两日她再去医院检查，李医生告诉她，所有指标都已正常了。这一定是建奇在天之灵在保佑她和这个孩子。明珠没有什么妊娠反应，心情逐渐平静后，她能吃能睡。她觉得，这也是建奇的在天之灵在保佑她和这个孩子。而她所能做的，唯有努力加餐饭。

她买了牛奶、鸡蛋和一些蔬菜。现在的菜可真不便宜，尤其是绿叶蔬菜，但是李医生说了，孕期要多补充维生素，要荤素搭配，营养均衡，肉也要多吃。

她又去买肉。嗬！这肉价是坐火箭了吧？明珠怀疑自己看错了，再三确认。一斤五花肉要三十七？排骨在打特价，也要三十九。明珠感慨了一番生活不易民生多艰，然后挑选了一块五花肉。

她又挑选了一些水果，结账。就这些东西，一共三百多。正在扫码支付时，一条短信挤了进来，她扫了一眼，是信用卡中心的还款提醒。什么？这个月要还三千多？她匆匆支付完，出了超市。

这个月怎么要还那么多？她有点蒙。明珠平时没有用信用卡的习惯，最近一个月去医院次数多了，她才知道，医院是一个烧钱的地方，不能降价，从不打折，随便一个检查就是几大百，来医院一次千儿八百算少。而她意识到，这才刚刚开始。

副园长打电话来，说：“孩子们都问珠珠老师什么时候回来。快六一了，要排节目，园里忙不过来，你没什么事快回来吧！”

她似乎是没什么事了，该回去上班了。等到囊中羞涩，她才意识到，不是工作需要她，而是她需要工作。

明珠怀揣着身体的秘密去上班，像个没事人一样。大家都知道她的丈夫遭遇不测，一个生命的逝去已有月余，在外人口中不过一番唏嘘，一句“节哀顺变”。同事们见她全须全尾，说罢“节哀顺变”，便各自忙了。

孩子们围在珠珠老师身边，叽叽喳喳，问东问西。之前代课的老师对孩子们说珠珠老师生病了，小宝伸出手摸明珠的额头，问她是不是发烧了，现在好了没，还偷偷从书包里拿出一个退烧贴来要给她贴额头上；紫函问明珠生病打针了没有，打针哭没哭，小宝就和紫函争论起来。小宝说：“老师是大人，大人都不哭。”紫函说：“老师是女生，女生可以哭。”说着说着，两个人就吵了起来。

明珠哭笑不得，当法官断案，对他们说：“大人难过和疼痛时，可以哭；女生可以哭，男生也有资格哭。哭不代表不勇敢，偶尔哭一哭，对身体有好处。”她话音刚落，就听到角落里传来一声尖锐的哭声。是蒋子涵哭了。

蒋子涵虎头虎脑，平时很调皮，在幼儿园见他哭，这还是头一次。明珠做完法官，又去安抚蒋子涵，可是任凭她怎么问，这孩子都不肯说自己为什么哭，说这是秘密。明珠没辙，只好悄悄地附耳对他说：“老师也有个秘密，我们可以用秘密交换秘密。”

成交。子涵点了点头。

小孩子就是单纯，先说出了自己的秘密。原来，子涵妈妈生了小妹妹，全家人每天都围着小妹妹转。爸爸一回家就先抱小妹妹，小妹妹晚上可以和妈妈睡在一张床上，而子涵只能和奶奶睡。昨天下午在小区里玩，邻居奶奶说，妈妈生了小妹妹，不爱他了。当时子涵没哭，今天早上来上学前，妈妈给小妹妹换尿不湿，都没回头看他一眼。他越想越不是滋味，刚才老师说男生也可以哭，哭不代表不勇敢，他就没忍住。

明珠摸了摸子涵的小脑袋，微微笑了。接下来正好是一节绘本课，她借此机会给孩子们读绘本《现在你是哥哥了》。孩子们听得很认真，子涵好像已经忘记了刚才为什么哭，还有个女生举手说“现在我是姐姐了”，明珠便说，明天给大家读《现在你是姐姐了》，那女生便得意地挑了挑眉，原来做哥哥和做姐姐也是很不错的体验哪！

下课了，子涵像是已经完全忘记了那回事，跑去操场和大家一起玩了。明珠望着孩子们幼小的身影，心里颇有感触，那小小的身体里，也承载着许多情绪，却有很多喜怒哀乐被大人忽略了。她想，每个孩子都需要公平、平等的爱，如果有两个或者多个孩子，父母该如何分配自己的爱？她想，自己就只生这一个孩子，把全部的爱都毫无保留地给他，让他在成长过程中，不会因父母的偏心而委屈，不会嫉妒兄弟姐妹所获得的爱和关注，他独一无二。

小子涵玩得气喘吁吁，忽然从操场折返过来，跑到明珠身边，追问道：“珠珠老师，你刚才说交换秘密，你的秘密，还没有告诉我呢！”

她一怔，笑了：“那你要为我保守秘密啊！”

两个人拉钩钩，明珠附耳悄悄对他说：“老师的肚子里，也有一个小宝宝。”

孩子惊奇地睁大眼睛，追问：“是小弟弟还是小妹妹？”

“不知道，不管是弟弟还是妹妹，老师都会很爱他。”明珠怕敏感的孩子胡思乱想，又补充道，“但是老师还是会像以前一样爱你们。”

小子涵大大咧咧地笑了：“我知道，我没那么小心眼，我不嫉妒。珠珠老师，我已经知道怎么做一个哥哥了。我可以做你的宝宝的哥哥吗？”

“可以啊！那真的太棒了！”

师生俩击掌为誓。

快下班的时候，工资到账了，上个月她请假太多，工资少得可怜。她叹口气，发愁信用卡的账单该怎么还。

晚上，大倪回来了，带了明珠爱吃的粥，嚷着连日加班太困了，就进屋去睡了。临睡前，明珠听到自己手机里进账的提示音，打开支付宝一看，大倪转给了她五千块钱，附言道：从今天开始，姐包养你。

这笔钱，不仅够她还信用卡，还有结余。明珠望着手机屏幕，手指停在那里。

女孩子间的爱和善意，有时比钻石还要珍贵，纯粹得毫无杂质。只因在一段漫长的黑暗岁月里，她们曾相伴走过。她想了想，没有回复任何内容，沉默地接受了这份善意。

第二天早晨，大倪起早上班，明珠也早已醒来，站在自己卧室门口，叫住正在换鞋准备离开的大倪。

大倪知道她要说什么，手一挥：“打住！我告诉你，我这辈子可能不会结婚生孩子，所以你这个孩子得管我叫干妈，他要为我养老送终的，我不亏。”

明珠笑了，轻轻地说：“大倪，我爱你。”

秘密并没有保守太久。

这天下午，明珠正在为孩子们编排“六一”的舞蹈。这支舞蹈叫《偶像万万岁》，本来是几个年轻偶像的作品，明珠稍加改编后教给孩子们。舞蹈整体风格欢快活泼。她知道自己现在怀有身孕，做动作时幅度都放得很小，有小朋友就笑嘻嘻地“嘲笑”她：“老师，你的翅膀没打开。”

孩子们都笑起来。

第二次跳的时候，明珠就下意识把“翅膀”打开了一些，腿也踢得更高。就在这时，园长进来了，见状大惊失色，忙叫她停下来，把她拉到一边，关怀备至地说：“明珠啊！我是刚刚知道，你怎么不告诉我呢！”

“什么？”

“你这孩子，自己心里没数吗？你不能再这样跳舞了，你肚子里的孩子要是有个三长两短，那可怎么办？”

明珠的脸上闪过一丝羞赧，她没有追问园长是怎么知道的，网络和媒体这么发达，太阳底下没有什么秘密，但她有别的担心：“可是，马上‘六一’了，我们班的节目还没排出来。”

“还排什么节目啊！这事就交给倩倩了。”

倩倩是和明珠搭班的配班老师，连日来就是她代课。现在，只能由她挑大梁，把“六一”的节目排出来。

明珠考虑到自己的身体，点点头：“也行，我配合倩倩，帮着把班里的节目排出来。我们这个节目已经报到市里了，这次是要在市里演出的。”

园长皱了皱眉：“幼儿园孩子这么多，孩子们都调皮，没轻没重的，万一碰了你，你有个闪失……”

园长欲言又止，明珠有点明白了，又有点不确定，迟疑地问：“那我……那您的意思……？”

“你回家好好养胎。乖！听话。”园长还是那样和蔼可亲，可语气里，却透着一股坚硬的冰冷。

明珠这一次算是听明白了，可她仍不敢相信这个决定是从园长的口中说出来的，她质疑道：“您是要解聘我吗？”

“我怎么会这么做呢？是你要辞职的，但是你放心，咱们单位不会向你要违约金的。”园长的态度表明，不仅要明珠离职，赔偿金也是没有的。

明珠简直不能相信自己的耳朵，她觉得胸闷气短，连声音都有点颤抖：“我跟单位签了三年的合同，平时工作兢兢业业，每年都是优秀教师，排的节目获过省级和国家级的奖项，就算怀孕了，按劳动法规定，幼儿园也不能在我怀孕期间辞退我！”

园长依然保持着一副无懈可击的亲切笑容，嗔怪道：“你这孩子，我都是为你着想，你跟我扯什么劳动法，这多让人寒心哪。”

这一刻，明珠意识到，多说无益，她不再争辩了，摸了摸身边一个孩子的头，对园长淡淡一笑，朝屋外走去。就在这时，她的腹部忽然传来一丝隐隐的痛，像是有一块石头在往下坠，下体传来一股温热，那种熟悉的感觉让她心里“咯噔”一下，顿感不妙。

人性就是这么复杂。园长逼她辞职时冷酷无情，却又能在关键时刻亲自开车送她去医院，还垫付了医药费。她躺在病床上时，园长还去买了粥送到床边，依然是往日那个可亲的大姐。

李景哲医生很严厉地批评明珠：“胡闹！你怎么还能跳舞？这孩子你不想要了？不想要也不能这样折腾自己。不是我说你……”

明珠一时间委屈啊，失望啊，伤心啊，无奈啊，各种情绪齐齐涌上心头，她哭了，急忙说：“我要，我要，这个孩子我要。”

好巧不巧，她这话刚说完，养母就推门进来了，一进门就拉着她的手，露出许久未见的慈母样，温柔地说：“别哭，生下来，妈帮你带。”

明珠还沉浸在差点流产和即将失业的仓皇失措中，对养母的突然到来也没有多想。她此刻是脆弱的，需要抚慰的，就任由养母拉着自己的手。她痛痛快快地流着泪，养母也被她的情绪感染，甚至想煽情地把她抱在怀里，但两人之间仿佛隔着一层微妙的隔阂，始终没能再靠近一步。

李医生在一旁看着，有些感动，又有些尴尬，看到明珠的眼泪把衣服都打湿了，于是从白大褂里摸出一包纸巾来想递给她，却忽觉不妥，拿着纸巾的手停在半空。他向护士使了个眼色，那护士接过纸巾，口罩下的嘴角撇了撇。

明珠接过纸巾时，意识到自己失态了，她擦了擦眼泪，克制住情绪，随后想起来问妈妈忽然到来的原因。养母有一大堆理由，说自己在老家一直挂念明珠，接到园长的电话，马上就坐了一个多小时的车赶来了。明珠没去细想，到底是养母挂念女儿才来，还是园长通知才来，这都不重要。重要的是，明珠发现，当自己在做这个生孩子的重大决定并承担责任时，她有一种深深的无力感和迷茫感，她需要一个支撑，这个支撑，哪怕是养母，也聊胜于无。

园长把明珠交给养母就离开了，李医生叮嘱了一番，也出去了。

邻床的人睡着了。

母女俩的聊天像一幅密卷一样，一点点铺开，图穷匕见。

养母说："我能帮你带孩子，我跟你爸一起带。"

"嗯！"

"养孩子就是花钱，你做好准备了吗？"

"嗯！"

"这孩子是冯家的血脉。"

这句话终于步入正题。明珠没有吭声，仿佛在等着养母把话说完。

"建奇他妈一直牵挂你和孩子，老问我来着，叫我劝你。"

这一次，明珠没有再剑拔弩张地质疑养母的居心，也没有把自己放在冯母的对立面。为什么要对立呢？大家不都是想养育这个孩子吗？何况那是她深爱丈夫的母亲，是这个孩子的奶奶，她能不对孩子好吗？

"他们家条件好，不会亏待孩子和你的，妈和你爸也帮衬着，咱们一起把孩子养大，也不枉你和建奇好一场。"

"嗯！"

谈话到这里就结束了，虽然简短，但言简意赅，直指核心，明珠把心打开一个小小的口子，试着接受命运带来的所有悲喜。她从逃避回到了现实中。

妇产科的病床数量永远紧张，明珠留院观察后没什么大碍，下午就被准许出院了。

一切显得那么自然，一位司机开车载着冯母前来迎接，仿佛一切都是一早安排妥当的。养母和亲家执手相看，泪眼婆娑，唏嘘孩子们命运多舛，希望能珍惜这份缘。

至此，明珠已经很清楚，婆婆和养母一直有联系，她们早就串通好了，步步为营，给她设了一个圈套，很可能园长解聘明珠这件事也和婆婆有关，但明珠不想追究了。这件事不能视为一个圈套，她怀的是建奇的孩子，他们是有感情的，她心甘情愿，为这件事她做了充分的心理建设。婆婆要接她去承诺的那套房子住，说一切都已收拾妥当，连小孩的玩具都买好了。明珠迟疑了一下，说行，但是要先回自己的住处收拾，退租，再给她几天时间。

养母当时就暗忖这孩子一点也不傻，条件没谈妥，可不能这么稀里糊涂地住过去，明珠争取到几天时间，剩下的事就看娘家人的了。岳娥顺口说道："对，也不急这两天，先送她回那边，我跟你去新房看看，看还有什么要置办的。"

妈妈们把明珠送回住处，安顿好后就欢天喜地地告辞了。临出门的时候，明珠悄悄地叫住养母，声音很低，但不容置疑："你适可而止。无论如何，我都要生。"

岳娥眉梢有一丝丝得意，她说："放心吧！我有分寸，妈不会害你的。"

人都走了，屋子里安静下来。她一个人坐在沙发上，想要把接下来的事在心里捋一捋。

过了一会儿，有人敲门，声音很轻。她以为是两个妈妈忘带走东西回来拿。开门却看到门口站着一位中年妇女，梨花卷发，白净优雅，穿一件宽松的连衣裙，手里拎着一个礼盒。那女子笑吟吟地说："明珠，你好！"

明珠看她面熟，一时却想不起来是谁。

"我是许知夏。"女人自报家门。

明珠听说过这个名字，一个挺有名的作家，也做自媒体，公众号文章篇篇爆款，主打情感话题和女权内容。明珠还关注了她的公众号，闲暇时会翻翻文章，有些读来让人头皮发麻、内心久久不能平静。那些文字看似平常，却句句都说到了人心坎上。她以前总以为作家都是蓬头垢面、邋里邋遢的呢，可眼前这个人却这么优雅好看，她真的是那位作家吗？还是只是同名同姓？她来找自己有什么事呢？该不会也和那些跟风的自媒体一样，想通过采访明珠来吃人血馒头、蹭热点吧？可这件事还有热度吗？

想到这里，明珠警觉起来，正要关门，那女人赶忙解释："我是喻静香的大女儿，你的……姐姐。"

这对生疏的姐妹就这样站在门口默默对视了几秒。见惯了场面的知夏竟有些局促，而明珠的心突突地跳着，快喘不过气来。短短几秒内，她强压下内心翻涌的情绪，咬紧牙关，佯装出平静，说："进来吧！"

明珠回想起那一次在医院遇到的那个奇奇怪怪的大妈，童年往事和一些模糊的影像在脑海中迅速闪过。她忽然灵光一闪，恍然大悟：哦！原来是她呀！

那么，是她派大女儿来的吗？她们想要做什么？也是和腹中的这个孩子有关吗？

明珠打开门。

她们像是被铸在了空气里，许久没有开口。知夏是被母亲强逼来的。喻老师自从上次在医院见了明珠，就跟中了邪似的，非要来看看明珠，被知夏劝住了，但条件是知夏来打个前阵。她在来的路上把要说的话演练了好多遍，可是当真正面对这个妹妹时，却不知道该说什么。她既不能像和知春那样亲密无间，又不能像对知冬那样训诫教导，这尺寸很难把握。

明珠呆坐了半天才想起来给客人倒水，而知夏呆坐半天才想起说第一句话："你一个人住这里吗？"

这个地址是她辗转拜托老家那边的人打听到的。这是个中低档小区，楼管管理松懈，门禁也不严，她跟着其他进单元门的人就进来了。

明珠泡了一杯菊花茶给她，真好，知夏最近正好有点上火。

"我和闺蜜合租的。"她对这位姐姐不设防，如实回答。

"几个月了？"知夏盯着她的肚子问。

明珠一时没反应过来，答非所问："我们在这里住了快两年了。"

"我是说，你怀孕几个月了？"

“哦！还不到三个月。”

“孩子的父亲？你们……？”知夏犹豫了一下，还是直接说了出来，“你们的事，我在网上看到过消息，那天在医院见到你，就一直很牵挂你，想来看看你。”

“我挺好的。”

“是打算生下这个孩子吗？”

“嗯！我要为他生下这个孩子。”明珠的音量突然高了一些，这声音听起来有点怪，像上战场的战士在喊口号。

屋子里忽然又陷入一阵沉默，知夏低头喝了一口茶，像是在组织措辞，许久，才说：“其实你不必背负道德压力，考虑其他人，你该多想想自己。”

这是她此行想要对这个妹妹说的话。

“我想过了，我想要这个孩子，没有人给我压力，是我想要。”

“这会很难。他的父母一定也很想要这个孩子吧？他们会帮你吧？”

“当然。”

“你父母身体还好吧？”

“还行。”

“那就好。”

明珠的回答都很简短，始终带着一种疏离的客气。她对眼前这位优雅知性的姐姐迁怒不起来，但也亲热不起来。

她们的谈话到这里本该结束了，知夏却觉得堵得慌，就像她写文章卡壳，有好多话憋在笔头，不吐不快，她又喝了一口茶，说：“我来之前把要说的话翻来覆去想了好几遍，哪些该说，哪些不该说，可是见了面说起来还是毫无条理。有些话，在我心里好多年了，我幻想过有一天见到我这个妹妹，我该怎么说。你出生那年，我已经十二岁了，我还用奶瓶给你喂过奶，你小时候长得特别好看，眼睛是弯弯的，好像时刻在笑。

“我现在三十七岁了，到了这个年纪，好多人觉得自己开窍了，活明白了，越来越慈悲为怀。有些事，不知道该去指责谁；有些事，分不出对错。我不知道这么说你能不能接受，我妈她……我是说，喻老师一直都很内疚，她也不容易，你不要怨她。”

“我不认识她，为什么要怨她？”这话说得直白明了，可不经意间，还是带出了几分怨恨。

这样的反应，是在知夏预料之中的，甚至比预料中的情况好很多。她做过最坏的打算：明珠将自己拒之门外，把她带来的东西和她本人一起扔出去，但明珠没有，明珠是一个善良的女孩。

知夏知道自己该走了，多说无益，她们的谈话就像隔着一层毛玻璃，聊不透，徒增烦恼。她说：“那就好。生孩子的事，你要自己拿主意，如果有什么需要我帮忙的，你可以随时找我。”

“我没事，我很好，谢谢你。”明珠马上表明立场，无情地拒绝了她。

知夏站起身，她带来的那盒燕窝在她进门时就被悄悄放在玄关。临走的时候，她也依然让它悄悄地留在那里，不必特意提醒，不敢太过醒目，她害怕它的命运是被扔出来。

明珠送至门口，知夏还是忍不住说：“能留一个你的联系方式吗？我保证不打扰你。”

她们加了微信。

进电梯的时候，知夏才打开了明珠的微信朋友圈。她的主页背景图是沙漠孤烟，下方是一条直线。知夏不知道是不是自己加完她微信后，就被她屏蔽了，还是她从来不发朋友圈。应该是前者吧！明珠的微信昵称就叫“明珠”，真是个老实孩子呢！

知夏想告诉她，那时候妈妈也给她取了名字，叫知秋，很美的名字，但是她知道，不能说。

第六章

彩礼

那日谈好的彩礼钱是二十万，喻老师一口应承下来，其实她兜里没钱。给儿子买房装修已掏空了家底，她现在手里只有十万块定期存款还没到期呢，不能现在拿出来。碧晨的父母回去后不久，有一天知冬来追问喻老师，彩礼什么时候给，婚宴定哪家，婚纱照他们自己选好了一家，他这个月工资付了房贷已经所剩无几了，碧晨说婚纱照的钱她出。

喻老师一听到“彩礼”，心里一咯噔，追问儿子：“碧晨的‘亲戚’来了没？”

“什么亲戚？”

“就是，那个，女孩那个……月经。去医院查了没？”

“哦！这几天没听她说啊！可能来了吧！”

“来了啊！”喻老师有点失望，若有所思。

晚上碧晨来家里吃饭，喻老师一直留意着，发现碧晨胃口不错，也没有再恶心呕吐。天气热，饭后，知冬从冰箱里拿来冰激凌，问碧晨吃不吃，她推托道：“这两天不能吃凉的。”

喻老师冷眼观看，一颗心落入了谷底，只好老老实实想办法凑彩礼。

她先去找大女儿。知夏很爽快："上次就说钱不够了我给你啊，你说你有。"

"我有是有，我有个十万块，存了定期，还没到期呢！"喻老师觉得有点不好意思。

"行，我给你。"知夏一口应承，还好奇地八卦，"不过我一直很好奇，你们以前工资那么点，又要养活三个孩子，是怎么存那么多钱的？"

这是老一辈的生存秘诀，一般人可学不会。喻老师得意一笑："这你就别管了，我的省钱大法要是出一本书，我比你火。"

知夏拿出手机，打算给工作室的财务发消息，说："还是建行的那个号吗？我叫小刘给你转过去。"

"你给十万就行了，另外十万我找知春要，你们姐妹俩一人一半。"喻老师安排得明明白白。

收了知夏的钱，喻老师就要去找二女儿"化缘"，知夏脱不开身，不能送母亲过去，深感抱歉："我等会儿要跟工作室的人开个会，就不送你了。开完会还要去火车站接我婆婆，她听说我怀上了，非要来照顾我，真是让人头大，还好他明天出差就回来了，不然跟他妈在一个屋檐下，我真不知道怎么相处。我就不送你了。"

"怕她什么？这回你给她家生个男孩，她巴结你还来不及呢！哪敢给你脸色看。"喻老师胸有成竹地给女儿打气。

知夏苦笑："呵！生男生女这谁能保证呢！我就是看若皎孤单，给她生个伴儿，孩子健健康康就行。"

皎皎在屋里写作业，不专心，听了一耳朵，探出头来表示抗议："别赖我头上，我可没说孤单，我都十三岁了，你生个小不点出来，怎么跟我做伴？又玩不到一起。"

一句话就把知夏呛了回去，知夏心虚地吼她："赶紧写作业去。"

喻老师独自去找二女儿知春。

知春这几年颇挣了些钱，她设计的玩具还获了几个奖，如今房子换了大平层，还开上了保时捷，整日里眼朝天，平常人根本入不了她的眼，还宣称自己是不婚主义者。她今年三十有四，还是单身，可把喻老师愁死了。喻老师寻思着，得趁此机会，好好劝劝知春，让她找个可靠的人嫁了。

知春的房子临湖而建，窗户全打开时，风穿堂而过，南北通透。不上班的时候，她喜欢宅在家里，煮咖啡，睡懒觉，日子不知道有多惬意。

对此喻老师有话说："你住再好的房子有什么用？等你老了，病了，没人照顾，那才叫可怜。我那天看一个新闻，有个人没结过婚，无儿无女，一个人死在房间里，过了十几天才被发现。"

知春对此早有对策，不以为然地说："妈，你多虑了。我国以后的养老机制会越来越完善，这些完全不是问题。"

喻老师知道在这个问题上和知春掰扯不出结果，就开门见山说明了来意。没想到一向财大气粗的知春马上跳脚："凭什么？凭什么弟弟结婚，我要出彩礼钱？"

"不是要你全出，你和你姐一人一半。"

"那更不行，凭什么儿子结婚，两个女儿掏彩礼钱？"

这老二不如知夏贴心听话，喻老师也只能顺着她，软下口气道："就算我借你的，等我那个钱到期了，我再还你。"

这话一下子戳中了知春的内心，她知道母亲的潜台词——父母对孩子的付出不计回报，孩子找父母要钱理所当然，而父母找孩子要钱却得小心翼翼。知春心里一阵不是滋味，气急败坏地说："你这说的什么话，我养你老不是应该的吗？我带你旅游，给你买东西，什么时候犹豫过？什么叫算借的？只是冬冬的彩礼钱，不该是我和姐出，也不该是你来借，就算借，也该他来借。"

一听这话，喻老师也急了，振振有词道："年轻人结婚，不都是父母操办吗？他们哪儿来的钱？还非得弟弟来张口，男孩子不要面子的吗？不给算了，我自己想办法，白养你了。"

说罢，喻老师气冲冲地起身要走，走得太急，不小心被地毯绊了一下，险些跌倒。她扶住了五斗柜，却没留意把五斗柜上的一个药瓶打翻了。

喻老师顺手把小药瓶捡起来，狠狠地放在柜子上，本来还想骂一句"白眼狼"，目光却落在了小药瓶上，眼神瞬间亮了起来，那个药瓶上，赫然写着“叶酸片”。

叶酸片，喻老师当然懂，这可是妊娠期、哺乳期妇女预防给药的。那么，谁在吃药片？谁怀孕了？

知春有点心慌，连忙过来拉母亲坐下，挡住那药瓶，转移话题道：“你坐，钱的事好商量，我给。”

喻老师冷不丁把药瓶从她身后拿过来，问道：“你吃的？”

“没，没，帮朋友买的。”知春不会说谎，一说谎就结巴。

喻老师平时戴近视镜，但这一刻却像有火眼金睛一般，她又看到了五斗柜上的蛋白粉、维生素片。嗬！家伙事儿挺全啊！

“你怀孕了？那男的是谁？干什么的？人咋样？对你好不好？打算生下来吗？还不赶紧结婚？”喻老师连珠炮一般发问，表情严肃，但眉梢却挂上了喜色，嘴角也不自觉地上扬。

知春被问得不耐烦，撇撇嘴：“哎呀，你不用管了。”

“结婚生孩子可是大事，我怎么能不管？快给妈说说，是怎么个情况？你什么时候悄悄谈对象了？连孩子都有了，太不像话了！赶紧结婚，什么时候结婚？”

“谁说我要结婚了？”

喻老师一听急了：“孩子都有了，你还不结婚？怎么？那男人不想负责？不肯结婚？到底是谁？你告诉我。”

开心、焦虑、着急、好奇，各种情绪在喻老师心里搅成一团，她恨不得马上把那个男人揪出来，把女儿嫁给他。知春都三十三岁了，还不结婚，也一直没听说她谈恋爱，用网上流行的段子说，再过几年都快绝经了，当妈的都快愁死了。喻老师好几次做梦都梦到知春穿着婚纱，身边还有一个小孩子追着她叫外婆。现在，知春怀孕了，不管是意外还是所谓的“遇见爱情”，喻老师都得想办法促成这桩婚事。

知春可不这么想，从她当年从那个二流大学退学的那一刻起，就注定了她不会按常理出牌。她并非刻意抵触规则，只是更想遵循内心的声音，她不觉得婚姻适合自己，却对孩子满怀期待，渴望以母亲的身份开启别样人生。

“跟别人没关系。这是我的孩子，我想要这个孩子。”她认真地说。

这话像引爆了一枚炸弹，喻老师瞬间奓毛："你说什么？这孩子怎么回事？孩子他爸呢？他是不是不想负责？你告诉我，这个男人是谁？我去找他。"

"妈，我再说一遍，这是我的决定，我不想结婚，但是我想要这个孩子。"

"你这孩子怎么想的？一个人带孩子多不容易你知道吗？孩子从小就缺爸爸的陪伴，这能行吗？你再好好想想。"

喻老师急火攻心，一股血直往脑门上冲，百爪挠心，却一筹莫展。那几年知夏中考，知冬还小，婆婆又病了，喻老师忙得脚不沾地，对知春关注比较少，直到现在，知春还经常调侃自己"二女命苦"，父母是"疼大的，爱小的，中间夹个受罪的"。每次知春说这话时，喻老师就一阵心虚，却还是强词夺理道："你怎么受罪了？短你吃还是短你穿了？"还时不时把知春擅自退学的事拿出来说，"还是没让你读书？好好的大学，说不念就不念了，五千块的学费就那么打水漂了。"一提起这件事，母女俩就要争辩一番，公说公有理，婆说婆有理——知春一直喜欢画画，平时也在自学，高考时报了美术学院。而喻老师说女孩子当个老师就挺好，有寒暑假，受人尊重，好找对象，将来自己孩子上学也方便。知春不听，说任何职业都不应有性别标签，没有什么工作是必须男孩子做的，或者必须女孩子做的，广阔天地，大有可为，每个人都有权利追求自己的梦想。喻老师跟她说不通，悄悄改了知春的志愿，后来知春被师范大学录取，心有不甘地去上学，可不到半年就退学了，自己打工赚钱自费去读美术学院的成人班，没有学历，把喻老师气得肝疼。她那时才恍然意识到，这个孩子在夹缝中野蛮生长，早已羽翼丰满，不再受她掌控了。

现在，知春冷静地看着母亲，她的眼神平静，呈现淡淡的蓝色，像婴儿的眼睛一样纯洁而闪亮。这是知春以往剑拔弩张、横冲直撞时从来没有过的眼神，她说："我不打胎，我也不结婚，我会生下这个孩子，不管男孩女孩，我会给他全部的爱，给他最好的成长环境和教育条件，给他自由选择的人生。不管他想学艺术，还是想学造船，我都会支持他，我不会改他的志愿，因为那是他的人生。"

句句如剑，句句刺激着喻老师的神经，喻老师愤怒又焦躁，不耐烦地说道：“行了行了，你就作死吧！爱咋咋地，我不管了，有你哭的时候。一个个的，没一个让我省心的。”

喻老师气呼呼地起身走了，钱没要到，还生了一肚子气。知春心里不落忍，起身追出去，要开车送她。喻老师走得很快，甩开女儿的手，头也不回。

从知春的小区出来，喻老师拐了个弯，找了个公交站牌，站在那里等车。这里全都是新建楼盘，人流少，公交也少，半天都不来一辆，下午太阳还没落，一丝风也没有，喻老师站了一会儿就出了一头汗。想到自己大热天还在为儿子的彩礼钱奔波，又在女儿这儿生了一肚子气，她也不免自怨自艾，叹自己命苦。她年轻时受婆婆的气，婆婆不在了，她压抑已久的强势性格渐渐暴露出来。她看不惯窝囊无能的丈夫，天天和他生闲气，他抽烟打麻将，睡觉磨牙放屁打呼噜，事事都不遂她的心意，孩子们逐渐长大，个个都有自己的想法，个个都能高高在上地审判她，纠正她，说服她。她有时很茫然，经常在心里琢磨，是不是自己的观念、想法真的错了？知春真的做得对吗？不能啊！单身生孩子，没人会赞同吧！

车还没来，站牌后的甬道上走来三个女人，其中两个中老年妇女和喻老师一般大，还有个年轻女孩走在她们旁边。喻老师定睛一看，这不是……不是知秋吗？

她连忙移开目光，若无其事地转过脸，听到她们在聊天。

“这个房子就是我给你和建奇买的婚房，给你和宝宝，天经地义。”

“亲家，我听说过户可以加急办理。”

“在办了，在办了，放心吧！保姆我也请好了。”

“请什么保姆？我照顾明珠就行了，谁能有娘家妈尽心？”

……

喻老师等她们稍走远了几步，再悄悄回头看。对，知秋在那家叫明珠，那个穿碎花连衣裙的，就是明珠的婆婆吧？蓝衣服那个，自然是明珠的养母了？听她语气虚头巴脑，透着股子虚伪。不知为何，喻老师天然地对知秋的养母有一种敌意，就好像她女儿是被人家抢走似的。

听起来，婆婆和妈一直有商有量，可明珠一直不说话，看上去不太开心。喻老师又不自觉地忧心忡忡起来。自从上次在医院偶遇，她就一直放心不下，托知夏去看明珠，知夏回来说，明珠一切都好，婆家和娘家都支持她生下孩子。知夏还说，明珠不怨恨喻老师。喻老师听了这话，心里更多了层愧疚，这孩子善良，长得也好看，跟明星似的，看着就叫人喜欢，当初怎么就舍得把她送人了呢？她要是在身边长大，又是怎样一番光景呢？

那三人走了大约两百米，进了路边这个小区的大门，喻老师再看不见她们了。

这个小区正好在知春家小区旁边，新楼盘，交房有两三年了，是什么开发商喻老师也不懂，但是听知春说过，这一片的楼盘都是非富即贵。听话听音，好像是那婆婆说要把房子给明珠？这是让明珠生下孩子的条件吗？有房傍身，有人照拂，总好过孤苦伶仃无依无靠，只是孩子的爸爸没了，明珠这样生下孩子，真的好吗？一个个的，都不叫人省心。

车来了，喻老师回望了一眼，上了车。

回到家，许文忠正在客厅嗑瓜子，喻老师急急进了卫生间，刚才在公交车上一直憋着尿。谁知刚坐上马桶，屁股一凉，她伸手一摸，一手的水，不用问，又是老许上厕所没掀马桶圈，尿到了上面。

喻老师强忍着怒火，擦洗干净后从卫生间出来。老许还在嗑瓜子，瓜子壳铺了一地，墙上的时钟指向六点，该做晚饭了，但老许永远是那个等着开饭的人。喻老师气不打一处来，冷笑道："怎么今天没去打牌呢？"

老许不知有诈，还老实回答："我跟这里人都不熟，也不知哪儿有棋牌室。我明天回去呀！"

"要回自己回去，没人跟着伺候你。"

"我一个人也没见饿死。"

喻老师给老许做了一辈子饭，到头也没落好，听到这话，她一口郁气闷在胸口，就想开火干仗："那你倒是做一碗饭啊？就会在这儿当大爷。"

老许这才意识到又撞到了喻老师的枪口上，他无意招惹她，口气马上软了下来：“我又不会做饭，我做的饭你也不吃。”

“不会做不会学啊？”

……

每次吵架都会这样陷入恶性循环，两个人都觉得累，吵完了觉得特别没意思，人就像空了的面袋子，精气神全被抽走了。

喻老师吵了几句，想到儿子快回来了，还是自己进了厨房。

晚饭做得简单，油泼面，老许和儿子都爱吃，面刚煮好，知冬就回来了。

饭桌上，喻老师又嫌老许吃面声音太大，又唠叨道：“注意一下形象！以后跟儿子儿媳住一起，叫人家嫌弃你。”

老许不以为然：“谁要嫌弃嫌弃去，我跟谁也不住一起，我自己在老家待着，我明天就回去。”

喻老师白了他一眼，无语至极。

知冬破天荒地替父亲说了句软和的调停的话：“晨晨听话，哪会嫌弃你们呢！”

喻老师和老许心里都感到欣慰，互相撇撇嘴。

说到儿媳，知冬这才斗胆问了一句：“那，那个彩礼钱？咱有吗？晨晨虽然没问，可是这样拖着不太好吧！”

一提到彩礼，喻老师就想起知春刚才那副高高在上的嘴脸，想到她腹中来路不明的孩子，顿感血往上涌，没好气地说：“我没有钱，给你买这个房子，都把家底掏空了。你给她说，就这条件，给一万块意思一下，要结就结，不结就拉倒。”

知冬愣住了，半天才回过神来，嚷起来：“你怎么出尔反尔啊？这不是那天说好的吗？你叫我怎么给她爸妈交代？”

“你要是有钱，给一百万我都没意见。”

“我哪有钱啊？妈，你想想办法啊？我和晨晨以后一定会孝敬你的。”

喻老师心烦意乱，被儿子缠得不耐烦，不小心脱口而出：“我想办法了，你大姐说给十万，老二说要钱可以，让你去找她要。”

“什么意思？让我去找她？听她阴阳怪气教训我？不就有两个臭钱

吗？有什么了不起。”

一直默默吃面的老许抬起头来，插话道：“有两个臭钱就是了不起。”

知冬饭还没吃完，把碗一撂，气冲冲地回房了，嗓门震天响：“这婚我不结了。”

第七章

昼漏初知夏景长

喻老师心里有事，一夜无眠，又没个人商量，心里像猫抓一样。老许却在一旁鼾声如雷，令她更加烦躁。一气之下，她把老许踹到另一个房间去睡了。

早上起来，两个人又拌了几句嘴，老许气不过，自己一个人回乡下去了。

思前想后，喻老师决定给知夏打个电话。

电话响了很久才被接起来，接通后知夏说了一句："妈，等一下。"又马上挂断了。

挂断的那一瞬间，喻老师隐约听到电话那端传来知夏婆婆的声音，她说："别挂啊！让你妈评评理。"

喻老师等了二十分钟。

这二十分钟，知夏正在和婆婆吵架。吵架的主题当然还是她肚子里的孩子。婆婆神通广大，刚来几天，就结识了一位中医名医，声称把脉就可查胎儿性别，非常准。婆婆要知夏去查，知夏不肯，婆婆就一直在耳边唠叨，儿媳不听，她又去儿子耳边唠叨。张浩就来劝知夏，说："你去应付应付妈得了。”知夏不胜其烦，就答应了下来，谁知第二天才想起有一个重要的行业会议要开，就只好给婆婆说声“抱歉”爽约了。婆婆急了，拉住知夏不让她走，知夏向张浩求助，张浩撇撇嘴，对两边都笑笑，称自己上班快迟到了，赶紧溜了。

最后还是皎皎给知夏解了围，叫妈妈开车送她去学校。

婆婆跟喻老师的想法一样："都多大了还要送上学，牙长点路，也要人送。"

皎皎聪颖，嘻嘻笑道："我被人贩子拐跑了，你上哪儿找这么乖巧伶俐的大孙女呢！"

婆婆不以为然："哪有那么多人贩子？"

乖巧伶俐的大孙女已经拖着知夏逃也似的离开了家。

送完皎皎，知夏才给喻老师回电话。

“我没事，是知春，知春有点事。”喻老师语气凝重。

“知春怀孕了。”

这个消息无疑像引爆了一颗重型炸弹，她也像喻老师一样，发出一连串的问题："那个男的是干啥的？什么时候结婚？人可靠吗？你见过了没？什么？不结婚？那个人不认？她自己要生，什么意思？……"

当知夏听懂母亲的话，内心猛地一震，久久无法平静。知夏和喻老师一样，觉得单身生娃是一件冒天下之大不韪的事情，虽然她在文章里可能会大义凛然地写——《谁剥夺了单身女性的生育权》，但是落在自己人身上，她就没法那么客观冷静了。

“我问问情况，劝劝她。”

喻老师就等着这句话呢，忙不迭地说："对，劝劝，劝劝！"

知夏还有会议，急着发动车子要走，就一口应承下来，临挂电话那一刻，忽然想起来问了一句："哎！我劝她什么啊？是劝把孩子打掉，还是劝她和那个男的结婚？"

这个问题何尝不让喻老师头疼，她也回答不上来，只好改了诉求："你问问，先问问。"

知夏先去开会。

这是个行业会议，行业大咖、知名作家、评论家、媒体人云集，其间有个论坛，知夏要发言，她不得不去。

会议地点定在本市一家四星级酒店。她到达的时候，已经快签到了。她紧走了几步，高跟鞋敲着大理石地板咚咚作响。她知道怀孕后就不该穿高跟鞋了，可是人在江湖，这高跟鞋是她必须有的态度。

走得太急，又低头看了一眼手表，一抬头和一个男人撞了个满怀，她手里的大包掉在地上，那男人手包里的东西也跌落一地。

知夏一边道歉，一边俯身去捡东西，一张陌生的身份证混在她的口红镜子旁，她顺手捡起来还给那人——等等！这个名字，有点熟！

她下意识地多看了一眼——冯志，这名字在哪里听过。

对方接过身份证，略显生硬地说了声："谢谢！"

她打量了他几眼。这个男人五十多岁的样子，头发花白，皱纹、眼袋都有了。他不笑的时候显得很威严冷漠，眉头上还有个痦子。这张脸也有点面熟，好像在哪里见过？

几天前，喻老师找她打听明珠的消息，她还真的动用了一个老朋友的关系，把明珠、明珠丈夫，丈夫的父母查了个底朝天。她想起来了，眼前这位是冯建奇的父亲——冯志，退休前在某国企做二把手。冯建奇是其独子，如今白发人送黑发人，怎能叫人不唏嘘同情？

时间紧迫，知夏来不及多想，再次报以歉意的微笑，告辞离开，径直走向会场签到处。

会议议程大抵都是那几项，知夏挨过前面冗长的各种领导讲话，再沉着自如地上台，完成了自己和几位嘉宾的论坛对话，心里暗暗松了口气，坐回自己的座位。静坐下来，想起刚才那一幕，她又悄悄调出手机里冯志的照片，凝视了三秒，和刚才撞到的那个人对照，没错了，是他。她忍不住暗忖，大清早，一个退休的老人，没有出现在公园、菜市场，没有打太极。为什么会出现在这金碧辉煌的酒店里？知夏毕竟是个作家，而作家的好奇心和八卦心理往往是创作力旺盛的源泉。她想，刚才那人身份证掉得蹊跷，若是装得够深，就不容易掉出来，他大约是装在外层或手里拿着。九点钟，正是退房时间，他家在本市，却来住酒店，所为何事？知夏这个"侦探"不敢再深想。

会议茶歇时，一个中年男子向知夏走过来，正是会议主办方的刘先生。两人闲聊了几句，刘先生称，市里支持，由他牵头，即将创立一个新媒体行业协会，他想邀知夏任副主席。知夏有点意外，称自己才疏学浅，能力不足，恐不能胜任。她一番推脱，刘先生却极力邀请。知夏加入过一些协会组织，深知此类身份大多只是一个头衔，并没有什么实际权责，便应承下来。下午的会议没什么重要事项，知夏提前溜了，回家的路上，她给知春打了通电话。知春多聪明啊，知道大姐这个时候打电话来，就是做母亲的说客，她马上先发制人："我只有四个字，无可奉告。"

知夏深知这个妹妹的脾气，吃软不吃硬，便故意装糊涂："什么四个字五个字？我是想通知你，后天我过生日，你是不是都忘了？没良心的。"

知春果然放松了警惕："不是下个月吗？"

"那个是农历，妈每次给咱们过农历，我后天过公历的生日。"知夏灵机一动，说道。

"怎么突然想起来过公历生日？以前都不过呀！"

"以前傻啊！我以后公历和农历都要过，这样就可以收两次生日礼物了。想想送我什么礼物吧！"

知春信以为真，竟兴致勃勃地和姐姐商量起生日礼物来："你上次给我看那个图，古驰的包包，要吗？"

知夏的心思不在礼物和生日上，叫她不要破费，来吃饭就行。知春马上煞有介事地说了一个餐厅的名字。

此事就这样愉快地决定了。

挂了电话，知夏立即给喻老师回拨过去："搞定了。"

喻老师一直焦急地等待回复，一听这话，松了口气，又似乎没想明白："怎么搞定的？问出那个人是谁了吗？还是说不要孩子了？"

"我只是借口说我过生日，把她约出来，到时咱俩好好劝劝，别太刻意了。"

"生日？你过生日？哦对，阳历生日。"一提到过生日，喻老师就开始感恩教育，"你们年轻人就喜欢过生日，生日是母难日。叫我说该给妈妈过才对，我当年生你的时候，你不听话，逆生，腿先出来，我可吃大苦了。你生出来脸都是紫的，半天都不哭，护士打了好几下屁股才哭。”

这番经历，在知夏的成长生涯中，听了几百上千次，耳朵都听起茧了。她生过孩子，生皎皎的时候也吃了苦，养儿方知父母恩，她对喻老师是感恩和爱的，但感恩和爱的同时，又总是伴随着一种淡淡的怨念。她没对人讲过，这种感情很复杂。

“就是想感谢妈，才过这个生日的，请你吃大蛋糕哦！”天下无不是的父母，知夏一直拿这句话安慰自己。她是老大，有一种天生的使命感，要做一个孝顺的女儿。

为避免回家后婆婆唠叨，知夏下午又去了工作室写文章，晚上回到家时，婆婆已经把饭做好了，张浩也早已下班，躺在沙发上玩手机，婆婆一遍遍叫着：“儿子，吃饭！”

知夏在玄关换鞋，冷眼斜睨着自己的丈夫，有一瞬间的恍惚——张浩怎么越来越像他的岳父，知夏的爸爸了？老许就是这样，回家后往沙发上一躺，刷抖音视频，光着膀子，或者解开衬衣扣子，裸露着大肚皮，有时手机视频还响着，人已经睡着了。

而知夏也发现自己和喻老师越来越像了，总是忍不住唠叨几句：“把衣服穿上吧！像什么样子？”

张浩没动，懒洋洋地说：“这不是热嘛！”

“热就把空调打开。”

婆婆一听，马上给儿子帮腔：“开空调不用电啊？在自己家里，怎么舒服怎么来？哪来那么多讲究。”

这母子俩是天生的同盟，知夏在生了皎皎坐月子时已领教过一回。这一次不知道自己为什么又猪油蒙心，重蹈覆辙。张浩软磨硬泡，想要个儿子，而她看着同龄人这几年陆续生二胎，竟然也隐隐生出一丝羡慕，那就生吧！

三十八岁拼二胎，“土壤”的质量不行了。知夏常年熬夜，用中医的话讲，叫气血两亏，用西医的话讲，叫卵巢功能衰退。吃药打针，折腾了大半年，她总算如愿。说来可笑，她和张浩分房睡已经数年，性生活也少得可怜。新婚时是夜夜笙歌，后来是每周一歌，再后来是月报，近几年已经成为年终总结了。听说这是中年夫妻的常态，可知夏到底意难平，她不是没有需求，她是搞文字工作的，始终对浪漫爱情抱有幻想。闺蜜们还常说她仍是老少女一枚，可现在看着张浩那张脸，跟蒸笼里气足的包子一样，她实在没有胃口。备孕那段时间，张浩倒是天天来知夏的房间睡，她真切地体验了什么叫“猪拱白菜”。情色电影里激情肉搏、颠鸾倒凤的镜头，根本不存在；古诗词里讲“开窗秋月光，灭烛解罗裙。含笑帷幌里，举体兰蕙香”，知夏已不去想象。她喜好用香水，张浩闻不惯，叫她别喷了。婚姻的最高境界，大概就是——相看两生厌，却要生二胎。

知夏脱掉一只鞋，单脚站不稳，险些崴脚。皎皎眼尖，跑过来扶住知夏，数落妈妈：“我看书上说，孕妇应该穿平底鞋比较好。”

“你都看的什么书啊？”知夏好奇。

“就是你桌上放的《孕期一百问》。”

奶奶听到了，数落皎皎：“小孩子，别瞎看杂书。”

小丫头挑挑眉：“什么知识都要懂一点，未来社会需要多元化人才。而且，奶奶你更应该读这本书，你不是来照顾孕妇，伺候月子的嘛！现在讲究理论支撑，科学喂养。”

奶奶被孙女怼得没话说，没好气地朝着空气又喊了一遍：“吃饭！”

张浩终于起身了，径直走向餐桌，女儿怼完奶奶又怼爸爸：“还不快来扶你老婆，穿着高跟鞋跑来跑去，你的大胖儿子有什么闪失怎么办？”

张浩撇撇嘴，也没有理由反驳，走过来接过老婆手里的包，轻描淡写地数落了一句：“叫你别穿高跟鞋了，不听。”

婆婆做了四菜一汤，味道不错，但稍微有点咸，知夏就多喝了几口水。她知道不能说，说了容易产生婆媳矛盾。皎皎也觉得菜咸，就大方给奶奶提意见：“奶，这道排骨真好吃，我能吃两碗饭，要是稍微少放点盐，我就能吃三碗。书上说，吃盐多对身体不好。”

奶奶知道孙女是在换个说法挑毛病呢，但这话听着舒坦，也就坦然接受：“好好好！下次少放点盐。”

遇到这种需要张浩出面解决的问题时，他就只会默默低头。人虽默默，吃饭却能发出山响，吧唧吧唧，吧唧吧唧，很有节奏。知夏望着眼前这个男人，心生疑惑，过去那个青葱少年哪儿去了？这个粗鄙油腻的大叔又是谁？他也常有应酬饭局，在外吃饭也是这样吗？难怪业绩也不怎么样？想必业绩和饭桌上的吃相也是有关系的。她皱了皱眉，但她知道这种小问题不能说，说了容易产生夫妻矛盾，张浩会怼回来："你跟你妈一个样。"这话多伤人。

饭毕，知夏手机微信上有个好友添加提示此人是刘先生推过来的，接洽知夏注册工作室一事。对方大约是一个初入职场的年轻人，微信聊天时对知夏非常礼貌客气，小心翼翼，说要知夏填一张表，提供一些基本个人信息。知夏看到各项要求里还有一项是提供学历证书，不禁皱眉，问："怎么还要学历证明？之前入别的协会没要这个。"

对方依然礼貌客气："这个只是做一个备案，老师您方便的时候辛苦拍摄一下。"

知夏打开书橱的一个抽屉，从一沓证件和荣誉证书里找出两个学历证书来。那张小一点的学历证是红色硬皮，内页已经有些泛黄了，那是知夏的第一学历。她读的是新中国成立以来最后一届统招包分配的中专，师范专业。1997 年的夏天，喻老师和她站在县教育局的门口看榜，喻老师开心极了，指着红榜上的名字，拉住旁边的一个家长炫耀道："这是我女儿，我女儿考上了。"喻老师那么开心，知夏也跟在后面恍恍惚惚地开心。她从小到大成绩都很好，顺利地升入高中考大学是没有问题的，但是喻老师说，家里孩子多，上师专就可以早点出来工作，女孩子当老师好。知夏也觉得当老师好，就欢欢喜喜地去城里上学了。一个农村女孩对城市生活的向往，想在城市扎根的向上的姿态，怯懦又卑微，迷茫又羞耻。三年后，她当年的同学从高中毕业，天南海北地上大学，纷纷奔向自己崭新的命运，而知夏并没有留在城市，而是被安排到一个小镇小学里，成为一名教师。这时，她心理的落差像尘封已久的瓶子被无意打开，魔鬼从里面跑了出来。她感受到不如意的生活压在心头的重量，整日郁郁寡欢。有一天她兴致来了，想好好工作一番，大干一场，就带班里的孩子们到操场后的小树林上语文课。她说："我们应该在树林里，在阳光下，在鸟语花香中读春天的诗，这才是真正的语文课。"可事与愿违，“熊孩子们”辜负了她的美意。十分钟后，两个孩子在树林里追跑起来，还有一个孩子爬上了树，后来，本校的数学老师张浩从这里经过，才把树上的“孙猴子”拎了下来。她在一次会议上被教导主任点名批评，但是她的爱情就这样来了。

“老师，老师，您还在吗？您要是忙，那就明天再发给我。”微信提示音响起。

“在，稍等！”她叹了口气，放下了那张中专毕业证，翻开另外一张自考的本科证。

那时的张浩英俊高大，讲公开课时潇洒自如，浑身像罩了金边，她怎么看都顺眼，谈恋爱的第二年两人就结了婚。结婚时，两人还住在学校分配的宿舍里，只不过他们拥有两间房。生下孩子后，婆婆来照顾月子，两间房子转不开身，人的心眼也变小了，婆媳俩矛盾龃龉不断。皎皎六个月的时候，她忽然做了一个决定，从学校停薪留职，一个人跑到城里找工作，结果应聘到了一家私立学校。她那股在树林里给孩子们读诗的劲儿得到了学校认可，工资比过去高出一倍。她还悄悄给杂志写稿子，悄悄报名参加自考。她拿到自考的本科文凭那天，一个人买了一瓶红酒，跑到过去上的那所师专，坐在学校对面的路边喝掉。夜深了，酒也喝完了，她有点醉了，拎起那个酒瓶子摔到了学校的外墙上，残余的红酒泼在墙上，像一摊血污。然而，那张本科文凭对知夏日后的人生并没有起到什么实质性的作用。她后来写文章，进杂志社做编辑，再辞职做自由撰稿人，出书，做自媒体，这之前，没有人问过她是什么学历，但那张证书放在柜子里，更像一种底气，虽然今天拿出来依然底气不足，但好过没有。

她给自考的本科证书拍了照，发给了对方。那年轻人到底是不懂事，多嘴了一句：“老师是自考的本科啊！”

知夏马上敏感地问：“怎么了？”

“自考很难的，自考含金量也很高的。”一个“也”字出卖了他。

现在小年轻入职动辄就是博士、研究生，连皎皎的小学老师都是研究生学历。知夏猜对面这位大概学历也不低，才会对知名大V的学历感到诧异。知夏被刺痛了，她的尊严、身份、地位被蔑视了。为了维护她可笑的自尊，此刻知夏端起了前辈的架子，生硬严肃地问：“还有别的事吗？没有的话我去忙了。”

她把两张证书放到了一个文件夹里，再塞到柜子最底层，她再也不想看到它们了。

第二天生日宴，知夏和知春先到。知春看姐夫和皎皎都没来，就有些怀疑，却不说破。姐妹俩略坐了一会儿，喝茶闲聊时，知春忽然问：“姐，皎皎第一次叫妈妈的时候，你什么感觉？”

知夏好好回想了一下，好久远的事情了，就在她回想的时候，喻老师来了，身后还跟着知冬。两位姐姐谈女人孕事，知夏觉得知冬在反倒不便说话，忍不住小声埋怨母亲：“你怎么带冬冬来了，这说话多不方便？”

“有什么不方便？都是亲兄弟姐妹，冬冬该来，等会儿问出来是哪个男人干的好事，我叫冬冬去揍他。”

知冬大概是猜出大姐和妈在说他，故意夸张又亲热地说：“我姐过生日，我怎么能不来？大姐对我这么好，不像有的人，越有钱越抠门。”

知春马上听出了弦外之音，冷笑道：“谁的钱也不是大风刮来的，我不欠你的。叫我说妈宝就不要结婚了，别祸害人家姑娘，也省得妈借钱给你付彩礼了。”

年轻小伙哪能忍受被人扣个“妈宝”的帽子，知冬恨不得马上掀桌子，被知夏按住了。喻老师老脸无光，也只得咽下一口郁气，苦口婆心地调停道：“彩礼的事先不说了，你的事比彩礼的事更要紧。”

知春立马面上不悦，她刚刚训弟弟时还理直气壮，这一刻就被人拿了短，她乜了大姐一眼，阴阳怪气道：“呵呵！果然是鸿门宴。”

知夏心虚，小声说：“别这么说，我和妈都很担心你。那个事，你怎么能一个人拿主意呢？”

知冬还一直被蒙在鼓里，正纳闷她们说的“那个事”是哪个事呢。知春马上自己揭开谜底，坦坦荡荡地说：“我自己生孩子，为什么我一个人不能拿主意？姐，我发现你最虚伪了，整天写那种虚张声势的女权文章，叫女人做自己，叫女人要独立，叫女人要争取生育权，争取冠姓权，到头来你最迂，你最㞞，说一套做一套。”

知夏这几年被人捧惯了，冷不丁被妹妹扒皮剔骨地一揭露，脸上讪讪的，一时语结，气得咬牙切齿，把目光投向喻老师。

喻老师这一刻和大女儿立场一致，说："你知道一个人带孩子多辛苦？到时生下来可别求人，我可不帮你，你不结婚，准生证谁给你办？能不能上户口？你主意大，你自己做主吧！"

知春还嘴硬："放心吧！我自己生的自己带，保姆月嫂也很方便，准生证、户口，都是小事。"

"可不是嘛！你有钱。"

知冬到底年轻，很快忘了刚才的不快，八卦之心一起，又一脸讨嫌地凑近："姐，你真的怀孕了？我又要做舅舅了？孩子爸爸呢？叫出来我们见见。"

这傻孩子，还不知道这场鸿门宴的初衷，知春只当他是嘲讽她，没好气道："孩子没爸。"

喻老师快气哭了："你怀的是孙悟空啊？什么叫孩子没爸？到底什么情况，你说出来我们也好帮你想想办法啊！"

单身生孩子这件事，在喻老师的世界里是无法想通的。这几日她在心里琢磨了很多种理由，比如，知春遇到不负责任的渣男，或者对方是个已婚男人，不能给她婚姻。喻老师甚至做了最坏的设想，知春被人强暴了，有了这个孩子……她越琢磨越焦虑，心里又生出不可外道的懊悔来，怨自己一直对二女儿关注太少，她才这样不守规矩，她才这样被人欺负，当妈的心，虽不能一碗水端平，但毕竟十指连心啊！

知春被逼问得不耐烦，急了："好了好了，别猜了，就是我自己想生孩子了，为什么结了婚才有当母亲的权利？我只是不想结婚，但是我想当母亲啊！前阵子我不是出国旅游了嘛，我找了国外的精子库人工授精，就是这样，别问了，我饿了，吃蛋糕吧！"

这个理由让所有人都瞬间石化，喻老师心里像被扔了一颗炸弹，脑袋轰的一声，这比她预想的任何一种情况还要糟糕。她感到胸口一阵绞痛，嘴唇颤抖着，中气也不足，虚弱地追问："你不会要生个外国小孩吧？你不会是生个……胡闹啊！"喻老师简直不敢往下想。

知夏忙给喻老师倒了一杯茶，让她喝口水顺顺气别再问了。知春撇撇嘴。

知冬倒觉得好玩似的："真的吗？是不是可以自己选择人种和国籍，混血多漂亮啊！是金发碧眼那种吗？"

知春翻翻眼皮，懒得搭理他，闷闷地说："吃饭，吃饭！"

一家四口别别扭扭地吃饭，知冬心大，还偶尔插科打诨说两句笑话，万事都能调侃得云淡风轻。喻老师也只得安慰自己"儿孙自有儿孙福"，努力加餐饭吧！知春果然是孕妇体质，食量大增，胃口出奇地好。喻老师望着她，愁肠百结。

吃完饭，知冬和母亲一起回家。临走时，喻老师还是不死心，悄悄拉住大女儿的手："你们姐妹俩好说话，你想想办法，劝劝！"

知夏点头。

喻老师上了儿子的车，知春心里又不落忍，凑上前问："妈，你把卡号发我，我把那个钱给你转过去。"

喻老师知道她说的是彩礼钱。哼！这时候装好人。喻老师心里窝着火，硬气得很："不要，你留着生孩子吧！"

母亲走后，姐妹俩一前一后走着，向各自的车走去。街灯明晃晃的，城市夜色喧嚣，但此刻姐妹俩却都内心平静，知春是因为怀孕这件事以这样的方式昭告天下，她不用再隐藏这个秘密了，而知夏则是因为知春刚才的无情揭露，让她仿佛忽然卸下了面具，感到轻松又自在。

知夏先开口了："你刚才说得对，我就是又迂又㞞，说一套做一套，所以我还挺羡慕你的，做自己，做自己想做的事，又美又飒。"

姐姐示好，知春也知好歹，适时示弱，撒娇道："别啊！姐！你写的那些文章，就是我的指路明灯、精神鸦片，你可不能给我泄气露怯，不然我怎么撑下去。"

"我支持你，也会帮你的。"知夏有些欣慰地看着妹妹，觉得知春就像她的另一个自己，就像她的一个分身。知夏的性格中也有不安分，但她的不安分和任性，被划在一定的方圆之内，是守规矩的任性，而知春把这个想象中的知夏，完成得很彻底。

话虽如此，可知夏还是有点担忧，忍不住补充了一句："可是，最好不要生个混血吧！不会吧！"

知春笑了，迟疑了一下，说："不会的，逗你们的。等胎儿稳定了，三个月后，我再跟你说这件事。"

知春找到自己的车，打开车门，姐妹俩告别。知夏忽又想起饭前的那个问题来，说："刚才你问的那个问题，我还没来得及回答。"

知春已经忘记了，有点茫然："什么？"

"皎皎第一次叫妈妈的时候，我觉得很幸福，就像一束光，照进了灰蒙蒙的心里。孩子能治愈你所有的失望和伤痛。"

知春莞尔，发动了车子。

第八章

相看两生厌，却要生二胎

怀孕后知夏很容易困乏，和当初怀皎皎时不一样，年纪大了，哪儿都不舒服，回家后洗漱完毕，十点钟就上了床。

自从怀孕后，张浩又自动回了另一间房睡，又一次开始分居生活。此举让知夏很受伤，真把人当生育机器了？她言语中流露出不满，张浩倒是理由充分，他最近应酬多，回来晚，怕影响知夏休息。知夏冷笑，这件事不了了之。

张浩后来见知夏的事业越来越好，心里惶恐，也从学校出来创业。他开过文化公司，开过复印店，结果都赔了，后来跟一个朋友做医疗器械，跑销售，尽管发不了大财，但收入尚可。说不求上进也好，说稳扎稳打也好，总之他对现状很满意，除了少个儿子。

二胎政策放开后，张浩时常唠叨，知夏本以为，二胎会给这死水微澜的婚姻激起点浪花，可没想到那点浪花很快就被发臭的绿藻淹没了。

这晚，张浩蹭上床来，主动伸出手臂搂住知夏，笑得有点谄媚，东一句西一句地和她聊天。知夏有点意外，最后，知夏说累了想睡了，张浩才说公司代理了一种医美产品，美容仪，卖不动，他们李总想在知夏的公众号上做做广告。

知夏记得接第一支广告时，张浩是怎么嘲讽她的——你没有了写作者的初心，你的文字有了铜臭味。现在怎么上赶着也要来合作?

知夏知道这一刻不是夫妻，而是甲方乙方，是在谈交易。她没有马上答应他，迟疑了一下。张浩马上补充："这事一举两得啊，你拿广告费，我拿业绩提成，多好！"

其实知夏接广告很谨慎，她也并不想夫妻合作，想让张浩知难而退："你知道我这边一条广告多少钱吗？"

"多少啊？"

知夏说了个数，张浩有点吃惊，但还是极力掩饰，说："李总是想，咱们有这层关系，你给便宜点。"

"先把产品资料发过来看看吧！我也不是随便接广告的，我要考虑受众、产品品质，很多问题。"她闭上了眼睛，往旁边挪了挪，谢客的意思。张浩还没打算走，忍不住问："你一条广告真挣那么多钱了？咱家现在有多少存款？"

知夏睁开眼，没好气道："还让不让人睡了？"

人在资本面前很容易自矮身段，张浩底气不足，赔着笑，可还是没走，又问："今天你过生日？"

这一问，倒是让知夏心里微微一暖，她有点诧异，转过头："你还记得我生日？怎么？你准备礼物了吗？"

张浩有点窘态："没，我忘了。都老夫老妻了，搞那种形式主义没意思。"

"那你怎么知道我过生日？"

"我看到你手机短信，信用卡发的生日短信。"他倒说得出口。

老公还不如信用卡中心体贴呢！

知夏本就没抱什么期望，也没心情和他生气，但对张浩偷看她手机这件事很介意，近半年已经发生过三四次了。她忽然火了，提高分贝道："请你以后未经允许，不要偷看我的手机！"

张浩自讨没趣，灰头土脸地出去了。

第九章

咸菜的故事

明珠站在新房的落地窗前。从这里俯瞰下去，可看到一片湖，也就是曲江池，当地人称南湖。天气晴朗，湖面上漂着许多游船，她想，这地段甚好，以后孩子大一点了，周末也可以和建奇带孩子去划船。她忽然又想起来，建奇已经不在这个热闹的人世间了，心里忽然像被撕了个大洞，空落落的。

养母和婆婆在另外一个屋里说话，隐隐约约能听到一些声音，好像是在说签协议的事。这事越发变了味，什么伟大的爱情、无私的奉献、无悔的牺牲，在冷冰冰的协议面前，都变得可笑起来。

签协议的事，两边的妈妈已经聊了好几天了。这件事明珠同大倪说过，她只是想表达一种淡淡的哀伤和无奈，大倪却会错了意，告诉她："这协议没有什么法律效应，你要是反悔，谁也拦不住。"

一听到"反悔"二字，明珠马上急赤白脸地表示："我怎么会反悔？我不会反悔的。"

这时，养母叫她出去了，茶几上放着两页纸，这就是协议书了。养母叫她在某个地方签字，明珠的面皮薄，握笔的手还在犹豫，小声说：

“这样不太好吧！不用这样吧？”

冯母依然诚意满满，亲切极了：“这有什么不好？没什么，就是为了你心安，你不要焦虑、不安、担惊受怕，情绪好，孩子才能健康地发育，对不对？放心吧！房子的过户很快就能办好，钱我让老冯尽快去转，这个东西也就是个废纸了，你别当回事。”

说得倒好像是明珠怕他们不给钱，怕他们反悔似的，明珠更加汗颜起来，就这么稀里糊涂地签了字。

真正不放心的人是养母。签好了字，养母故作随意地跟亲家拉家常，问：“最近只见你忙前忙后，怎么不见建奇的爸爸？”

一提起这个，冯母也愁：“出了这事，对他打击特别大，他经常一个人坐那里发呆，要么就愁眉苦脸，在家一天也说不上三句话，不知道他在想什么。前几天差点走丢了，出去一天一夜没回来，手机关机，我差点报警了，后来他自己回来了，说是在消防队的门口坐了一宿，等儿子下班呢！再这样下去，人都魔怔了，我也快撑不下去了。”

话已至此，明珠更觉得自己不是个人，没早早爽快答应，没照顾好公婆，让他们焦虑难安，哀思难遣。

养母也觉得亲家着实可怜，打心里同情他们，就安慰道：“这种状态，也正常，没什么大碍，等孩子生下来，天天对着那么个小人儿，有个寄托，有个事忙，就好了。忙起来，什么痛苦都忘了。”

有了这句话，冯母心里安慰了许多，觉得自己以前对农村人的偏见是不对的，原来明珠的妈妈这么深明大义，难怪能养出这么乖巧伶俐的女儿。一向内敛的冯母就拉着明珠的手又抹起眼泪来。

隔了两日，明珠正式从原来的住处搬到了新房，养父养母和弟弟都来帮忙收拾。弟弟看着窗明几净的房子满眼羡慕，和妈妈嘀咕：“这房子得一百多万吧！”明珠的婆婆听到了，不无炫耀地回答：“买的时候一百五十多万，现在三百多万了。”明晖悄悄咋舌。

第二天，明珠跟大倪一起吃了顿饭，当作告别，就在新房附近的餐厅，吃的是牛肉火锅。

大倪也看过了新房，关心的都是一些实际问题：“房子还有贷款吗？”

“之前贷了一些，最近办过户手续我婆婆全还了。”

“那就好。房产证什么时候拿到？”

“就这几天了吧！”

“还有答应你的两百万，什么时候给？”

“已经给了一半了，说是另一半等生了孩子再给。”

“怎么？他们还不信任你？防着你？”

“也不是那个意思，说是钱在我公公的基金里，现在拿出来损失比较大。”

大倪不信，撇撇嘴：“借口。反正你多留个心眼，别说我没提醒你。”

明珠挺不喜欢大倪这个样子，觉得她变了，变得世故了。餐厅里热闹欢乐，音乐弥漫，每个食客脸上都带着欢笑，明珠不想说这些令人尴尬郁闷的俗事破坏气氛，便夹菜给大倪，转移话题道：“尝尝这个，他们这里的牛肉很新鲜。”

孕妇口味大变，明珠孕后总觉得口中没味，想吃点咸菜、泡菜之类的东西解馋，这清淡的牛肉火锅这回也逊色了，正巧隔壁桌上放了一小碟酱油色的咸菜丝，看上去咸鲜诱人。明珠想吃，叫来服务员，指着那碟咸菜，说要点一盘一样的。服务员下去查看后回来回复，说那种咸菜是免费取用的赠品小菜，目前已经没有了。

大倪挑挑眉：“看我的。”

隔壁桌和她们的桌子之间只有一个半人高的隔断，大倪站起来，一伸手，刚把碟子拿起来，两个男子径直走了过来，在邻桌坐下，几个人视线交汇，暗自揣测对方的意图。大倪的手僵在半空，收回来不是，放下也不是，尴尬无比，恨不能把脸塞进口袋里。

明珠也愣住了，不知该做何姿态，邻桌那两位男子，其中一人竟是李景哲医生。此时他正意味深长地看着明珠，也就是眼前偷盗咸菜女贼的帮凶，不，是始作俑者，那个想吃咸菜的人。

大倪笑得乱七八糟，解释道：“这个，那个，我，我很想吃这个，所以……”

李医生的朋友调侃：“不问自取视为……”

那人还是懂得给女士留面子，没有说出“偷”字。李医生见过大倪，他拍了拍朋友，示意他不要再说了。

姐妹情深，明珠不能陷大倪于不义，就挺身而出，接过咸菜，脸红了：“这个，是我想吃的，是我让她拿的。”

大倪撇撇嘴，虽然被撞见“罪行”很没面子，但还是嘴硬：“什么叫偷？我以为你们已经买单走人了，我这只不过是珍惜食物，让食物发挥它最大的价值。不就是一碟咸菜嘛！大不了我赔你，拿我们的菜跟你换怎么样？”

对方也不客气，笑嘻嘻、大大方方从她们桌上拿走了一盘牛肉：“公平。”

明珠把咸菜碟放到自己面前，却怎么也不好意思吃了，低着头，脸几乎埋到碗里。大倪倒还是坦坦荡荡地吃饭，给明珠夹菜夹肉，忽然，明珠的面前多了一碗南瓜小米粥，她一抬头，只见李医生站在她面前：“这个咸菜，要搭配这个粥才好。孕妇想改改口味可以理解，但是咸菜尝尝就好，不要多吃。”

很奇怪的感觉，在医院之外，被医生关心了。这种关心像朋友一样暖心，可我们明明又不是朋友。

明珠不知该怎样回应这份关心，很快将角色调整到一个遵医嘱的病患身份，她点点头，说：“嗯！知道了，谢谢李医生。”

李医生回到自己的座位，他的朋友是个开朗的人，又调侃道：“这次是不是还要用一盘肉来换呢？”

明珠老实，果真端起一盘肉说：“好啊好啊！只是这个我们吃掉了一些，要不再点一盘吧！”

对方没接，哈哈大笑。

大倪怼回去：“那个粥是免费的，当我不知道。”回头又轻斥明珠，“把肉给他了，咱们吃什么啊？”

明珠端着那盘肉左右为难。李医生拿起桌上的一根吸管砸向自己的朋友：“别闹了。”回头又对明珠温柔地说，“别站着了，你们赶紧吃饭吧！他跟你们开玩笑呢！”

明珠这才局促不安地坐下，又说了句：“谢谢医生。”

餐厅的咸菜味道尚可，她喝了半碗粥，只吃了几根咸菜，还时不时偷眼看看李医生，怕吃多了咸菜被医生批评似的。火锅热气蒸腾，店里的空调好像坏了，明珠觉得燥热不安，不停地催促大倪快吃。

李医生和那个朋友好像是大学同学，在聊大学里的事，时不时笑出声来。

从火锅店出来，大倪满腹牢骚："你请我吃饭，都不让吃饱，不停地催什么啊？"

"那家店空调不行，太热了，以后不去了。"

"挺凉快的啊！你是不是怀孕后体质都变了，有人是这样的。"

"走吧走吧！我下次再请你吃别的。"

"我要吃你做的蛋黄酥，你好久没做了，我都馋了。"

明珠搬过来后每日在家养胎，早晨和养母到湖边散步，顺便到便民市场买菜。岳娥对每月五千元的保姆费很满意，一日三餐做起来轻松应手，照顾女儿很用心。但是她新添了个毛病，隔一两天就问："合同里约定的先付的一百万到账了吗？"

那个钱在合同签好后第二天就到账了。明珠长这么大没见过这么多钱，那么多个零，看得眼都花了，可她并没有获得巨额财富时的那种兴奋和快乐。她知道这意味着什么，这更像是一种买断、一种交易，一分一毫都是未来烦冗沉重生活的托底，她要合理管理分配。冯母背过人悄悄告诉她："先不要告诉你妈。"明珠觉得婆婆说得对，她也就悄悄地，没声张。大倪也说："不要告诉你妈，小心钱被骗去给你弟弟买房。"明珠觉得大倪说得也对。她和养母之间像是始终隔着一层纱、一层雾，就算现在下台阶时养母会扶着她的手，但她始终觉得，两人没法走到彼此心里去。

新房的厨房宽敞明亮，安装了集成灶，各种厨具一应俱全，还有一个功能强大的烤箱。这日，养母做了排骨，匀出一半去给儿子送饭。明晖现在在一个大学的后勤部做库管，是冯父托人安排的，这是当日签合同时，养母临时提的条件。

明珠闲极无聊，看着厨房的烤箱，动起了心思。她平时喜欢吃甜食，也喜欢在厨房里捣鼓，照着食谱和视频自己学，对烘焙颇有心得，她做的蛋黄酥和红豆酥比卖的还好吃。她想吃蛋黄酥了，可家里没材料。

小区附近有一家大型超市，明珠一时兴起，决定去采购做蛋黄酥的材料。

超市里人不少，明珠已经会下意识地护住肚子。她选了面粉、海鸭蛋、白糖和红豆，还买了一块猪板油，别人做蛋黄酥都用黄油，但她还是坚持用猪油，自己熬，做出来的蛋黄酥起酥效果更好。

买完这些后，她打算回去了，经过腌制品区时，步子就不自觉地慢了下来。中国人从古至今都是做腌菜的高手，酱八宝、腌黄瓜、泡洋姜、五香萝卜干、大头菜、四川泡菜，各色咸菜盛在玻璃坛里，看得她口中津液蔓延，那些发酵过的酸辣咸味弥漫在空中，瞬间激活了她近日丧失的胃口。她咽了咽口水，打算买一点回去。可是买哪一种好呢?

李医生叫她少吃点咸菜，说咸菜已破坏了蔬菜本身对人体有益的维生素和矿物质，咸菜在微生物的作用下可以产生一种叫亚硝酸盐的物质，而亚硝酸盐会致癌。她得听医生的话。明珠把超市的导购员叫过来，认真地问哪一种咸菜比较健康一点。

导购员还没回答，旁边的一个老太太先笑了，热心地说："这女子，咸菜哪有健康的? 过去人都穷，才花心思腌咸菜，好储存，又下饭。"

话说完，老太太的目光凝住了，明珠不明所以，友善地冲她笑了笑。

这老太太正是喻老师。

缘分的起灭就是这样奇妙，要是缘分未尽，终究还是会重逢。喻老师用力抬起那已然松弛的眼皮，原本呈三角形的眼睛再次圆睁，眼眶里有了亮光。这些天，她有事没事就从网上找出明珠丈夫牺牲的新闻来看，在那些照片的边边角角寻找明珠的影子。这孩子成年后的模样已经在她心里重新塑形、镌刻，烙下清晰的印记，她认得她。

喻老师气息微弱，像是在自言自语："咸菜哪有健康的，如果一定要吃，还是自家腌制的健康一些。"

明珠不忍心对这样一位热心的阿姨冷淡，便笑了笑："谢谢你，阿姨！"

喻老师身体里仿佛有一股被压抑的强大的力量在膨胀，挤压，爆破，她忽然不加掩饰地说：“你怀孕了，少吃咸菜，如果真的想吃，我给你做点。”

明珠冷不丁被这句话吓了一跳，这才抬眼认真看了一眼，她马上恍然大悟，是那个人，是她！

从明珠的眼神里，喻老师知道她也认得自己，这让喻老师感到欣慰，也更加大胆：“你是，那个，明珠，对吧！我是，我是……”

喻老师一时没有想到合适的词介绍自己。她没想到会在这里遇到明珠，她今天是来攻克知春这个老大难问题的，本打算在超市买点东西去看看知春，跟她再谈谈，突然遇到明珠，她还没有想好台词。

“我是，我是你……我是知夏的……”她想说“我是知夏的妈”，又觉得不妥，最后说，“我是许庄那个喻老师，你，你知道吧！孩子，你别怨我。”

这样嘈杂的超市，哪适合上演骨肉相逢的戏码？这戏荒腔走板得连喻老师也觉得可笑，她想拉住这孩子的手，到一个没人的地方，问一问她过得好不好，怨不怨她。喻老师刚一伸手，又畏畏缩缩地收回了。

明珠完全没想到这一年总是拿到这种突然被塞到手中的剧本，她还没搞清楚状况就被推上了舞台。她该说什么？用什么样的态度跟这个人说话？宽容大度，还是仇深似海？这些场景她在过去二十年里想过无数遍，但始终没有一个标准答案。她心乱如麻，索性心一横，说：“我不认识你。”

她就当是在超市里遇到了一个陌生的神经质老太太吧！

明珠的这种挣扎、抗拒、怨怼，喻老师早就料到了，孩子有什么样的情绪她都该接着。

明珠转身打算离开，喻老师依然自说自话地关心她：“孩子几个月了？胎稳了吗？别乱吃东西啊！咸菜腌好，我让姐姐给你送去。”

明珠急于脱身，走得有点急，喻老师慌了：“你走路慢点，慢点，别摔着。孩子，你别怨我，那时真的是太难了。”

明珠丢下选好的东西，逃也似的从未购物通道离开了。

这天下午，想象中的蛋黄酥也没做成。明珠回到新房时，养母已经回来了，看她从外面回来，叫她一个人不要乱跑。

明珠心里不痛快，看谁都不顺眼，恶毒地觉得，养母关心她，也只是惦记每个月的保姆费和未到手的百万元抚养费罢了，她没好气地回了句：“我又不是小孩。”

养母忙着择菜，听了这话也没说什么。明珠又阴暗地想，也不数落几句，就这么宽容大度了？现在之所以忍耐她，不过只是把她当摇钱树，哄着、供着罢了！

吃过晚饭，母女俩无事，坐在客厅看了会儿电视。养母拿了个核桃夹子，咔嚓咔嚓夹核桃，把夹出来的核桃仁抠出来放在一个盘子里。

电视里正在播放一部电影——《唐山大地震》。镜头灰蒙蒙的，里面的人哭得撕心裂肺，徐帆操着有点串味的唐山话说：“两个都得救！”

明珠仗着这些日子的“荣宠”，也敢斗胆问养母这个问题了：“妈，你要是遇到这种情况，你救谁？”

过去，答案在她心里是肯定的，她问都不用问，可是现在，她想听妈骗骗她。

养母不吃这套，白了她一眼，不耐烦道：“你最近太闲了吧！整天琢磨什么呢？多大人了？问这种问题，幼稚不幼稚？少看点电视，孕妇看电视多了对眼睛不好。”

这答案倒是意料之中。明珠也觉得无趣，撇撇嘴，起身回自己房间了。

外面好像换了个台，养母在看一个清宫剧。

喻老师情绪激动，从超市出来就直奔知春家。她在知春这里是理直气壮的，把门拍得咚咚响，知春怕吵到左邻右舍，忙打开了门。喻老师一进门，眼泪就唰唰地流，哭道：“你们一个个的，没一个让我省心的。”

知春正在家里开视频会议呢，新推出的一批玩具，要去参加一个展览会。知春设计了一批死气怪样的玩具，比如大小眼的猪公仔、胳膊一长一短的猴子、绷带兔，老板看了很生气，觉得这种玩具不会招小朋友喜欢，要撤掉这批玩具。喻老师敲门的时候，知春正在和老板还有几个部门负责人宣讲她的设计理念，她说她的玩具是为大人设计的，大人也需要玩具。几个男人在视频那头猥琐地笑了。笑什么笑，这句话很好笑吗？知春找了个借口，趁机下线。听喻老师哭诉“没一个让我省心的”，知春代入了自己，还有知冬，她想息事宁人，先堵住妈的嘴，说：“谁又不让你省心了？又是知冬的事？我都说给你钱了，这有什么好哭的？”

“钱钱钱！你就知道钱。我说的就是你，你最不让我省心。你说说，你一个单身没结婚的姑娘，生出个，生出个混血的，还没爹的孩子，你让周围人怎么看我？我教书育人一辈子，自己的孩子就教育成这样？”

这一套说辞，知春早已习以为常，关于“别人怎么看”这个问题，她也看得通透，每次妈妈这样说，她都会四处看看，做腔做态：“谁啊？周围人？你周围有谁？谁在看你？”

喻老师知道知春故意打岔，气得哭笑不得：“村里那些人，还有咱家这些亲戚，别人会怎么看你啊？怎么看我啊？丢人不丢人！你大妗子上次来还问到你，说知春都多大了，怎么还不谈对象，是不是有什么问题？叫我没法回。”

“快别提大舅大妗子了，我表哥都离了三次婚了，我大舅一直有个老情人，他们的婚姻都很幸福吗？他们有什么资格笑话我？五十步笑百步而已！”

喻老师这里讲究娘亲舅大，听不得知春背后说舅舅坏话，有点气急败坏：“哎呀呀，你这孩子，胡说什么呢！别人的事，别瞎操心。”

“不对，怎么能叫五十步笑百步呢，我才不是百步。”知春发现了自己刚才话里的漏洞，正自我修正，听到妈训她，马上也抓住妈话里的逻辑漏洞，笑道，“对嘛！你看，你都说了，别人的事，别瞎操心。”

一招不成，喻老师只好换个策略，以退为进，咬牙道：“行行行，我们不管别人的目光，我们活出自我。妈想着，你是不是遇到了渣男，被欺骗了感情，孩子有了，他又不认账，你年纪大了，又不忍心打掉，对不对？”

听喻老师语气软了，似乎有商量的余地，知春也不呛着了，顺着妈的话头演下去，眼皮一垂，神情低落下来：“对啊！孩子是无辜的，那可是一条生命啊！妈，我想生下来。”

知春惊诧于自己竟然隐藏了这样的演技，差点就自怨自艾地哽咽了。喻老师心里长长地松了口气，暗想，不是混血的就行，又叹口气，说：“你说得对，孩子是无辜的，你要生，就生吧！可是有一条，你得答应我，你得给孩子找个爸，赶紧把婚结了。”

“找个爸？这事这么轻巧吗？妈你想什么呢？别给我添乱了好不好？”

“我是来想办法帮你解决问题的，怎么就添乱了？你不要觉得你有钱了，就可以一个人养孩子，养一个孩子，要付出的不止是金钱，还有你的精力，时间，耐心……你一个人不行的。”

说话间，知春的电话响了，是总监打来的，她只好起身到阳台去接。喻老师仍在身后嘀咕：“你看你看，你一个人不行的，你给孩子换尿布的时候，来个工作电话怎么办？”

那边总监电话催得急，叫知春赶紧回公司和老板面谈，否则展品撤掉后果自负。知春也有点急了，二十多岁时做人做事凭着一腔热血和孤勇，吃过亏；现在年岁渐长，也渐渐懂得在职场斡旋，与鬼神和人打交道，夹缝里求生存而已，她不能放弃这个项目。

知春急匆匆穿好衣服拿了车钥匙要出门，喻老师知道不能耽误孩子工作，却故作不懂事的样子不放行，唠唠叨叨：“你一个人带孩子不行的，要找个人的。”

知春已到了玄关换鞋，被说烦了：“找个人，找个人那么容易吗？我上哪儿找那么个人？又爱我，又接受这个孩子？”

喻老师目光里流露出一丝狡黠，她终于亮出自己此行的底牌，说：“去相亲啊！我找人帮你介绍，那种不能生育，又想找个人结婚的单身男人多的是。听话啊！”

就在喻老师的拉拉扯扯中，知春答应了。

第十章

金橘蜂蜜

做咸菜是一门学问。喻老师做的是酱萝卜。用青萝卜，烧开酱油大料水，酱汤冷透，倒入萝卜条，腌制两到四天就可以食用。每个人做的酱萝卜味道都不太一样，喻老师的酱萝卜脆，带一股微辣酸甜，很开胃，大家都喜欢吃。还没腌好时，知冬就悄摸着打开罐子捞了一片啖啖嘴，喻老师就忙跑过去按住罐子："别偷吃了，再吃就不够了。"

知冬不服气："做了不就是给人吃的？萝卜又不值钱，吃完再做呗！"

"这个是给你姐做的。"

"嘁！"

隔一日，碧晨来家里吃饭，满桌佳肴中，放了小小一碟酱萝卜，没想到碧晨也专盯着萝卜条吃。临走时，喻老师大方地给儿媳妇装了一瓶酱萝卜。碧晨在公司附近和几个女同学租房子住，不开火，在公司吃饭就点外卖，说外卖吃多了油腻恶心，这酱萝卜解腻。

知冬故意佯装吃醋："你看看你在我妈心目中的地位。我现在在我妈心目中地位不保了，这萝卜都不舍得给我吃一口，说是我姐怀孕了，要吃这个，一口都不给我。"

碧晨不自然地笑了笑，调侃知冬："你多大了，吃我的醋，吃你姐的醋。"说完又解释，"外卖吃得人没胃口，妈这个咸菜跟买的不一样，开胃，还健康。"

儿媳妇的一句夸赞让喻老师心里很是妥帖，可她看着碧晨的表情，总觉得哪里不对劲。

知冬送碧晨回去后，喻老师收拾完厨房，又把家里的脏衣服都搜罗出来洗。虽说现在全自动洗衣机很方便，但喻老师还是习惯手洗。喻老师是个瘦溜肩，任何时候都挺直腰杆，身上带着一股劳动妇女特有的力量：勤劳、做事妥帖，面对生活的困境始终保持着不服输的劲头。

她从儿子换下来的裤兜里掏出一张停车小票来，停车小票没什么稀奇，重要的是，小票上显示的停车场是省妇幼医院停车场，停车的时间正是前几天知冬跟她催要彩礼的时候。呵！这小子。喻老师的心里有点委屈，又有点莫名地开心。

晚上知冬回来，喻老师就把停车小票扔到他面前。还没问几句，知冬就招了。碧晨确实怀孕了，但岳母叮嘱她不要说，她信任知冬，还是告诉了他，又叫知冬不要告诉喻老师。就是这样。

知冬是个没什么主意的人，和女朋友在一起时，听女友的；和妈在家时，妈说什么都对。碧晨怀孕了，叫他瞒着，他就瞒着；现在，妈知道了，他也听妈的，一副要杀要剐悉听尊便的样子。

喻老师用手指狠狠点了点儿子的脑袋："你呀！长了个猪脑子。这不是好事吗？"

妈没骂他，还说是好事？知冬松了一口气，说："我也说了啊，这是好事，有什么藏着掖着的，我爸妈还等着抱孙子呢！"

"就是！好事，好事。你叫碧晨一定要注意身体，你要照顾好她。"

"放心吧！"知冬又赶着追问了一句，"妈妈，你不会因为这个不给人家彩礼了吧！这就不厚道了。"

喻老师瞪了他一眼："怎么会？要给，别人有的，咱们都有。我这不是正想办法借钱吗？"

知冬一听这话就来气，他知道妈还有点钱，却心疼那点定期的利息，非得找两个女儿要，让他跟着没面子，心里一急，脱口便说："你不是有钱吗？用得着找她们借吗？”

一提这个钱，喻老师连连否认：“我哪有，哪有？你放心吧！这事我能解决。”

知冬忽然感觉不妙，有点后悔刚才招供了。

咸菜腌好了。喻老师捞出了一些，分别装在两个罐头瓶里，再装进包里出门去了。知冬知道咸菜是给两个姐姐的，便没多问。他心里明白，要是问了得到的答复估计就是“还不是觍着这张老脸给你借彩礼钱”。少年穷啊少年穷，他气短在这里。

喻老师把腌好的酱萝卜送到知春的家里。工作日，知春上班去了，她又送到知春的单位。这是喻老师第一次来知春的单位，现在都不叫单位，叫 ×× 公司。公司设计得像一个超大的儿童乐园，知春有独立的办公室，在二楼走廊的尽头，前台小姐引着喻老师过去。整个大楼散发着一种高档商场才有的迷人香氛，喻老师小心翼翼地捂着她的包，不让咸菜的味道偷跑出来。

在这么精致的办公室工作，知春却在吃一份乏善可陈的盒饭，猪脚散发着腥臊味，西兰花泛黄，旁边还有一份像涮锅水一样的汤。喻老师进去时，知春正对着猪脚饭皱眉，盖上盖子，打算丢到垃圾桶里。

喻老师马上抓着机会批评她：“叫你少点几次外卖，多回家吃饭，不听。”

“我回家吃饭？你天天给我做饭？”

“不是让你回娘家，让你回自己家。”

“我那里，我不爱做饭，在家也点外卖的。”

“所以啊！找个知冷知热的人，房子才有家的味儿，婚姻就是两个人搭伴过日子，人品好就差不多，情啊爱啊那都是电视剧里骗人的。”

知春听明白了，这是来催婚了，她马上投降：“妈妈，我知道了，我会把这事当回事的，好好找个人的，你先回吧！”

喻老师四处望望，压低了声音：“可是你现在不能拖了呀！听话，去见见这个人，时间都约好了，今天晚上七点。”

知春躲不掉，喻老师已经把手机戳到她眼前，并用手指滑着屏幕给她看：“看，就是这个人，长得还行，是你姨妈的邻居介绍的。这人原来是当兵的，立过三等功，那里受了伤……”

“妈……”和妈妈在白日光天之下谈及这种私密话题，知春感到不适。

喻老师不明所以，解释道：“只是不能生育，那方面没问题。”

越说越过分了。知春红了脸，叫妈妈赶紧回家去，别影响她工作。

“那你答应我，一定要去。”

知春犹豫了一下，一咬牙答应了。

喻老师这才眉头舒展开来，把自己带来的咸菜拿出一罐来，说：“你怀孕了，胃口不好，我腌了点萝卜，吃了开胃，比外面买的健康干净点。不过也别多吃啊！”

说着，她还把罐子打开了一点：“你尝尝，我还给你煮了点瘦肉粥，配这个尝尝。”

咸菜醇厚鲜香的气味在这香气四溢的办公室里显得格格不入，肆意飘散。知春既感动，又无奈，连忙盖住盖子，想给这个咸菜瓶寻找一个合适的地方安置下来，她连连恳求道：“妈，我晚上去相亲，一定去，你赶紧回吧！这个我吃，马上就吃。”

“一定要去啊！一定啊！”喻老师这才犹犹豫豫地走了。

从知春的单位出来，喻老师又去找知夏，快到时给知夏打电话，却怎么也打不通，她也没在意，就直接上门了。到了之后敲门，是知夏的婆婆开的门。

婆婆的脸快吊到地上了，她看到亲家母，眼皮抬了抬，开了门就有气无力地躺回客房的床上，说自己最近腰疼，在卧床休养。

一山难容二虎，喻老师过去在知夏月子里，和这个老婆子也闹得不愉快，此刻看她又似在作妖，便没好气地揶揄她：“腰疼啊！去医院瞧了吗？光躺着没用啊！张浩呢？也不管你？我送你去医院吧！我叫冬冬来接咱们。”

说着，就拿起手机要打电话，婆婆妈一见喻老师来真格的，就支支吾吾转移话题：“也没那么严重，我主要是头疼，就是头疼，不瞒你说，都是知夏把我愁的，头疼啊头疼！”

喻老师最是护犊，别的不说，只要谁敢在她面前说她哪个孩子不好，她绝对不答应。此刻，即使心里不痛快，她还是在面上虚与委蛇：“知夏怎么了？惹你生气了？”

婆婆妈竟眼圈一红，委屈得似要落泪了，一五一十地讲给喻老师听，她觉得在这个问题上喻老师能和她结成同盟。还是老问题，她认识个老中医，可以把脉测男女，可知夏死活不肯去，于是婆婆就被气得病倒了。

“我就是想要个孙子，给老张家留个后，这有错吗？让她去查一下，这不是保险一点吗？”

喻老师不觉得知夏婆婆有什么错，有了儿子腰杆硬，和人吵架都底气足。在村子里，没有儿子就是一个人的短处、命门、蛇的七寸。早些年因为田垄分寸之争和人起了争执，她即便再有理，可对方一说“你是生不出儿子的绝户”，她就像被拿住了七寸，无力回击，英雄气短。喻老师理解她，但是，喻老师不能说出来，在外人面前，她要永远站在女儿这一边，于是，也轻飘飘地说一套知夏常用的说辞：“都什么年代了？生儿生女都一样，生个健康孩子就行，你看我们知夏，多出息，多孝顺！”

听罢这话婆婆妈恍然大悟，自己错付了衷肠，嗤之以鼻道：“噫！说这话没意思，你要这么想，还费劲巴拉地生你那个知冬干啥！”

知夏看到喻老师的未接来电和微信时，刚刚开完会。她一听妈上她家去了，心下叫苦不迭，两虎相斗，狭路相逢，情况不妙啊！她赶紧发信息给喻老师：“此地不宜久留。”

喻老师看到微信消息，也无心恋战，找了个借口告辞了。

母女俩在知夏工作室附近的茶馆见了面，喻老师把剩下的那瓶咸菜摆出来，像个小孩子一般：“我要去看看你妹妹。”

知夏诧异：“你不是刚从知春那里回来吗？”

“我不是说知春，我是说，那个孩子，知秋。”

知夏一直反对喻老师和知秋相见或者相认，有些苦果，可以就那样将错就错下去，如果非要把苦果重拾，再反复品咂，对彼此都是一种折磨。这瓶咸菜算什么？赎罪吗？这一点点温情就能抵消被抛弃的怨恨吗？知夏觉得，如果真对那孩子还有一丝感情，知夏一家人就不该出现。

可是她拗不过喻老师，喻老师的眼神带着心虚的躲闪，又饱含惆怅，一向刚硬的她带着一丝哀求，语气诚恳：“我也不知道为什么，自从知道她没了男人，又怀了孩子要一个人生下来，就特别心疼她，这孩子命不好，要是她过得美满也就罢了，可现在这样，我总放心不下。”

“人家过得好与不好，都跟你没关系了。”知夏口是心非，嘴上这么说，其实心里也总记挂着这个妹妹。她也想去看看妹妹，知夏的话虽说得无情，但语气有所松动。

她的语气一松，喻老师的眼神便活了，她压低了声音，凑近了一点，说：“我那天在永辉超市又遇见她了，你说，这是不是老天爷的安排？两个人的缘分没断，老天爷就会安排这两个人频繁地遇见，所以，人不能忤逆老天爷。你带我去见见她吧！”

“你跟她说话了吗？她认得你吗？对你什么态度？”她想起上次被喻老师撺掇着去见明珠的情形，明珠对她的态度，还行。

喻老师的眼神里有点光，像是在回忆超市里的那次相逢，她心酸中略感欣慰，说：“我们说话了，她对我的态度，还行。”

这个“还行”，让知夏的态度彻底软和下来，但她还是挣扎：“为什么非要拉着我，你自己去不行吗？”

“她好像搬家了，就在知春家对面那个小区，我不知道哪栋楼，你问问。”

其实在和喻老师聊天的时候，知夏已经下意识地点开了明珠的微信，好巧不巧，明珠的朋友圈竟然更新了。原来她并不是屏蔽了知夏，而是建奇离开后沉寂了许久，现在，她像一株濒死的植物，渐渐活过来了。她发了建奇离开后她的第一条朋友圈，配图是一张纸杯蛋糕的照片，配文略显心酸——“给苦涩的生活加一点甜”。

知夏觉得不应像上次那样唐突，应该正式给她说一声，便发了一条微信：“喻老师和我想去看看你。”

她以为明珠会拒绝，没想到几秒钟后，明珠回复了一个“好”字，并发来了地址。

知夏已经怀孕四个月，有些显怀了，她没有开车，打了一辆车去。

在路上，她仍隐隐担心，问喻老师：“见面不觉得尴尬吗？你要说什么？”

喻老师按了按包里的咸菜瓶，说：“我什么也不说，我不多说话，就给她送咸菜，那天在超市里遇见她，她想买咸菜。”

知夏转头看了看喻老师，喻老师的脸上有一种进考场时的孩子脸上才有的紧张感。

明珠也奇怪自己为什么答应知夏，让她们来看望她，她不是应该怨恨生母吗？大概是她有了孩子之后对生命有了新的理解，每一个生命的去留，都曾经历过一番深刻的选择。环境、经济、政策、舆论，都在用无形的力量揉搓着可怜的人，生母生父那里，大概藏着她多年来向无边无际的命运质询的某种解释和答案。她似乎不怨恨他们，内心里还隐隐有一种期待，期待这种靠近和打开，她想证明，自己是值得被珍爱，被呵护，被选择的。

知夏敲门，明珠开门，喻老师跟在知夏身后，一开始有点畏畏缩缩，大约在铺垫情绪，调整心态，门开后她马上挺直了背脊，笑吟吟的。

房子有入户花园，明珠给客人拿拖鞋，喻老师悄悄打量着这房子，大平层，门和窗此刻都开着，湖边的风穿堂而过，木地板和家里的家具颜色也很搭。这房子比喻老师想象中还要豪华一些，明珠和将来的孩子住在这样的房子里，她心里安慰了许多。

明珠请她们到客厅里坐，倒了茶，明珠叫知夏“姐姐”，但对喻老师，只说了句：“你喝茶！”

喻老师一点也不计较这个，明珠叫她“妈妈”“喻老师”或者“阿姨”，都不合适。

知夏来的路上，给明珠买了自己孕期吃的钙片和蛋白粉，叮嘱她按时吃，姐妹俩略显生疏地交换着妊娠心得，分享经验。

瞅着她们说话的空当儿，喻老师把咸菜瓶从包里拿出来，说：“这个咸菜，是我自己腌的，健康。但也不能多吃，一天最多不能超过 20 克。”

“好。谢谢你！”明珠的表情淡淡的，无忧无喜，语气平平的，不浓不淡。

喻老师本来还有一句话，她想说“我怀你那时，也爱吃咸菜”，但那句话在喉咙里打了个转，咽下了。不合适。

三个人都没什么话说，知夏就夸这房子地段好，风景好，说房价一直在涨，保值，对她和孩子都是保障。明珠点头说“是”。

喻老师来之前答应过知夏，一定不乱说话，她也就真的不多说话，只是在那姐妹俩艰难聊天的空儿，间或叮嘱一句“你要多休息，饮食上不能马虎，营养要均衡”云云，都是些不会出错的话。

说起饮食，喻老师又小心翼翼地问了句："谁给你做饭呢？你，那边妈呢？"

明珠知道喻老师问的是她养母，养母这些日子把她照顾得很周到，早上告了假，说要回家去看看。

“我妈一直在这里照顾我，我爸一个人在家，她不放心，回去两天。”

或许正是因为养母正好回家去了，明珠才肯答应知夏的请求，和亲妈见了这一面。

话题打开一个缺口，喻老师通情达理地问："你爸妈身体还好吧？"

“还好，我爸还给人在外面做活儿，身体硬朗着，我妈有点高血压，问题不大。”说完这些，明珠冷不丁加了一句，“你呢？”

这问题也冷不丁地把一直拘谨着的喻老师激活了，她心里如战鼓轰鸣一般，紧接着又掠过一阵幸福的痉挛。这孩子，是在关心她的身体吗？是的，虽然只是话赶话，顺嘴一问，但这句“你呢”，比任何嘘寒问暖都更让人感到舒服、感动。可她该怎么回答呢？

喻老师在讲台上讲了三十年的课，公开课也讲了无数次，从来没在人前怯过场，可这一次嘴里却磕巴了："我身体，我身体挺好的，也没啥大问题，都是小毛病，做了几十年教书匠，咽炎一直不见好，是职业病了，还有这个腿，受过伤，做过半月板手术，走路还是不得劲，前几年还得过胆囊炎，老许身体也好……"

喻老师一说起来就刹不住，最后还是知夏悄悄按了按她的手，给了她一个眼神，她才噤声了，尴尬地笑笑，总结陈词："都挺好，挺好！"

过后又是一阵沉默，喻老师沮丧无比，细想之下，那句顺口一问，有多少真心实意的关心呢？“拎不清啊，喻老师。”她暗暗骂自己。

为缓解尴尬，明珠去了厨房，拿出她做的蛋黄酥来给客人吃，和蛋黄酥一起拿出来的，还有一瓶像蜂蜜一样的东西。

这蛋黄酥是明珠刚才在朋友圈晒的，她叫知夏和喻老师尝一尝，说：“其实这个东西不是刚出炉最好吃，要等过一两天回油了才是黄金品味期。”

知夏是个厨艺小白，于是虚心请教，什么叫“回油”，明珠就讲解：“‘回油’，就是说蛋糕或面包配料中有油脂成分，在制作完成后的第二天或更久，油脂会渗透到蛋糕或面包的表皮，使糕点更加柔软酥软。”

知夏若有所思地点头，又直呼这蛋黄酥好吃，问她做法。明珠就耐心地讲解做法：170 度烤 40 分钟，180 度烤 30 分钟，蛋液要刷两次，只用蛋黄的蛋液，不要蛋白，云云。她还说：“所有的美食，对时间的掌控和火候的要求都很高。”

喻老师在一旁听着，暗叹明珠能干，转念又百般心疼这孩子，恐怕不是受了养母的锤炼才这么能干，这孩子从小没少干活吧！喻老师又自责起来。

知夏又问明珠的公公婆婆对她好不好，常过来吗。知夏在这里就是喻老师的传话筒，把喻老师想说的想问的都代她说了出来。明珠一一作答，说阿姨常来，阿姨经常给她煲汤，带好吃的过来，对她很好。叔叔就是办理房产过户的时候出现过，他退休后跟朋友做生意，可能比较忙，再说也不方便。

明珠的现状，在姐妹俩的闲聊里都展开给喻老师看了。喻老师的心得到一种温柔的抚慰，掩盖了长久以来的某种隐痛。

水杯里的水喝尽了，话题也枯竭了，明珠没有再主动给她们添水，知夏就知趣地告辞。明珠也没有挽留，送至门口，还把蛋黄酥打包让知夏带上，刚才那瓶蜂蜜一样的东西也让知夏带上了，明珠说：“这个是我做的金橘蜂蜜水，清肺润喉的。”

她没有特意说是给谁的，但喻老师忙接住了，连声说：“好，好，好！”

刚出门，一个陌生女人提着大包小包从电梯里出来，喻老师一眼认出来，那是明珠的婆婆。冯母却不认得她，看到明珠在门口送客，热情又警觉地问：“来客人了啊！”

明珠便介绍了准婆婆，又介绍喻老师，说这是老家的老姑，还有表姐。“老姑”跟“表姐”都识趣地点头称是，冯母请“老姑”屋里坐坐，双方虚与委蛇一番，“老姑”告辞离开了。

一坐上知夏的车，喻老师的眼泪就下来了，觉得不好意思，又赶紧用手抹去。

那瓶金橘蜂蜜金黄澄亮，金橘是连皮带核切的，有一点酸苦，而加入了蜂蜜和冰糖，那甜丝丝的味道就裹挟着生活的艰辛无奈，铺天盖地地来了。

第十一章

遗照

知春去相亲。对方三十多岁，长得很周正，一身正气，难得有人和照片上没差。知春特别注意外表，也就坐下来没有立刻找理由离开。

地点是介绍人提前安排好的，在一家咖啡馆。男人先到，没点东西，知春就点了两杯拿铁。男人叫周同，说自己在一家物业公司上班。

知春先打断了他，问："我的情况，介绍人都说了吧，你能接受？"

男的说："我受过伤，生不了孩子，人总得有个孩子吧！有孩子就行。"

女孩子大多怀有军人情怀，知春听说他受过伤，脑海中自动浮现出执行任务光荣负伤的英雄形象，满心好奇地问："怎么受的伤？是执行什么任务？"

男人支支吾吾，目光躲闪了一下，看起来不会说谎话："打架，年轻气盛嘛！"

知春有点失望，但还是不死心："见义勇为？"

男人挠了挠头，不好意思道："不是，就是一点琐事，开车，追尾，吵了起来。"

原来是这样。

脾气暴躁的男人，不行。

男人看知春表情有点失望，忙补充了一句："你放心，我那方面没问题的。"

这话说得没羞没臊的，知春不自然地看看四周，没有回应。

咖啡上来了，男的没动，等知春用小勺子搅了搅，端起来喝了一口，那男人才照样做了一遍。不会吧！他从来没喝过咖啡？

气氛忽然尴尬，知春这时已经有点想走了，男人这时忽然有来电，他也没回避，接了起来，听谈话内容应该是工作上的事，对方在和他谈调休之类的事。

挂了电话，男人受到那个电话的点拨，找到了话题，问知春工作忙吗。

"还行，忙的时候特别忙，晨昏颠倒的。"

"那会经常加班啊！以后结婚了能不能按时回家接孩子做饭啊？"

知春一愣，没有回答，反问他："你呢？工作忙吗？"

男人来了兴致，开始打开话匣子，给知春讲自己的工作环境多么优雅，是本市一个高档的别墅区，业主们非富即贵，素质就是不一样，对物业人员也很谦和有礼，有一个业主，是本市知名的企业家，跟他称兄道弟。

等等，在物业工作，他又是部队退役，不会是，保安吧？

知春又忍不住打断了他，问："你具体是在物业做什么？"

男人不自然地笑了笑："安保工作。呵呵！保家卫国，保小家也是为了国泰民安嘛！"

这话说得在理，知春也毫无瞧不起保安的意思，只是觉得退役军人站得笔直，做一个保安，有点大材小用了。可是情怀没用，她要找老公，就不能不考虑实际的问题："在 ×× 这种别墅区做物业工作，薪资是不是高出行业水平？"

"公司管食宿，三千多，还行吧！咱们这边薪资水平都是这样，工资低，物价高，房价高。"他回答问题的同时，顺带吐槽了变态的房价。

"那你买房了吗？"

“没有。你不是有房子吗？”

穷，还理直气壮，不行。知春在心里又画了一个叉。

男人看到知春脸上的不悦，感觉到他的自尊受到了轻视，觉得这次相亲大概率要黄了，索性破罐子破摔，反问：“我就想找个有房子的女人，不行吗？就像你们女人想找个有房子的男人一样。”

知春在大姐的女权文章里学到不少道理，此刻在这个人面前竟无力反驳，她只是无奈地笑笑：“对，你说得对。”

一个女人不屑与男人争辩，原来这样也会惹怒男人。这个穷男人别的没有，就是自尊心特强。知春还没说什么，这男人先发起攻击：“你都找人接盘了，还挑剔什么？要男人有房子，收入高，这样的男人要你吗？……”

他语速极快，嘴皮上下翻动，甚至有唾沫星子飞溅到了咖啡里，知春真怕他再激动就要起来打人了，便克制着怒气说：“那我先走了。”

她起身去收银台，那男人也跟了过来，恬不知耻地说：“其实我对你印象挺好的，你也别太挑剔了。”

收银员算好钱，说了一个数，看了看知春，也看了看男人，那男人马上跳脚：“看什么看？谁规定相亲约会必须男人买单。”

知春迅速付了钱，逃也似的离开了现场。

喻老师在电话里和她吵。

“他收入低。”

“你现在怎么这么现实？两个人过日子，钱挣多少是个够？你收入高不就行了。”

“他是个保安啊！”

“人家是保安队长。”

“没文化没学历。”

“你不是也没大学毕业？”

“我大学没毕业还不是因为你。”

“我怎么了？我没供你上吗？还不是你作的。”

“要不是因为你让我上不喜欢的专业，我会退学吗？”

……

两个人就来回掰扯着，又扯到喻老师偷改志愿这回事上，说到最后知春觉得无力，索性沉默了。喻老师见她不说话了，又开始好言相劝。

“介绍人说那人看上你了，说你们可能有点误会，想见面再聊聊。”

“笑话，一点误会也没有。”

“你别太强势了。哪有十全十美的对象，差不多行了，人家其他条件差点，可是能接受你的孩子。”

“那人有暴力倾向，他不是在部队受的伤，是跟人打架受的伤。”

“……”

“他还有吃软饭的倾向，说他就想找个有房子的女人。”

沉默了几秒，喻老师叹了口气，说：“那就算了，我再给你介绍别的，这事得抓紧了。”

没等喻老师再张罗相亲，知春赶紧逃走了，她出差去了深圳。她的新产品终于得以保留，在展览会上做新品发布。喻老师总不能追到深圳去。

人一闲下来，才有兴致发展自己的爱好。明珠一闲下来，把自己烘焙的爱好又重拾起来。烘焙的过程很治愈，考验耐心，她先从最拿手的蛋黄酥、红豆酥做起，做好了自己和妈妈吃不完，就给婆婆带，给邻居送，给大倪、同事送。去医院孕检的时候，给李医生也带了一些。

孕十三周，她刚刚查了甲功，抽了两大管子血。

她把化验单拿给李医生看，李医生看了一眼，然后在电脑上打字，中途看了她一眼，停下来，从抽屉里拿出一块巧克力给她：“抽血，早上没吃东西吧！先吃块巧克力。”

明珠接过巧克力，这才斗胆把蛋黄酥从包里拿出来推向李医生：“其实我带了吃的，等会儿出去吃。这个是给你的，我做的蛋黄酥，你忙的时候，可以垫垫肚子。”

明珠从网上选了很精美的包装盒，蛋黄酥装在盒子里，比蛋糕店的产品更显精致。

李医生有点怀疑：“你做的？”

“当然是我做的啊！不信？下次我做的时候拍视频给你看。”

“这个是给我的？”

“对啊！”

“为什么给我？”李医生饶有兴致地打量她。

这个问题把她问住了。为什么？难道说做得太多了吃不完剩下的？身边人都送遍了，送给你只是顺手人情？

她想了想，说了一个无懈可击的理由：“美食的意义就是分享啊！你是我的医生，就……给你尝尝啊！”

“你对所有的医生都这么好吗？”李医生忽然有些轻佻地问。

话赶话，叫明珠没法回答，她拿起还没吃的巧克力：“你对所有的患者都这么好吗？”

李医生被怼回来，撇撇嘴：“我只对愚蠢的患者这么好。”

言语间，忽然有了暧昧的意味，明珠心里一惊，后知后觉地羞耻起来。建奇才离开不过三个月，她还怀着他的孩子，她怎么可以和别的男人暧昧起来？一想到这里，她觉得这蛋黄酥也有罪了，不该送了，伸手要拿回去：“不要就算了。”

李医生伸手去拦：“要啊！谁说不要了，我最爱吃这个了。”

两只手不小心触碰了一下，明珠赶紧放下盒子。

养母在外面等得急了，正好推门进来，看到明珠和李医生在抢那盒蛋黄酥。养母扫了一眼，没说什么，问医生：“我女儿身体没什么问题吧？有什么要注意的吗？”

李医生把蛋黄酥放回抽屉，手放回电脑键盘，脸上又恢复了严肃谨慎的表情，说：“胎儿一切正常，孕妇要多注意休息，营养要均衡。”

回去的路上，养母和明珠闲聊：“那个医生看上去挺帅的？”

明珠知道妈这是在套她话呢，回她：“戴着口罩，你怎么看出来帅的？你有透视眼啊？”

养母心情舒畅，笑了笑：“对，我有透视眼。”

明珠不说话。

隔了几秒，养母又问：“那医生结婚了没？”

“我怎么知道？”

“下次去问问呗！”

“我问这个干什么？”明珠感受到养母那种带着八卦和关切的劲儿，一股脑儿地朝自己涌来。她坚信自己没有邪念，觉得养母有这种联想，是对死者的一种亵渎，于是提高了音量，“妈，你要再这样，下次孕检不要你来了。”

女儿现在在岳娥眼里就是女皇，要供着、哄着。不管女儿说什么，她都顺着，赔着笑：“好好好，不说不说。我的意思是，以后要是有合适的男人，也可以考虑考虑，为自己打算，别那么死心眼。”

“妈，你说什么呢！”

明珠生气了，往前疾走几步，养母在后面都追不上。

晚上，明珠把建奇的照片从床底的整理箱里翻出来。自从建奇去世后，她就把那些照片都收了起来，看一次哭一次。医生说孕妇哭泣对胎儿不好，她就不看，也不哭了。

这是一个大相册，里面全是她和建奇的照片，有建奇给她拍的，有建奇的单人照，还有他们的合影。他们去过的地方还真不少，有本地的华山、兵马俑，还去过一个牧场。当时，她骑在一匹马上，很害怕，建奇就一直牵着那匹马，他说：“你看我像不像掳走了公主的骑士？”明珠的心就那么荡漾起来。从小到大，母亲总叫她“丫头片子”，养母和人吵架时，也会捎带骂她是“野种”。上学时，喜欢她的男生也那样粗鄙，曾将她堵在楼梯口，给她写错字满篇的蹩脚情书，还在班里散播谣言。长这么大，只有建奇视她如珍宝，将她捧在手心里，把她当作公主般疼爱。那天，牵着马儿的他走累了，明珠引诱他，让他也骑上马背。牧场里有规定，不允许两个人同骑一匹马。可他还是骑了上来，还让马儿了跑起来。因为怕被管理人员发现，他们就越过了防线，骑到了附近的一个树林里。暮春的风暖甜暖甜的，像是灌进了心里，天高云白，他把马儿拴在一棵树上，在那棵树后和她接吻，一切都是那么暖甜暖甜的。

还有一张照片，是她给建奇拍的。在华山顶上，太阳刚跳出云海，逆光，他沐在光里，融在雾中，像是被镶了一层毛茸茸的金边，宛如从天而降的王子，又似谪仙人，她赶紧拍下了那张照片。他们的过去多么美好，单纯又快乐，平淡却深刻，让她无法忘怀。

明珠把这张照片拿出来，放进一个桌摆相框里，摆在床头柜上。

第二天养母进她卧室，给她端了一杯牛奶，看到那张照片时，吓了一跳，差点洒了牛奶。

“你把照片摆这里干啥？真瘆人。”

“怎么会呢？那是建奇，这里本来就是我和建奇的家。”

养母要把那张照片收起来，明珠又摆了出来。养母拗不过，只好自己出门买菜去了，眼不见心不烦。回来时看到明珠捧着那张照片发呆，养母有点担心这孩子魔怔了，就劝她多出去走走。正好大倪约明珠出去吃饭，明珠就去了。她一出门，养母马上把那张照片倒扣起来。

大倪跟明珠约的那家馆子，专做酸菜鱼，汤白鱼嫩，酸辣爽口，许多人慕名而来。大倪没有开车来，鱼上来时，她主动点了酒，一个人自斟自饮，明珠就专注吃鱼，听她唠叨。大倪很快微醺，忽然说：“我妈来找我了。”

就是那个把她从小丢给爷爷奶奶带的妈吗？

“她后来嫁得很好，那个男的有本事，据说做装修生意，很有钱。他们生了一个儿子，那孩子比我小六岁，从小上的就是国际学校，家里有两个保姆，他现在在美国留学，可是我他 × 的连高中都没读完。”

“你怨恨她吗？”

“废话，能不恨吗？把我丢给两个老人，我小时候调皮，我奶奶年纪大，带不动，就天天骂我，什么话难听就骂什么。我爷爷天天在公园下棋，不到天黑不回来，我每次被奶奶骂了，就一个人躲被子里悄悄哭，一边哭一边恨我妈，可是恨她的时候，又特别想她，想要她突然出现，说接我走。我发誓只要她来，我马上原谅她，马上收拾好东西跟她走。珠珠，你知道吗？我那时真的悄悄收拾了一个小包袱，里面装着我的衣服、水杯、饼干，我等着她来，我随时可以拎包就走。可是她始终没有来。”

“她肯定说她也不容易，她有苦衷。”明珠幽幽地说。

“对啊！她有什么苦衷，不就是怕我影响她的新生活嘛！”大倪自顾自说着，忽然意识到什么，“咦！你怎么知道？珠珠，你，该不会是……”

“对，我也见到那个人了，就是那家人，我那个……妈，她也是这么说的。”

大倪坐直了，忘了自己要说的事，开始追问明珠："她来找你了？是个什么样的人？是不是哭得稀里哗啦的？是拉着你的手哭，还是抱着你哭？说对不起你，她有苦衷，还想听你叫她声妈妈，还想补偿你？”

难道大倪的妈妈是这样？失散多年的母女见面是这样？这样才正常？那那个人为什么不是这样？不这样的不正常吧？明珠自己在心里暗暗对比，瞎琢磨。她说："没有，我们都没哭，她也没让我叫她妈妈。”

“她没说要好好补偿你？”

“她只是来看看我，哦，对了，她给我带了一瓶咸菜，还挺好吃的。”

大倪愣了一下，确认明珠这次母女相见很无趣，也就不追问了，继续说自己的事："我妈现在在广东，后来生的那个弟弟现在在国外留学，不常回来。她那个老公去年生了场病，人不在了。她现在孤单了，想起我了，哼！”

“她想让你过去？跟她一起生活？”

大倪点点头。

“你怎么想的？”

大倪喝了一口饮料，沉默了一会儿，说："我，有点想去，我打算原谅她。”

原谅，是多么美好的一个词。放下，释然，冰释前嫌，握手言和，被原谅的人得到宽恕和解脱；而原谅他人的一方，那个被伤害、卑微的人，此刻却显得崇高又伟大。

明珠想，自己应该原谅喻老师吗？原谅那个叫许文忠的人吗？她好像从来没怨恨过，日子不好不坏，也就怨恨不起来，没有怨恨，又何谈原谅呢！

大倪又说："主要是因为，她现在挺有钱的，她老公留下了很多遗产。她说要补偿我，我想去花她的钱，狠狠地花她的钱，我不想再这么辛苦了。”

多么不真实啊！像“狗血剧”里才有的情节。明珠想起一个笑话——儿子对爸爸说："我有个愿望，希望有天我疲惫回家，你突然打电话告诉我，其实我们家有一亿资产，之前装穷都是为了锻炼我。”爸爸说：“我也一直在等你爷爷打这样的电话。”

现在，命运给大倪打了这样的电话，她真的感到开心吗？大倪说“狠狠花她的钱”时咬牙切齿，明珠从她的脸上，并没有看出开心。

这是扭转命运的大事了吧！明珠也没什么好建议以供参考，她说：“这件事你要自己拿主意。”

大倪从来都是我行我素，自己拿主意，她嘻嘻哈哈地转移了话题，并调侃道：“等姐们儿继承了千万资产，包养你哦！”

吃到一半，明珠去上洗手间。孕妇尿频，她也不例外。大倪怕洗手间滑，便陪着她去。

洗手间在一条走廊的尽头，大倪非要像扶皇太后一样扶着明珠，明珠就打趣地管她叫“小倪子”。这时，迎面走来一对男女，男的高高大大，裤腰提到了肚子上，女的三十出头，小鸟依人，挽着男人胳膊。明珠不经意间一抬头，一愣，这不是建奇的父亲，她的公公吗？只见他的脸上红光满面，哪里是冯母口中的郁郁寡欢样，那女人又是谁呢？她正柔声细语地说：“老冯，这家鱼特别好吃。”虽然人也已经不年轻了，但不失为一个美女，眉眼楚楚动人，化了妆，穿一条鱼尾连衣裙，妖娆的样子。

明珠没反应过来，下意识地叫了声：“冯叔叔。”

男人的视线迅速从她身上扫过，他竟然无动于衷，没有任何反应，径直朝前走了。

他不认识她？他不是建奇的爸爸吗？她不会认错吧？前些日子他还恳求她生下冯家的血脉，现在他不认识她了吗？那个女的是谁？情人？狗男女？什么时候的事？明珠一头雾水，大倪也觉得奇怪：“谁啊？冯建奇的爸爸？那女的是谁？”

明珠又回头看了一眼，说：“可能是我认错人了吧！”

后来她们又坐回桌子继续吃，锅子煮得热气腾腾，有点热，明珠流着汗，头也蒙蒙的，本来还说吃完后去逛街，忽然觉得索然无味，吃完就各自回家了。

因为中午和大倪吃了鱼，下午明珠想吃点清淡的，养母就煮了粥，炒了两个菜。养母在冰箱里看到那瓶咸菜，就盛了一些在小碟子里端出来，吃饭的时候，也尝了尝那酱萝卜丝，说：“这咸菜还挺爽口的，你在哪儿买的？怎么用那么个大罐头瓶装着？”

明珠当然不能说那是她亲妈带来的，这对养母是一种背叛。养母对她没多好，也没多坏，就是普通乡下妇女粗枝大叶的做派。明珠便说：“我一个同事她妈腌的，给我带了点，开胃。”

“嗯！少吃点。”

白天发生的事在明珠心里翻来覆去，她不愿去深想，但那个人却跟她有着千丝万缕的关系，她想理出头绪，却又无计可施。

吃了几口饭，养母想起来似的，又问：“那个钱，到账了吗？”

明珠知道，养母说的是那一百万。那个钱早就到账了，养母隔三岔五地问，但她一直找各种理由推脱，说“没到”，养母就骂她傻，叫她催，别让人当猴耍了。被问的次数多了，再找借口也瞒不过去了，她只好承认：“到了，昨天到账的，我忘了告诉你了。但是……”

她的“但是”还没说完，养母就说：“到了就好，到了就好，我就怕他们言而无信，你被骗了。到时月份越来越大，想反悔都来不及。”

养母并没有打这个钱的主意，是大家多心了。

但明珠对养母的最后一句话反感，她瓮声瓮气地说：“无论如何，我都不会后悔的。”

反正钱已经到了，养母也不和她继续争辩，便顺着她说：“好好好，你不会后悔，你是为了爱情，你最伟大。”

话不投机，吃完饭她就回了卧室，发现床头建奇的照片又不见了，她四处翻了翻，看到照片又被收起来了，压在了一摞书下面，她把相框拿出来，又重新摆好。相框的玻璃镜面有点反光，映出了她的一点影子，她的影子和他的影像重叠在一起，此刻他们虽如此接近，却已是江水之隔，无舟可渡，永不复相见。

第十二章

婆婆的镯子

周末，冯母叫明珠到家里吃饭，明珠答应了，但有点意外。自从建奇去世后，她去过冯家两次，都是跟建奇有关的日子，头七之类的，后来冯母怕影响胎儿，就再没叫过她。

正好养母周末要回家去，明珠就一个人去了。

冯家住的是单位分的房子，不小，屋内摆放着全套的红木家具，座椅套有些旧了，那家具却锃亮，让房间显得富贵又不失低调。冯母和保姆张罗了一大桌菜，冯父在阳台侍弄花草，听到明珠叫他，转个身，说："嗯！来了，坐。"说完又转身给花剪叶子了。

明珠来时带了一篮水果，冯母接过来，夸她懂礼数，又轻轻嗔怪她："以后回家不要带东西，就像下班回家一样。"

也是奇了，自从建奇走后，冯母看明珠浑身上下都是优点，怎么看怎么亲，"回家"两个字叫明珠心里一暖，她知道冯母的意思，也挑老人爱听的话说："下班回家带点水果嘛！"

保姆在摆盘，厨房里还有一道菜，是冯母的拿手菜红烧鱼块。明珠坐着拘束，就进厨房去看看能不能帮忙，冯母就叫她择几根香菜，两个人就闲闲地聊天。鱼在锅里飘出香味，明珠夸赞："好香啊！我昨天和朋友也吃的鱼，是酸菜鱼，下次带你去尝尝。"

"好啊！"冯母很欣慰，觉得这孩子渐渐把自己当家人了。

冯父昨日的影子又跳出来，明珠想了想，决定还是给冯母提个醒，说："哦，对了，那家店叔叔也知道，我昨天还碰到他了呢！下次我们一起去。"

"你昨天碰到你冯叔叔？他……他跟谁？"冯母一直在低头专注地用木铲子轻轻地翻那个鱼块，口气也是随意的。

多一事不如少一事，明珠只想旁敲侧击一下，就替冯父做了遮掩："好几个人，有男有女，可能是他以前的同事吧！离得挺远，叔叔没看到我，也就没打招呼。"

冯母用铲子挑了一小块鱼肉，笑吟吟地转过头，叫明珠尝尝，说："那你一定是看错了，昨天你冯叔叔一直在家和他老战友下棋呢！哪儿也没去。"

"哦！可能吧！"明珠被冯母这句话彻底搞蒙了，她怀疑自己视力出了问题，甚至脑子也产生了幻觉，竟然能面对面把人认错。或者那只是两个长得很像的人？她嚼着那块鱼肉，也没尝出什么好滋味，木木地说："好吃。"

鱼烧好了，明珠放上自己洗好切好的香菜碎，端上了桌。

开饭了，冯父才从阳台过来，洗了手，坐了下来。

冯父以前是某国企二把手，在这个位置上干了好多年，虽然退下来好几年了，但架子还在，不怒自威，和他一起吃饭，明珠也倍感压力。

冯母给明珠夹菜，也给冯父夹菜，明珠客气地说"谢谢阿姨，我自己来"，而冯父连眼皮也没抬一下，大概对这种照顾已经习以为常了吧！

红烧鱼块确实和平时吃过的不太一样，很入味，微辣中还带着一种清凉。明珠就问这鱼的做法，冯母告诉她，腌制是关键，同时她还放了法宝——紫苏，紫苏的味道和薄荷很像，所以才有那股清凉的味道，明珠忍不住称赞："这红烧鱼块真好吃，比太二家的酸菜鱼还好吃。"太二是昨天那家酸菜鱼的店名。

说完她悄悄抬眼看了看冯父，他低头吃饭，脸上没什么表情。

倒是冯母接了她的话：“什么酸菜鱼？有那么好吃吗？老冯，你吃过吗？”

冯父这才慢条斯理抬起头，把嘴里的鱼刺用手捻到骨碟里，说：“没有，在什么地方？小沈改天带我们去尝尝。”

“好啊好啊！”明珠说。

饭毕，保姆收拾桌子，冯母切了水果端出来，刚一坐下，冯父就打算出门，说：“昨天老李来下棋，把车钥匙给忘了，我给他送过去，顺便再去杀两盘。你好好陪陪小沈，娘儿俩说说话。”

昨天他果真在家里下棋。明珠终于确信，是自己眼花了。

冯母面上不悦：“等等。”

冯父有点不耐烦，又坐下来。

冯母进了卧室，不一会儿出来了，手里拿了一个红色缎面的盒子，打开象牙扣，又从里面拿出一个灰色的丝绒袋子，小心翼翼地掏出一个玉镯子，用手抓握了半圈，对明珠说：“拿这种易碎的镯子，一定要这样拿。”

明珠不明就里，点了点头，打量着那个镯子。这是一个翡翠贵妃镯，通体宛如冰晶，半透明，分布着一些条状的翠绿，在灯光下显得冰清玉洁。明珠不懂玉，可就是觉得好看。

“来，戴上试试。”冯母自顾自地把明珠的手捉过来，给她戴上去。那镯子像是为明珠量身定做的一样，轻松就戴了上去，不大不小，和明珠的手腕正贴合，让那一只手显得纤细白皙。

冯母向明珠介绍这个镯子的材质。这个是翡翠，冰种飘绿花，是翡翠中的上品。明珠一听就想把镯子撸下来，这一定很贵重吧！碰碎了可怎么办?

冯母又向明珠介绍这个镯子的渊源。这镯子是建奇的太奶奶传给奶奶，奶奶又传给建奇妈妈的，现在，她要把这个传给明珠。

明珠马上觉得这个镯子沉甸甸的，要把她的手腕压下来一般。所有的圈形首饰都有一种圈套的意味，代表着承诺和束缚，明珠背负的压力已经够多了，她不想再多加一层。

“这个……我不能要。”她试图取下来，但是玉镯这种东西，戴上了就很难撸下来。

冯母按住她的手，把自己的手覆在明珠的手上，有一种说不出的异样的亲昵，她看看冯父，又看向明珠："戴着吧！你和建奇虽然没办酒席，但你怀了冯家的骨肉，就是我们的准儿媳了。"

"可是，可是……"明珠也不知道自己要"可是"什么。这不年不节，也不是什么特殊纪念日，冯母叫她来家里吃饭，唱这一出戏，明珠实在看不透其中奥义。

"没啥意思，你别误会了。如果要说一定有点什么意思，那就是想要你有点归属感。咱们以后是一家人，以后我们拿你当女儿一样对待，这就是你的家。"

这话说得很诚恳，明珠若再推脱就显得小家子气了，冯母又看向冯父："老冯，你说句话啊！"

冯父的神思有点游离，这才被冯母拉回了神，他反应过来，说："啊，对啊！小沈，咱们以后是一家人，一家人，这儿就是你的家，你常回家，别见外。"

明珠点了点头，接受了这份礼物，说："谢谢阿姨！"

一直默默干活的保姆忽然插话："这孩子，怎么还叫阿姨？"

明珠一时有点愣怔，又像新妇一般脸上泛起羞窘，她知道在婚礼上有改口一说，大家亲亲热热，一团和气。她曾经那样期待和建奇的婚礼，在心里筹划了每一个环节，却没有想到，这个改口，是在这样一个平淡无奇的日子，也没有建奇陪在身旁，但这份礼物足够郑重，这种认可也把明珠心里那丝若有若无的失落驱散了。直到今天，她才感觉生下这个孩子不是一场交易，而是一家人共同的心愿，她是作为孩子的母亲被认可和尊重的。冯母一脸期待，笑吟吟地看着她，这笑容使得冯母显得可亲了许多，冯父则低头看起了手机。

明珠像新媳妇一样，低头娇羞地叫了声："妈，爸！"

她之所以把"妈"放到"爸"前面叫，是觉得冯母显得更期待一些。

果然，冯母，不，是婆婆，婆婆笑得很含蓄，但握着明珠的手始终没松开。公公被一个不是女儿的女孩称呼"爸"，还显得很不自然，他坐在沙发上耸动了下身子，说："哎！哎！好，好！"

明珠跟大倪视频，把手腕上的镯子给她看。大倪那日吃完鱼就乘机去了广东，和她的生母团聚，奔赴自己的新人生了。明珠不知道这是出于血浓于水的亲情，还是出于利欲熏心的私心，但她知道，大倪永远是她的好姐妹。

大倪懂一点珠宝知识，说："这是冰种飘绿翡翠啊！如果是真的，那很值钱呢！少说也得几十万呢，品质好的估计要上百万吧！我也不懂，你拍个清晰点的照片，我找人帮你鉴定一下吧！"

大倪总是现实得坦坦荡荡，明珠缩回了手："算了吧！"怎么能怀疑老人的心意呢?

算了就算了，大倪就开始炫耀自己的珠宝。她耳朵上戴了一对钻石耳坠，跟头顶的水晶灯一起闪啊闪，明珠隔着屏幕都觉得晃眼。大倪说，这都是她妈买给她的，妈妈还给她买了一辆保时捷。"对了明珠，我那辆车在小区的地下车库，你要是需要就拿去开。"大倪说。

"我没驾照，又怀孕了，不需要。"

明珠还有许多话想对大倪说，想问大倪什么时候回来，可是大倪一直说个不停，她根本找不到插嘴的机会。后来她听到屏幕那头有个女人喊"Sarah"，大倪就匆匆挂了视频下线了。

Sarah 是谁呀？明珠想。

养母从家里回来，带来了一只土鸡、野生木耳、土鸡蛋，还有自己种的豇豆，鼓鼓囊囊的，提了好几包，从县际长途车上下来又坐市里的公交车，一路辗转，也不舍得打车。明珠就觉得养母也是爱她的，这一天所有的善意都涌向她，生活也是幸福的。要是建奇在……唉！

晚上洗脸的时候，养母看到她手上的镯子，觉得好看，问她："什么时候买的？挺好看的。"

明珠就实话说了，养母眼睛亮了一下："呀！传家宝啊！那肯定很值钱。"

"也不是钱的事。"

"对对对，这是他们拿你当自家人看了。你婆婆那个人，其实还不错。你以后和孩子也要替建奇好好尽孝。"

“她今天让我改口叫妈了。”

“嗯！挺好。”养母忽然有点感怀，自己养了二十多年的闺女，如今管婆婆叫“妈”了，当妈的心理也很复杂，她有点吃醋，又说，“你也得孝敬我和你爸。”

“那当然了，小心眼！”

有了女儿这句话，养母放心了，还分析这一家人，说：“不过你公公那个人，官架子挺大的，对人一直冷冷的，他对你态度咋样？”

明珠违心地说：“挺好的，可能性格就是那样吧！”

打开了这个话头，明珠没忍住对养母说：“妈，你说这世上真有两个没啥关系，但长得很像的人吗？”

养母只当是闲聊天，说：“有，当然有啊！你看前些天有个新闻，有个孩子，跟马云长得简直一模一样，你说奇不奇？”

“也是啊！那天我和大倪吃饭，在餐馆遇到个男人，和我公公长得一模一样，挽了个女的，我叫他，他没理我。我还纳闷呢！”

窝在沙发上的养母身子突然直了起来，一脸紧张：“不会吧！你看清楚了吗？他挽着个女的？”

看着养母这副八卦又紧张的样子，明珠觉得好笑：“不是他，我后来旁敲侧击打探了，我公公那天就没出门，不是他。”

“那就好。男人要是变心了，那九头牛都拉不回来。我给你说，你公公你也得巴结好，老头有钱，将来还不都是你和他大孙子的。”

“说什么呢！”

养母就看不惯明珠这副清高的、与别人格格不入的样子，跟她掰扯不清，也就不说了，拿出手机，找出网上传的马云和小男孩的照片，指给明珠看：“你看，多像，是不是？”

第十三章

今夜偏知春气暖

当妈的心天天在孩子身上，喻老师眼下最担心的是知春。那次相亲黄了，喻老师又托人给知春介绍了一个，却找不到知春人了，她出差去了。喻老师一打电话，知春就摁掉，如果接了，就说在开会，匆匆挂掉。喻老师心如猫抓。

知春根本不需要人担心，她过得不知道有多开心。

她和那个男人是在飞机上相遇的。因为怀孕，她要对自己好一点，所以想买商务座，商务座的椅子可以放倒，人可以躺下来，但是公司不报销商务座的票，她就自己掏了腰包。一上飞机她就放倒座位准备躺下睡觉，这时，旁边的男人突然叫她："乔雅。"

一开始她没反应过来，男人又叫了一遍，她才意识到是在叫她。"乔雅"是她的网名，随便诌的，也没什么特殊的含义，就是觉得有点洋气，她嫌自己名字里有个"春"，挺土的。有时去酒吧玩，遇到搭讪的，她就说自己叫"乔雅"。

她打量着眼前的男人，他肤色有点黑，是像古天乐充满质感的黑色，有明亮的双眼，这双眼，她分明见过。记忆将她拉回到两个月前的西藏之旅。她本来的计划是一个人自由行，但有一天突发奇想报了一日游，被旅游团拉到莫名其妙的地方。她强忍着不快，挨到了晚上的篝火晚会。那天下了点小雨，空气潮乎乎的，篝火半天都没点燃，等到终于点燃时，另一拨旅行团也到了这里，轮到了这个项目。三方沟通后，决定共同使用这堆篝火，让它的光和热发挥最大作用。众人都觉得兴致缺缺，可也只好睁一只眼闭一只眼同意了。

拉着手围着篝火跳舞时，她和这个人拉上了手。人群嘈杂，那只大手倒也没给她带来什么异样的感觉，可跳到一半，那男人突然脱开手跑了，等她回头看时，他已消失在夜色茫茫的草丛里。后来导游问谁有治拉肚子的药，问到知春这里，知春说她有。导游说，那个团有个男的吃了没煮透的东西，拉得都虚脱了。知春回大巴车上去拿药，给那个男人送过来，男人有气无力地躺在铺盖上，生无可恋。她把药递给他，调侃道："吃了泻药？"

他无奈地笑了笑。她给了药，准备走时，那人又叫住她，问："那你还有蚊子药吗？"

"有。"

她又回去拿了风油精和蚊不叮给他，作为感谢，他告诉她一个重要的旅游小经验："不要在大草原露天上厕所，蚊子太凶。"

后来她脑海里一直浮现出这样一幅画面——一个衣冠楚楚英俊潇洒的男人，在露天出恭时被群蚊攻击，落荒而逃。她一想起来就笑。

第二天再遇到那男人时，他已经全须全尾精神抖擞了。他有点不好意思地感谢她给的药，说自己叫阿琛。知春说自己叫乔雅。后来几天总是不期而遇，因为彼此都是单独活动，他就帮她拍照，一来二去，眉来眼去，就好上了。到达布达拉宫时两人同进一家酒店，心照不宣地开了一间房。男人身形矫健，很有力量，骨骼线流畅而健美，她用整个身心迎接了一场欲望，温柔又疯狂。打开窗，就是布达拉宫，她想起仓央嘉措的诗——流浪在拉萨街头，我是世间最美的情郎。她的情郎此刻正躺在床上，是山崩地裂后的寂静，波澜壮阔后的无声，她凝望他，才发现他是一个异常俊美的男子，她想要再去吻他撩拨他。熟睡的他翻了个身，她看到他紧致健美的臀部，那被蚊子叮过后的巨大的瘢痕和鼓包还未消散，粉红宛如朵朵桃花。多么销魂的一夜啊！

后来，她临时有工作提前赶了回去，天不亮就离开了。旅途中的情事如同闪电惊鸿，最终都是一场空。她不记得那晚他是不是在她耳边说了爱她，反正男人说什么都当不得真。

时隔两个多月，这个人又出现在她眼前，她惶惑，讶异，又感到一丝惊喜，她没法假装不认识，便故作姿态地打招呼："是你啊！阿琛。"

阿琛已坐下来，她的机票还没来得及收好，放在小桌板上。他一眼瞥到她的名字，有点嗔怪地说："原来你叫许知春。你这个渣女！"

说到"渣女"，空气里就有了暧昧的味道。知春笑了笑："过奖过奖！"

两个小时的路程里，两人把底全交了出来，在哪里上班，去出差还是旅游，全说了。阿琛叫沈其琛，也是陕西人，原来学的土木工程，现在做室内装修，开了一家公司，来深圳开个小会。

知春暗想，不错不错，调侃道："创一代啊！"

后来空姐来送餐，明明大家的餐食都一样，可他偏偏要尝尝她的，她也就尝尝他的，两人像情侣一样打情骂俏。

下飞机时，她有主办方的车来接，而他打车，彼此要去的方向也不一致，这一次不同路了，但是这一回加上了微信。

第二天，知春的玩具发布会顺利进行，她在台上做了产品阐述，讲绷带兔、大小眼猪公仔、长短手猴子的设计理念——人人都是被上帝做坏的孩子，带着伤痛和缺陷成长，寻找完美的自己。所以她说，这是给成年人的玩具。发布会结束的时候，沈其琛来了，特意打扮过的样子，短发湿润硬挺，捧了一大束花，送完花，他也没停留，说晚上请她吃夜宵，又走了。发布会上有个同公司的男同事一直对知春有意思，问她："那人是谁啊？"

"我男朋友啊！"知春故意大声说。

"我怎么不知道，你什么时候有男朋友的？"

"你不知道的事还多着呢！"

到了晚上，沈其琛来了。他敲知春酒店房间的门，她打开门，看到他一手拉着行李箱，一手提着餐盒，并在她眼前晃了晃："夜宵。"

“不是应该出去吃吗？”

“女孩子出门要换衣服洗头化妆挺麻烦的，有这么英俊的外卖小哥为你送餐不好吗？”

油腔滑调，情场老手。知春在心里鄙夷地“嘁”了一声，盯着他的行李箱：“这又是什么意思？”

“‘吃了么’外卖骑手为你提供暖床服务。”

空气中就有了暧昧情欲的味道。她明明娇嗔地去推他，却怎么抓住了他的衣领？他不知怎么就跌跌撞撞地进了房间。

他和她吻在一起，这一次吻得很轻柔很认真，像天使的吻，轻如羽毛，纯洁得让人心动。她想，这是不是爱情？吻到一半，他停了下来，像想起来什么，松开了她，翻身起来，从刚才提的食盒旁边拿过一个深红色的纸袋来，从里面掏出一个丝绒盒子，那里面装了一对耳坠，耳坠中间有一颗钻石，四周镶着蓝宝石，造型有点异域风情，他说：“我觉得这个很适合你。”

这件首饰知夏见过，就在这家酒店旁边的珠宝店里，她刚才和大家吃完饭步行回酒店时路过，进去晃了一圈，马上就被那副耳坠吸引了。她还记得那副耳坠有个令人咋舌的价钱，五万六千八，她觉得有点贵，没买。

这份礼物还算贵重，但也不在知春不敢接受的范围，最难得的是两人心有灵犀，男人送礼物送到女人心头好。她妩媚地笑笑，取出一只耳坠戴上，凝视他的眼睛：“你在追我吗？”

“你用问句？难道不明显吗？”他帮她把另一只耳坠戴上，手掌从她的脖颈儿一路向下，她穿了酒店的白色浴袍，带子松松系着，拉扯之间，浴袍滑落，她没有穿内衣，没有生育过的身体纤细光滑。他伏上去，吻她的耳朵，“你在勾引我。”

她用手掌抵着他的胸膛，微微抗拒，否认：“我又不知道你来。”

手抵胸口的动作让他有点恼火，激起了他的征服欲，他抓住她的两只手按在床上，用膝盖去分开她的双腿。她知道，必须要说了，就在此刻。

“我怀孕了。”

沈其琛停下了动作，愣了一下，想了三秒，忽然意识到，这件事不是对他此番求欢的拒绝，而是怀孕这件事和他有关。

见他没说话，她又补充："两个多月了。"

"我的？"

"你的。"

他下意识地看了看自己昂扬的下身，随手扯了毛巾裹上，本能地质疑："可是我上次不是戴，戴……"

果然是渣男。知春料到了，她本来也对和一个男人结婚没有什么热望，便拾起床边的浴袍，从容地穿上，淡淡地说："滚吧！"

他把相识的细枝末节、时间节点全在脑海里迅速梳理了个遍，让自己冷静下来，然后拢住她的双肩，有点激动："是真的吗？"

这一次，她从他眼神里看到了一丝初为人父的兴奋，她也放松下来，好好说话："是真的，做过 B 超了，胎儿发育很健康。"

"你要生下来吗？"

"嗯！"

"好，生下来。"这个消息太震撼，他这才回过神来，像个孩子似的搓着手，又像个少年一般害羞，"你喜欢我吗？我们可以吗？我是在很认真地追你，上次就是在追你，我以为成功了，没想到我很快就失恋了，你这个渣女！其实我家人在催我相亲，结婚，我三十二了，你呢？哦对了！那家珠宝店有一个跟耳坠同款的戒指，我一会儿就去买？不行，现在可能太晚，关门了，我明天去买。"

"不着急。"她靠近他，双手捧住他的脸，他灼热的眼神和呼吸将她笼住，她主动吻了上去。她哪里会想到，在夜行的路上随便推开的一道门，竟是一座宝藏。

公事结束后，他们在深圳又逗留了两日，去景点参观，品尝网红餐厅的美食，在街头漫步。沈其琛在路边的老北京布鞋店买了一双软底的布鞋，让她换下自己的中跟皮鞋。

他把自己的老底再往外亮了亮，说自己早年父母离异，他跟了父亲，父亲后来再婚，继母一直没有生育，对他视如己出。他说自己结过婚，短婚离异。

说到“短婚离异”时，他停顿了一下，问：“你会介意吗？”

原来离异不只会让女人自我矮化，连自信的男人也会心里起个疙瘩。这个问题，知春觉得怎么回答都不合适，她只好说：“我不知道。”

沈其琛笑了笑：“我们有很长的时间去了解彼此。”

喻老师快把知春的电话打爆了。知春有两个号码，喻老师拨打的那个一直处于静音状态，电话打不通，她就打微信视频，也是静音。手机在包里一直振动，嗡嗡作响，让人不胜其烦，知春只好接起来。

喻老师压了一肚子的怒火，却尽量表现得和颜悦色：“妈知道你出差了，你什么时候回来啊？”

“工作没忙完，不确定。”她怕一回家喻老师就登门拜访。

“你现在怀着孕，工作不要太拼，眼下当务之急，是给肚子里的孩子找个爹。”

沈其琛在一旁听着，打着手势问她话。她摆了摆手，挤眉弄眼让他别插话。

“用不着，什么歪瓜裂枣奇形怪状的人都介绍给我。”

“妈知道你被渣男骗了，对男人有点失望，你相信我，我还能骗你吗？这个人我了解过了，各方面条件都不错。你什么时候回来？我约个时间。”

沈其琛急了，一闪头，入了镜，笑得比头顶的阳光还灿烂：“阿姨，你好！”

喻老师在屏幕那头吃了一惊，确切地说是两惊，一惊知春的身边有男人，二惊这个男人还很英俊。喻老师马上绽开长辈式的慈祥笑容：“你好啊！你是谁啊？”

还不等他说话，知春一把拢住他的脖子，对着镜头得意地笑：“这就是孩子的爹，你口中的渣男。”

喻老师已经顾不上挑剔，心里大松口气，一点做丈母娘的架子也没有，笑得很舒展：“好啊好啊！你们和好就好，谈恋爱有点矛盾很正常，大局为重，大局为重。”

这个大局，当然是指腹中的胎儿。

知春怕喻老师还要问东问西，准备挂了。喻老师心里的一块石头落了地，满面春风："回来带给我瞧瞧啊！小伙子叫什么名字呀！"

挂了电话，沈其琛站在她面前，挡住了阳光。天气很热，他出了汗，鼻尖有细密的汗，整个人散发着一种热烘烘的性感，他的眼神里尽是温柔，像是自责："未婚怀孕，受了家里人很多责骂吧？对不起！"

"你说什么对不起？又不是因为你挨的骂。"

"当然是因为我了，因为我，你一个人默默承受这些误解和责骂，对不起！如果这次没有遇见我，你会怎么办？"

"没遇见你我也要生下这个孩子。"

话音落下，沈其琛忽然动情地将知春紧紧抱住："我不知道你对我的感情，我没想到你会这么勇敢。"

他的怀抱有力，让知春几乎喘不过气来，她使劲挣脱，很不习惯这样的他，说："你们男人是不是都喜欢自作多情啊！沈其琛，我想要生这个孩子，和爱情无关。我喜欢你没错，但我现在也不确定这是爱，还是见色起意。我也没有做好和一个男人一起生活的准备，我就是想生这个孩子，你懂吗？"

这个男人被她绕晕了，一脸蒙："你什么意思？你要这个孩子，不要我？"

她看着沈其琛一脸受伤的样子，有点不忍心，解释道："也不是，其实，我本来是不婚主义，但是这个孩子来了，我觉得我应该生下这个孩子，不是为养老，就是想感受一棵树在春天里生根，发芽，抽条，拔节，长高，我想去体验感受。但是我妈说孩子应该有个爸爸，否则我就很自私，正好你又出现了，你这么好，我觉得，其实我也可以打破我的界线，试一试。"

这个"试一试"，沈其琛听懂了。他也曾百花丛中过，深谙女孩心思——她未婚先孕，想来是怕男方轻慢，故意拿捏腔调，端起架子。沈其琛吻了吻她的额头，坏笑道："考验我啊？试一试？还要试哪一方面？"

两日后两人一同返回，下机后一同回到他的家。房间不大，是两室一厅，收拾得挺干净，没有女性物品。小区有些旧了，但绿化很好，窗外郁郁葱葱，盛夏骄阳。

他解释，离婚时把房子给了前妻，现在这套房子是他婚前买来投资的。

知春还是理智的，问他："离婚是因为你的过错？"

"不是，也可以说是吧！那时我刚创业，很忙，她说爱上了别人，执意要离。其实也谈不上谁对谁错吧！她从上大学起就和我在一起，那么多年，我不想亏待她。"

分崩离析的婚姻世间常见，分手后的人多会指责对方，而自己无辜。沈其琛说前妻爱上别人，不就是指责对方出轨，把责任全推到对方身上吗？男人把自己的形象树立得高大光辉、深情慷慨，知春自然不会全信，但她还是说："你真是个重情重义的人。"

沈其琛怕知春心里不快，先表明态度："你放心，我们结婚，我可以买新房子。"

知春无所谓地翻了翻眼皮："谁要跟你结婚？"

"我知道我知道，还在考验。"

她连日奔波，累了，便倚靠在沙发上休息，很快便睡着了。醒来时窗外已是黄昏，她身上盖着毛巾被，沈其琛在厨房煮饭。米粥的清香弥漫，黄昏铺进屋里，他转头，见她醒了，喊道"吃饭咯"，声音里满是欢喜。

她一时有些恍惚，原来有人与你立黄昏，有人问你粥可温，是这般场景。

饭菜上桌，是清粥素菜，唯一可算荤腥的，就是番茄炒蛋了，沈其琛说："我只会做一些简单的。"

"我不会做饭。"

"以后可以请阿姨。"他已经在筹划婚后生活了。

吃完饭，他帮她拿浴巾，打开热水器。知春却想回自己的家，她从来没有在男人的房子留宿过，这种温馨如同梦一般不真实。

沈其琛挽留她："明天早上送你回去，好不好？"

晚上睡觉，他从背后环抱着她，是舒服的姿势。枕套是洗衣液薰衣草香味，这种温馨如同梦境一般不真实，她就闭上眼睛，在这梦境中做梦。

第二天早上从鸟鸣中醒来，她才知道这不是梦。那个人的下巴抵着她的额头，有微微的鼾声，口腔散发着隔夜的酸苦，虽然并不可厌，但一切这样真实庸常。知春向来莽撞又理智，是个矛盾的人，此刻她依然困惑迷茫。她对这个人知之甚少，而腹中的胎儿和缘分让他们不得不推进婚恋的进程，她不知道他们的关系会走向何处。

他送她回家，看着她空荡荡的房子，和几日前堆在垃圾桶里的外卖盒，皱皱眉："你需要人照顾。要不你搬去我那边？"

知春拒绝。他还要去上班，她就推他出门："赶紧去上班吧！我能照顾好自己。"

"那先给你请一个阿姨吧！"

"不要不要，我不喜欢每天家里有个人在我眼前晃。"

"那我呢！我在你眼前晃可以吗？"

知春已经把他推出了门外，笑靥如花道："可以，但是，该消失时记得消失就好。"

门已关上，沈其琛犹在门外喊道："可是我有时工作很忙，对你也会照顾不周，还是先帮你请个阿姨吧！"

第十四章

明晖的事业

明晖休假，来明珠家吃饭，来时提了一兜香蕉，岳娥连声夸赞："哟！还知道不空手来，长大懂事了。"

明晖笑笑："我都要当舅舅了，还能跟孩子一样吗？"

岳娥做了排骨，看着一对儿女吃得津津有味，心里颇感欣慰。

吃完饭，明晖就开始跟妈吐槽工作累，屁事多，没前途，岳娥就数落他："大学里工作环境好，受人尊重，说出去体面，我上次去看你，那学生都管你叫老师呢！"

明晖自嘲地笑笑："我算哪门子老师，要这种体面有什么用？我是个男人，男人要挣钱，是顶梁柱，我得让你和我爸过上好日子，享福。看我爸这把年纪还出去给人做木工活，我心里不好受。"

明珠一听，也觉得弟弟长大了。

明晖说看好了一个生意，学生们时不时地要复印点资料，学校门口的复印店很火爆，正好有一家要转让，他想盘下来。

岳娥又骂他蠢："生意好能转让吗？你傻啊！"

"老板要回家结婚，不来了。我都考察过了，这儿附近就这一家打印店，大学对面还有个附中，全是学生，一年不少挣，稳赚不赔的生意。”

岳娥听了这话，也动心了，迟疑地问：“那盘这个店，要不少钱吧？”

“不多。”明晖伸出手指，比画了个数字。

明珠在削苹果，没注意。

“我可没钱。你舅舅前年做手术借了我一万，还没还，你去要去。”

“要来那也不够啊！妈你别这样，这事你要支持我，等我挣钱了，以后我结婚，彩礼、房子，不花你一分钱，到时给你也买个这么大的房子住。”

岳娥还是不松口：“我真没钱，咱家什么情况你不是不知道，原先开那个农家乐，赚钱不多，也就是养家糊口。我和你爸都是农村人，又没正式工作，哪能存下钱？你要真的想干，我那儿有一万块的定期，那是我们的棺材本，你取出来用吧！”

“那我哪能要呢？”

母子俩沉默下来。明晖把目光投向明珠，明珠已削好了苹果，递给弟弟，明晖试探着问：“姐，你那儿方便吗？”

明珠还没反应过来：“什么？”

“钱。我想把打印店盘下来，缺十万，你能先借我吗？”

明珠这才惊觉原来弟弟是来找她借钱。借钱这件事，是个照妖镜，任何关系牵扯上借钱，最后都变了味。明珠从前有个同事借了明珠五百块钱，后来明珠要用，小心翼翼地提了一句，那女孩就不高兴了，还在背后说明珠坏话。后来，离职了也没还钱。朋友没交到，反倒惹了一身骚，不划算。可让明珠直接拒绝明晖，她想不出有力的借口，毕竟他们都知道，明珠现在兜里有一百万，一百万的十分之一，不伤筋不动骨，怎么拒绝？

她吸了口气，装作云淡风轻、成熟老练的样子：“做生意不能莽撞，要从长计议。”

明晖一看有戏，悄悄地偷瞄了妈一眼，兴奋地坐直了腰身，说：“我考察挺久了，你要是不相信，跟我去看看也行。”

岳娥又骂儿子："你姐怀孕了，哪能跟着你胡跑，这么热的天。"

明珠没说话，她想等妈妈说一句"你姐没钱，别打那个钱的主意"，但是妈没说。明珠被架在这里，左右为难，犹豫了一下，说："学校那个工作挺好的，还是上个班稳妥。"

明晖只好说了实话："我谈对象了，人家嫌我没钱，没前途。"

明晖谈了个对象，是一家小公司的白领，也是农村出来的，大学毕业刚上班，也没什么钱，租房子住，在公司午餐，点十三块一份的黄焖鸡米饭，要凑满减，下班骑共享单车。她还稚气未脱，成年人的那只脚在门槛外，对看不到的世界缺乏想象力，容易被蒙蔽。她不势利，也不世故，所以喜欢上了明晖。

明晖却自卑了，他高中没毕业，在村里晃荡了几年，跟人开过出租拉过水泥，眼下这份工作，还是临时工，当女朋友听说他的工资只有三千时，那句"啊？"刺痛了他。他觉得自己要有一份事业。

岳娥最为兴奋，要看女孩照片，明晖从手机里翻出了女朋友的照片。嗬！挺好看的一个姑娘，大眼睛，小酒窝，扎着马尾，是个朴实又好看的姑娘。岳娥瞅瞅儿子，不得不说："你祖坟上冒青烟了。"

明珠却不信："这照片没美颜吧？"

"多少有一点吧！我给你说，本人比照片还好看。"

"那肯定是智商有点问题，要么眼神不好，不然怎么看上你了呢？"亲妈的反问最为扎心。

这一次明晖没有借到钱，隔两天把女孩带来给妈和姐瞧。果真比照片还好看，人也确实傻，满口都是正能量的口号，说要和明晖一起奋斗美好的未来。这样的"傻白甜"不赶紧套牢了，等过一两年在社会的五光十色里蹚一蹚，那时还能认识明晖是谁？

明晖走后，岳娥和明珠商量，她说："我真没钱，就有个两万块的定期，万一有点啥事，还得应应急。"

"我也没钱。"说完这句，她看到岳娥失望的眼神，又补充了一句，"那个钱不能动。"

岳娥也没有强求，叹了口气，进厨房洗碗去了。

收拾完厨房，岳娥开始打电话，给大舅打，给二舅打，给二姨妈打，电话的主题就是借钱，打了一圈，钱没借到，还遭到各方数落——“生意哪是那么好做的？别打了水漂。”“二十好几的人了，没点定性，哪件事做长久了？”“从小被你惯的。”

挂了电话，岳娥也不说话，一个人坐在阳台上生闷气。

谨慎起见，明珠和岳娥一起去考察了那个打印店，果然在黄金位置。小店大约十平方米，设备齐全，门口的推拉玻璃门上贴着“转让”的字样。

明珠转账的时候，手停留在手机上很久，明晖在一旁信誓旦旦：“姐你放心，这个生意是稳赚不赔的，等我赚了钱，马上还你。”

明珠笑笑，不置可否。

知春回来的第二天，喻老师就跟闻到味儿似的，杀上门来。正好沈其琛约的做饭阿姨上门了，知春不让她进门，让阿姨赶紧走，阿姨不愿意走，说知春没有权利解雇她，两人就争辩起来。正好喻老师来了，听了事情原委，要给保姆做主，知春还不听劝，保姆委屈，要给沈其琛打电话，喻老师一脸兴奋，撺掇她快打，知春没好气，跑书房躲清静去了。

四十分钟后，沈其琛来了，一见到沙发上稳坐如山的喻老师，就恭恭敬敬叫了声“阿姨好”。喻老师见到了本人，心里喜笑颜开，面上却还端着。知春没想到沈其琛真的来了，冷冷地问了一句：“你还真来了，不用上班吗？”

“我是老板。”

“老板才要以身作则。我看你是闲的，别是皮包公司吧！”知春气他自作主张雇了个保姆，说话不留情面。

沈其琛好脾气，笑了笑：“我很忙，只是听说阿姨过来了，所以才赶过来。”

喻老师就夸这小伙子懂事，招呼他快坐。

喻老师开始查户口了，问他家里几口人，父母身体健康否，有无兄弟姐妹，公司年收入多少……

沈其琛都老老实实作答。他坐在那里，先往后靠了靠，又觉得仰得太厉害，于是坐直了身子。可这样又觉得拘谨不自在，和与知春在一起时的潇洒自如相比，判若两人。知春在一旁冷眼旁观，看着他这个壮汉害羞的模样，愈发觉得他可爱。她拿了一个靠枕，给他放到后背，与他坐到了一起。

“这个事，你打算怎么办？”喻老师问。

“我自然要负起做父亲做丈夫的责任来，只要知春同意，我们可以尽快结婚。当然，我不会草率了事，一切都会按照知春的心意去办，只是，知春还没答应，我会准备一个正式的求婚仪式。”

“她还没答应？什么意思？”喻老师矛头指向知春，“你还作死？再作，月份就大了。”

知春忽然想逗逗妈妈，故意说：“结婚，当然结。妈妈，只是这彩礼没谈拢，妈，你觉得要多少彩礼合适？”

沈其琛没听出知春是在调侃，他认真地回答：“一切都可以按照传统和风俗来办，只要我能力所及，一定会满足知春的所有要求。”

知春也逗逗他：“所有要求？合理的，不合理的，都行？”

“对，合理的，不合理的，都行。”两人在喻老师面前秀起了恩爱。

喻老师颇感欣慰，这一回通情达理，说：“只要你们感情好，好好过日子，比什么都强。什么彩礼不彩礼的，那都是传统陋习了，现在不兴这一套了。”

知春颇感失望：“不要彩礼了？”

“不要不要。”

知春故作惊奇，夸张地叫道：“那怎么可以啊？你辛辛苦苦养大的女儿，怎么能就这样交给别人呢？”

沈其琛也表现得慷慨大方：“是的，阿姨，您有什么要求，你们那边有什么传统风俗，您尽管说。”

“没有没有，真不用了，咱不兴那一套，你们赶紧把婚结了，孩子平平安安生下来，好好过日子。”

知春莞尔一笑，妈盼了好多年，终于盼到知春谈婚论嫁了，却把做丈母娘那点腔调全丢了，通情达理得不像话。而沈其琛在职场和社会上虽应对自如，可对于岳母这类人却知之甚少。他没看出这是知春的有意戏弄和岳母的世故。经过这番谈话，他对知春的爱意又增添了几分。毕竟，她有一个开明豁达的母亲，在这样的家庭里成长起来的女生是宝贝。

保姆还在一旁等待结果。沈其琛与知春商量，又向准岳母求助，最后知春勉强同意，保姆不住家，白天负责三餐和卫生即可。

沈其琛因为还有会议匆匆告辞了。知春看着妈那种理亏气短的眼神，非常不爽，还抓着彩礼这个问题不放："凭什么啊？人家碧晨的父母找你要二十万彩礼你都答应了，轮到我，你怎么就不要了？我还以为你会狮子大开口呢！"

"说什么呢？我又不是卖女儿。"

"你以前不是说，彩礼是礼节，是男方对女人的尊重、重视吗？那多少应该要点吧？"

平常都是岳母对女婿百般挑剔，要求过高，而女儿往往爱情至上，胳膊肘往外拐，像知春这样撺掇母亲要彩礼的女儿，实在少见。她似笑非笑地盯着"深明大义"的喻老师，等着她把心里的答案说出来。

"你都这样了，我还怎么要彩礼？我哪有底气？我怕把人要跑了。"喻老师气知春不争气，让她失去了一次作为丈母娘作威作福的机会。

"我哪样了？"

"你都怀孕了，我还怎么要彩礼？你这是自降身价，我与其让人压价打脸，不如自己做个风格高尚的好岳母。"

知春早就清楚喻老师的想法，所以刚才故意那样逗她，但是知春很不理解，为什么女人婚前有了身孕，就不值钱了？

"为什么就是自降身价？难道不应该是更值钱了吗？这是买一送一，得加钱啊！"

喻老师被气笑了："你傻啊，还是男人傻？你怀孕了，孩子一天天长大，男人不急啊，拖着你，到时你会急着想结婚，还提什么条件？"

"我不急啊！我看急的是你。"

"对对对，我急，还不是因为你，尽干些不着调的事。"

说到彩礼，知春突然想起弟弟的婚事，随口问了句："冬冬和碧晨的日子定了吗？上次你要的那个彩礼钱，还要吗？我给你。"

"钱你先留着，我不要，先拖一拖。"

"还拖什么啊？国庆节一结，多好，大家都放假了，能来的亲朋好友也多。”

喻老师压低了声音，目光中流露出狡黠，悄悄说：“碧晨也怀孕了。”

知春倒觉得好玩似的，惊叫：“啊？真的吗？那咱们家这下有三个孕妇了？你以后可照顾不过来了。”

“我当然照顾儿媳妇和我大孙子了，你别指望我，你把你男人抓紧。”

妈总是这么偏心，在知春预料之中，她也不以为意，继续为弟弟弟媳操心：“既然怀孕了，那就赶紧把日子定下来，不然到时穿婚纱不好看了。”

喻老师挑挑眉，得意扬扬，一脸不屑：“对吧！他们家肯定也着急着呢！咱别急，这二十万说不定就省下了。女儿都怀孕了还狮子大开口，这事应该他们女方着急才对。你二舅家有钱吧，你那个表嫂也是婚前就怀孕了，急着结婚，你二舅那么有钱，也就给了几万块意思了一下，如果不满意那别嫁好了，肚子里都有孩子了还提什么条件？”

喻老师还真是一点都不双标，对婚前有孕的准儿媳和女儿一视同仁——那是你们都自降身价，不配要彩礼，赶紧把自己降价处理为好。知春听着妈这番论调，撇撇嘴，心里哇凉哇凉。

喻老师要回去了，知春送她到电梯口，等电梯的时候，喻老师从楼梯间那个窗户朝外瞥了瞥，从这里看过去，能隐隐约约看到明珠的小区。知春对这个妹妹记忆全无，成年后也很少听人提起过。此刻，喻老师想起明珠，心里又温暖，又酸楚，她幽幽地说：“其实，我们家现在有四个孕妇了，今年是个好年头，有喜，全是好事。”

知春听糊涂了，家里的女人，算上碧晨，算上妈自己，也就四个，哪儿来四个孕妇？她脑子里忽然闪过一个奇怪的念头，连她自己都不敢相信：“四个孕妇？不会吧？妈，你不会是……妈都六十了啊！”

气得喻老师拿手拍她：“胡说什么呢？你怕不是变傻了吧？”

“那你说四个孕妇，还有谁啊？”

电梯来了，为喻老师解了围，明珠的事三言两语说不清楚，她进了电梯：“回头再说吧！”

若儿女不便开车送喻老师，她是绝对舍不得花钱打车的。她又像上次一样，过了一个路口，拐个弯，到路边等公交车。

冯母消息很灵通，很快得知明珠的弟弟从那所大学后勤处辞职的事，因为那份工作就是她托关系给找的。她跑来质问明珠，又碍于亲家母在场，就打电话把明珠约到了小区外的一个茶馆。

“你弟弟把后勤的那份工作辞了，你知道吗？”婆婆心里窝了一团火，这所大学是她工作过的地方，明晖的工作是她求过去的同事，才给安排的。虽然不是正式工，但也耗费了她不少人情。

明珠理亏，点了点头：“他对我说了，我正想着告诉你，可不知道怎么说。”

婆婆觉得自己的一片好心喂了狗。明晖的做法把婆婆心里对明珠娘家好不容易建立起来的一点好感又消磨殆尽了，她说：“我还听人说，他嫌我给他安排的工作没前途，辞了职，创业去了。”

“嗯！他要开一个打印店。”

明珠老实，婆婆一问就问出来了。婆婆缓了缓情绪，语气柔和了一些，语重心长：“那个工作，辞了也就辞了，我今天来，主要就是对你说他创业这件事的。做生意不是想当然就可以，做什么生意都要投资的，城里的地方，寸土寸金，租金、装修、进货，哪儿哪儿都需要钱。我打听过了，一个小小的打印店，盘下来少说也得十万。我问你，他找你借过钱没？”

“没！”明珠不会说谎，说了个“没”字，马上改口，“有，借了，但是我没给。”

“真的没给？”婆婆从明珠躲闪的眼神里看出端倪，表示不相信。

“我给了一点，就给了一万，那个是我工作存的钱，我没动那个钱。”她终于撒了个谎。

婆婆无奈地摇摇头，颇感失望，又觉得情况没那么糟糕，叹了口气，语重心长：“对！那个钱千万不能动，一万给了就给了吧！那个钱，是给你和宝宝的，不是帮衬别人的，你可千万别犯傻。”

明珠被质疑和盘问着，觉得羞耻，把头埋得很低，无言以对，小声说："我知道。"

婆婆见明珠这样乖顺听话，不忍过多指责，忽然身子前倾，隔着桌子握住了明珠的手。明珠下意识地往回一缩，又觉得不礼貌，就任由婆婆那么握着了。婆婆的目光忽然柔和起来："我听说，你是家里抱养的，他们对你好不好？"

听说？听谁说的？这事她告诉过建奇，建奇答应过她，不告诉自己的父母，原来，建奇终究也是俗人，他也没能信守承诺。明珠被这个问题刺痛了一下，对建奇也涌出一丝失望，一时沮丧极了。

她没有否认，只是苦笑了一下，说："你听谁说的？是建奇告诉你的吗？"

"不是，建奇从来没说过。你不要猜测，是我，我找人到你们村打听过。"

是啊，这种事，在乡野村妇那里，几乎是公开的秘密。每每逢年过节回家从村头走过，明珠都会被几个老人迂回而隐秘地议论一番，她们会怎么说，明珠也能猜出几分。

"没有血缘，终究养不熟的，你看现在都不常回来了。"

"这种事，有几个长大了不去认自己亲生父母的？"

"听说明珠也偷偷去找过亲生父母。"

……

说起她寻找亲生父母这件事，明珠就觉村里人言可畏。那年她初中毕业，刚刚中考完，有一个和她交好的女同学邀她一起去自己外婆家玩，说那边风景很好，有一条河。明珠和同学去玩了两日，被几个好事的婆娘传来传去，就讹传为她借着和同学游玩的名儿，悄悄绕道到许村，去寻亲娘了，那些人传得有鼻子有眼，连明珠和生母抱着头痛哭的情节都能编出来。养母听了这些，把明珠好好盘问了一番，还和那几个妇女大吵了一架。

不知婆婆调查她的身世，提起这个，有什么意图。

"生恩不如养恩深。我爸妈对我挺好的，您看，爸妈还供我上了大专，明晖就上了个技校。"

婆婆很不屑："那是明晖学习成绩不好吧！我就说嘛！你这么漂

亮，大眼睛，圆脸，跟他们一点都不像。”

女人爱八卦果然是天生的，无论这个女人是老是少，是官太太还是村妇，胸中都有一颗熊熊燃烧的八卦之心。明珠感到不适，觉得此刻的婆婆有些讨厌，她想回去休息了，淡淡地说：“妈，您还有事吗？我有点累了。”

明珠抽回了自己的手。

婆婆感受到明珠的抗拒，有点尴尬，说：“我没别的意思，我是关心你和宝宝。人心隔肚皮，养父母的感情，毕竟隔着一层，你要多为自己和孩子打算，你，懂我的意思吗？”

婆婆就差挑明了说“你的钱别被他们骗光了”，明珠怎么会不明白？她说：“我懂。”

从茶馆出来，婆婆送她到小区门口，路上仍不放心，继续唠叨：“以后谁借钱都不能借，知道吗？什么理由都不能借。借钱是个照妖镜，到时你就知道了。”

明珠听得厌烦，只想赶紧回家，答应着：“我知道了。”

经过公交站牌时，喻老师转过身，明珠看到了。有了咸菜和金橘蜂蜜的情谊，她们在大街上没法假装不认识了，两人匆匆对视了一眼。明珠想起来，上次在婆婆面前说喻老师是“姑妈”，她正打算叫“姑妈”，婆婆眼尖，记忆力也好，竟然也认出了喻老师，说：“咦！是你姑妈呀！”

“姑妈”忙堆起热情的笑，迅速扮演起“姑妈”的角色：“对啊对啊！是你婆婆妈吗？你好你好！”

明珠心虚地叫了声：“姑妈！”窘死了，她恨不能遁地而逃。

公交车到站了，尽管“姑妈”犹豫了一下，慌慌张张地上车：“车来了，我先走了，改天再来看你啊！”

公交车的门关闭了，“姑妈”的脸消失在门后，婆婆忽然一激灵，多像啊！大眼睛，圆脸盘，尽管“姑妈”的眼皮早已松弛下垂，眼睛呈三角状，法令纹也使得整张脸向下垮着，但依然能从她脸上看出一丝明珠的影子；或者说，在明珠的眉眼间，有“姑妈”的影子。

婆婆不动声色：“姑妈是你爸爸的姐，对吧？”

“不是亲姐，一个远房表姐。”明珠为避免节外生枝，把关系往远了说。

“姑妈跟你还长得挺像的。”

明珠的心里滚过一个小小的痉挛，这句话让她神经绷紧，她也不动声色，说：“怎么会呢？”

婆婆没有继续追问下去，送她到小区门口，临走又叮嘱道：“我刚才说的话，记住了啊！”

第十五章

救火

喻老师见婆婆拉着脸训明珠，明珠像个受气小媳妇一样只有点头称是的份儿，她觉得明珠似乎过得并不好，可是她又使不上什么力，就叫知夏去关心关心明珠。

这种棘手的问题总是抛给知夏。知夏无可奈何，她虽然也心疼这个妹妹，但深知这种尴尬的关系很难把握尺度，她怕落入“近之则不逊，远之则怨”的境地，所以一直思前想后，不知找一个什么借口去。

明珠在朋友圈又晒出美食照，这一次，她做了红豆酥。知夏连忙搭讪，在底下评论：“心灵手巧，上次带回来的蛋黄酥，皎皎一口气吃了三个。”

等了一会儿，明珠没有回复，知夏觉得尴尬，放下了手机。

手机刚一放下，铃声就响起来。她拿起手机一看，是碧晨。

碧晨挺崇拜这个大姐，但平日见面时交流也不多，更没有什么事需要打电话联系。知夏连忙接起来，碧晨叫了声“姐”，什么都还没说，就忽然哭起来，背景音嘈杂，隐隐传来机械式的叫号声：“请 ×× 到第三诊室就诊。”

什么情况？碧晨生病了？

知夏对碧晨的印象很好，觉得她文静秀气，性格温柔，一副宜室宜家的样子。知夏常常训导弟弟要珍惜，有时妈在知夏面前吐槽这未来的儿媳有什么毛病，她也只是劝妈妈，说“年轻人都那样”，站在碧晨一边。碧晨有求于她，她这个做姐姐的肯定会尽心尽力。

“怎么了？是在医院吗？谁生病了？”她忽然意识到也许是知冬有什么状况，心里更是一紧。

碧晨还是哭，在电话那头抽泣着，犹犹豫豫支支吾吾：“姐，我，我不知道怎么办！”

“是知冬病了吗？”

“不是他，可是，都怪他，呜呜呜……”碧晨始终断断续续，说不完整，急死人。

“他怎么了？他开车撞人了？你们现在在哪个医院？”知夏联想构思了情节，听到弟弟没事，心里稍稍放松了些。

“不是不是，是我，我怀孕了。”

怀孕不是喜事吗？哭什么？喻老师听了不知会有多高兴。难道是胎儿有什么问题？知夏猜得心急如焚，追问道：“你在哪个医院？我现在过去。”

碧晨哭得更厉害了：“你别来，我妈在这儿呢！她不让我跟你们说。”

知夏越听越糊涂了，见碧晨情绪激动，忙不迭地安抚她：“你别急，别哭。有什么问题，姐和你一起解决，听话，相信我。你在哪个医院？”

知夏赶到医院时，见袁母正在骂碧晨。两人特意避开人群，站在门诊大楼旁的一棵树后面，知夏路过时，一眼就看到了她们。

印象中，袁母和碧晨一样，是一个性情柔和好脾气的人，知夏见过她两次，她都只是默默吃饭。袁父出面谈结婚事宜，她偶尔帮衬几句，没想到她此刻如河东狮吼，整个肢体的语言都调动了，骂得很难听：“我说得没错吧！人家就是想拖着，拖到你肚子大了，月份大了，到时你爱结不结！未婚先孕就是不值钱，廉价，下贱，被人瞧不起，你的脑子是不是被狗吃了啊？我怎么会生出你这么蠢的孩子？老脸都让你丢尽了。”

袁母一边骂，一边还用手指戳着女儿的肩、额头。碧晨默默流着泪，也不躲，被骂急了，也哭诉几句：“知冬妈妈以前说了，别人家给多少彩礼钱，他们家只多不少，知冬也说了，绝不会亏待我，我也没想到他们会这样。”

两人声音忽高忽低，知夏听不真切，索性走上前去，揽住了碧晨，安抚袁母：“阿姨！有话好好说，别动这么大的肝火。”

袁母正一肚子火，见到许家的人，更是气不打一处来，对知夏也不客气了：“你们一家人干的好事，如意算盘打得可真好。我好好的女儿让人这么糟践，我怎么不动肝火？你是明事理的人，回去问问你妈，这么做事厚道不厚道？行了，我没把女儿教好，我没脸，我女儿下贱，你家门槛高，我们高攀不起，这婚不结了，孩子也不要了。”

袁母气冲冲地拉女儿的胳膊，说要去打胎，老许家不配有孙子，断子绝孙好了。碧晨向后扯着自己的胳膊，哭着不肯走。

“断子绝孙”这话虽然狠毒，可知夏也只能忍着气，给袁母赔着笑脸，又忙着安抚碧晨，追问事情的缘由。在袁母的控诉和碧晨的哭泣中，总算理清了事情的原委——很简单，碧晨怀孕了，喻老师得知后，承诺的二十万彩礼不想给了，却也不明说，只是虚与委蛇地应付着，说钱不够，在借，放心，别人有的她都有，只多不少。碧晨体恤准婆婆，主动对知冬提出，她自己有两万块压岁钱，愿意拿出来凑一凑。知冬回去说了，可还是迟迟没有动静，碧晨有点急了，和知冬吵了起来。知冬一急，混账话也说了，说：“你怀孕了不值钱了，凭什么还要二十万？妈说了，给几万块意思一下，愿意结就结，不愿结就拉倒。”

知夏听罢，也血气上冲，恨不得马上把知冬拽过来打几巴掌。知冬不仅说混账话不尊重未婚妻，还血口喷人把脏水往妈身上泼。知夏绝不相信妈是那样的人，再说，妈找她借了十万，又找知春拿了十万，怎么可能因为没钱而拖着？但是现在事情没搞清楚，她只能先稳住人心，别真的让碧晨干出傻事来，知夏扯了个谎说：“这里面肯定有误会，我妈最近身体不舒服，可能还没顾上彩礼这个事，碧晨怀孕的事，她肯定也不知道，我妈要是听到这个消息，那一定高兴坏了，怎么会这么怠慢呢？

再说，这样的好消息，妈也没告诉我，证明她根本不知道。这个冬冬，越大越不懂事了，不知道让着碧晨。从哪里听的这些歪理邪说，什么混账话都敢说，等我见了他，肯定好好教训他。我们全家都喜欢碧晨，碧晨现在怀孕了，更是宝贝，稀罕都来不及呢！”

这番话听起来有理有据，前几日知冬确实对碧晨说过喻老师身体不舒服。碧晨听了自己妈妈的话，只当对方真的跟她玩心理战术，也就抻着没过问，想来是自己小人之心了，碧晨反倒羞愧起来。

袁母的气也消了一半，小年轻吵架口不择言是常有的事，若果真婆家是那样的态度，那真让人寒心了。但眼下的问题要解决，碧晨的肚子不能等，该要的面子也要挣，袁母的态度也温和了一些：“我们也是通情达理的人家，倒不是真要计较什么彩礼，也不是拿打胎来威胁。我们就碧晨一个女儿，我们也都有退休金，什么都不缺。彩礼也都是会给孩子陪嫁的，我们要的就是一个态度，这是态度问题。”

“对对对，我懂。”知夏只有点头称是的分儿，连连保证，“阿姨您放心，这个事肯定有误会，我先回去问清楚，叫知冬来给碧晨赔礼道歉。彩礼我妈也早都备好了，前几天叫我帮她把一笔理财取出来，就是彩礼钱，这个我知道。”

知夏处处维护着喻老师的光辉形象，总算把这对母女安抚住了，得知袁母和袁父都从河南赶来处理女儿怀孕这件事，袁父还打算女儿做了流产手术后就去找知冬算账，暴打一顿也不是没可能。知夏心里后怕，赶紧给老两口重新订了一家舒适的星级酒店，对碧晨千叮咛万嘱咐，才心有余悸地离开了。

回到车里，她先给知冬打电话问事情缘由，没想到知冬还是一副冥顽不灵的样子，说话的语气和碧晨描述的如出一辙，说什么妈说了，女人婚前怀孕了就不值钱了，不用给彩礼了，省下钱给他买一辆好车。知夏心里骂了句脏话，挂断了电话。

打喻老师电话，半天打不通，无人接听，知夏只好返回微信给她留言，问她在哪里，微信也不回。朋友圈有一个回复提示，她打开看了看，是明珠在刚才那条美食图底下的回复：“这个红豆酥也很好吃，要不要尝一尝？”

知夏平复了下心情，忙给明珠回复，两人就这样私聊上了，约了第二天，知夏过去拿红豆酥。再打喻老师电话，这次倒是很快接通了，那边嘈杂一片，声音时断时续，隐隐响起哀乐，喻老师不耐烦道：“我回村了，沟底下你那个姨婆去世了，我来帮个忙。”

知夏也不知道那个姨婆是谁，村里的人物关系错综复杂，细论起来都沾亲带故。反正在喻老师眼里，都是重要的关系，婚丧嫁娶人情往来这些事是必须讲究的。

“你什么时候回来啊？碧晨那个彩礼钱到底怎么回事啊？”

“什么？什么礼？不用你们行礼随份子，先不说了，信号不好。”喻老师在那边大声喊着。

知夏沮丧地挂了电话，一筹莫展。

正巧知春发来视频请求，她正在逛商场，看中了一款防辐射孕妇服，问大姐喜欢不，要不要也帮她买一件。知夏暗忖，这件事该和知春商量商量，便直奔商场。

知春已经给自己和大姐选好了，一件粉的，一件蓝的，正在买单。知夏看了看质量和牌子，觉得不错，又去货架上拿了一件淡绿碎花的，让收银员一并包起来。

知春不解：“拿这么多干吗？”

“碧晨怀孕了，你知道吗？”

“知道，听妈说过一嘴。我都把这茬给忘了，那给碧晨拿一件。”

知夏一脸阴郁：“碧晨有没有机会穿还不一定呢！人家要打胎。”

“为什么要打胎？打胎多伤身体啊！”

“还不是知冬干的好事，跟碧晨吵架，说妈说了，未婚先孕的女人不值钱了，不用给彩礼了。妈能说出这种话吗？老丈人都来了，要打知冬呢！”

知春听到这话倒笑了：“妈为什么不会说这种话？知冬和碧晨感情那么好，他有这歪理邪说？这正是妈的话呢！那天和沈其琛谈我的婚事，她就不要彩礼，私下也是这么骂我的，说我不值钱，她臊得慌，没法要。呵呵！”

“沈其琛是谁？”知夏听到一个陌生的名字。

“我孩子的爹啊！妈没告诉你？”

“噢！”知夏拍拍脑袋，整日里千头万绪，即使是怀孕了也不得安宁，说自己日理万机也不为过，听过的事，若不用备忘录记下来，很快就忘记了。她自嘲老了，“想起来了，我这脑子。”

前脚已经踏出了孕婴店的门，知夏又一拍脑袋，想起什么似的，折返回孕婴店，把刚才的防辐射服又拿了一件。

这回知春就看不明白了：“这又是给谁买的？”

“我自己换着穿不行吗？”

买完衣服，两人去楼下的甜品店坐了一会儿，商量碧晨的事，知春也听得火冒三丈，马上打电话过去把知冬骂了一顿。姐妹俩决定，替喻老师出头，把好人做了。

下午六点，两人直奔知冬的单位门口，把知冬拖上车好一顿训。知冬本来也不同意不给碧晨彩礼，只是被妈买一辆好车的承诺冲昏了头脑，一听姐姐说碧晨被逼得要打胎，他悔得肠子都青了，答应一定态度诚恳地向碧晨和岳父岳母道歉。

知夏还在上次那家陕菜馆订了包间，把碧晨一家请来。知冬一见到碧晨委屈的样子就后悔了，道歉、哄女朋友他最有经验，认错反省加保证，把所有的罪过都往自己身上揽，说自己一时气话，心里并不是那样想，要不是父母在侧，他都恨不得下跪了。这种道歉方式是刚才来的路上商量过的，知冬一定要把过错往自己身上揽，不能说是喻老师的教唆，因为知夏深知，夫妻俩床头打架床尾和，可婆媳矛盾的种子一旦种上了，那结的就是一辈子的仇果。

看在知冬态度诚恳的分儿上，袁父袁母的表情舒缓了许多。他们虽然生气，但真要女儿打胎，跟知冬分手，又觉得不甘心。见好就收，给了台阶就下吧！

二十一万现金装在一个公文包里，其实没多少，也就四五斤重。这是姐妹俩刚才赶在银行下班前取出来的，每人拿一半，多出的一万是知夏提出的，吵了这一架，碧晨心里必定不痛快，这钱就是创口贴，管用。

台词也是刚才商量好的，由知夏说：“我爸最近感冒，妈回去照顾他了，不知道你们来，一时半会儿也赶不回来，就把这事交给我俩。我妈之前真不知道碧晨怀孕的事，现在知道了，开心得不得了。这一万块是她叫给的，说是给碧晨的营养费，叫她买好吃的，正好也凑成个21，说年轻人都讲究这样的数字，谐音‘爱你’。”

知春暗暗对大姐竖大拇指，在旁为她助攻：“我妈还说了，等她回来，给碧晨做好吃的，到时我可要去蹭饭。”

喻老师知书明理高大光辉的形象又立了起来，袁父袁母觉得错怪了亲家，反倒有些不好意思，只好又骂女婿几句：“以后不许欺负晨晨，说那些不着调的混账话。”

知冬这段日子被碧晨在耳边叨扰彩礼，被妈妈在耳边洗脑，搞得不胜其烦，心力交瘁。现在所有的问题迎刃而解，他心里一阵轻松，像只猫一样，觉得大家说什么都对。

袁母又问亲家公的病严重不严重，他们想去看看，知夏忙找个借口搪塞过去。

第二日，知夏和明珠在南湖边的一家露天茶座见面。

桌上放着包装好的红豆酥，两盒装，知夏拿人家东西已经不好意思了，还拿两盒，就推脱了一下：“给一盒尝尝就好了。”

“这个，给她吧！”

一个“她”字，知夏马上明白了。这孩子太贴心，太招人疼了，要是一直和他们几个一起长大，那该多好啊！

“但是甜食不能多吃，老人容易血糖高。”

湖边的风吹来，姐妹俩对视笑了笑。

知夏想起来，拿出手边的纸袋，把那件淡绿色的防辐射服给她：“给你也买了一件。”

明珠没有客气，当着她的面打开了，看到知夏也穿了一件，颜色不一但款式相同，心里立即升腾起一种奇异的亲近感，但她还是客气了一下：“让你破费了，你天天对着电脑，穿这个有用，我穿这个不是浪费了吗？”

“各种家用电器的辐射也很严重呢！你做面包糕点，烤箱要用的吧！那辐射才叫厉害。你洗完头发，要用吹风机吹干，告诉你吧，吹风机才是所有电器里辐射最大的。”

这个冷知识明珠还真不知道呢！“啊？真的吗？”

两人就这么聊开来。明珠发现这个大姐是个十分有趣的人，她博学，知道很多奇怪的冷知识，但聊起天来又并不显得卖弄，说话时夹带许多文绉绉的词，表情还带有少女的天真，跟她认识的那些姐姐妹妹完全不同。

知夏聊到有一年，她用一个很旧的吹风机帮知春吹头发，那个吹风机已经很老了，噪声很大，从出风口甚至能看到火星，可是喻老师却不舍得买新的，说还能用。那次，知春的头发被火星子烧着了，知夏吓得半死，从水缸里舀了一瓢水从知春头上浇下来，知春哭得很大声。

明明是很危险的事，却被知夏讲得有滋有味，仿佛电影回放时那种寂静与喧闹交织的氛围。知春是另一个姐姐吧？那是怎样一个人？明珠在心里悄悄地琢磨了一遍，把注意点落在了很旧都不舍得换的吹风机上。

她问得很巧妙：“过去都挺穷的，老人们东西用旧了用坏了都不舍得扔，都一样。”

“是啊！小时候很穷，家里孩子多，负担重，吃一次肉跟过年时似的。小时候喻老师总捡姨妈家表姐的衣服给我穿，我穿小了又给知春，知春都要气死了。”

很穷，孩子多，负担重，所以放弃了一个孩子，送给一家条件好的人家，也是为孩子好，是可以原谅的，对吗？明珠这样为他们的行为开脱，也安慰自己，这么一想，心里宽慰了许多。

知夏频繁提到知春，她们的姐妹感情一定很好吧！知春是个怎样的人？“知春姐姐，是个怎样的人？”明珠忍不住问。

“她啊！人长得漂亮，可能就是因为小时候没穿过新衣服，整日喊着这是童年创伤，所以现在是个购物狂，超爱买衣服，屋子里的衣柜、衣帽间都要溢出来了。你看看，这是她的照片。”

知夏随手从手机里翻出一张照片来，正好是她和知春的合影。知春高鼻梁，深眼窝，长得有点像欧美人，戴着夸张的耳饰，看上去气场强大，是个凌厉的美人。知春和知夏靠得很近，一个温婉，一个张扬，一对姐妹花。明珠想起自己，和明晖相差不过一两岁，父母又都宠着明晖，小时候两人没少打架，明里暗里没少吃亏。小妹妹明静和明珠相差五岁，明珠上高中时她还在上小学六年级，后来明静读了个技校去广东打工了，一年回来一次，两人的关系总觉得隔了一层东西，像这样亲密的姐妹照，她们竟然都没有。这样想着，明珠就自怨自艾，暗暗吃起醋来。

知夏注意到明珠脸上的表情，敏感如她，马上猜到了几分，小心翼翼道："我说这些，你是不是不爱听？"

"不是不是，我愿意听。那个……是不是还有个弟弟？他叫什么？"

知夏松了口气，知道明珠既想听，又敏感，于是尽量说得婉转一些，把明珠想知道的内容不着痕迹地融入自己的叙述中，说："知冬啊！比你小三岁，读书也还行，读了个二本，上大学时就谈了个女朋友，刚工作就要结婚，讨债鬼！知春很厉害，小时候经常打他。"

"你们也打架啊？"

"当然啊！哪家的孩子不打架？有一次他俩打架，妈生气了，把我们三个都用衣架抽了一顿，你说我冤不冤。"

"她倒不偏心。"

两人又相视一笑。

秘密交换秘密。明珠也开始讲自己的故事，说："我也有个弟弟，比我小一岁，我们小时候也经常打架，可我妈就很偏心，说我是姐，要让着他。"

明珠虽然说得轻描淡写，但知夏知道，当时她必定受了很多委屈，于是自己也跟着轻描淡写地回应："都是这么稀里糊涂地就长大了，老话说'无不是的父母'，大概也是有道理的吧！"

知夏用"无不是的父母"既安慰了明珠，也安慰了自己。

这一次见面，让姐妹俩又多了几分亲密和信任。明珠想起手头的那笔钱，想着不要坐吃山空，就问知夏："姐姐，你有什么好的理财产品可以推荐吗？"

知夏知道明珠和冯家签了协议拿了一笔钱，见她知道理财，颇感欣慰，给她推荐了几个自己也买入的理财产品。

"你先了解了解，有什么不懂就问我。你很聪明，知道理财的重要，会赚钱又会理财的人，才是懂生活的人。"

明珠被知夏夸得脸红，自嘲："可是我不会赚钱呢！"

“赚钱的途径有很多，比如你开一家私房烘焙店，说不定也会很赚钱！其实赚钱是次要的，我们一定要找到自己舒适的赚钱方式，既赚了钱，又赚了快乐。不过你现在先不要考虑这些，好好养身体，把孩子生下来再说。”

说到了钱，知夏想起自己此行的目的，一则受喻老师所托，二则在酒店偶遇冯父那件事，始终如鲠在喉，她得给明珠提个醒。

“明珠，我知道你生这个孩子是出于对丈夫的感情，但这也和他们家人的支持有关系，既然与条件捆绑，那就要保护好自己，保障自己的权益。听姐姐的话，有空多去他家转转，多陪陪老人，聊一聊宝宝，老人对后代子嗣的爱，是后天才有的。如今你公公和宝宝又隔了辈，这种亲情，是要慢慢培养的，让公公和婆婆都把心放到孩子身上，有人帮衬，你将来的日子才会好过点！”

姐姐的话似有所指，还特意提起建奇爸爸。明珠本就敏感，这一下又想起公公和那个穿鱼尾裙的女人，她心里一惊：“姐，你是想说什么？”

有些话不能说破，给一个孤立无援的孕妇徒增烦恼，知夏只能轻描淡写：“就是说让你照顾好自己，多陪陪老人，将来好让老两口帮你带孩子。”

该说的都说了，养母也催明珠回家吃饭了，两人起身告辞，知夏忽然想起来：“过几天你过生日，想要什么礼物？”

“礼物？”明珠不解，她的生日还有一个多月呢！

“是你真正的生日，9 月 28 日。”知夏记得很清楚，那时她刚升入初一，第一次月考就考了年级前五，她拿着试卷跑回家，打算把这个好消息告诉妈妈。回到家时，妈妈的房门紧闭，妈戴着一顶细线帽子半躺在床上，脸色苍白，表情阴郁，她的身旁，躺了一个皱皱巴巴的小人，那就是明珠。一个新生命的到来并没有给那个家带来欢喜，爸坐在后院默默地抽烟，奶奶在洗碗，动静很大，把锅和碗筷碰撞出巨大的声响。没有人关心知夏考了多少分。她记得那个秋天的下午，后院的黄叶落了一地。

明珠忽然想哭，又忍住了。她真实的生日像一个迷失的符号，她一直惦记和找寻着，此刻冷不丁地出现在她眼前，她觉得那么不真实，心里陡生出一种荒凉和空洞之感——你看，什么都可以是假的。生日是假的，人生是被篡改的，真实的生日就像一座墓碑一样，记录了一个生命的隐去。在许家，她是一个被抹去的人，一个不存在的人。而她当年还少不更事的大姐，却记得她的生日，证明她曾在那个家庭真实地存在过。

“我不要礼物。谢谢你还记得我的生日。”她几近哽咽。

知夏看到她表情的细微变化，伸手替她捋了捋额上的一缕头发，凝视着她，说：“妈也给你起过名字，一个很美的名字，叫知秋。”

第十六章

乌云都有金边

周末，岳娥做了鱼，叫明晖来姐姐家吃饭。

下午开始淅淅沥沥下起雨来，整个城市灰蒙蒙一片，天很快黑下来。等到晚上七点，明晖还没来，岳娥开始焦急了，让明珠打电话问。电话打通了，明晖快哭了似的，说下雨路滑，他开车把人撞了。

岳娥一听，脸色倏地变了，抓起自己的小包包就往外走。

开车？开什么车？什么时候学的驾照？电瓶车？明珠也来不及多想，穿上外套和妈一起出门。岳娥方寸大乱，语无伦次地追问："他受伤了吗？严重吗？多带点钱吧！"

明珠也一头雾水："说是他撞了别人。"

临出门时，明珠还是回屋拿了钱包。

秋雨淋漓，母女俩在路边打了辆车，直奔事故现场。地上有一大摊血迹，交警在拍照，伤者大概已经被救护车拉走了，明晖蹲在路边，抱着头，路边有一辆白色的捷达，车头有破损。

岳娥一见到儿子安然无恙，拉起来上下打量了一番，心有余悸地对儿子又捶又打："你吓死我了，怎么回事啊？"

明晖被吓坏了，身体哆嗦着，也说不清楚。

明珠让自己冷静，走到交警跟前："同志，怎么回事？"

"闯黄灯，全责，等着赔钱吧！"交警在写字，头也没抬。

肇事车要被拖走待处理，明珠回头看向身后的明晖。妈还在心疼地一会儿摸摸儿子的胳膊，一会儿摸摸儿子的头，检查他有没有受伤。好在明晖毫发无损，可他还理直气壮地跟妈解释"那个人就忽然冲出来"。明珠气不打一处来，质问他："你怎么这么不小心？这可是人命关天的事，你有驾照吗就开车？开谁的车？"

明晖还在为自己辩解："我有驾照。"

不问倒好，一问把明珠气得差点背过气去。原来明晖拿了姐姐的十万和妈的两万块钱后，并没有盘下他说的那家打印店，而是选择了另一家较偏远地段的打印店，花了六万，剩下六万买了一辆八成新的二手车，理由是运货方便，也方便接送女朋友上下班。谁知道车子还没开两天就出了事，真够倒霉的。

明珠愣住了，转头问妈："这些事你知道吗？打印店和买车的事，你都知道吗？"

妈目光躲闪了一下，否认道："不，不知道！"说着回头就去捶儿子，装腔作势地怒骂，"你翅膀硬了啊！做事都不和我们商量，败家子！"

明珠马上明白了，妈从头到尾都知道，盘了一家便宜的店，省下钱买了一辆车充面子，她都知道。

明晖被打急了，脱口而出："打我干啥！我跟你说过啊！"

一种被欺骗、被算计后产生的愤怒情绪让明珠的身体在冷风冷雨中颤抖起来，满腔怒火却无处发泄。现在不是十万块钱的事了，而是她的失落。她热情地为这个家的兴旺添砖加瓦，拾柴添薪，而他们却算计她。明珠怒不可遏，打算甩手不管了，扭头就要走。

这时，一直没抬头的交警走过来说："赶紧去医院看看伤者，现在还联系不上伤者的家属，你们赶紧过去交钱。"

岳娥一脸恳求地拉住了女儿。

有人被明晖撞伤了，总不会是他们演双簧骗人吧？就算演戏，这么多交警也陪着演戏？明珠叹了口气，又暗忖自己真蠢，这事如果是真的才让人头疼呢！无论对方是伤了还是残了，都非常麻烦。

一家三口去医院看望伤者。到了病房门口，明晖畏畏缩缩不肯进，被明珠狠狠一戳，才跌了进去。

伤者是一个面色黝黑的大叔，人醒着，手术已经做了，腿骨上钉了钢板，露出一段狰狞的伤口，小腿跟还有一些血没擦拭干净，看上去触目惊心。

岳娥在背后戳了戳明晖，明晖才笨拙地道歉，说："对不起！我太慌张了，不是故意的。"

大叔是个进城务工人员，在一家建筑工地打工，出车祸那会儿刚下班。这大叔一看也是个老实人，并没有得理不饶人地骂人，只是哭诉："我这腿什么时候能好？我不干活家里怎么办？我女儿上大学，每个月等我给生活费呢？怎么办啊？怎么办？"

岳娥没经历过这样的事，只能说一些虚头巴脑的话："你好好养伤，别想太多，孩子太年轻，莽撞，谁也不想这样……"

正说话间，护士进来了，拿了一堆药和一叠长长的缴费单，帮伤者换吊瓶，眼皮也没抬一下："家属，赶紧把费用缴了。"

岳娥看看明晖，又看看明珠。明晖看看妈，再看看姐姐。明珠叹了口气，压着心里的火，接过了缴费单。

出了病房，明晖跟上来，倒是一副懂事的样子："姐，我去吧！你上上下下不方便。"

明珠白了他一眼，不理他。

回到家时已经夜里十二点，雨停了，路很滑，进单元门的时候，明珠差点滑倒，餐桌上的那盆鱼表面的油已经凝固，凉了。明珠跑前跑后，又没有吃晚饭，心情很糟糕。她同情那位受伤的大叔，觉得应该承担起责任来，可她更同情自己，生活好像一个巨大的陷阱，充满了恶意。

岳娥小心翼翼地说："我把饭给你热热吧！"

"不饿，不想吃。"

"你不吃，肚子里的孩子要吃。"岳娥叹了口气，进厨房很快煮了一碗面出来，摆在女儿面前。明珠累极了，一动不动。

“这是意外事件，谁也不想这样的。明晖还小，也被吓坏了，咱们得帮他。”

刚刚看到这碗面，明珠还有点感动。妈也跟着跑前跑后没吃饭，回家还想着照顾她，可是现在听到这句“咱们得帮他”，明珠的心又凉了半截。记得小时候，明珠不小心用铅笔刀把同学的额头划伤了，妈给同学赔了医药费买了营养品，回家把她好一顿训，可是今天晚上，妈在回来的路上，对明晖连一句重话都没说。

“帮他，怎么帮？”明珠冷着脸。

岳娥现在也不得不看女儿脸色了。她知道明晖盘了便宜的店铺，省钱买车这件事让明珠很生气，她哪里还敢和女儿谈钱，只得小心翼翼地说：“要不，你找找人，看有没有交警队的关系，有人好办事，什么全责不全责，还不是一句话的事？”

一听这种愚蠢的话，明珠更来气了：“你当马路是咱家开的啊？还全责不全责一句话的事？现在都有电子监控，天网恢恢，谁也别想跑掉。”

“那怎么办啊？那个人会不会狮子大开口啊？”

明珠忽然想起来：“他的车子买保险了吗？要是买了保险，保险公司还能赔点。”

岳娥不知道车子有没有买保险，但她看了伤者的腿就知道，明晖捅的娄子比较大。她不知道怎么回答，只是重复唠叨着：“那怎么办？那个人会不会狮子大开口啊？”

明珠心烦意乱，也没有力气再多说一句话，起身回屋睡了。可哪里睡得着？她回屋后，打开手机，打算把通讯录和微信好友挨个翻一翻，看看有没有能在这件事上帮得上忙的朋友。一打开微信，她就看到好几条未读消息。大倪发了一张自拍照给她——“亲爱的，我穿这条裙子美吗？”已经快一点了，不必回了；另一条是李医生的，他说：“明天你该产检了，记得空腹，带好孕妇建档卡、医疗卡、少许现金、一盒蛋黄酥，两盒也行。”

他不提醒这茬，明珠还真把这件事忙忘了，不过，产检需要带一盒蛋黄酥？两盒？这是公然向患者索取“贿赂”啊！两盒蛋黄酥是没有了，冰箱里还有前两天做的红豆酥可以带上。

早上一起床，看到妈正在玄关换鞋，提着一个保温桶。原来她也整夜无眠，四五点就起床炖了鸡汤。

“我去医院看看那个人，再道个歉，说点好话，给你留了鸡汤，记得喝！”

“可是……”明珠犹豫了一下，没有拦她。

妈走后，她本来想让婆婆陪她去医院，打了电话，无人接听，一看时间不早，索性自己打车去了。

去晚了，抽血的号排得靠后，队伍排得老长，还只能站着排。明珠没站几分钟就觉得头晕目眩，想坐下来休息，可休息区的沙发座全被占了，她只好蹲下来喘口气。

刚一蹲下，就被人拉起来，那人低声教训：“这样蹲，等会儿起身很容易晕。跟我来。”

明珠抬头一看，是李医生，就跟着他走。他把她带到最里面的一个窗口，给抽血的医生小声说了两句。那医生心领神会，对已经快排到的患者说“先抽一个急诊的”，明珠就排到了前面。

抽完血，李医生在门口等着，和她一起回诊室。

“我要的东西你带了吗？”

“嗯？”她先是一愣，随即反应过来，“哦，带了带了。”

到了诊室，她把红豆酥给他：“还没做蛋黄酥，做了红豆酥，这个也很好吃。”

“不挑食，不挑食。”

他给她量血压，她的脸色蜡黄，血压有点高。

“没休息好，还是精神压力大？”

“都有吧！”想起明晖的糟心事，能不血压高吗？

“血压有点高，但问题不是很大，要多注意休息，饮食要低盐低油，多吃蔬菜。对了！陪你来的家属呢？”

“我妈，她临时有点事。”

“心真够大的。下次必须要有人陪同，你现在和以前不一样了，你不是一个人轻快奔跑了。孕育一个生命是一个非常艰辛且危险的过程，你是重点保护对象，要把自己放在首位，对自己和孩子负责。”

明珠知道医生说得对，但她还是轻描淡写地说：“现在月份还不大，我能行能走的，没事，我妈说她那时候生孩子前一天还在地里干活呢！”

李医生停下了打字的手，严肃地叮嘱她，有点恨铁不成钢似的，叹了口气：“听话！”

这一次，明珠点了点头。

检查报告显示一切都正常，她向医生道谢，告辞。

“谢谢你刚才让我插队，不然我现在还在排队呢！”

话一出口，明珠才发觉这句感谢有些让人哭笑不得，李医生却笑纳了这份感谢，并且自夸道：“有一个歪理邪说，说一个人的朋友圈里，只要有三种人——医生、警察、教师——就能解决生活中所有的麻烦，我觉得有点道理。”

明珠愚笨，想了想，觉得好像有点道理，她说：“我以前的朋友圈里大部分是教师，现在有了医生。”

“我和你正好相反，我以前的朋友圈里大部分是医生，现在有了教师。”

她发现李医生在口罩底下笑了。

原来已经是彼此的朋友了。

从医院出来，她在路边叫网约车，不知为何，迟迟没人接单。

这时，一辆银色轿车缓缓驶来停在她面前，驾驶座车窗摇下，李医生探出头来：“我送你吧！”

“你不用上班了？你不用客气，我打车。”她本能地拒绝。

“我昨晚值班，现在下班了，顺路而已。”

即便如此，明珠依然觉得不应该搭这个顺风车，她再次拒绝：“真的不用了，我刚叫了网约车，很快就到了。”

李医生也没有强求，便道别离开了。

明珠再次打开网约车的 APP，发现有人接单了。过了两分钟，一辆银色轿车缓缓驶到她面前，她看了看车牌号，上了车坐进后排，一上车就向司机确认：“我是尾号 4950。”

不料对方并没有说什么礼貌用语，反倒埋怨道：“你看你，非得让我又掉了个头。”

李医生竟然在开网约车！明珠感到惊讶，又觉得不好意思。

“你怎么也开网约车？”逼仄的空间里要找点话说才不至于尴尬。

“有一段时间休长假，在家闲了大半年，无所事事，就注册了出来跑跑车，跟人聊聊天。”

什么长假？一休就是大半年？明珠想问，又怕李医生觉得自己多嘴，“哦！”

“其实开网约车很好玩的，你能遇到形形色色的人，有醉醺醺的酒鬼、因为吵架被男朋友赶出来的女孩等等，听他们絮絮叨叨哭哭啼啼也是种乐趣，让人觉得人间热热闹闹，连痛苦都那么真实。当我知道倒霉的不止我一个，我心里就舒服了许多。我还遇到过那种下夜班后很疲倦的白领，坐在车上还在回复工作群里的消息，放下手机靠着车窗两秒钟就能睡着，你能想象吗？一个衣着时髦的美女，在我的车上打起了呼噜。还有一次，有一个女的，上了车临时要我改变路线，帮她追丈夫和小三的车。我让她取消订单，她不肯，和我吵起来，还说要投诉我，甚至要把她老公叫来打我。后来她老公真的来了，那个男人冲我挥着拳头，说他绝不许别人欺负他老婆。多么感人的夫妻情，我都快感动哭了。”

原来脱掉白大褂的李医生不仅是个话痨，还是个心理阴暗的“小人”。明珠以前觉得医生都该是威严稳重的形象，此刻却对李医生刮目相看，甚至觉得他有点可爱。她犹豫了片刻，鼓起勇气问道：“你休的是什么长假，居然能休大半年？休假还不开心吗？”

“说来话长。那次我接诊了一个产妇，羊水栓塞，听过吧！很危险，我是真的真的拼尽了全力抢救了，可是最后还是没能保住产妇和胎儿的性命。那家人婆家和娘家都有点势力，闹得很凶，认为是我贻误了时机。院方迫于压力，给了我一个处分，让我休了个长假。那段时间，我真的在怀疑人生，对整个职业方向也产生了动摇。医生诊断出我是中度抑郁。有一次，我去爬山，到了一座寺庙那里有位老和尚在算命，老和尚对我说：‘乌云都有金边，你现在所经历的一切，都不是坏事，经此一劫，你就不是凡人了。’其实这听起来像没用的鸡汤，对不对？但是低谷中的人就是特别需要鸡汤，鸡汤喝了有劲儿。那件事情平息后，我回去上班了，还在妇产科，还是会面对各种误解，面对各种责难。你看我表面挺佛系的，其实心里憋着股劲儿，想证明自己，我可以。”

话题有点沉重，明珠心里好像被一个小锤子敲打着，有一种微微的痛楚和深深的震撼，人在经历劫难时要有多强大的意志才能全身而退，浴火重生啊！她想缓解一下气氛，便开了一个小小的玩笑：“你们本来就不是凡人啊！你们医生不是天使嘛！白衣天使。”

路遇一个红灯，车子停下来，李医生转过头来，看了看明珠，又转回去目视前方，说：“沈明珠，我其实特别感谢你，你身上那种坚强、勇敢，特别感染人，还有你对我的信任，让我觉得，我坚持下来，是值得的。”

明珠愣了，原来人人都有病，而每个人也都有可能是那个医者。她这么不完美，懦弱、自卑、优柔寡断、瞻前顾后，却在不经意间，成为了那个医者，做了那个度人的人。

“没有啊，我一点也不坚强，也不勇敢。”她仍在否定自己。

“好的，你可以不坚强，也可以不勇敢。”他说。

明珠听不明白，也就不再接话了。

快到她住的小区了，李医生在路边停了车，转头对她说：“你，坐到前面来。”

“嗯？”明珠不解。

她发现订单已经显示行程结束，可是在这里下车还要步行一站路才能到家门口啊！

“订单行程已经结束了，你的定位就是这里，你投诉我也没用哦！沈明珠，你记住，作为一名乘客，你应该每次坐在后排，以保证安全。现在还有一段路程，我作为朋友送你回家，坐朋友的车，应该坐在前面，以示尊重。”

“哦！”她觉得他说得有道理，这是一个很重要的社交礼仪，以后一定要注意。于是，她下了车，坐到了前排。

第十七章

明珠的“姑妈”

喻老师从村里回来，得知两个女儿偷偷代表自己给碧晨家拿了彩礼钱，立刻大发雷霆，打电话过去斥责知夏。

“你最虚伪了，写文章还说高额彩礼是传统陋习，应该摒弃废除，你说一套做一套。”

知夏出钱出力还不落好，喻老师这样的反应，是她预料之中的事，她也不恼，反驳道：“彩礼是陋习没错，但在结婚双方达成共识的基础上反悔，还在女方怀孕时反悔，就不厚道了。”

“你们脑子缺根筋啊！胳膊肘往外拐。”喻老师恼羞成怒。

“我不是胳膊肘往外拐。妈，碧晨怀孕了，孩子应该是在祝福和期待中出生的，而不是成为母亲的污点和把柄而被要挟，若是在这种时候为难她，让她凉了心，就算委曲求全结了婚，以后心里一直有个疙瘩，你们如何相处？我也是有女儿的人，我希望我女儿在结婚时，能够得到对方足够的尊重。”

事已至此，喻老师也只好认了，又向知夏追问她是否去看望了明珠，明珠近况如何。知夏有自己的判断，明珠在大悲大喜中孕育这个孩子，承受着非一般的压力，很难说她过得幸福美满，但她如今衣食无忧、生活富足，也不能说差到哪儿去。至于喻老师说的恶婆婆欺负小媳妇之类的事，知夏并没有打探到什么，她报喜不报忧："她挺好的。"

喻老师就放下了心。

隔天，喻老师叫碧晨来家里吃饭，顺水推舟继续做好人，商量订酒席、婚庆公司等筹备细节，大家一团和气。

明珠那天从医院回来后，婆婆才给她回了电话，说病了，吃了感冒药睡得昏昏沉沉，没听到手机，问她有事吗。明珠说没事了，想起姐姐的话，就做个顺水人情，说做了蛋黄酥，想送一点给她尝尝。婆婆忙说自己重感冒，恐传染给明珠，叫她改日再去。此刻明珠才觉得，知夏说得不无道理，两位老人失去儿子，风烛残年，她腹中的胎儿就是他们唯一的精神寄托，她该多去看望亲近老人。

事故认定书很快下来了，不出所料，明晖负全责。明晖无异议，双方协商赔偿。对方是老实人，也没有胡搅蛮缠，提出赔偿八万九千一百二十元四角。明珠不知道为什么这个数字还有零有整，但她知道，这小十万块钱，得她出。

所有人都默认这笔钱该由明珠出，但是明珠全程沉默。回来的路上，岳娥说："你弟开打印店、买车，我真的掏空了，没有了。"

明晖信誓旦旦地保证："姐，只有你能帮我了，我给你写借条，好不好？等我挣了钱，肯定还你。"

明珠不松口："我没钱。"

岳娥大声叹了口气："要不这样吧！我让你婆婆给我预支一年的工资，哦不对，一年的不够，那就预支两年的工资。"

这种馊主意也亏得这样精明的人想得出。女儿的尊严算什么？随时可以被踩在脚下。明珠感到不可理喻，听后大怒："人活一张脸！我出，这钱我出，行了吧！"

不知道为什么，伤者要现金支付，大概觉得拿着现金更有一种真实感和踏实感吧！

明珠亲自去柜台取钱，明晖在身后跟着，两人之间弥漫着一种微妙的气场——既像保镖与雇主般形影不离，又像劫匪与受害者般暗藏张力。

当然，取钱后明晖又忘记了自己说过的话，并没有写借条。

明珠看着那些钱被交到伤者手里，心里的一块石头落了地，长吁口气，眉眼间尽显疲态。

晚上，妈在客厅看电视，播放的是由张爱玲的一部小说改编的电视剧——女子白流苏离婚后住在娘家，被兄嫂一点点剥削蚕食她带回的离婚赡养费——妈看得津津有味。明珠从客厅经过时瞟了一眼，扮演白流苏的女明星在冷笑，几个男女在宅院的堂前聒噪碎嘴。明珠觉得厌烦，说：“太吵了，声音关小一点。”

岳娥把声音关小了一点。

明珠回房躺在床上，电视的声音还是清晰无比地聒噪着她，她又喊了一句：“妈，声音关小一点。”

岳娥不高兴了：“最低一档了，再小就静音了，这么小声，碍你什么事了？”

“不看不就行了。”

电视声音消失了，随即传来“啪”的一声，好像是遥控器掉到了地上。岳娥嘟囔：“就你金贵，怀个孕越来越矫情了。”

明珠关了灯，躺在黑暗里，窗外挂着一个混沌的半月，叫人沮丧。

第二天明晖来了，明珠正在厨房烤蛋黄酥，问他怎么不看着店。他理直气壮：“妈叫我来的。”

岳娥叫儿子来帮她把客厅的电视搬到她住的卧室里。如今的电视都又薄又轻，搬倒是容易，可要连接各种线路，她不懂，才叫来儿子。

果然，明晖三下五除二就接通了，电视里出现了影像，岳娥欢喜地拿起遥控选台了。

明珠走过来，埋怨：“做生意要坚持，经常关门，老顾客都流失了。”

岳娥替儿子辩解：“我当然是有事才叫他来。你嫌吵，不让我在客厅看电视，天天关在这鸽子笼里，要闷死我啊！我只好把电视搬卧室里了，这个机顶盒的线路、开关，我又搞不清楚。”

明珠想说“这点小事我自己也会”，可又不想浪费口舌生闲气，便罢了。

明晖倒识趣，搬完电视就走了。明珠烤好了蛋黄酥，装了一盒，打算去看看婆婆。岳娥有点吃醋：“白养你二十多年，这么快就被人家收买了。”

明珠知道妈小心眼，只是说说而已，便淡淡一笑：“妈，厨房还有好多呢！都是你的。”

谁知刚出门，就与婆婆迎面撞上，婆婆提了一箱石榴，说是公公的老部下送来的特产，她特意送来给明珠尝尝。

“这石榴特别甜，是临潼的特产，开胃健脾，吃了对小孩眼睛好。”

明珠要接过那箱石榴，婆婆拒绝：“我拿，这个沉，你拿不动。”

岳娥也起身迎客，要接婆婆手里的东西，也被拒绝了：“你坐吧！我行的。”

婆婆把东西自顾自提进了厨房，出来刚刚坐下，看到客厅的电视不见了，诧异道：“电视呢？”

岳娥正好拿此事邀功，表现出她对女儿多么体贴，说：“我闷了想看看电视，又怕吵到明珠和孩子，就把电视搬到我卧室了。”

婆婆起身到卧室看了看，皱皱眉，道：“你告诉我一声，我就再买一台电视放在那个房间。客厅这个电视太大，放在卧室尺寸不合适，把床头柜搬来当电视柜，也不像样子。”

这房子当初全靠婆婆一手操办，从看房、买房，再到装修，她全程亲力亲为，一趟趟跑建材市场。选用什么花色的瓷砖、什么牌子的抽油烟机，选购家具，挑选窗帘的颜色，无一不是她精心考量。整体装成了美式风格，好在她审美尚可，房子倒也不难看。明珠卧室的家具款式虽显老气，但也还能凑合。

岳娥脸上的笑容登时就僵掉了，她这才意识到，自己并不是这个房子的主人，只得尴尬地点头称是，称亲家为人处事周到，把亲家好一番猛夸。两位老人——妈妈和婆婆——虚与委蛇的功夫各有千秋，很快又亲亲热热地聊起来。话题横贯天南地北，祖宗十八代，婆婆忽然想起来，转头问明珠：“你那个姑妈，最近没来看你？”

什么姑妈？明珠一慌，很快意识到婆婆说的是——喻老师。

说一个谎，就要用无数个谎去圆。明珠看看妈妈，再看看婆婆，脑子飞速旋转着，暗忖该怎样回答才妥当。

“什么姑妈？明珠没有姑妈，老沈兄弟两个，下面还有个妹子，明珠就一个小姑。”岳娥没有多想就说了实话。

婆婆和妈妈的目光一齐投向明珠，她的心陡然揪在了一起，她佯装镇定：“就是那个……嫁到隔壁村的那个……大峰的姑妈，咱不是沾点亲戚嘛！你说过的，我也该叫姑妈。”

岳娥对村里人这点关系门儿清，这么一说，她想起是有这么个人，不过出了五服，沾点亲故，早些年还有些矛盾，根本没什么来往，大街上遇到了都不一定认识，明珠怎么和这个人有联系？

“她怎么了？你最近见过？”

“啊，对，前段时间碰见了。”明珠想快点结束这个话题，把蛋黄酥朝婆婆推了推，“妈，你尝尝我的手艺。”

一句“妈”足以让婆婆心花怒放，婆婆的目光果然被蛋黄酥吸引了过去，她开始夸明珠心灵手巧，云云。

岳娥还云山雾罩的，嘟囔道：“听说那个人不是都瘫了吗？能走了？你在哪儿遇到的？”

明珠的心突突地跳，懊悔无比，只能继续演下去：“兴许病治好了呢？我怎么知道。哎妈，你也吃一块。”

两个妈妈都被蛋黄酥从“姑妈”这个话题中生拉硬拽回来，继续开始婆婆妈妈的聊天。

明珠坐在一旁，心有余悸，她怀疑婆婆此番来就是打探这个“姑妈”的底细的。明珠有点后悔和那个人见面，她有时也在想，自己和那个人的见面到底有什么意义？是追根溯源？满足好奇？她也想不明白，但她现在清楚地知道，她以后不会也不宜和那个人见面了。

婆婆回去了。关上门，岳娥就开始审问女儿。

“什么姑妈？那个大峰的姑妈，咋回事？”

“就是大峰那个姑妈呀！那天送我婆婆，正好在大街上遇到的。”明珠尽量说得轻描淡写。

岳娥盯住女儿，眼神里尽是狐疑，表情严肃，反驳道：“瞎说！他那个姑妈，前年中风瘫了，这都好几年了，怎么会让你在大街上遇到？”

明珠欲盖弥彰，不耐烦道：“那可能是我认错了吧！反正就是村里的一个熟人，老一辈的，我哪记得清。”

“明珠，你是不是有事瞒着我？”

“我能有什么事瞒你？你别胡思乱想了。”明珠借口午睡，赶紧脱身，回房间了。

岳娥独坐在沙发上，越想越不对劲，直觉告诉她，明珠在说谎，至于那个人是谁，她马上敏感地想到了明珠的亲生母亲。身边这样的例子不少，抱养的孩子养不熟，成年后多半会回去找亲生父母，血浓于水不是没有道理。岳娥自认对明珠不错，不曾对她苛刻，还供她读了个大专，如今明珠成年，正是反哺的时候，要是回头去找亲生父母，她多年的付出岂不是付诸东流？自己生的一双儿女不争气，她还指望明珠能给她长脸呢！这样想着，岳娥不禁怜悯起自己来。

喻老师闲来无事，用一种尼龙线钩织拖鞋，花花绿绿的，有一种大俗的美。集了四双，打算给四个孩子每人一双，她在电话里对知夏说：“给你们每人一双，你给明珠带去。”

知冬已经把自己那双穿上了，走过来，又拿起一双紫色鞋面的，说：“这个是给碧晨的吧？我给她带过去。”

不料喻老师一把抢过来：“这个是给你姐的，碧晨有，前段时间我才给她织了一双。”

“这不是还有三双吗？给了我姐，还剩下一双，正好给碧晨。”

喻老师就是不肯给，支支吾吾：“反正这个不能给，不行。”

一双手工拖鞋而已，知冬觉得妈也太小气了，还有点奇奇怪怪，便问：“你最近有点奇怪，又是爱心咸菜，又是爱心拖鞋，还有不知道从哪儿拿回来的没牌子的蜂蜜水，都不让我喝，再不喝就坏掉了。妈，你不会是……天啊！不会吧！你看上外面的老头了？我爸人虽然……”

话音未落，一只拖鞋就飞了过来，喻老师怒斥：“我看你欠揍了！嘴给你撕烂，二十好几的人了，没个正形。”

知冬连连求饶，喻老师恼过之后，眼圈忽然一红，垂头喟然：“是你姐，这个是给你姐的。”

“我知道是给我姐的，好吧好吧！我不要了，不就是一双拖鞋嘛！”

“你三姐。”

“三姐？”知冬坐下来，看着妈的脸色，怀疑她在说胡话。

“对，你还有个三姐，叫知秋，刚生下一个月就送人了。”

屋子里忽然陷入沉默。

知冬恍然大悟。曾有一个不被期待的生命，伴随着失望诞生，一出生就被嫌弃，甚至从未被粗鄙凉薄的父亲抱过，就被送给一个毫无关系的陌生人家，然后敏感谨慎地长大，甚至从来不敢主动向养父母索取一个拥抱。知秋的存在，只有知夏有记忆，后来没有人再提起。知冬对此一无所知，现在他才知道，送走那个女孩就是为了腾出位置、名额、教育资源和生存空间，来迎接一个众人期盼的男丁。仅仅因为是男丁，便足以带来荣耀，让人扬眉吐气、光耀门楣。知冬忽然生出一种莫名的羞耻和愧疚感，木然问：“你见到了？”

喻老师点头。

“比我大几岁？现在过得怎样？”知冬充满好奇。

喻老师翻出照片给他看，说了知秋的现状。

那是知夏从明珠朋友圈下载的照片，明珠手捧自己做的纸杯蛋糕，淡淡笑着，圆脸，眼睛很亮。

知冬感慨：“长得挺漂亮的，跟妈像，看起来脾气也好。哪像我二姐，黑不溜秋的，像个女汉子，小时候还老打我，早知道把她送人好了。”

喻老师嗔怪地拍了知冬一下：“又胡说。”

知冬嘻嘻一笑，下一秒又正色道：“下次，我送你去。”

“不用，她虽然没怨恨我，但也不是很想见我。老见面，对人家父母也不公平，有什么事，我都让知夏去，她们好说话。”

知冬平时粗枝大叶，无忧无虑，这一晚似乎瞬间懂事了，他揽住喻老师的肩，认真地说：“妈，以后我一定会好好孝敬你和我爸。”

转眼到了明珠生日，喻老师打电话叫知夏过来拿拖鞋给明珠送去，知夏正在去机场的路上，说有一个重要会议，十分抱歉，不能代劳，自己买给明珠的生日礼物也只能快递了。

喻老师犹豫许久，终于鼓起勇气给明珠打电话：“我给你织了一双拖鞋，软底子，尼龙钩线，适合孕妇穿，想拿给你。”

没想到明珠很爽快地答应了，她们约到了南湖边。

喻老师近来总觉得腿疼，想来想去，还是让知冬开车送她去。到达约定地点后，她让知冬坐在车里，不要出来。

明珠早来了一会儿，怀孕四个月，已经有点显怀了。她穿一条宽松的针织裙，外面罩一层碎花雪纺，依然是那么明艳可人。喻老师走过来，人还没到，笑容已在脸上浮现，活脱脱一位极其慈祥可亲的老太太，她说："明珠，这里风大，坐里面去吧！"

这是一家咖啡店的露天座。明珠没动，她并不打算久坐，说两句话就要走。

"不了，我说两句话就走。"明珠的脸上，已没有了上一次见面时的平静恬淡，她坐得很直，身体紧绷着，表情也是严肃的。

这时候没有风，阳光也暖烘烘的，喻老师坐下来把那个用塑料袋和纸袋子层层包裹的拖鞋放到咖啡桌上："我给你织了一双拖鞋，鞋底我专门选了那种最软的，鞋底有花纹，很稳当，你洗澡后穿这个。"

明珠瞟了一眼，没动，低下了头，随即又抬起头，把目光投向远远的湖面上，像是对空气说："我们，以后不要见面了，不太好。"

喻老师知道明珠背负着道德压力，总见面不好，她忙不迭回答："好好好，不见，不用常见，不打扰你，知道你好就行了。"

"我是说一次都不要再见了。"

空气安静下来，喻老师愣了一下，脸上的笑容渐渐消失，半天没说话。

"我想了想，我为什么之前答应知夏见你，其实那是我长久以来的一个不可告人的心愿，寻根溯源，大概是人的本能吧！你跟我想象的不太一样，我想象中的你更老一些，是个迂腐愚昧的农村老太太，可大家都叫你喻老师，你戴着眼镜，是个受人爱戴、被人尊敬的人民教师。我从小就崇拜老师，长大后也想当一名老师，因为老师懂得那么多，老师英明睿智，她在黑板上讲的题，肯定是对的，她说的话，肯定是真理。我曾经有满肚子的疑问、抱怨，见了你都问不出来了，怎么会是你的错？一定是我不好，我整夜哭闹，我不乖，我长得不好看，我来得不是时候，我在肚子里就选错了性别，我给父母徒增烦恼，肯定是我的错，因为老师怎么会错呢？可是……可是，明明就是你错了啊！”

明珠的泪水无声地滑落，喻老师慌了，想伸手帮她擦擦泪，想握握她的手以示安慰，又迟疑着缩了回去，一时间手足无措，声音也开始颤抖：“当时，村里人，你爸他……不不，对，是我的错，我错了，孩子你别哭，你别哭了，我，我，我这心里也不好受……”

明珠一哭，喻老师也想哭，她灰蒙蒙的眼睛里瞬间凝起一滴泪，然而，多年身为教师养成的那份自持和成年人特有的羞耻感让她强忍着又把那滴眼泪憋了回去。她抽了一张纸巾递给明珠，明珠缩回了手，自己用手背抹了一把眼泪。

“自从有了这个孩子，我才深刻地体会到，当一个女人当了妈妈，她是会为了保护孩子做任何事的，没有什么困难能难倒一个妈妈，没有什么借口可以让她放弃孩子。我试图去理解你们的困境，可我做不到。”

“我……”喻老师再没什么大道理可讲，即便是有，此刻说出来也都是错，她哑口无言。

“其实身边像我这样的例子不少，我知道有的孩子成年后和生父生母相认，像亲戚一样往来，我以为我们也可以，可是我做不到。每次我见了你，就重新陷入深深的自卑里，你每出现一次，就又提醒我一次，我是不受欢迎的，我是不美好的，我的性别是低人一等的。我曾用了很长时间去打败骨子里这种自卑，现在，那种自卑又卷土重来了，我不愿意这样，所以，我们以后再也不要见面了。”

说完这些，明珠如释重负，长长地舒了口气，她站起来，准备走了。喻老师哀伤无助，不知道该说什么，她也起身，试图拉明珠的手：“孩子，你听我说，我当时，我……”

明珠挣脱了那只手，不小心碰到了那个纸袋，装着拖鞋的纸袋掉到了地上，喻老师的心像被按在地上揉搓一般，揪着疼。

岳娥就是在这时出现的，她跟踪了明珠一路，一直在不远处冷眼旁观着，分析辨认着。当她看到喻老师拉扯明珠的手时，她把这理解为一种纠缠，明珠还不满月就抱来，她一把屎一把尿养大，功劳苦劳都是她的，丰收果实也该是她的，可这个女人想干什么？

岳娥拉开了要吵架的架势，面带微笑，眼里却有杀气："哟！是许村的嫂子吧？"

喻老师知道眼前人是明珠的养母，她马上气短理缺，赔着笑："明珠妈妈，你别误会，我们这是偶然碰上。"

明珠既诧异又震惊，忙拉了拉养母的胳膊："回家，回去再说。"

岳娥狠狠地瞪明珠一眼，又把目光转向喻老师，阴阳怪气道："偶然碰上？那可真巧。当初中间人可给你们说过吧？这孩子以后跟你们没有任何关系，永世不会见面。咱还是人民教师，要讲诚信吧！"

"你别误会，不是你想的那样，真的是偶然碰上的。"

岳娥带着一种破案后的得意和站在道德高地的优越感，咄咄逼人："不是我想的那样？那是哪样？如今明珠长大了，你不费一粒米，想白捡个女儿，孝敬你，给你养老，兴许还惦记她手头那点钱……"

话说得狠毒，喻老师脸烧得慌，被这粗鄙妇人奚落得颜面全失，气得嘴唇发抖："我，我不是那样的人，你，你不要这样子，你把明珠养大，我是感激你的，你……"

"用不着你感谢，明珠会感谢的。我就说嘛！又是咸菜，又是拖鞋……"岳娥已经把纸袋捡了起来，她把那双拖鞋翻了出来，冷笑道，"真用心啊！就是不知道孩子心里怎么想的，你问她愿不愿意管你叫妈。"

村野妇女，吵架是看家本领，句句直击要害，最好能一招致命。喻老师的心被扎得千疮百孔，明珠又去拉养母："回吧！回去我跟你说。"

不料岳娥忽然大怒，转脸怒斥明珠："说什么说？白眼狼，我白养你了，吃里爬外的东西！你去吧！找你亲妈伺候你坐月子，找你亲妈帮你带孩子，蠢货！她能扔你一次，就能扔你两次。"

喻老师又羞又窘，看到这女人冲着明珠发火，她感到心疼，可是论吵架，她又不是对手，只能虚弱地辩解："你不要怪孩子，你不能这么骂她，都是我的错，都是我的错，你千万别怪她。"

岳娥得理不饶人，梗着脖子，像打了鸡血一般，装腔作势地拍了拍明珠的胳膊，夸张道："我骂她怎么了？我还打她呢！你管过吗？你管得着吗？你现在装什么慈母？"

喻老师闻言怔住，仿佛瞬间失去了语言官能，说不出话来，她的泪水终于不受控制，哗哗地无声地流下来。她仿佛被这个妇女撕下了面具，瞬间无处遁形——对啊！她没有任何立场再见明珠，没有任何理由再出现在明珠的生活中，这个孩子，应该是前世的记忆，这一辈子都不该再想起。

她垂下眼眸，低声说：“你说得对，我没有资格说任何话做任何事，我现在就走。”

喻老师步子还未迈出，知冬一个箭步冲上前，挡在了喻老师面前，厉声质问：“怎么了怎么了？有话好好说，不许欺负我妈。”

明珠本来夹在两个妈妈之间就感到左右为难，向着哪边都觉不妥，但此刻见到这个男人，她忽然怔住了。知冬也是圆脸，和明珠眉眼间颇有些相似，尚有几分稚气未脱，但个子高，站在那里，如一座巍然铁塔一般。明珠用一种复杂的眼神看着他，既似玩味，又像怨怼。就是他吗？为了生他，所有的人和事都要为这个孩子让路，扫清障碍，而明珠，曾经就是那个障碍。此刻，她站在这里，又有什么意义呢？明珠忽然感觉索然无味，自讨没趣，她的唇边浮起一个若有若无的笑，像是嘲讽自己似的，然后一句话没说，转身就走。

岳娥一看女儿走了，也无心恋战，把那双拖鞋狠狠往桌上一掼，不屑地瞥了喻老师一眼，转身紧走几步，犹在身后喊：“脾气还大得不行，说你几句怎么了？你走慢点！”

明珠越走越快，眼泪横飞。都说怀孕了不能哭，可是她想，只要走得够快，眼泪就会被风吹干，被皮肤吸收，被眼睛憋回去，依然好好地藏在心里，没有人看得见。

喻老师木然站在原地，知冬揽住她的肩：“走吧！我送你回去。”

回去的路上，母子俩都沉默，许久，知冬说了句：“以后，别见了，彼此都伤心伤身，那个姐，也很难做。”

喻老师长叹一声：“不见了，不见了。”她知道，这一闹，也再难相见了，回头想想，为什么要再见面呢？那个孩子，就像她心底的一块儿伤疤，用时间填平了，种上花，新的日子生根发芽，那种深埋心底的痛，即使她始终带着，却似乎早已被忘却。她现在在众人眼里，就是一个幸福的老太太。岁月如此“断章取义”，倒也成就了当下的好日子。好日子，就好好过吧！

第十八章

回不去的故乡

岳娥一回家就开始收拾行李，做出要回乡下的架势。明珠跟在身后，怯生生地，小声叫她：“妈，你别生气，都是我的错，你听我解释。”

岳娥心里憋着气，回家后反倒不骂了，但是也不理明珠，只是动静很大地把衣服一件件装进一个黑色的行李包里，始终背对着她，一句话也不说。

“其实真的是偶然碰上的。那边的大女儿也怀孕了，在医院碰到的。后来那个姐联系我……”

岳娥忽然像被针扎一般，声音尖锐道：“谁是你姐？谁是你姐？你脑袋是不是长歪了？”

只要妈还骂她，就还有回旋的余地。明珠就噤声了，听妈骂人。

岳娥突然想起来，刚才心里赌咒发誓不跟这个白眼狼再说一句话了，骂她作甚，于是又沉默了。

敌进我退，敌退我进。明珠看妈又不说话了，便继续解释：“以后不会见面了。在我心里，就只有你一个妈，生恩不如养恩大，你养我小，我养你老。”

听到这话，岳娥心里一酸，她手里的动作慢下来，犹豫了一下，又硬起心肠，继续装行李。“你要回家我也不拦你，就当回去休息，反正我知道沈庄是我的家，我认得回家的路，我坐月子要是没人，我就回去，我以后要是没人帮忙带孩子，我就送回去。”明珠耍起赖皮来。

岳娥还是不理明珠，她打定主意要把明珠心里那根螺丝紧一紧。

收拾好行李，走到门口，明珠也跟上来：“我送送你。”

岳娥瞥她一眼，仍不说话。

电梯来了，岳娥踏进去，明珠也跟了进来。她看得出，妈的气已经消了一大半，于是继续死皮赖脸：“才下了雨，山上地软都长出来了吧！我想吃地软包子了。”

妈还不说话。

母女俩亦步亦趋，来到小区门口，岳娥在站牌下等公交车，明珠就陪她等，岳娥终于按捺不住开口了：“你回去吧！”

“我想我爸了，等过两天产检完，我回家去。”

岳娥没好气：“爱回不回。”

车来了，岳娥头也不回地上了车。

屋里忽然安静下来，没有了嘈杂的电视声、厨房的水流声，明珠隐隐觉得有些不适应。她觉得妈就这样走了不妥，就给养父沈大诚打了个电话。沈大诚好像在哪家做木工活儿，工具“嗡嗡”作响，她说妈回家去了，叫他骑电瓶车到桥头接一下。桥头就是县际公交车在他们村下车的站点。

沈大诚察觉出一点异样，但因为正忙，就没细问，说“好”。

知夏晚上八点多打来电话，问明珠是否收到生日礼物。明珠这才注意到，门口有一个包裹，是一套奢侈品牌的护肤品，知夏说：“这个适合孕妇用，放心吧！”

知夏似乎还不知道白天的事，又问她：“你喜不喜欢吃螺蛳粉，这边的螺蛳粉特别正宗，我给你带一些回去。”

明珠心里五味杂陈，面对这个姐姐，她无法说出绝情的话，想到知夏怀孕数月却依然奔波劳碌，人人都有自己的一把辛酸泪，她说：“你注意身体，不要太劳累了。”

隔天，送新电视的工人上门安装调试，婆婆也来了，看到亲家不在，次卧也收拾得整整齐齐，而明珠一脸倦态和沮丧，她感觉出了异样。

“和你妈吵架了？”

“没，没有，她回去看看我爸。”明珠目光躲闪。

工人调试好电视走了。婆婆到洗手间洗了把手出来，狡黠地环顾四周，坐下来，开门见山：“明珠，你说实话，我见到的那个人，不是你姑妈，对吗？”

明珠一时有些错愕，但经历了养母那一番闹腾，她已坦然了许多，听婆婆的语气这么笃定，她也不再隐瞒了，坦然地说：“对，不是姑妈，是……是那边……生我的那个人。”

她还是始终说不出“她是我亲妈”或“生母”这样的称谓。

婆婆明白了。刚才看到卫生间里亲家母连牙杯都收走了，可想而知是和生母的出现有关系。各人有各人的立场，婆婆这次站在明珠的角度，推心置腹地宽慰她道：“血浓于水，人之常情，认就认了，也别有什么心理负担，就当多个亲戚。你妈要是个明事理的人，迟早会想通的。养孩子就像养一只鸟，不能像捉了一只鸟后把它紧紧攥到手里，那样迟早会被捏死，应该给它一把秕谷，它吃饱了就让它去飞，飞回来了，那还是自己的孩子。”

明珠听罢暗暗惊叹，没想到婆婆能说出这么睿智通透的道理来，立马对婆婆刮目相看。她信服地点点头，说：“我妈那边，我会好好跟她解释的。”

“至于你生母那边，看面相也是个善良的人，认就认了，你也别有什么心理负担。当个亲戚似的走动，也不碍事。”

明珠还是过不了心理那一关，忙解释道：“没有没有，我不是你们想的那样要跟她相认，就只是……见了两面。这件事就像我心头的一个包袱，如今见了她，那个包袱也就放下了。”

婆婆倒笑了：“什么包袱不包袱的？傻！我以前也跟你一样，心里一直疙里疙瘩的，过不了那个坎，总觉得我应该恨那个人才算心智正常、道德完美……”

“什么？你以前？”明珠听糊涂了。

“对，没错，我小时候也是抱养的，跟你一样。长大后，我亲妈来找我，我想见她，想和她亲近，心里却疙里疙瘩的，别扭了很久。也是我慢慢上了年纪才知道，她心里也苦。开始的那几年，我和她一直保持着淡淡的关系。后来我生了建奇，偏偏那年建奇他爸腿受伤做了手术，屋里一个大的，一个小的，全都指望我。我养母那时已经去世两年了，没人帮衬我，是亲妈赶来，帮我洗洗涮涮，照料大的小的。她说要把亏欠我的补回来。直到自己慢慢上了年纪才懂了，她心里满是苦涩，她确实亏欠了我，那谁又亏欠了她呢？”

明珠没想到婆婆也有这样的身世，更没想到她有这样的豁达心胸，她对婆婆的敬意又多了几分。她觉得婆婆的话虽不能尽信，但也有几分道理，于是点头喟叹：“嗯！都有难处。”旁人的经验不足取，但明珠心里那根紧绷的皮筋，还是渐渐松弛了。

每个人都有自己的小算盘。婆婆心里自然也有一番自己的盘算，她在为自己的大孙子做打算。她年纪大了，又一身病痛，如果有个三长两短，明珠还有那两个妈帮衬，日子总没那么难过。

当然，这点小心思婆婆没有说出来，她只是亲热地拍了拍明珠的手：“三个妈都疼你，还不好吗？”然后从厨房拿了石榴，亲手给明珠剥。石榴籽颗颗晶莹饱满，特别甜。

第二日，明珠打算也回村里去，婆婆叫了辆车送她。

城里离村不过四十公里路程，明珠往日也常回去，但每次回去都感觉村里发生了一些变化，大家疯狂地发展旅游餐饮业，路边时不时冒出几家重庆石锅鱼店，仿佛在相互打擂一般，明珠纳闷了，此地和重庆有什么渊源。再往前走，经过一个葡萄园，就快到沈庄了。葡萄园的围栏边种着花椒树，树枝繁茂且低矮。车子经过时，树枝不断刷在车窗上，发出刺耳的声音，恰似她此刻烦躁的心情。她忍不住暗自思忖：妈一会儿该不会又要骂她吧？

上了一个斜坡，到了家门口。门虚掩着，她推门进去。院子里的无尽夏还零星开着几朵，两只鸭子在院子里踱步，岳娥背对着她，正站在一个竹篦子前晾晒干菜。明珠走近一看，竹篦子上铺满了湿漉漉的地软。

她心里微微一颤，叫了一声："妈！我回来了。"

岳娥淡淡地瞥了她一眼："哦！"

明珠把手里大包小包的东西放到屋里的桌上，又去找老沈。

沈大诚在后院的树屋下刨木头，淡黄的木屑卷成花，落了满地。

这个家属爸最疼她，她也跟爸亲，走过去，大叫一声："老沈！"

沈大诚被吓了一跳，转头一看是明珠，便露出克制又灿烂的笑，嗔怪道："死女子，吓我一跳。"

明珠做个鬼脸，嘻嘻一笑，看到脚边已经切割好的木头，好奇道："爸，这是做什么呢？"

"这几块板子，我准备用来把树屋的楼梯加固一下，孩子以后在这儿玩不怕摔着。还有这块，你看，我打算做一个鹿角形的秋千，我在网上看过，要好几百，真黑！到时我把这个磨平一点，打上油漆，比他网上的还好，就绑这两棵树上，我外孙回来了玩。"

"外孙？"明珠一时还没反应过来。

"我外孙啊！你的娃，不是我外孙？傻。"

明珠反应过来，父女俩笑起来。她那颗拧巴的心，像是在慢慢舒展，冒着愉快的小气泡。

午饭吃的是地软韭菜粉条馅儿的包子，岳娥包的，明珠一口气吃了四个。岳娥抱怨："后面坡上地软还多得很，我捡了一上午，累得我腰疼。"

"后晌我跟你去捡。"明珠马上接话。

岳娥的气还没消，白她一眼："你现在身子沉了，怎么弯腰？"

明珠站起来，调皮地做了一个舞蹈动作："我怎么不能弯腰？我还能跳舞，劈叉呢！"

吓得岳娥骂她："又作死！快歇着吧，就你能。"这口气像小时候骂明珠一样。

气氛松弛下来。

饭后，明珠把给父母买的羊绒衫拿出来。给爸的是一件灰色鸡心领的，沈大诚手粗，都不敢上手摸，说："老干活呢！穿这么好的衣服糟蹋了。"

给妈的是一件秋香绿的开衫假两件套，领口还有一排珍珠，很洋气，岳娥一看眼睛就亮了，但还是假装生气，怨道："又乱花钱。"

明珠知道妈心口不一，把毛衣又往她面前推了推："试试吧！这个秋香绿很适合你。"

岳娥有点心动，不得不把目光投向衣服，但她总能挑出毛病来："我皮肤黑，这鸭屎绿更显得我黑了。"

一听"鸭屎绿"这三个字，父女俩差点喷饭，沈大诚劝老婆："收着吧！孩子的一片心意。"

岳娥才不情不愿地拿回了屋。

黄昏时分，鸡栖于埘，牛羊下来，才有了过去的乡村味道。有人端着大老碗在门口吃饭，谁家媳妇正追着孩子喂饭，岳娥出去扔垃圾。

这几年开展新农村建设，村里不仅修了水泥路，装上了路灯，还设置了几个垃圾台，并且每天都有清运车来把垃圾拉走。

在垃圾台旁，她遇到了一个同来扔垃圾的妇女，两个人就聊起来。

那个女人注意到岳娥穿的新衣服，夸了几句。

岳娥装作一副无奈的样子："娃给买的，我不让买，非要买，说是羊绒的，又轻又暖和。"

"多好看，很衬你。"

"哪有啊！你看这鸭屎绿的颜色，衬得我更黑了。这孩子，就会乱花钱。"岳娥一回到乡里，嗓门就大起来，明珠在自家树屋里都能听到。明珠笑了，暗忖：鸭屎绿，还真是一种清新脱俗的色彩呀！

"明珠是个孝顺孩子。"

"是啊！"

"明珠几月生？你别担心，明珠年轻又漂亮，过两年她再找个人一嫁，不差什么！"

"那倒是。"

……

黄昏迅速跌入黑暗之中。

两个人的声音低下去，带着农村妇女对八卦津津乐道的余韵。

明珠打算晚上住下来，看到自己原来的小屋堆满了杂物，心里不快，去找笤帚时，看到妈正在铺被褥，妈说："你和我睡这儿，你爸睡明晖的屋子。"

岳娥的房间还是那种土炕，两三米长的大通铺。过去每到冬天，就在炕洞里烧火取暖。前两年家里翻新，改烧煤炉子，热乎劲儿比城里的地暖还舒服。小时候明珠和明晖、明静都是在这个土炕上滚大的。

母女俩各睡一个被窝，刚躺下，老沈进来，塞给明珠一个热水袋，又出去了。

月亮被树遮住了，山脚早晚温差大，深秋夜凉如水。窗户上大概有个缝，冷空气丝丝缕缕地钻进来。明珠把热水袋塞到脚底，不多时，暖流便从脚底蔓延全身。

母女俩都没睡着，一会儿仰面，一会儿背对着背。背对背的时候，彼此对着黑暗的空气，明珠说："我以后不跟他们见面了，你别生气了。"

"十指连心，血浓于水，你大了，还能把你拴裤腰带上不成？"岳娥说话还带着点怨气。

"卧室的新电视送来了，以后你在客厅和卧室都可以看电视了。"

"我是去照顾你的，又不是专门去看电视的。"岳娥的语气变得软和了。

"好久没吃地软包子了，真香。"明珠又说。

"我晒了好多，走的时候带上，想吃的时候我再给你蒸，那多简单。"

被窝里的温度和体温融为一体，寒冷的空气流动起来，细软的秋香绿毛衣被折叠在枕边，在黑暗中的一点天光里闪着微微的光。

第二天明晖也回来了。村里有个年轻人结婚，那人是明晖的同学，明晖回来帮忙。

明晖回来时开了辆奥迪，岳娥问他那辆车呢，这奥迪又是哪里来的。明晖说这车是借的朋友的，大伟结婚，他借辆好车帮他接人，有面子。

老沈家和大伟家也沾点亲，岳娥得去上礼。她把多年前公公办丧事时的礼单拿出来看了看，思忖了半天，觉得给对方随五百块比较合适。

她跟老沈商量，老沈说行，她就叫老沈掏钱。然而，百分之九十的夫妻，只要一谈钱，准吵起来。

“我哪有钱？前两天不是刚给你几百，我就剩下二百零花钱。”

“就给我两百，买买菜早都没了。”

“钱到了你手里，那就像拴了老虎，想再拿出来就难了。”

“大不了就不随这个礼了，人家笑的是你老沈不懂事。”

从小到大，父母间这样的争吵明珠早已听得耳朵起茧了。老沈言语上弱些，吵几句就偃旗息鼓，转身离开；岳娥吵赢了却也寂寞，转头就迁怒到几个孩子和家里的猫狗身上。明珠有眼色，这时候就赶紧找点活儿干，但偶尔也难免殃及池鱼，被妈找借口骂几句。

童年时养成的相处模式是已经根植到骨子里的，明珠眼见父母又吵起来，只好出面息事宁人：“我有我有，五百对吗？”

岳娥推脱了一下，接住了那五百块，有点不好意思：“不是妈要你的钱，你不知道你爸，手里不能有两个钱，有钱了就去打麻将，自己辛苦做活挣点钱，全输到麻将桌上了。”

“我知道我知道，回头我说他。你快去吧！”

“好。一会儿晚上来吃席哦！”

明珠自然没有去凑那种乱哄哄的热闹，但是在那天晚上，村里发生了一件人命关天的事。村头的贾老太太，晚上一个人在家，儿子儿媳都去结婚的这家吃席了，老太太起来去院子里上厕所，滑了一跤，巧的是这家装了监控。那天晚上，在外地上学的孙子闲来无事从自己的电脑上看了一眼远程监控，正好看到奶奶摔倒在地，就给父母打电话，亏得抢救及时，老太太只是摔坏了腿，救回来一命。

这事很快在村里传为美谈，一些孝顺儿女也考虑给家里装个监控，还有个养猪专业户也说要给家里装监控，说“二师兄”现在值钱，怕人半夜偷了。说干就干，下午就有人联系了电信的工作人员来装机。明晖也跃跃欲试，等别家装完，他把装机的人也带到了家里。

岳娥第一个反对：“钱多得没处花啊？”

明晖理由充分：“爸经常一个人在家，我们都照顾不到，有了这个监控，岂不是……”

话没说完，老沈就怼了回去：“我一个人在家，吃喝拉撒你都监控我啊？我摔断腿了，你好赶紧来救我吗？滚！”

老沈骂完就出去打牌了。

明晖挑挑眉，对妈说：“玲姨家都装了。”

一说到玲姨，岳娥就坐不住了。岳娥和那个玲姨，娘家是同一个村的，两个人自少女时就不对付，暗暗较劲，先后嫁到沈庄来，互相看对方不顺眼。两家的田正好挨着，有一年因为田埂占多占少的问题吵了一架，就结了仇，多年都不说话，两人还暗暗较劲，你买一件羊毛衫，我也要买一件；你家置办了新洗衣机，我家马上买个更好的；你家现在装了高科技现代化的监控，那岳娥我岂能没有？

岳娥心一动，口风一松，装机的人马上推荐他们的套餐，配套服务丰富，能绑定四个电话号码，还送一部新手机，听起来很划算，但整个算下来也要两千多。

岳娥心动了，可是钱包不能动。装机的工作人员和明晖面面相觑。

明珠坐在树屋的木楼梯上晒太阳。太阳朝西斜了，光也跟着移动了。她正打算搬个凳子移到有光的地方，明晖叫住了她：“姐，你看行不？”

监控装起来了。后晌，岳娥和玲姨在路上遇见了，两个人互相瞥了一眼，谁也没说话，岳娥觉得自己的腰挺得直。

在家里住了几天，明珠借口家里太冷，要回去了。老沈要给女儿带点自己家的包谷糁，就去厨房里拿小布袋装，明珠跟进去，叫爸爸少装点。

老沈背对着她，说：“你妈脾气不好，你别跟她计较。”

“怎么会呢？”

“那个事，她跟我说了。”

哪个事？明珠怔了两秒才反应过来。哦！原来是那件事，爸也知道了。她站在爸爸身后，脸上浮现出愧色。

“这么多年，我们也没亏待你。”老沈声音很低，动作很慢。

“爸，我知道，别说了。”至于她知道什么，她也不知道，她只想快点结束这段羞愧难当的谈话。

明晖开车载妈和姐姐一起回城去。老沈送到门口，叮嘱自己老婆：“就在西安好好待着，把明珠照顾好，别有事没事往回跑，我有啥好看的。”

两人隔着车窗又斗起嘴来。岳娥不忿：“谁看你？我是回来看看我养的猫儿狗儿的，比你有人味。”

不知谁家门口又有婆子媳妇儿拌嘴，两人扯着脖子，愤愤然击掌跺脚，明珠皱皱眉，叫明晖赶紧启动车子，绝尘而去。

离开的时候车子走的是一条大路，两边的毛白杨笔直地挺立着，树叶依然葱茏，山下的田野升腾起白雾，如漫画中的梦境一般。车子向前开去，犬吠远去了，清森的山村远去了，车子很快汇入钢筋水泥的繁华和喧嚣中。离开了故乡，是再难回去的，可挤进城市，却又时刻想逃离，这大概是无数个“明珠”们亘古难解的谜题。人这一辈子，大概就是从这一种孤独走向另一种孤独的过程吧！

第十九章

红

喻老师自那日回家后就病了，先是发低烧，浑身无力，以为是感冒，就自己找了药吃了，在家躺着。知冬那几日工作忙，对她也没太在意。喻老师在家躺了两日，这天下午，自己煮了点粥喝，忽然腹痛难忍，像有一个秤砣在肚子里绑着，沉坠坠地疼。她便去上厕所，小便时竟发现底裤上有血迹，喻老师这时有点慌了。

喻老师已六十有二，已绝经十多年了，最初她只当是痔疮，就去小区外面的一个诊所瞧病，检查结果显示不是痔疮，医生建议她去做 B 超检查，但喻老师没有去，在家挨了两日，出血情况依旧，淋漓不止，小腹也一直坠痛，实在扛不住了，才到附近社区医院做了 B 超。这一查把她吓了一跳。原来是节育环在子宫内嵌顿，通俗点说，就是环长进了肉里，这才导致了出血和腹痛。

这个环，是生完知冬后戴上的。当年喻老师怀知冬时在他大舅家躲了一阵子，知冬刚出生又被他大姨抱走帮忙养着，百天时再抱回来，对外谎称是抱养的。即便如此，还是违反了计划生育政策，要罚款，搞不好还要开除公职。喻老师和丈夫四处奔波托人托关系，罚了款，工作虽然保住了，可是知冬没户口。村里管计划生育的干部就带着她去上了环，这才给知冬上了户口。

节育环的原理是节育环使子宫内膜形成炎症反应，让受精卵难以着床，从而达到避孕目的。现在很多年轻一辈的育龄妇女已经不知道节育环为何物，但计划生育政策最为严厉的二十世纪八十年代，放置节育环是降低生育率的重要手段。基层计划生育工作者和医务人员会告诉妇女，节育环对身体没有什么损伤。

说是没什么损伤，可喻老师当年上环后，总是腰疼，还稀稀拉拉地见红，后来总算适应，逐渐把这回事忘了。绝经后，她自己也不知道，也没人告诉她，这个小小的东西应该及时安全地取出。

一把年纪了，还要做这种妇科取环手术，喻老师觉得怪不好意思的。况且她也认为这是个小手术，就没给儿女们说，自己一个人去社区医院做了。

曾经有人做过一个调查，绝经超过两年以上者，取环困难比例达43.9%。喻老师觉得这是个小手术，那个医生也觉得是个小手术，可做到一半，才发现环伸进了膀胱里，环的末端还长了一颗小小的结石，血一下子喷涌出来，那医生立马慌了。

送去妇幼医院的路上，知夏和知冬分别接到电话，那时喻老师已经昏迷了。

知夏赶到急诊手术室时，知冬正在不知所措地哭："怎么办啊，姐！大出血。医生们都有手术，没人。"

"不要慌，不要慌，不会的。"知夏强令自己镇定下来，转头问旁边的一位医生，"怎么回事？"

"不要急，我们已经在联系副院长了。"

就在这时，一个小护士跑过来报告，副院长送医下乡，一时赶不回来，还有一位小李医生休假，电话打不通。

知夏这才慌了，冒出汗来。她想起有位老友的爱人在这家医院工作，忙点开手机去翻找，又怕贻误时机，便问医生现在转院可还来得及。眼前这位医生还在实习期，怕担责任，说得模棱两可。知夏出了满头的汗，也快急哭了。

知春和家里的保姆赶到了，见状也焦急万分，开始打电话找关系。

喻老师躺在病床上，脸色苍白，中途醒过来，看到儿女们，反倒宽他们的心，叫他们别怕，说只是一个小手术。知夏握住妈妈的手，泪水决堤而下。

电话打通了，信号却时断时续，知夏只好换了一个地方去接听，不过情况并不乐观，她朋友的爱人已经调离这家医院，朋友说让她爱人打电话问问老同事，看能不能协调出人来。

知夏怀着这一点渺茫的希望，茫然无措地朝回走，一转头竟又与明珠遇上了。

明珠本打算再也不与生母一家人往来的，但看到知夏满眼泪光，心陡然一紧，问："怎么了？发生了什么事？"

"我妈，我妈要手术，大出血，医生都不在。"知夏的手在发抖，大脑一片空白，不知该怎么办，她虚弱无力地就势在旁边的椅子上坐下来，似在自言自语，"怎么办？怎么办？"

明珠来取唐筛报告，是养母陪着来的。她刚拿到报告，还不知道李医生休假了，看到知夏这样，想到那个人命在旦夕，也有点慌了，马上拿起手机，安抚知夏："别急，我给李医生打电话。"

可巧了，她一拨打李医生电话，马上就接通了，那边仍旧是一副轻松调侃的语气："今天我有蛋糕吃，蛋黄酥就改日了。"

"你在哪里？这里有急诊手术，你马上过来。快点！"

李医生马上正经起来："你怎么了？什么急诊手术？"

"不是我，是……是我的……亲戚。"明珠抬眼看了看养母，目光躲闪了一下，语气焦虑急切，"别问了，你在哪儿？快点过来，快点行吗？以最快的速度。"

岳娥冷眼旁观，心里连连苦叹，真是冤家路窄，又与这家人遇上。想催明珠离开吧，人命关天的关头，显得自己没人情味；在这里等吧，又实在让人懊恼。

李医生果然是以最快的速度赶来的。当时正值午高峰，他在附近一家酒店和家人为母亲庆生，接完明珠电话，又看到手机上还有从医院拨打的几个未接来电，想来情况紧急，就从车子的后备箱里拿了滑板出来，一路滑行到医院。一到工作岗位马上就进入战备状态，了解情况，洗手，消毒，换手术服，做各种术前准备，泰然自若，进手术室前，凑近明珠耳朵低声道：“别怕！相信我。”

喻老师气若游丝，手术室门关闭的那一刻，她用嘶哑的声音冲着空气说：“把那个东西拿掉，一定要拿掉，我最讨厌那个环。”

门关上了，门头亮起了手术警示灯。每个人的心都悬在半空中。

那个东西？那个环？是什么？喻老师那句微弱的呐喊，像擂鼓般在明珠心头发出震响。养母还别别扭扭地陪在她身边，明珠率先表态：“等会儿就走，等李医生出来，看完我的唐筛报告就走。”

理由充分，岳娥也无奈，不置可否地撇撇嘴，继续陪她等。

明珠看养母没有恼，忍不住低声问：“那个环，是什么？”

岳娥没好气：“就是上的环，节育环嘛！我也有。不少妇女都有吧！”

明珠恍然大悟，刚才被喻老师身下洇红的床单吓得心惊肉跳，心有余悸地说：“那你也赶紧取了吧！”

岳娥心里憋屈又恼火，却不好发作，没好气道：“我下去透透气。”

养母走了，姐弟几人微微放松下来。有一个休息椅空出来了，知冬还客气地让明珠坐。大家都是孕妇，明珠也不好意思坐，推来推去，还是知夏把明珠按到了椅子上。

知春已经听知夏提过明珠了，对这个妹妹也感到无限好奇，悄悄打量着她，问：“你几个月了？”

“十七周。”

“我十八周零五天。”

“哦！”明珠不知道该说什么。

“你多大了？”

“二十七。”

“我比你大四岁，我叫知春，他叫知冬，你都见过了吧！”

明珠点点头。这一次，她把许家姐弟三人都见到了，三人的性格各异，知夏稳重知性，知春外向洒脱，知冬莽撞冲动，三人看上去很和睦，也很孝顺，喻老师把孩子们教育得不错。她也算是一个好妈妈吧？

“你叫明珠，对吧！明珠，我结婚你也来吧！”

“啊！”知春给明珠出了让她无法回答的难题，她只好抬头看看知夏。

知夏心烦意乱，觉得知春话多，怕她说结婚的话题让明珠伤感，就白了知春一眼：“就你话多。”

知春撇撇嘴。

手术室的绿灯终于亮了起来。李医生出来了。

手术很成功，病人也脱离了危险，清醒且有意识。

大家长长地松了一口气，都忙不迭地向李医生道谢。

保洁员从手术室整理了一大袋医疗垃圾出来。明珠看到用过的褥垫和止血纱布上面沾满了血迹。有的血迹呈深红色，像融化的巧克力酱；有些则是粉红色，如同夕阳下温柔的云朵；还有一团呈喷射状，颜色浓重，仿佛一个强烈的感叹、诘问或咆哮。明珠觉得胸口微微发堵，一阵恶心涌上心头，她赶紧背过身去。

李医生取下了口罩，一脸严肃冷峻，对明珠说：“你过来。”

知夏拍了拍明珠的肩，示意让她等等，然后和知冬他们进手术室去看喻老师。

喻老师醒着，见儿女们都进来了，有一种劫后重生的余悸和欣慰，眼角流了一滴泪，却还是逞强道：“别怕！没事，小手术。”

旁边有一个托盘，有一块烂糊糊的血肉，还有一个T形的已经被血肉包裹得看不清本来材质和颜色的物件。知夏知道，这就是从身体里取下来的节育环，它已经伴随了母亲二十多年，已经和她的血肉长在了一起。刚才听李医生说，环伸进了膀胱里，末端还长了一颗结石，这才引发的大出血，取出时不得不切除了一小块肉。

“我好像刚才看到明珠了？”喻老师问。

“是，今天多亏了她，她和李医生是好朋友。”知夏回答。

在生死关走了一遭，人心特别脆弱，喻老师又流下泪来，忍不住感慨：“明珠真是一个善良的孩子，唉！”

知春模仿起妈平日的口气来：“对呀！就我不乖，长得也不好看，早知道把我送人了才好呢！”

喻老师还是嘴不饶人："就是，就你天天气我。"

知冬和知春家的保姆推着喻老师出了手术室。明珠在走廊的尽头和李医生说话。

李景哲也有一颗八卦之心，问："今天这个阿姨是你什么人？你那么着急。"

"就……一个亲戚啊！我一个远房姑妈。"明珠不想再对谁解释这种关系，就转移了话题，并再次对李医生表示谢意，"今天太谢谢你了，耽误了你休假。"

"不，你做得对，你随时可以打电话给我。"他用目光去追寻她的目光。

"哦！"明珠不禁又变得敏感多虑起来，不自觉地向后退了一小步。当她不知道该如何回答时，就只能含糊地应了一声"嗯"或"哦"，显得十分无趣。

"这是一个医者的职责所在。"他又说。

她暗暗地松了口气，耳根发烫起来。

李景哲看了她的唐筛报告，显示一切正常，就交给她，神情又恢复成了上手术台之前的肃然，说："没事了，你回吧！"说完大步流星地从步梯下了楼。

知夏还没有离开，待李医生走后，她走到明珠身边。经过半天奔波惊吓，她也颇感疲倦，旁边有一排空椅子，她无力地坐下来，叫明珠也坐。

知夏向后朝椅背靠了靠，用双手掌心覆盖住眼睛，轻轻地揉了揉，又按了按太阳穴，疲态尽显。

"最近很累？"

"是啊！人到中年，危机重重，工作丢不下，孩子的成绩下滑，婆媳关系处不好，老公指望不上，我妈又忽然病了，没有一件事顺心的。"

果然是家家有本难念的经，明珠只能空洞地安慰她："至少你要让自己从现在的工作中解脱出来，多休息。"

"对！我已经安排好了，许多工作可以甩手给团队的小伙伴了，要给年轻人机会，我要好好休息一阵子。不过我今天回去要写最后一篇文章，选题确定了，就是这个节育环，题目也想好了，就叫《红》。今天太令我震撼了，心里有很多话，我相信有很多读者会有共鸣。”

红，本来是多么美好明艳的一种颜色啊！中国人最喜欢红色，红色代表着热情、喜庆。举行传统婚礼时要穿大红的婚衣，中国红、女儿红、东方红、开门红。红，多美好的一个字眼。可是明珠想起那个黑色的大垃圾袋里一团团的红色，顿时感到强烈的生理恶心。红色是血液的颜色，而一个女人的一生，似乎总是与流血相伴。从月经初潮到初夜落红，从流产堕胎到生育，无论是顺产还是剖宫产，女性都须经历这些痛苦。好不容易完成生育的使命，避孕节育的手术仍需要女人来承担，直到暮年，还要被一个小小的节育环所“挟制”，血祭余生。

明珠想到这里，有点心疼喻老师，喃喃道：“做女人不容易，她，也不容易。”

这正是知夏想说的话，她暗忖明珠真的是极为天资聪颖的女孩，一点就通。知夏看向她，像是做陈词总结：“这世上没有什么事是非对即错的，没有什么人是非黑即白的。在这个家里，我和你吃的是不同的苦。我也怨过她，后来慢慢地理解了她。世事难两全，时代和环境推着每个人朝前走，一个民族根深蒂固的顽疾不是靠一个妇女就能够改变的。她们是作恶的人，也是受害者。”

知夏的话恳切，明珠若有所思。

后来知夏去病房了，明珠呆坐了一会儿，想起该回家了，下楼去找养母。

门诊大楼旁的一个花坛边，岳娥和一个女孩正聊得火热。那女孩长得娇俏可人，像是个刚毕业的大学生，手里拿着一个什么传单，不知道说了什么，让岳娥笑得前仰后合。

一见到明珠，岳娥像是忘了刚才发生的事，也忘了生气和吃醋，依然笑吟吟的，把手里拿的一个小东西往明珠手里塞。明珠一看，原来是一个小巧的暖手宝。

“暖和吧！这个东西很实用，不热了就充会儿电。”岳娥说。

明珠意识到妈遇到骗子了，想要找个借口脱身，可那女孩又甜甜地叫了声“姐姐”，拿了一管护手霜出来要送给明珠。明珠推脱不接。这点小东西，不知道要卖出什么天价呢！

谁知，她还是太小瞧这些人了。

岳娥从自己手提的一个购物袋里掏出一张宣传单来，指着上面的一款按摩仪，脸上的笑垮下来，正色道："我想买这个。"

明珠本能地想要反对，但是当她看到妈脸上的表情时，她怔住了。

那是一种挑衅的眼神，带着一丝玩味，一种耍赖的心态——我就要这个东西，不买不走，我看你怎么办？就像一个哭闹着要玩具的小孩子，也许哭闹到最后，要那个玩具已在其次，主要就为争一口气。你买了，就证明你还爱我，我就赢了。这是小孩子要的安全感。

明珠从妈的眼睛里看到了埋怨、愤怒和不甘，但她把这些情绪藏了起来，绵里藏针地表达不满，她又重复了一遍："我要买这个，四千九，不贵。"

那个女孩还在热情洋溢地介绍这款按摩仪的功能，但是母女俩谁都没有看她。母女俩形成一种对峙，都在等对方妥协。

一阵风吹过来，秋深了，明珠缩了缩脖子，有点冷，她想回去了。最后，她妥协了。

回去的路上，明珠和妈打了一辆车。自从听了李医生的话，明珠后来每次坐出租车都坐后排，妈不讲究这些，自己坐到了前排。

她坐在后排，给知夏发消息："姐姐，我考虑好了，打算买××基金的理财产品。"

知夏很快回复她："好，我有熟悉的理财顾问，我约时间。"

几日后，岳娥收到了快递到家里的那个按摩仪。她乐不可支地用那个东西按摩腰背，直夸东西好，也夸明珠孝顺。按摩仪上有一个小小的二维码，明珠想扫一扫查查真伪，可打开手机那一刻，又轻轻地放下了。

第二十章

百子图前的求婚

喻老师做了手术，要住几天院，两个女儿都有身孕，本身都是需要被照顾的人，喻老师就不让她们来，逞强说自己不需要人照顾，要出院。知冬不好请假，只好连夜把父亲从乡下接来照顾妈妈。知夏知道爸应付不来，第二天就给妈请了个护工。老许哪里会照顾病人，做事笨手笨脚，喻老师又挑剔，为了一点小事两人就吵起来。喻老师向邻床的病友哭诉，说自己为老许生育了三个孩子，又上了环，把身体搞坏了，一辈子没享过福，没得到过老许的关爱，男人啊没良心。

老许在外人面前被数落，感到挺没面子，反驳了几句："什么叫给我生了三个孩子，那孩子不管你叫妈？不是你的孩子吗？"

这话多噎人！喻老师哪能吃亏，又气又恼地骂："听听，这话还不白眼狼？白眼狼！"

老许一辈子不知道温柔和哄女人是何物。眼看吵了起来，他不耐烦，躲出去抽烟了。

喻老师一时悲从心来，两行眼泪唰唰地流。邻床的老大姐劝她，男人都是这样，她家那个也好不到哪儿去，要不是为了孩子，早和那口子离婚了。

一说到孩子，喻老师哭得更凶了。她心疼女儿们有身孕，没让她们来伺候床前，可是又自怨自艾，瞅着护工出去了，又对老大姐埋怨："为了孩子，为了孩子，娘的心在孩子身上，孩子的心在石头上。养孩子有什么用？到老了，病了，床边一个人都没有，白眼狼。"

尤其是说到知冬，喻老师的怨言更是三天三夜也说不完："人说娶了媳妇儿忘了娘，这话真没错，真是个媳妇儿迷、老婆奴，天天围着老婆转。"

话虽这么说，可她每次埋怨完、骂完，转身又给儿子削水果、做饭，没钱时悄悄塞钱。

喻老师那句"白眼狼"话音刚落，知春进来了："说谁呢？谁白眼狼？"

"说你，你天天气我。"喻老师把知春找了"金龟婿"，马上就要结婚的消息已经散布出去了，知春一日不结婚，她就一日睡不踏实。

对付喻老师的碎碎念，知春总有对策。喻老师现在是病人，是孩子，要哄着来的，知春笑道："我哪敢气你啊！我昨天刚给你买了一件羊毛衫，你儿子有我这么贴心吗？"

喻老师口是心非，嗔怪道："又乱买东西。以后不要给我买衣服鞋子了，我老了，不讲究了，买那么多衣服都是浪费。"

知春叹了口气，轻描淡写道："也是，要不我退了吧！"

"啊？退了？那……算了吧！已经下单了吗？取消交易对商家有影响的吧！"

"好吧！那就留下吧！"

知春话音刚落，喻老师这边已经向邻床病友抱怨了："我这老二，就不会过日子，整天乱花钱，不叫她买，非得买。"

不知是叫李婶还是张婶的病友配合着露出羡慕的眼神："你看你多幸福，三个孩子都这么孝顺。"

喻老师收获了邻床的羡慕，颇为得意，转头又追问："你买那羊毛衫什么颜色的？什么款式？我可不要高领，我要鸡心领啊！"

"雪青色，你喜欢的颜色。"

喻老师心满意足，张了张嘴，犹豫了一下，转移了话题，开始给女儿数落老许："你赶紧把你爸送回去，我看见他就烦。"

还不待知春回应，老许进来了。还没开言，他先狠狠地吸了一口痰，像是用口腔里那股强大的气流，把肉壁里的污渍和渣滓全都吸附出来，一口浓痰字正腔圆、理直气壮地进了门口的垃圾桶。所有人的耳朵都被那声音吸引过来，几双带着嫌恶的目光投向老许。老许不以为意，依然友善地朝着众人笑了笑，目光转向喻老师："你下午吃什么？我下去给你买。"

老许也不是木头，自己出去抽了几根烟，反省了一下，把老婆子哄好了，他才有零花钱打麻将，家和万事兴的道理他当然懂，只是操作起来有点难，喻老师就像一片雷区，从她的地盘经过，一不小心就会踩雷。老许冒着踩雷的危险，放下面子，来哄老婆了，要说的话是进门前反复揣摩过的，语气也是在心里预演过的，谁知这一次的雷区，是那口痰。

"什么素质？哪儿都不能吐痰！"喻老师声色俱厉。

"吐地上不对，吐垃圾桶也不行吗？你这个人真是事儿妈，你说吐哪儿？"老许反驳。

"你知道唾液里含有多少细菌吗？这里是病房，这么多人，能不能注意点？"

"你这人就是难伺候。我走，我走还不行吗？"

老许说完又转身出去了，知春无奈地撇撇嘴，追了出去。

知春也没什么话好劝父亲，爸妈吵了一辈子了，他们的矛盾无解，她都听疲了。她追上父亲，只是问了一句："我送你回去，还是一起去买饭？"

老许一见到老二，一肚子的委屈就往外倒："我回村去，回，现在就回。"

知春狡黠地笑了笑："回村去，行啊！我开车送你。只是你回去了有钱打牌没？"

一句话戳到了老许的心坎上。老许活了大半辈子都不知道自己的工资卡长什么样子。一直以来，他的工资卡都由喻老师掌管，喻老师时不时看心情给老许发一点零花钱。他过去在齿轮厂上班，是个锻工，有时做点私活悄悄挣点外快。退休以后，孩子们悄悄给他塞点，上了麻将桌，输了赢了自己承担，日子过得捉襟见肘，好不狼狈。老许面露难色，连连叹气："你妈这个人，唉！"

知春意会，从包里掏出一沓百元钞票，往爸爸裤兜里塞。老许假意推辞了一下，也就接受了。

拿到了零花钱的老许神清气爽，也能听进人劝，就和女儿一起去医院外面买了喻老师喜欢的小笼包和八宝粥，又赔着笑脸回到病房。

知春给老许支的招是，无论妈说什么，爸只需要点头称是赔着笑，知春在旁边助攻，也就是喻老师数落老许时，知春就坚定地站在妈的一边，促狭地说："就是，妈说得对。别吵了，跟他离婚，不受这个气了。"

一说到"离婚"这个话题，喻老师就熄火了，幽怨地说："要不是为了你们几个，我早跟他离婚了。"

"现在我们几个长大了，伤不到我们了，该离离吧！"

看着知春促狭的似笑非笑的表情，喻老师就知道她是在故意揶揄，但喻老师嘴上不能输，还是那么刚硬地说："离就离，我现在离了，就环游世界去，你们谁我也不管了，不知道有多潇洒。"

老许忽然开了窍，说："我不离，离了就吃不上你擀的面了。"

邻床病友和家属，以及喻老师的护工都在旁看热闹呢，听到老许这么说，大家都嘻嘻哈哈一阵劝和，喻老师犹在唠叨："瞧瞧！多自私，离婚也只考虑自己吃不吃得上饭。"但口气已经软了。

吵完闹完，喻老师开始吃饭，中途小声问知春："你和沈其琛到底啥时办事呢？"

知春明知故问："什么事？"

喻老师压低了声音："结婚啊！"

"这事你不用管了，我心里有数。你好好养身体，养好了就去环游世界，别等离婚了才去。"

从医院出来，知春心烦意乱。爸妈刚才的那一番争吵，搅得知春心里满是沮丧和迷茫。父母的婚姻给她提供了一个最坏的模板，让她很早的时候就失去了对婚姻的想象。她在身边也很少看到真正幸福美满的婚姻。婚姻里不提供爱情，不提供庇护，甚至连合作体也不是。它是两个人的互相蚕食，长久倾轧，就像一张用来御寒的被子，如果由欺骗、猜忌、压迫和轻视这样的“黑心棉”填充，盖上能暖和吗？这张被子也许太短，也许太薄，黑心棉对身体也不好，时间长了可能会生病，毒性大的还会要命，可这样的破被子，总好过没有。

百度百科在对婚姻的释义里，没有一处提到“爱情”二字，说明婚姻和爱情没有半毛钱关系。释义里也说，婚姻是自然的法则，违背这一法则的人，会给自己带来一些烦恼。知春本打算做那个违背法则的人，直到遇见了沈其琛。他那么完美，像偶像剧里的人物一般，她动心了，觉得也许婚姻可以冒险一试。

可是就在“仙女打算下凡尘”的时候，她发现了一处漏洞——她渐渐发现沈其琛不太对劲。他每周只有两三天会留宿她处照顾她，其他时间都会回自己住处。他不在身边的时候，晚上很少主动联系她，有时她旁敲侧击地问起来，他会解释是早睡了，或是在忙工作。她心里有疑惑，怀疑他是否有别的女人，但是她去过他的房子不止一次，那是一个干净清爽的独居男子的家，没有一丝女人的痕迹。有一次，他们一起吃完饭从餐厅出来，经过商场六楼的家纺店，她看中了一个粉色条纹图案的抱枕，便买了来，放到他家的沙发上。没想到，粉色和他房间的灰蓝色调搭配得意外和谐，女性气质跳脱而出。他对这个抱枕没有反对，甚至觉得好看。她发现自己竟然有了“攻占城池、宣示主权”的小女人心思，这让她既讨厌自己，又觉得幸福甜蜜，而甜蜜的同时，又徒增烦恼。

当沈其琛又一次一整天没有联系她后，她忽然幡然醒悟，牵挂猜忌焦虑烦恼这些情绪会影响胎儿发育，她决定快刀斩乱麻，跟他分手。

刚才在病房的时候，她还是忍不住偷偷看了看手机，四点十分，沈其琛发来了一条消息：“昨天在 x 市出差，现在还没赶回来。天快下雨了，我晒在楼顶的被子还没有收，你能不能过去帮忙收一下？”

呵！这个臭男人，还敢支使她做事？

可是他又说是出差了。知春是职场女性，知道工作忙时脚不沾地连轴转，根本没时间也不方便看手机，忙完累极时回到酒店，连卸妆都无力。她应该原谅他吗？

抬头看看天，挂着一个高远的太阳，阳光明媚，哪有要下雨的迹象？可是，从医院出来，离沈其琛的家也不远，来都来了，就帮忙收收被子吧。

进电梯的时候，喻老师发来一条消息："你给我买的那件毛衣是不是寄到知冬这边小区的地址的？那还有两三天就到了吧？不过我还是想问问是什么样式的，刚才就想问呢，可有点不好意思，要不你发张图片给我吧！"

面对这么可爱、热情地生活着的妈妈，知春瞬间就原谅了她刚才的庸俗跋扈，她莞尔一笑，找出图片，发给了喻老师，并附言："你穿上一定很漂亮。"

打开沈其琛的家门，屋内井然有序，那只粉色的靠枕在昭然宣示主权，玄关处两只凌乱的男士拖鞋，仿佛在告诉她，男主人临时仓促出门，正奔波在路上。

她把自己随身的包挂好，进门四处看了看，果然，卧室那张大床上的被子不见了。咦！她看到了什么？床头柜上，多了一个小小的桌摆相框，走近一看，那是她在西藏和他相遇那两日。当时她骑在马背上，马儿忽然变得烦躁，她受惊，想要下马，他立刻伸手去扶她。就在那一刻，他拍下了这张照片。照片里，她的眼神略带惊恐，像一只受惊的小鹿，目光投向他，画面中有光，却没有他的身影，只有他和她紧紧相扣的双手，仿佛"执子之手"的永恒定格。他把这张照片洗了出来，独自摆放在床头。

那又怎样？这不是原谅他的理由。她一定要说分手，为了自己和孩子身心健康，断情戒爱。

上了楼顶，只见楼顶被人扯起了尼龙绳，如蜘蛛网一般。绳上晾晒着被子和刚洗的衣服，空气中弥漫着洗衣液的清香，带着一丝湿润的清新。知春想到这个男人把被子抱到楼顶上来晒的画面，忽然觉得这应该是一个很靠谱的居家好男人，怎么会欺骗她呢？

她在迷宫一般的晾衣绳上找他的蓝格子大被子，穿梭了半天，并没有找到。这时，他的微信来了："是一床大红色的缎面被子。"

大红色的缎面被？他有这样的被子？她抬眼四下望了望，果然在

“迷宫”的中间位置发现了它。

她走近，仔细看了看。大红色的缎面上有许多憨态可掬的童子图案，这些童子形态各异，或卧或爬，或嬉闹玩耍，俨然一件艺术品。被里是普通的白色棉布，缝制方法也是传统的老式包边，丝绸缎面在午后的阳光下泛着柔和的光泽。她迟疑地伸手摸了摸，被子又厚又重，里面絮满了棉花。手从被缝里探进去，被子仿佛吸饱了阳光，暖烘烘的，让人安心。

她忽然又生起气来。这个人，一点也不体贴她，这么厚重的被子，要她一个孕妇搬来搬去，摔倒了怎么办？分手，马上分手。

她把被子从边缘卷起来，卷了一半，停了下来。沈其琛不知何时出现在了面前，他站在被子的另一面，抓住了她的手。她心里有气，想挣脱，那根晾衣绳被扯得剧烈摆荡起来。他再次抓住她的手，她再次甩开，十分有力。她不装了，不装大度洒脱了，她就是小心眼小妇人爱生气，反正她不打算继续下去了。

沈其琛没见过知春这副傲娇矫情的样子，觉得这样子也可爱，他知道自己最近忙冷落了她，她应该生气。

“沈其琛，我有话对你说。”

“知春，我有话对你说。”

两个人几乎异口同声。

“你先说吧！”知春冷冷地白他一眼。

“这个被面，叫百子图，寓意多福多寿，子孙昌盛。”

他从晾衣绳下探身走过来，凝视着她，缓缓拥她入怀。知春抗拒了一下，但很快放弃了挣扎。楼顶刮起了风，有点冷，而这个怀抱温暖、宽厚、踏实，此时充满诱惑。

她用双手抵住他的肩，玩味地看着他：“你想说什么？”

“这个被面上的童子，有 99 个，我数过了。”

“你还挺闲。”

“它叫百子图。”

“少了一个？你买的残次品？”知春不知道他葫芦里卖的什么药。

“另一个在你这里。”他看了看她的肚子，说，“这种绸缎被面，常在结婚时被亲友当贺礼送给新人。这个，是我妈送给我们的结婚贺礼。”

“结婚贺礼？”知春在短暂的困惑后听懂了，这是沈其琛在求婚。她有点欣喜，又有点失望，就这？这也太随意了点。于是她还是装糊涂。

“这是我精心策划的求婚，做得不明显吗？那我正式说一遍，知春，你愿意嫁给我吗？”他的目光很真诚，不躲闪，灼灼有光。知春直视他的目光，一时有些恍惚，为什么会这样？虽然她从没想象过被求婚的场面，但影视剧和小说里提供了模板，难道不应该有鲜花和戒指，承诺和誓言吗？

“我……”她犹豫了。

“我觉得好的婚姻应该像这一床棉被，里子用棉布，舒服；被芯絮八斤新棉花，盖着暖和、踏实。知春，舒服、暖和、踏实，我都给你。”

知春的心如擂鼓一般，无法平静。她承认，这个棉被的比喻，让她动心了。她忘了自己此番来时是要和他说分手的，她被这华丽俗气的缎面被子和土气的情话冲昏了头脑，像喝醉了一般，喃喃地说：“我……我可能还是比较俗气，比较介意求婚时没有钻戒。”

沈其琛笑了，说有，当然有，让她把被子赶紧收了，和他下楼去。

知春露出嫌恶和疑惑的表情：“你不会把戒指藏在蛋糕里，或是冰激凌里了吧，让我去吃？噫！有没有一点创意？”

沈其琛笑而不语，和她一起卷被子，卷到中间，一个绑在晾衣绳上的银色丝绒小盒露出来，她看到了，正要去拿，谁知那小盒子没有绑紧，忽然脱落，掉到了地上，一枚璀璨的钻戒在午后的阳光下闪着光，亮如星辰。

沈其琛俯身去捡，她也俯身去捡，他就趁机拉住她的手，把那枚戒指套在了她的指头上，不大不小，刚刚好。

知春望着指间的戒指，无奈地叹了口气又撇了撇嘴。

真是一个不尽如人意的求婚啊！怎么就答应了呢？知春懊恼地想。

一起下楼的时候，沈其琛一只手扛着被子，另外一只手搀扶着她，真像一对过日子的老夫妻。

他问她：“刚才你不是有话对我说？什么事？”

“什么事？什么话？有吗？我怎么不记得了。”她只好装糊涂。

知春想起网上的一句名人名言来——想结婚就去结婚，想单身的就去单身，反正你们都会后悔。

那么，就让她在后悔中盖着大棉被度过一生吧！

第二十一章

摔火盆这件大事

知夏写了一篇题目叫《红》的公众号文章，大概是题目没起好，没有泛起太大水花。团队的小姑娘鹿鹿说，如果叫《带进坟墓的节育环》，可能文章就会引发广泛关注。知夏向来讨厌“标题党”，一开始为了流量，也难免流俗，给文章取一些哗众取宠吸引眼球的名字，现在“羽翼”渐丰，要爱惜“羽翼”了。

近来深感疲倦，她打算好好休息养胎。

孕二十周了，她才拖着去做了唐筛。张浩不在家，当天是婆婆陪着她去的。拿到报告结果时，知夏看着那些数据，觉得不对劲，眉头渐渐皱了起来。婆婆不懂这些，眼见着儿媳隔三岔五地往医院跑，觉得是白花钱，忍不住唠叨：“我们那时候怀孕，哪有这么多检查，生下来还不是好手好脚，活蹦乱跳的。”

“那你们村里那个小康，说话这样，这样的，还有那个，那个叫什么我忘了，你们都说人家是傻子的，那是怎么回事？”

知夏说的是张浩老家村里的两个人，一个小腿畸形，另一个大概患有唐氏综合征，她过年回去时见过几次。

这话怼到了点子上，婆婆尴尬地撇撇嘴：“那是少数。”

“查的就是小概率事件。”知夏心里隐隐不安。

她把报告拿给医生看。婆婆也悄悄地跟了进去，自作聪明问：“大夫，我现在要给孩子买衣服和被子，你说蓝色好，还是粉色好。”

医生见惯了这样的人，变着法儿问性别，他连头也没抬，说：“蓝色粉色都好看，我个人比较喜欢紫色。”

紫色？这是什么暗示？婆婆蒙了，又不好再继续追问，一个人心里瞎琢磨去了。

检查结果果然不妙，唐筛临界风险，医生建议再去做羊膜穿刺术。

知夏脑子嗡嗡响，从诊室出来时有点头重脚轻。回家后她给张浩发消息说明情况，张浩还在外地出差，发消息空洞地安慰她：“不会有事的，医生就会吓唬人。要做羊水穿刺是吧！去做吧，做了放心。”

“你什么时候回来？”

“下周一。怎么了？”

听说羊水穿刺用的针头很长，而且不能给孕妇打麻药，所以，可能会有点疼。

每个人对疼痛的敏感度是不一样的。她过去听一个闺蜜描述过羊水穿刺的过程，闺蜜比画着说那针头又粗又长，疼得她龇牙咧嘴。知夏有点害怕，想让张浩陪着去，可是看他一副无所谓的样子，她知道指望不上了。

婆婆吃完饭下楼在小区里遛了一圈，回来后喜形于色，殷勤地给知夏倒了杯牛奶，笑眯眯地问：“我听说，做这个羊水穿刺可以查男女？”

“你听谁说的？”

“西区六号楼那个可乐奶奶说的，她儿媳妇怀孕时也说有啥风险，做了羊水穿刺，然后他们就找了找关系，顺便问了问性别，是个男娃。”

“要是查出来是个女娃呢？”

“那趁着现在月份小，还可以做掉啊！”

说得多轻巧。

知夏一听到这番论调就反感，放下了那杯牛奶，站起身，冷淡又倔强地说：“我不查。无论男女我都要。”

她进了卧室关上了门。婆婆急了，犹在门外喊道：“咱不是说好的吗？”

谁跟你说好了什么？知夏只嫌聒噪，戴上了耳机听音乐。

婆婆哪会善罢甘休，天天在知夏耳边念叨，知夏不妥协，两人就拌了几句嘴，讲大道理婆婆讲不过知夏，一气之下，她罢工了。婆婆来之前是保姆做饭，她来了之后自作主张把保姆辞了，自己负责一日三餐。只不过这一日三餐，本是做给她未出世的大孙子的，现在抱孙无望，婆婆也撂挑子不干了，早上睡到日上三竿，饿了就自己悄悄在屋里啃点干馍，或者用馒头夹一点辣椒吃，知夏做了饭叫她，她也不吃，整天摆着一张臭脸。下午婆婆就去楼下看人家跳广场舞，她胖，又不太会跳，只能跟在后面比画。音响里放的是凤凰传奇的歌，她跟不上节奏，像一只掉进泥坑里用力扑棱翅膀的大鹅。知夏从旁边经过时看到过，她忍住没笑。

皎皎回来看到知夏在洗碗，也察觉出一丝端倪，家里气氛微妙，气压低得让人喘不过气来。到了晚上，皎皎饿了，就在外卖平台点了比萨，在奶奶面前大嚼大咽，还问奶奶吃不吃。

奶奶晚上就啃了个玉米，当然饿了，可是面子大于天，她只能咽咽口水，说不饿。

现在的孩子聪慧早熟，皎皎当然看出了奶奶和妈妈之间的症结。在她的心里，也有一面男女平等的大旗呢！她得找机会插到奶奶的地盘上。

“奶，你为什么非得想要个孙子？”

“当然得要啊！要是没有孙子，我死了都没人摔火盆。”奶奶忧心忡忡。

摔火盆？皎皎第一次听说这个词，不知道是什么样责任重大的事，便好奇地追问：“摔火盆，是干什么？”

一说起村里的事，奶奶那就是百事通，她兴致勃勃地给皎皎科普：“摔火盆，就是把灵前祭奠烧纸的瓦盆摔碎，那个盆就叫丧盆子。这个摔盆子的人，是有讲究的，一般是死者的长子或者长孙，摔盆要有力气，讲究一次摔碎，越碎越好。瓦盆一摔，杠夫起杠。”

皎皎还是不解："那你不是有我爸摔了吗？"

"你爸死了谁摔？"

皎皎把最后一口饼咽下肚，擦了擦手，站起来，拍了拍胸脯："奶，你放心吧！到时我给你摔盆子，我力气可大了，保证给你摔得碎成渣渣。"

奶奶不屑："哪有女孩摔火盆的？"

"我就敢为天下先，我摔，我给你摔，保证摔得又快又好。"

"去去去，跟你说不清楚。"

知夏在屋里听着，差点把喝到嘴里的水喷出来。

婆婆一直有着自己的一套理论，然而这套理论如今竟被人怀疑。向来能言善辩的她竟然被一个小孩子问得难以解释清楚，她不甘心，继续给皎皎分析。

"你看，你爸要是没有儿子，香火到他这里就断了。"

"什么是香火？"

"这么说吧！老张家的这个张字，就传不下去了。"

"我姓张啊！"

"你嫁了人孩子不就跟丈夫家姓了吗？这姓啊，说白了就是血脉的传承。"

"这样总可以吧！我生个孩子，跟我姓，老张家的姓不就传下去了？"

"那不就乱套了吗？这姓啊！说白了就是血脉的传承，你是个女孩子，怎么传宗接代？"

"女孩子怎么了？我的血脉怎么了？孩子不就是女人生的吗？怎么会乱套呢？那血统是相当纯正啊！你看，我生个孩子，姓张，这孩子肯定是我亲生的。要是你有个孙子，他娶个媳妇，媳妇再生个孩子，是不是亲生的还不一定呢！嘻嘻！"

奶奶这才惊觉自己被孙女揶揄了，而且还是用口出狂言没羞没臊的方式。老太太老脸一红，又羞又恼，开始骂人："女孩子家家的，要点脸皮，张口闭口生孩子，什么亲生的不亲生的？脑子里整天想什么呢？天生的贱坯子，不要脸。"

皎皎何曾听过这样的辱骂，登时眼圈就红了，辩解道："有什么不能说的，我们生理卫生课上就是这么讲的。"

"贱坯子……"

婆婆还在骂人，知夏听不下去了，打开房门，呵斥皎皎回自己房间去。皎皎不忿，甩手回了屋。

婆婆听知夏呵斥皎皎，以为她也理缺气短，便讽刺道："看看你把孩子教育成什么样了？"

两人之间仿佛有一座无形的火山即将爆发。知夏的目光很吓人，眼睛都红了，就像某种野兽。她嘴角抽搐了一下，像是把要说的话拦在嘴边，但没拦住，那些话还是随着怒火喷薄而出："我把女儿教育得很好，课本上的常识和生活里的伦理她都懂，她说得很好。"

婆婆万万没想到知夏这么护犊子，女孩子怎么可以随口说生孩子、招婿入赘、出轨非亲生这样的话题？她心里有个房子，那个房子就是由她的人生准则、条条框框、道德规范建成的。现在在知夏面前，这座房子塌陷了，她仍然企图捍卫自己的所谓真理："一个女娃，说的什么混话？说什么生个孩子不是亲生的？臊不臊？三岁看老，现在没有一点廉耻，长大也不会是什么好东西，贱坯子。"

"请你不要用这种脏字骂我的孩子！"知夏提高了分贝，怒目而视。

婆婆愣住了，涨红了脸，胸口起伏着，酝酿着情绪，想要爆发，又顾虑重重，最后气得一跺脚，扔下一句："你就惯着吧！"起身进了自己房间。

屋里静悄悄的，皎皎的房间关着门。

皎皎是在富足轻松的环境中长大的，物质丰富，精神自由。知夏给了她足够的尊重和爱，母女俩亲密相爱，又各自独立。皎皎有了喜欢的男生，都会告诉妈妈，妈妈会像个八卦婆一样对男生品头论足一番，但也不会正儿八经地去管束皎皎。这要是让婆婆知道了，还不知道她会骂出什么难听的话来。知夏猜皎皎一定很伤心。

推开门，书桌前的台灯亮着，让知夏感到意外的是，皎皎正伏案写作业，她还以为皎皎会委屈得哭鼻子呢！

"很好，心理素质好，不被情绪控制，吵完架转身就能去做自己的事，这是很多成年人都没修炼好的技能。”知夏竟然夸皎皎。

皎皎抬起头，放下了笔，被夸得不好意思，刚才被骂得那么难听，到底心里不舒服，自嘲道：“可能我真的脸皮比较厚吧！”

这句话证明孩子还是被婆婆的脏话伤到了。知夏把牛奶递给皎皎，宽容地笑了笑：“其实你说的都没错，只是有些话说出来，要注意说者和听者的身份。奶奶他们那一辈人，有自己的一套认知体系。我现在发现，要改变别人的观念，太难了。奶奶没法接受别人口中的世界跟她的不一样，她被这种新旧观念夹在中间，也很难受。而你想要改变别人的这种心态，本身也是一种狭隘。我们不要去高高在上地审判她，试着去理解她就好。”

皎皎若有所思地点点头，又问：“妈妈，那你是想生男孩还是女孩啊？”

“无论男孩女孩，只要健康聪明，长大正直善良就好。”

“那要是不聪明呢？”

“笨点也可以啦！”

“那你想不想生下这个宝宝跟你姓啊！我们班很多同学家里都是这样，一个跟爸爸姓，一个跟妈妈姓，这样才公平。”

“我无所谓啊！或许我的观点不太容易被男权和女权两方接受。我觉得姓名只是一个代号，父母双方都没有对孩子的冠姓权。因为孩子是独立的个体，不是父母的私有财产。我们常说尊重孩子，可怎样才算尊重呢？每个人倒是都有姓名权，只不过在孩子年幼时由父母代为行使这一权利。如果你成年后想改名换姓，叫狗尾巴花，谁也没权利阻拦你。”

皎皎笑了，滴溜溜地转着眼珠子：“我想想啊！我一直也想改个名字，张若皎这个名字虽然也好，但不符合我的气质。张这个姓也太大众了，不好，叫个什么好呢？既惊艳又好记的。”

知夏很庆幸自己的这棵小树苗长得既健康又顺溜，她站起身，给皎皎善意提醒道：“你慢慢想吧！改出像个鲁迅这样如雷贯耳的名字当然好，不过随便叫叫笔名也倒罢了。真要改名，还要把户籍、学籍上的名字都跟着改过来，你不嫌麻烦就好。”

“不嫌。”

回到自己房间，知夏又是半宿无眠。唐筛的结果像一块石头压在她心头，未知的风险才最令人焦虑。她躺在床上做了一套孕妇瑜伽，试图让自己的心绪真正平静下来。早晨，知夏起床时，发现婆婆早已起身，餐桌上已摆上了热气腾腾的早餐——豆浆、土豆饼、小笼包。家里重新有了温度。

皎皎洗漱完准备上学去，从客厅经过时，看到奶奶，有点尴尬，却还是叫了声："奶，我上学去。"

"张若皎，吃早饭。"奶奶的语气很生硬，故意把"张"字咬得又重又响亮。但是长辈叫吃饭，无论之前谁对谁错，双方都表示道歉了，就不再计较，彼此给个台阶下。

皎皎坐下来吃饭。

知夏有点恍惚，昨晚祖孙婆媳三人还闹得那样剑拔弩张，没想到就这样烟消云散了？婆婆都如此大度，自己自然也不能小肚鸡肠，于是主动打招呼："妈，早啊！"

婆婆没抬头，瓮声瓮气道："嗯！来吃早饭。"

知夏坐下来。

小笼包一看就是在楼下的李记买的，那家店干净卫生，知夏常在他家买。

婆婆吃着一个小笼包，唠叨道："还以为这家小笼包有多好吃，也就这样嘛！外面的再好吃，也不如自己做的干净卫生，明天我自己蒸。"

看来罢工的大厨又要上岗了，知夏忙应声："好，好！自己蒸的好。"

皎皎吃完就上学去了。婆婆主动收拾了碗筷，洗了水果出来，叫知夏来吃。

婆媳俩坐在客厅的两张沙发上，隔着一段距离，婆婆就把水果盘朝知夏推了推。

婆婆这样示好，知夏更不好意思了，于是主动道歉："妈，我昨晚态度不好，声音大了点，你别见怪。"

婆婆把电视机打开了，画面闪着，声音很小，她对着屏幕说话："其实昨晚上你跟张若皎说的话，我都听到了。我不是故意的啊！我是出来上厕所，你们门没关严我才听到的。你们有文化的人，说的话确实和一般人不一样，有些我听着也觉得挺有道理。也不是我要逼你，老家村里的环境就是那样，就咱家没个男娃，叫人笑话哩！你说你能理解我，那我也要理解你。我不逼你了，你好好养胎，我不说了。”

知夏听罢，暗暗舒了口气，安抚道：“我理解。你以后就住这儿，回老家去的次数少了，脱离了那个环境，少听那些闲言碎语就行了。”

“行，听你的。你也要听听妈的话，我听说做那个啥穿刺，也疼，对胎儿有影响。我认识个老中医，叫他给你瞧瞧，有啥问题，兴许吃吃中药就好了。你可是文化人，不会对中医有偏见吧！”

“没，没有。”

话说到这份上了，知夏没法拒绝了。

下午，她跟婆婆来到了那家中医馆。

中医馆开在一片老破小的居民区里，看起来有些年头了，进门就能闻到一股药香。有几个病人在候诊，墙上挂着几面锦旗，有个牌子上还写着“中医协会”的字样，看上去挺正规的。

知夏和婆婆也坐下来等，偶尔闲聊几句。婆婆忽然想起来什么，问道：“你不会真同意张若皎改名换姓吧？那姓是随便能改的吗？”

知夏没想到婆婆把这段话也偷听了去，她笑了：“小孩子嘛！没个定性，随她说吧！明天就忘了。”

轮到知夏就诊了。婆婆也跟着进来了。

坐堂的是一位头发花白的老者，戴着口罩。桌上放着一个小巧的诊脉枕，知夏自觉地把手放上去。

医生开始诊脉，又问了知夏一些关于睡眠和饮食的问题，很快就结束了，说知夏“气血虚滞，阴虚火旺”。知夏听得似懂非懂，现代人嘛！谁没点病。

婆婆在一旁焦虑不安：“您再仔细瞧瞧，仔细瞧瞧！”

医生无奈，又给知夏切了一次脉。这一次，说法和上一次一样，总之问题不大，开点中药吃吃养养就好。

方子开出来，知夏看了，山药、百合、白芍、杜仲，都是一些温和的中药，就去抓了药。

回去的路上，婆婆有点闷闷不乐，知夏安抚她：“你看，医生说问题不大，开的都是一些温补的药。”

“问题不大就行。”

“妈，明天你再陪我去做那个羊水穿刺吧！中西医结合嘛！做了就放心了。”

“行！”

回到家，婆婆说困，补了个觉，起床后做了饭就下楼去跟“广场舞天团”学跳舞了。七点多，天已黑尽了，婆婆被一个老姐妹送回来，进门就扶着腰喊疼，说跳舞时扭了腰。

知夏要带她去看急诊，她不肯，说歇一歇就好，可第二天起床，腰还是疼。小区外面的底商有个做正骨推拿的店，知夏去试过，觉得不错，就带婆婆去那里按了按，推拿师也说没什么大碍，来推拿几次就好，婆婆按摩完也说好，可还是疼，回家就又躺下了。

下午做羊水穿刺，知夏只好一个人去了，想来想去觉得不妥，于是临时叫了小鹿过来陪她。

小鹿还没结婚，听到“穿刺”两个字就觉得害怕，问知夏：“这个手术疼不疼？”

“应该不疼吧！”

“姐夫呢？”

“出差了。”

手术是提前预约过的，前面还有两个人，知夏就坐在外面的休息椅上等。小鹿忽然一惊一乍：“知夏姐，你看，穿刺术是用这种针，我刚百度的。”

知夏没有看。她当然也百度过，怎么说呢？很像烤肉串的铁签子，能不疼吗？

她沉一口气，白了小鹿一眼，说：“小鹿，这个月的奖金，是不是不想要？”

小鹿这才意识到说错话，吐了吐舌头。

很快，轮到知夏了。

一道蓝色的帘子将知夏和外界隔开，医生和护士在做准备工作，小小的操作台上，只剩下她一个人，裤子脱到了膝盖处，大半个身体裸露在空气里，尽管医院的暖气很足，可她不知为何，牙齿一直在打战。

医生在她的肚皮上找好了一块位置，用笔画了一个叉叉，然后开始消毒。肚皮凉凉的，她忍不住身体缩了缩，医生马上严厉而小声地提醒："别动！"

她紧绷着身体，一动不动，医生又说："放松！"

放松要怎么做？眼见着医生把那根针拿过来了，她长长地吁了口气，闭上了眼睛。

手术进行得很快，医生的技术又快又准。当针穿过腹壁和子宫壁时，那短暂的疼痛难以名状，跟抽血的疼很相似，但又很不相同。她紧紧地抓住身下的产褥垫，始终不敢睁开眼睛。

"好了。"医生把一块方形纱布贴在针眼处，告诉她三天不能洗澡。

做完穿刺术要在留观室观察一个小时，知夏就坐在休息椅上等，似乎也没有感到什么不适。一起留观的有好几个孕妇，大家很容易搭上话，互相询问孕周，比肚子大小，猜胎儿性别。有一个孕妇的丈夫拿出巧克力分给大家吃，那个孕妇挑嘴，和丈夫吵了几句，嫌不是榛子口味的。

小鹿这一次学乖了，殷勤备至，问知夏想吃什么喝什么。知夏摇了摇头，口腔里有种怪味，仿佛有一种酸楚在舌尖翻涌，顺着喉咙滑了下去。

手机提示有未读微信，她打开看了看，是张浩发来的，他问："我们公司的广告投放合同，啥时签啊？"

"滚！"

"你怎么骂人啊？"

第二十二章

扶弟，扶不扶？

喻老师出院的时候，李景哲来做最后的医嘱。喻老师连连感谢，要给李医生鞠躬，李医生赶忙拦住，面露羞涩，不愿居功，说："您要谢，就感谢明珠吧！是她及时给我打了电话，咱们才没有耽误手术时间。她很关心您，问了好几次您的恢复情况。"

喻老师原本还在鞠躬的身子一下子僵在那里，脸上闪过一丝复杂的表情，然后她缓缓直起腰，不可置信地说："谁？明珠？她问过我情况？"

"对啊！她不是你外甥女吗？"李景哲有点意外。

喻老师愣怔了数秒才反应过来，喃喃道："是啊！这孩子最乖，最贴心，我得谢谢她。"

老许向来是甩手掌柜，不明就里，来了一句："明珠是谁啊？谁外甥女？"

喻老师尴尬无比，用手肘悄悄杵了杵老许，含混不清地敷衍道："就明珠嘛！明珠！"

老许看喻老师脸上藏了一丝怒色，识趣地闭嘴了。

知冬来接喻老师出院，帮喻老师提着行李走在前面。一出住院部的楼，喻老师就开始骂老许："不说话没人把你当哑巴。"

"我说什么都不对，我出气都不对。"

知冬无奈，转过头来制止道："别吵了。下午碧晨要去上孕产课，我还要去接她呢！"

老两口只好互相嫌恶地瞪眼，暂时休战。

一坐上车，喻老师就看到知冬的车头放了一个小小的水晶摆件，里面是知冬和碧晨的婚纱照，真好看。

她问："婚纱照拿回来了？"

提起婚纱照，知冬颇为得意："好看吧！等会儿回家给你看相册，可漂亮了，你儿子帅气着呢！"

这次正好赶上喻老师住院，知冬才有机会亲自操办婚礼的事，从定酒宴、选婚庆公司，到安排接亲车队、女方亲戚下榻的酒店，甚至购买婚礼上的伴手礼，喜糖，事无巨细，都是由他和碧晨两人商量敲定。虽然辛苦烦琐，但特别有成就感，那种向着新生活奔的劲儿，是他从来没有过的体验。

喻老师倍感欣慰。身体深处的伤痛已经愈合了，她大半生为生育付出的艰辛也画上了一个悲壮圆满的句号。人世间无奈的事何其多，如今她看到儿子的婚纱照，觉得自己吃的苦、受的罪、伤的心也都值得了。

想起无奈的事，她的心就微微酸楚。想起医生刚才的话，她觉得应该给明珠打个电话，可是想起上次的不欢而散，又怕给明珠徒增烦恼，觉得还是发条信息稳妥一些。于是，喻老师拿着她的老人机，开始认真地打字："明珠，谢谢你！"

喻老师高度近视，没戴眼镜，尽管只是简单的五个字，她也删删减减了好几次才完成，好不容易发送出去了，她沉重地叹了口气。

老许没眼色，想示好缓和关系，却多嘴问道："给谁发信息呢？回家戴了眼镜再发。"

喻老师置若罔闻，盯着手机，怀着一丝渺茫的希望等待着回复。

老许又追问了一句："给谁发信息呢？"

一股无名之火忽然蹿上心头，喻老师望着这个始作俑者、万恶之源，冷笑一声，说：“给女儿发信息呢！”

老许怕喻老师又找孩子们的碴儿生闲气，就好意劝道：“我就知道你给老大发信息，怨她不来接你。你想想，知夏也是个孕妇，不方便。”

喻老师没说话，忽然转头死死盯住老许，眼神里似有寒气，幽幽地说：“是我们的三女儿。”

在老许的榆木脑袋里，早已忘记了还有这样一个女儿的存在，他一时没反应过来，迟疑道：“啥？谁家三女儿？”

喻老师忽然提高了分贝，厉声叫道：“是你的三女儿！我和你生的三女儿！你和你妈嫌弃她不是男孩，生下来还没满月，就送人了。你连一次都没抱过她，你的三女儿！”

知冬紧张地朝后座看了看，不敢说话。

车厢内的空气凝固了，喻老师说完那句话后，老许不吭声了，像一只泄气的皮球一样悄悄地缩到了角落。他张了张嘴，想辩解什么，可看到喻老师目露凶光，仿佛要吃人的样子，把要说的话又咽了回去。

三人一路无话。喻老师面无表情，老许的目光一直看向窗外，他皱着眉，眯着眼，好像在努力回想着什么。快到家的时候，他终于鼓起勇气问：“那个娃，你见到了？现在过得咋样？”

一句话马上又点燃了喻老师的怒火，她怒斥道：“别人的死活你还关心吗？你管好自己就行了，有烟抽，有牌打，逍遥自在，没心没肺，多好！”

“我……行行行，我说什么都是错，我不问了。”老许无奈地叹了口气。

手机亮了一下，喻老师连忙打开来看。

明珠回信息了，只是简单的两个字：“保重。”

喻老师那股无名之火因为这两个字马上烟消云散了。她的心像被什么软软的东西包裹住似的，热乎乎的。她鼻子泛酸，想流泪，仰了仰头，忍住了。

到家了，老许下了车，却不上楼，说要在楼下抽烟。

知冬送妈妈上了楼，又去买了炒菜打包回来，淘了米，煲上粥，然后接碧晨去上孕产课。

临出门的时候，知冬小心翼翼地劝喻老师：“过去的事就别提了，你跟我爸都年纪大了，什么事都看开点，别老吵架。”

“嗯！”喻老师看着厨房里正在煲粥的电饭煲和餐桌上重新摆盘的菜，惊觉儿子似乎一下子长大了，不再是那个事事需要父母庇护的孩子了。她的光荣使命在一点点完成，所有的奉献和牺牲在此刻都显得骄傲且伟大。

知冬走后不久，老许回来了，一身烟味。喻老师叹了口气，忍住了。

粥煮好了，喻老师盛了两碗，只端出了自己的一碗，坐在餐桌前吃。老许见状，默默地端出了另一碗粥，坐在了她的对面。他用勺子轻轻舀着吃，尽量不发出声响，免得喻老师再动怒。

两个人都不说话，只有杯盘碗筷碰撞发出的声响，屋子里静悄悄的。喻老师终于开口说话了：“三女也怀孕了。”

“哦！那挺好。”

“丈夫死了。”

“啊？”

“婆家和娘家妈都很照顾。”

“那也不行！以后怎么办？孩子不能要。”

喻老师白了老许一眼：“你说了不算，我说了也不算，我们还有什么资格说？那是她的人生，都是命。”

老许噤声，又闷头吃饭，过了一会儿，又说：“其实生儿子有什么好的，跟养了个仇人似的，知冬那臭小子，整天气我。”

“你现在说这种话，得了便宜还卖乖。今天这饭，可是你儿子做的。”

“楼下饭馆买的，我看到了。”

“粥是他煮的。儿子长大了。”喻老师像是一定要找出点证据，证明点什么，相信点什么。

老许也不敢反驳，附和道：“对对对，儿子没白养。”

是的，知冬也不知道在哪个瞬间，突然觉得自己好像一夜之间长大了。他看到了生活粗糙浅薄的表象之下，藏着厚重悲怆的内里，他的腿也不得已迈进了成人的世界。当得知他的出生和成长，是以割断骨肉亲情为铺垫，是另一个人让路、腾地方时，他心里不禁泛起阵阵不安。至于为什么不安，他一时还没想明白。他想为母亲做点什么，想为那个姐姐做点什么，可又不知该怎么做。

明珠收到喻老师的感谢短信时，一时没反应过来。她没有存喻老师的电话号码，盯着短信想了想才意识到，这是“她”发的短信。出于礼貌，她斟酌片刻，回复了“保重”二字。

刚刚回复完，李景哲的微信消息就挤进来：“后天孕妇学校有我的讲座，你要来听。”

“好！”她想象李医生故作姿态地给大家讲课，觉得有点好玩。

岳娥看到女儿拿着手机面含春风的样子，不免八卦：“又是跟你那个朋友大倪聊天呢？她和那个富豪妈妈怎么样了？”

说起大倪，果然是人人都有一把辛酸泪，富人也有富人的烦恼。大倪隔三岔五就打来视频向明珠吐槽，她亲妈天天安排她和各种青年才俊相亲，想通过联姻，在商业帝国强强联手。别因为长相独特的马云被大家尊称为“爸爸”，就误以为金钱等同于正义，毕竟有钱的奇葩和蠢货也多的是。大倪心中对爱情还有憧憬，可母亲的安排让她觉得寒心。原本大倪以为自己是去寻找缺失已久的母爱，享受天伦，没想到却沦为了亲妈手中的一枚棋子。她想逃离，可又贪恋那点来之不易的亲情。这份纠结让她每晚都辗转难眠。

明珠和大倪视频通话时，岳娥在旁边能时不时听上几耳朵。明珠挂了电话，岳娥艳羡不已，说大倪矫情，还半开玩笑地叫大倪给明珠也介绍一个那样的才俊。明珠就嫌弃地冲妈妈翻了个大白眼。

再和大倪视频时，她就尽量背着妈，免得妈又胡说八道。

“不是大倪，是李医生，说后天医院的孕妇学校有个他的讲座，叫我去听。”

岳娥的眼神忽然亮了，像是发现了新大陆似的，八卦道：“这个李医生，是不是对你有意思？”

明珠侧着脸，没有看妈的眼睛，说：“瞎说什么呢？”

岳娥陪着明珠产检好多次了，也见过李医生好多次了。戴着口罩的李医生严肃稳重，不戴口罩的他阳光帅气，跟偶像剧里的男主角一样，她见过李医生对明珠说话的样子，温柔又霸道——“不许吃咸菜”。“孕产操做了吗？”“我的话都当耳旁风了吗？”那么凶巴巴的却不让人讨厌。岳娥是过来人了，看在眼里，心里明镜一样。

“那有什么？离婚带个孩子嫁个好姻缘的人多的是。哎！听说医生年薪很高的，李医生一年挣多少？他父母是干什么的？家里什么情况？”

“我哪儿知道啊？别瞎琢磨了。”

“这怎么是瞎琢磨呢！谈恋爱前多了解一下情况总没错。”

“谁谈恋爱了？别瞎说了，我以后就带着宝宝自己过，我不结婚了。”明珠气红了脸。

岳娥看着这傻女儿，脸上是那种看到女儿在作文里写“长大了要当科学家”一样的表情。

“我下午去超市采购。”岳娥转移了话题。

这话的潜台词就是——掏钱吧。

婆婆每个月除了付给明珠妈妈五千块工资，还会给明珠五千的生活费，并不算少。明珠每个月初给妈两千块买菜钱，到月中就花完了，妈就会再找明珠要。每次从超市采购回来，妈总抱怨肉涨价了，青菜也死贵，去一趟就花大几百，有时她会晃着收费小票说：“你看看，这牛肉都这么贵了。”明珠当然不会看，只赶紧把钞票奉上。

“咱们两个人吃饭，少买点，囤在冰箱里，也容易坏。”明珠小心翼翼地说。

“怎么是两个人吃饭呢？现在可是三个人吃饭，你不吃，肚子里的孩子要吃的，这个钱不能省的。”

妈说得很有道理，明珠撇了撇嘴，拿出了一千。

事实上，冰箱里的东西从来没坏过。妈买五斤排骨，炖了，第二日就给明晖送去大半，说明晖天天守店辛苦，不会做饭，天天吃外卖不好。不过是柴米油盐上的小事，明珠哪好意思说什么。

“明晖店里的生意怎么样？”想到那个店是自己投资的，作为“投资人”，她觉得理应了解情况。

“还行。”

“还行”是什么状况？一个人说自己过得“还行”，那就是“不好”的意思吧！明珠就不敢再追问了，怕再惹一身骚。

晚上，婆婆打来电话，说公公从香港旅游回来，给明珠带了礼物，叫明珠第二天去家里吃饭。

每周六已经成了冯家雷打不动的家庭日，婆婆会做一大桌菜。公公有时候在，有时候不在，他不在的时候，明珠还觉得自在一些，和婆婆聊聊天，时间过得轻松又自在。公公在时，明珠也和他没什么话说，吃完饭，公公就回到自己书房关上门，在里面听秦腔。

有一次公公在阳台听戏，正好播放到《铡美案》，那词里唱道：“她母子三人告下你，我劝你相认莫迟疑，人能回头是善意，你富贵莫忘糟糠妻。”

婆婆也听了一耳朵，随口评了一句：“陈世美命不好，生错了年代。遇到包公这样的官，就因为抛妻弃子，被治了罪砍了头，冤啊！要是放到现在，陈世美保管活得好好的呢！”

公公当时就翻了脸。他那张脸本就严肃，生起气来那脸能扯得掉到地上，他鄙夷地说：“你懂个啥？”

说完，“啪！”的一声，把他那个 CD 机关掉，起身就往外走。

婆婆气急败坏：“我怎么不懂？我啥都懂，我什么都知道。”

那天公公出去后，婆婆就回到厨房洗碗。明珠想安慰婆婆，但不知道怎么做，就想抢着洗碗。婆婆对她也发了火：“出去！”

明珠就出去了。婆婆把水开得很大，明珠在外面坐了一会儿，觉得不放心，假装拿了杯子去接水，偷眼瞧了瞧，却看不到婆婆表情，听到婆婆伴随着哗啦哗啦的水声，在吸溜鼻涕。她哭了吗？

明珠想起公公的种种异常，既担忧又苦恼，要融入一个家庭，就意味着要融入这个家庭的矛盾、纷争、裂痕里。要是建奇在就好了，她还能跟他商量着来，或者干脆只是站在他的身后，什么都不用知道，什么也不用插手。

第二天，岳娥和明珠一同出门，打了一辆车，车子先送明珠到婆婆家小区，然后岳娥抱着还热乎乎的保温饭盒，给儿子送饭去。

明珠上了楼，深吸一口气，敲了敲门。破天荒地，竟然是公公开的门。公公脸上挤出一抹生硬的笑容，语气夸张地表现出一副熟络的样子：

“明珠啊！快进来，快进来！外面冷吗？”

这种热情细致的关心叫明珠倍感意外，她有点语无伦次：“冷，不不不，不冷。”

“我应该叫人开车去接你的，大冷天，让你来回跑。”

“不用不用，打车很方便的。”

明珠在客厅沙发上坐下来。公公正在喝茶，给明珠斟了一杯：“喝茶！”

婆婆从厨房探出头来：“饭马上就好哦！”

婆婆看起来脸色红润，心情不错。

“明珠啊，现在多少周了？”公公问。

明珠意识到公公在问孕周，连忙回答：“二十一周了。”

她觉得有点奇怪，公公以前从来不问这些细节的，而且一般男人都只会问怀孕几个月，是不懂用“多少周”这样的术语的，没想到公公是个细心人。

“检查情况一切都好吧？”

“都好，现在很平稳，孩子很健康，你放心吧！”

“这孩子可是咱们冯家的血脉，你可是咱家的大功臣，一定要好好养着，缺什么，想吃什么，就告诉你婆婆。”

“什么都不缺，妈和你把我和孩子照顾得很好了。”明珠如坐针毡地和公公说着客气话。

保姆端出了最后一道鱼，开始盛饭，婆婆也擦了擦手出来了，从厨房门口提了一个礼盒过来，兴致勃勃地给明珠介绍：“这是你爸爸出去旅游，给你带的鱼胶，说是吃了对产妇好。”说着，压低了声音，悄悄附耳道，“听说可以软化产道，有助顺产。”

“还有这个，深海鱼油，每天吃一粒，将来孩子聪明。”公公把放在茶几下面的盒子拿出来。

婆婆又从一个包裹里献宝似的拿出一对包装精美的奶瓶来：“你看，你爸爸把孩子奶瓶都买好了，说这种奶瓶摔不碎，也不烫手，没想到老冯还挺会买东西的。”

“你这话说的，我可是见过世面的人。”公公适时调侃了一句。

奶瓶展示完，婆婆又拿出一个精致的首饰盒，从里面拿出一条亮闪闪的手链来。明珠认得这个牌子，以做水晶饰品闻名，很多年轻女孩都喜欢。

“你爸爸还给你带了一条手链，来，戴上试试。”婆婆兴致勃勃，满面含笑，有一种打扮女儿的兴奋感。

今日接受的礼物太多了，明珠过意不去，且她手腕上已经有一个镯子了，戴太多只嫌累赘和庸俗，就推辞道：“我不要了，妈，这个给你戴吧！”

婆婆原本就笑吟吟的，此时眉梢又挂上了一层喜色，像个孩子似的，把自己的袖子撸上去一点，露出丰腴的手腕：“我也有了，你爸给我买的是这个款式，珍珠的，适合我。”

原来无论什么年纪的女人，对珠宝首饰的喜爱都是天生的。她们乐此不疲地给那些坚硬的石头、冰冷的金属、沙子和蚌的分泌物赋予意义，再心甘情愿钻进珠宝首饰的各种圈里、套里、箍子里、链子里，在那些炫目的光环里，做着情比金坚，爱和钻石一样恒久远的梦。

公公也附和着劝她：“拿着吧！又不贵，戴着玩。导游说，年轻女孩都喜欢这个款式，我就说给我女儿买一条。”

明珠收下了这份礼物。难得见公公这样和蔼可亲、平易近人，明珠斗胆调侃了一句：“爸爸，你是不是参加了一个购物旅游团？”

公公爽朗地笑起来：“没有没有，是和几个老战友一起去的。没有强买强卖，我都是自愿买的。”

明珠想起公公婆婆之前的嫌隙，想着建奇现在不在了，她是这个家庭的一分子，也可以做那个黏合剂，说：“爸爸，你也应该经常带妈去旅游，散散心。”

还不等公公回答，婆婆先退缩了：“我这人宅，不爱动。”

公公倒大大方方：“带，要带，等明珠生完孩子，咱们一家四口一起去，带孩子去迪士尼。”

婆婆脸上的笑像吃了蜜一样，快溢出来了，说：“孩子生下来我就抱孙子了，哪有空理你？等大一点，一两岁了，我们一起去。”

“也行，对，你说得对。”

吃饭的时候，公公破天荒地给婆婆夹菜，婆婆也给公公夹菜，见到明珠在看他们，婆婆也给明珠夹菜。大家都笑起来。

明珠一直惴惴不安的心放了下来。她想，也许婚姻的本来面目就是这样吧！一边龃龉着，一边磨合，一边背离，一边携手，一边吵闹，一边向前。如果她和建奇结婚，是不是数年以后也会趋于平淡，也会吵架，也会游离，甚至会背叛吗？会成为知夏夫妻那样的一潭死水，用二胎激起微澜，还是像有的夫妻，吵闹一辈子，到坟墓也不能和解？她这一刻反倒有些释然，她和建奇的感情，这样戛然而止，也不全是坏事。他们的过去就像一团美梦，凝成一个永恒的琥珀，那个梦永远甜蜜、新鲜，她想他时，就到梦里看一看。

吃完饭，公公和婆婆陪明珠在小区里散步，像真正的一家人一样。明珠想起一个一直在困扰她的问题，趁着大家心情不错，气氛和谐，于是小心翼翼地问道："爸，妈，你们希望这个孩子是男孩还是女孩？"

婆婆还没说话，公公先表明态度："男孩女孩都一样，都什么年代了，咱们不讲究这个。当然了，是个男孩那更好。"

"对对对，男孩女孩我都喜欢。"

难得能有一对公婆如此开明，明珠倍感欣慰，觉得自己进对了家门。

下午要回去了，公公开车，婆婆陪着，一起送她回家。临下车时，公公亲自把一个装着钱的信封交给她，叫她想吃什么就买，别委屈自己和孩子。明珠推辞，婆婆暗暗给她使眼色让她拿着，她就欣然接受了。

她进门时，岳娥已经回来了，没有干活，也没有看电视，就在客厅沙发上枯坐着。明珠叫她，她轻轻地"嗯"了一声，又灵魂出窍般继续枯坐着。

明珠去厨房接水喝，看到妈拿回来的空饭盒还没有洗。岳娥是个爱整洁的利索人，从来不会把脏碗筷堆积在水池里。今天，她不太对劲。

"妈，哪儿不舒服吗？生病了？"

"明珠，妈想借你点钱。"岳娥忽然张口，抬起头，用一种乞求的哀怜的目光看着她。

屋里的空气瞬间凝滞，明珠马上说："我的钱都放到理财产品上了，买了基金，不好提前取出来，会损失很多的。我现在手里没钱。"

当时她买理财产品的时候，就想好了这个名正言顺拒绝借钱的理由，现在说出来，非常合情合理，果然心理负担少了许多。

岳娥马上表示，不要很多，一两万就行。

明珠不免狐疑，一万，一两万？刚才公公给她钱的时候，婆婆说过那是一万块。妈难道有透视眼，知道她现在有一万，就马上提出来要借？

岳娥怕明珠拒绝，又补充了一句："我借你的，这钱算我借的，行吗？"

父母这样小心翼翼地对自己说话，令明珠感到羞愧。她看得出，妈这次要钱，没了之前的理直气壮，难道明晖又闯祸了？

"明晖又找你要钱了？他又怎么了？"

"不是，不是他，我……"岳娥吞吞吐吐想否认，最后觉得说不过去，只好承认了，"也不知道他那生意怎么做的，入不敷出。"

"妈，你该管管明晖，做事用点心，别整天吊儿郎当的，都二十好几的人了。还有，花钱不要大手大脚的，谁的钱也不是大风刮来的。"

"怎么不说？每次见面都说。这孩子，一点都不让我省心。不过你放心，这钱算妈借你的，肯定会还你的。"

明珠终于松了口："你跟我说什么借不借的。"

岳娥一直拧着的眉头松开了。

"我只有一万。"

"一万也行，一万就够了。"

那个装着钱的信封还没在手里捂热呢，就转交到了妈的手上。钱"借"出去了，明珠心里很不是滋味。

岳娥拿着钱，已不再像之前买按摩器时那样心安理得、得意扬扬，她的心里也颇不是滋味。钱是人的脊梁骨，她这个儿子，害她的脊梁骨也直不起来了。

过了一会儿，明晖赶了过来，岳娥给开了门。明晖也不进来，在门口埋怨道："你不会用手机转账，叫我姐弄啊！"

这话听得让人生气，岳娥就拿那个信封打他的头。明晖心里正着急，一边躲闪，又一边用手抢夺那个信封，急赤白脸道："赶紧给我吧！我还得找个 ATM 机存进去，信用卡又打电话催了。"

明珠从洗漱间湿着手出来，追问道："是信用卡逾期了？信用卡不是那么用的，还完赶紧停掉。"

明晖连门都没有进，拿了钱，小声嘟囔道："逮着机会就想教训人。"

说完，转身匆匆离开了。

岳娥无奈地关上门，步子有点虚软，坐回了沙发。母女俩面面相觑，一种强大的无力感袭来。

"你得管管他。"明珠轻声说。

"嗯，我管。"妈轻声说。

第二十三章

圣诞老人兑奖券

所谓孕产学校，是医院产科为准妈妈们开展优生优育专项知识的课堂。明珠是第一次来听。

自从岳娥知道明珠和生母有联系之后，她对明珠几乎是如影随形，明珠到楼下取个快递也要陪着。上孕产课，也是她陪着明珠一起来的，一则防止明珠抽空和生母见面，二则趁机观察一下李医生。

课堂是在妇产科一楼的一个会议室里布置的，入口处摆了一个抽奖箱，桌子上还有砸金蛋活动，宣传牌上写着“关爱孕妇健康，呵护宝宝成长”。会场不大，但布置得很温馨，沙发座前的小茶几上摆着水果和糕点。护士引她们坐下，岳娥拉住护士问：“这吃的收费吗？”

一听护士说全是免费的，岳娥就小声埋怨明珠：“你以前怎么不来？”

“怕来回路上折腾，麻烦。”

明珠环顾四周，很多孕妇都是由婆婆或娘家妈妈陪着来的，也有两三个由丈夫陪伴。明珠一眼就在那凤毛麟角般的三个男性里看到了知冬。知冬陪在一个短发的女子身边，那女子小腹微微隆起，两人有说有笑。

明珠移开了目光。

岳娥很快吃完了小茶几上的饼干和小蛋糕，又找护士要了一份。

明珠提出抗议，岳娥不屑一顾："羊毛出在羊身上，花的都是你们的钱，吃吧！别客气。"

主席台旁边摆着李医生的海报，上面写着他的简历，明珠刚才经过时看了一眼，原来他毕业于一个很牛的医科大学，有好几篇论文获得过国家级奖项。

过了一会儿，李医生来了。后面的投影仪大屏幕上显示着本节课的题目——《生命从这里开始》。

他先给大家讲了一个童话故事——一个婴儿即将出生，他对未知的生活感到不安，于是问上帝："明天你把我送到人间，可是我什么都不会，也听不懂他们的话，怎么办？"上帝说："不用担心，我已经为你选好了一位天使，她会守护、照顾和教养你。"婴儿还是很担心，问："听说人世间有许多坏人。"上帝安慰他："你放心吧！那位天使会保护你的，她爱你胜过爱她自己的生命。"婴儿放心了，问："真的吗？那位天使叫什么名字？"上帝对婴儿说："天使的名字叫什么并不重要，你可以把她叫妈妈。"

台下的孕妇们被这个童话故事感染，深感自己责任重大，又油然生出一种为人母的自豪。有一个准妈妈调侃道："妈妈是天使，那爸爸是什么呢？"

那位提问的准妈妈是丈夫陪着来的，可是丈夫正在低头拿手机打游戏，她用胳膊肘杵了杵他。丈夫的游戏正玩到关键时刻，他不耐烦道："别动，别动！"

李景哲知道这位准妈妈是想"敲打敲打"老公，他却故意反其道而行之。只见他用手拨了拨自己额前并不存在的头发，摆出一个潇洒的姿势，说："男人？男人至死是少年啊！"

话音刚落，那位准爸爸的游戏输了，他懊恼地叹了口气，无奈地放下了手机。李景哲适时调侃道："男人至死是少年，有时还是猪队友。"

大家都笑起来，那位准爸爸也不好意思地笑了，赶紧为自己找补："医生，今天要学习给孩子穿纸尿裤吗？我会好好学的。"

大家又笑起来。课堂气氛十分活跃。

李医生当然没有讲怎样给婴儿穿纸尿裤，而是讲了一系列孕产知识，涵盖孕期与产后心理健康知识，还教给大家一套孕妇减压瑜伽。明珠没想到，李医生做起瑜伽来也有模有样。

后面讲产后护理时，岳娥觉得没意思，说这些她都知道，然后出去透气了。

到了互动提问环节，有一位准妈妈得到提问机会，竟八卦道："医生，你有女朋友了吗？我想把我妹妹介绍给你。"

大家都促狭地笑起来。这个唐突的问题不在李景哲的备课范围之内。他羞涩地笑着，挠挠头，不知该怎样回答，于是环顾四周，寻求帮助。当目光掠过明珠时，他像是打了个趔趄，被绊了一下，然后慌乱地爬起来，随即将目光投向了场外的护士。几个小护士心领神会，其中一个带头喊道："有了，我们李医生有女朋友，年底结婚，肥水不流外人田。"

李景哲配合地摊摊手。那位孕妇只好笑笑作罢。

最后一个环节，是砸金蛋和抽奖环节。听说有丰厚的大礼，这些孕妈妈跃跃欲试，陪同的婆婆妈妈们更是冲锋在前，气氛空前热烈。

明珠回头寻找妈，忽然被人拉住胳膊："跟我过来一下，我有话跟你说。"

竟然是知冬。明珠一时没反应过来，被他鬼使神差地拉到了会场后门外的一个偏僻处。

她挣脱他的手，用困惑的眼神打量他，语气很生硬："什么事？"

"我这几天，其实去过你住的地方，偷偷跟踪过你。"

"什么？你跟踪我？"明珠不知道他葫芦里卖的什么药，警惕地后退了一步。

"你别紧张，我没有恶意，我只是不想给你带来麻烦。所以想避开你的家人，跟你说几句话。"

"有什么话就赶紧说吧！我该回去了。"说着，明珠下意识地朝四处看了看，她怕妈忽然回来看到，她又解释不清楚了。

"姐，我可以叫你姐吗？"

明珠一愣，迟疑了一秒，随即回答："随便吧！"

"自从知道了你的身世，我心里很过意不去。我不知道这件事的责任在谁，可是我第一次为自己是个男孩感到羞愧。从小，我们家里姐弟三个是在相对公平的环境中长大的。妈挺开明的，我和知春吵架了，妈也不会偏谁向谁。小时候生活条件都艰苦，吃穿用度上也看不出什么差别，妈是严中有爱，对我们都很好。知道你的事后，我很震惊，这件事不知道该责怪谁，我……"

"你到底想说什么？我真的要回去了。"

"我想代父母给你说声对不起。"

"这事跟你没关系，也不需要说对不起。"

"不知道我能为你做点什么？"

"不需要。不用谈亏欠，各自安好吧！"

"我想请你参加我的婚礼，请我的姐姐参加婚礼，告诉所有人，你是我的三姐，许家的三女儿。"

听到这话，明珠嘴角忽然浮现出一个冷笑。听知冬说了半天话，加上前两次的匆匆碰面，明珠对知冬印象不错，觉得他懂事孝顺、稳重上进，比明晖不知强多少。可没想到此言一出，简直令明珠笑掉大牙，明珠没想到知冬竟透着一股迂腐酸臭之气，还如此幼稚，真当自己家是什么高门大户，能给送人的女儿身份认同、认祖归宗，好像施了天大的恩典一般。这话实在令人生厌，明珠没法理解他的好意，忍不住嘲讽道："怎么？把我当成还珠格格，搞皇室认亲、认祖归宗那一套？谢谢你的好意，我可不需要这样的身份认定。"

"我不是这个意思，我可能没表达清楚……"知冬笨嘴拙舌，不知道该怎么把自己心里那点想法完整地表达出来。

看着知冬着急的样子，明珠忽然觉得，他不过是个刚刚长大的孩子，也就不忍苛责，叹了口气说："回去吧！刚才你身边那个女孩，是你未婚妻吧？你们很般配。婚礼我当然不合适去，祝你们幸福！"

知冬还是不肯走，说："既然过去已经成为事实，谁也无法改变，那我们就应该向前看。血缘亲情是无法改变的，妈牵挂着你，爸知道后，最近话少了许多，你也牵挂着这边，为什么不能试试理解和接纳呢？"

“对不起，我办不到，抛弃自己孩子的事，我一辈子也理解不了。”明珠有点恼了，转身欲走。

知冬还想说什么，紧走两步想追上她：“姐，明珠姐！你听我说。”

忽然，一条长臂伸过来挡住知冬，李景哲忽然冒出来，横在知冬和明珠中间。他那双仿若寒星的双眸恶狠狠地看向知冬，质问道：“你是谁？你想干什么？为什么要纠缠她？”回头又安抚明珠，“你没事吧？”

原来每个男人都有一个英雄的梦。现在不需要男人拯救世界了。冲锋陷阵、立马横刀、英雄救美，都是实现英雄梦的主要途径。他一定是误会了什么，才会上演这一出英雄救美的戏码。

知冬认得李景哲，知道他是喻老师的主治医师，便讪讪地回答：“没事，就是说两句话。”

说话间，活动的抽奖环节已经结束了，碧晨抽到了一个温奶器，喜不自胜地来找知冬：“在这儿干什么呢？”

“哦，我出来抽根烟，顺便咨询医生点问题。”他随口扯了个谎，深深地看了明珠一眼，和碧晨一起走了。

“他是谁？为什么对你拉拉扯扯？他说了什么？我看你不高兴，差点跟他吵起来了？”李景哲发出一串连珠炮似的问题。

明珠不知道该先回答哪个，迟疑道：“他是我弟弟。”

李景哲恍然大悟：“哦，就是那个，你那个姑妈的儿子，表弟。”

“不是，是我亲弟弟，那个人，也不是姑妈，她是我亲妈。”

明珠不知道为什么，此刻就想把这件事对人说一说，而李景哲出现得正是时候。

李景哲在这个突如其来的秘密面前，忽然失语。人和人之间的友谊，有时开始于分享一个秘密，而成年人的秘密，没有一个是不沉重的。他为这份信任感到欣慰，又为这个秘密而心疼她。

外面刮着风，把她的头发吹乱了，几丝头发粘在了她的嘴角，他想替她拨开，又觉不妥，忍住了。

“所以，平时陪你来产检的，是……？”

“养母。”

“我大概明白了。”

“你怎么会明白呢？你生活在正常的家庭里，在自信和爱里长大，你不会明白的。”

“我明白你的感受，我理解你。”他知道多说无益。倾诉的人只需要这一句“我理解你”就已足够。

“知冬说，他们想弥补我。他们拿什么弥补？怎么弥补？我觉得心里空了好大好大一块，像一个大窟窿，一辈子都堵不住。”

“明珠，你不要这么想，如果那是一个伤口，我就是治愈你的医生。”

她转过头来，认真地问：“那你告诉我，我是该和他们一刀两断不再见面，还是接受他们的示好，握手言和？”

“听从你的心，你的心告诉你该怎么做，你就怎么做。你是一个成年人了，有独立思考的能力，就像你决定生不生这个孩子一样，没有人可以帮你决定，你要听从你的心。”

“我的心乱得很，没有答案。”

“我小时候考试，不会做的题就先放一放，回头再来看，说不定就有答案了呢！”

不远处，有一个工人模样的人在铺一块地砖。明珠忽然想起网上一个关于地砖和考题的段子来，笑了笑说：“不，我是‘就算这道题不会，也不能让它空着’的那种人。”

两人对视，心领神会地笑了。

明珠和李景哲一同回到会议室，护士已经在打扫会场，一个小护士正要把那个抽奖箱搬走，被李景哲拦住了。

“你还没抽奖呢。”

“算了吧！我知道你也是被迫营业，不用这么敬业，好不好？我知道这是你们医院和某个月子中心搞的活动。”

“不，抽奖箱里还有一份大礼，是我为大家特别准备的，可是那个大奖，还没有被抽走。”

李景哲神秘兮兮地挑挑眉。

明珠不以为意地撇撇嘴，她认为抽奖箱里不过是月子中心代金券、纸尿裤和洗衣液之类的东西。

李景哲仍鼓动她："试试手气。"

她把手伸进箱口，在里面摸索着。剩下的奖券不多了，她摸到一个硬硬的像红包一样的东西，就拿了出来。

打开一看，里面竟然是李景哲的一张照片，和海报上的照片是同一张，照片背面还有他的签名。明珠正反面都看了看，也没有看到什么中奖的字样，就打算把照片放回箱子里，说："我就知道，我是抽奖绝缘体。"

李景哲赶忙拦住："别扔别扔，这就是那个特等奖。"

明珠又拿起照片前后看看，一头雾水："特等奖，是什么？"

"这个……怎么说呢！相当于盲盒、福袋、阿拉丁神灯、圣诞老人、渔夫的那条金鱼。你有什么愿望，有什么事需要帮忙，我都可以帮你实现。"他认真地说。

他越是认真，明珠越发觉得他在开玩笑，觉得好玩，就故意模仿渔夫那贪婪老婆的样子，用夸张的语气表演道："你去告诉那金鱼，我要做那海上的女霸王。"

他撇撇嘴，表示很难办到，明珠就揶揄道："我就知道是个噱头，我要兑奖了就推三阻四，呵！"

"不要小看这张奖券，好吗？我可是三甲医院最年轻的主任医师，想求我帮忙的人从这里都排到了钟楼，你要合理利用，好吗？"

她笑了，把照片交到他手上，说："好好好，合理利用，千万不能浪费了，这份大奖就由你来保管，等我想好了，要随时兑换。"

这时，岳娥也回来了，正找明珠呢，看到明珠和李医生有说有笑，她马上拉下脸，白了他一眼，拉着明珠就走。

"以后除了来产检，其他时候离这个人远点。"

这女人啊，说翻脸就翻脸。明珠诧异，昨儿妈还说李医生是青年才俊不可多得，怎么今天转眼就视他为瘟神？

"怎么了？他得罪你了？"

"这种男人，桃花眼，薄嘴唇，一看就不是什么好东西，专门骗女人的。"岳娥愤愤不平。

"骗谁了？"

“我刚才在外面都听到了，他都有女朋友了，还对你献殷勤。你们年轻人管这个叫什么来着？备胎，对，备胎。”

“怎么就备胎了？别乱讲了，人家有没有女朋友跟咱们有什么关系啊？”

“怎么没关系？反正你离他远点。”

明珠哭笑不得，再解释也是徒劳，于是一笑了之。

冬天越发深了，天很冷，一岁之末，元旦到了。

街道两侧和商铺门前挂起了灯笼和中国结，喜庆的装饰随处可见，到处喜气洋洋，年味有了。

元旦前一天，婆婆过来看明珠，又大包小包带了一堆吃的，说元旦要和老冯回老家参加一个亲戚孩子的婚礼，过节就不陪明珠了。看到公公婆婆现在关系缓和，明珠心里踏实了许多。

元旦当天，明静竟然从广东回来了。明晖把爸也接到明珠家。一家人难得团圆。

明静四下打量着明珠的房子，啧啧惊叹，问：“这房子真是你的了？写你的名儿？我做梦都想要一个这样的大房子。”

明珠就笑笑。

明静在广东的一家制衣厂做工，住的是工厂宿舍，大城市的繁华她只能看看。

岳娥对明静的忽然回家很不满，埋怨她：“再等等就过年了，现在回来算什么？机票不要钱啊？”

明静眨眨眼：“这次回来我就不去了。”

“也对，一个女孩子，老在外面飘着算什么？”老沈说。

岳娥要在家里做饭，一家人吃个团圆饭，叫明静进来帮帮忙。明静只顾着看姐姐的衣柜，推辞道：“做什么饭啊！我们去外面吃好了。”

“外面吃不花钱啊？”

“叫我姐请啊！我姐现在有钱。”

妹妹这话虽然听着让人不舒服，但明珠既是主人，也该尽地主之谊，就说：“对啊！妈，你别忙了，咱们出去吃吧！”

岳娥骂她们懒，数落了几句，还是坚持进了厨房。

明静在衣柜里翻出一条连衣裙，拿出来在身上比画了一下，眼睛亮了："姐，这个你穿不上了吧！我拿去穿了。"

"好啊！"

明静又选出几件大衣和毛衣，自顾自上身试了，很是满意，说："这个我也要了，反正你现在都穿不了了。"

"这个，这个不行，这个是建奇给我买的，我得留着。"那件粉色的大衣是建奇买给明珠的，她不舍得送。

主人都这么说了，明静撇了撇嘴，脱下了衣服，小声嘟囔："小气。"

岳娥厨艺好，做事利索，很快就做好了一大桌子菜。明晖下楼买了酒，和爸推杯换盏。一家人其乐融融。

明珠给大家盛汤的时候，手腕上的翡翠镯子露了出来，明静见到后眼神立马亮了："呀！好漂亮的镯子，我戴戴行吗？"

明珠迟疑了一下。

姐妹俩年龄相差不大，妹妹捡姐姐衣服穿，抢一个头花用，都是常有的事。明珠念及刚才拒绝了明静想要在衣的请求，不好再次拒绝，就把手镯轻轻地从手腕上褪下来。明静伸手就要来拿，明珠躲闪了一下，把手镯放到了桌上一张干净的毛巾上。

明静笑了，喜滋滋地拿起来戴上，然后左右转着手腕瞧，越瞧越喜欢，忍不住试探道："姐，你胳膊太细，戴着不太合适，你看我手腕这个粗细，戴这个圈大小刚好。"

从前上学时，明静要是看上了明珠的文具盒、手绢和明星贴画，也是用这样的伎俩。明珠大方，随手就给了。可是，眼前这个手镯，不是文具盒，不是贴画，它意义非凡。

明珠把求助的目光投向妈。

岳娥也听出来明静的意思，马上呵斥她："想什么呢？那是你姐婆婆给的，是传家宝，是真正的翡翠，你当是玻璃圈子啊？脸怎么那么大呢！"

"回头我买个别的送你吧！"明珠说。

一听说是传家宝，翡翠，明静就吐了吐舌头，连忙把镯子往下撸，无奈手腕太粗，戴上容易取下难，镯子被卡住了。

“用肥皂搓搓手。”岳娥支招。

明静就去洗手间用肥皂将手抹了一遍，手光滑了许多，她再一用力，镯子便迅速滑了下来，可因为手和镯子都沾上了肥皂而太过光滑，手镯竟从手中跳脱，一下子飞了出去，随即发出一声轻灵的脆响，碎了。

明珠听到声响，惊惶地追过来看——镯子一分为二，尸骸躺在地板上。

她的心骤然揪紧，感觉血压升高，瞬间失语。

岳娥也赶忙过来，一看地上的情形，马上抓起洗手台上一张毛巾打向明静：“都这么大了，怎么还失事闯祸的，不让人省心啊！你赔得起吗？你赔得起吗？”

明静还没意识到问题的严重性，觉得不过是个镯子，是个物件，是物件就有个价格。她躲开了妈的毛巾，被打得有点恼火了，于是不以为意地说：“有多值钱，我赔就是了。有什么了不起！”

明静打工几年，除了给家里寄的，自己也存了好几万。说这话的时候，她底气十足。

明珠长长地叹口气，走过去，轻轻地捡起那两截镯子，朝自己房间走去。

第二十四章

梦中的婚礼

每个物件都有自己的命，就像人各有命一样。明珠打量着断成两截的玉镯，如此开解自己。

可是开解自己容易，要给公婆交代就难了。她该怎么说啊?

岳娥在外面一直断断续续地骂明静，明静时不时回嘴反驳一下，老沈见状无奈道："都少说两句，想想办法吧！"

明晖向来点子多，灵机一动，想起电视台鉴宝节目有一期讲过"金镶玉"这种传统工艺，立马说道："我觉得那镯子还能修。'金镶玉'你们听过吧? 找个专业的地方，用黄金把镯子箍上就行。做好了说不定比原来还好看呢！"

"真的吗? 能把玉镯再箍起来? "岳娥问。

此计一出，大家都半信半疑。

巧了，附近就有一个老字号金店，大家抱着死马当作活马医的心态，进店去问。

店里的导购一听说他们的来意，笑称他们运气真好，说总店的玉雕大师潘玉桂先生正好今日坐镇本店，他嵌金银丝的技艺堪称一绝。

明珠暗暗松了口气。

导购引他们来到后面一个叫做服务部的办公室，一位头发花白的老者正在灯光下忙碌。明珠把断镯的残件拿出来，说明了来意。

老人小心翼翼地用左手拿起一段断镯，右手持一个玉石专用的强光手电筒，对着断镯观察了良久，放下后，又再次拿起来看了一遍，皱着眉。

明珠有些焦虑，紧张地追问："老先生，能做吗？"

老人观察良久，放下了断镯，说："能做是能做，但是你这个犯不着再做。这个镯要用嵌金工艺，用料也不少，费用算下来也大几千小一万了，你确定要做吗？"

"要做，要做。"

"姑娘，恕我直言，这种几百块的不值钱的玉，不值得花这么多钱再修补。"

此言一出，明珠愣住了，岳娥更是不可置信："不对啊！师傅，你再看看，这可是传家宝，从清朝传下来的，是上等的翡翠。"

"我从业几十年，这么普通的货色，我怎么会看走眼呢？这是糯种里品质最差的货尾。"那个人语气笃定，带着一种不容置疑的权威，见明珠表情凝重，又和气地找补道，"当然了，一件东西对一个人可能有特殊的意义，自己喜欢，那就是无价之宝。"

明珠的心像跌入一个黑洞里，一时失语，半晌，才木木地说："那我们回吧！"

"我当是什么稀世珍宝呢！呵！被你婆婆家骗了吧？这家人真不地道。叫我说，这孩子你也别生了。"明静果然冷嘲热讽。

岳娥悄悄杵了杵明静，明静不作声了。

一种黑色幽默笼罩在每个人身上。

回到家里，岳娥和老许也用类似"自己喜欢，那就是无价之宝""你婆婆他们可能也不识货"之类的话安慰明珠。明珠已经在路上默默消化了那种复杂的情绪，淡淡地说："没事，吃点水果吧！"

第二天，爸妈和明静回村里了。

明珠把断了的镯子小心翼翼地装进绒布袋，再放进首饰盒，最后放回衣柜的大抽屉里。

元月三日，有个过去的同事结婚，与明珠关系不错，老早就通知她了。当天一大早就有另一个同事开车来接明珠。

现代人都忙，大家都是抽空结婚，好多人都凑在了节假日扎堆儿。明珠一路上看到了好几组迎亲车队，想到建奇承诺的那个再也无法实现的婚礼，难免心里恻然。

同事的婚礼定在本市一家高档酒店，酒店是中式古典风格，奢华雅致。明珠到达时，婚礼刚刚开始。新娘穿着长长的拖尾婚纱走出来，水晶灯的光彩映照着新娘娇美的侧脸。台下响起一片惊叹和欢呼声。

婚礼仿佛是大龄女青年和失婚妇女的刑场。看着别人甜甜蜜蜜，自己若暗自神伤、自怨自艾，便显得很不合时宜。司仪在台上庄谐并济，一会儿煽情，一会儿插科打诨，双方父母和台下亲友一时眼泪和欢笑齐飞。

就在这时，明珠感到一阵尿急。她悄悄离席，向服务员询问洗手间的位置。

大堂内曲廊蜿蜒，上完洗手间，她竟然迷了路，走到了另一头。厅门轻掩，里面的欢声笑语仿佛溢出来一般。她正要推门进去，忽然看到旁边的引导牌和迎宾新人照。不对，新人的名字叫“许知冬”和“袁碧晨”。许知冬？她恍然想起来，知冬似乎说过，他的婚礼也是在这家酒店。

大厅的门虚掩着，像一道即将拉开的幕布，幕布后，演员在换衣服、摆造型，即将上演充满悬念的剧情起落，或是关乎此去经年的人生转折。那道门缝仿佛被施加了魔力，强烈地吸引着明珠朝里面偷眼看。她想走，脚却像生了根一般，怎么也挪不动。

“欸？是明珠呀！”

有人叫她。

一回头，知春正笑吟吟地打量她：“怎么不进去呢？走，跟我一块儿进去。”

明珠做贼心虚似的，脸登时滚烫起来，连忙推辞：“不，不了！我，我先回去了。”

知春知道明珠担心什么，不由分说，亲热地拉起了她的手："别怕，你跟我坐一桌，没人议论八卦，咱们聊聊天。"

"我真的不进去了。我，我先回去了。"明珠往后退着，知春却始终拉着她的手。就这样，一个半哄半拽，一个半推半就，明珠被拉到了饭桌上。

知春这一桌坐的都是表兄妹这一辈人，只有一两位不太熟的"姨妈"。知夏见到明珠，喜出望外，叫明珠坐她身边。明珠如坐针毡，想走，又被知夏温柔地按住了。

皎皎没见过明珠，但知道见人要礼貌地打招呼，就问妈妈："妈妈，我叫她阿姨吗？"

知夏马上纠正："叫小姨。"

"小姨好！"皎皎甜甜地叫了一声。

明珠慌乱地笑着应声。

皎皎仍好奇地追问："是哪家的小姨？是和许知春一样的小姨吗？"

知春龇着牙恐吓皎皎："我的名字是你随便叫的吗？"

"是的，是和许知春一样的小姨。"

在座的两位"姨妈"面面相觑，交换着眼神，充满好奇。

到了台上新人交换戒指的环节，气氛达到了一个高潮。新郎许下一句诺言，新娘子感动得低头饮泣。司仪趁机再度煽情，音乐适时响起，台下一些女眷都感动得默默垂泪。此情此景，让明珠不由得想起建奇，顿觉眼底泛酸。

一位"姨妈"开始八卦，盯着知春的肚子问："知春啊！你是不是最近胖了？我记得前年见你，你没这么胖呢？"

知春知道对方是什么意思，只淡淡一笑，坦坦荡荡地说："我这不是胖，是肚子在膨胀。我怀孕了，孩子他爹是我男朋友，还没结婚，快结了，不过就算结婚我也不搞这种仪式。"

她一口气大大方方回答了对方的疑惑，更激起"姨妈"的好奇心，"姨妈"接着问："那孩子的爸做啥工作的？人好不好？……"

还不等对方说完，知春就抢答："他，一米八，有车有房，车是奔驰，房在市中心，三室，父母健在，独生子女，性格温和，自主创业，室内设计，俗称装修，您装修，打五折。姨妈，您还有什么问题啊？”

知春说得干脆急促，像背书一样，脸上还带着一种嘲讽的笑，把那个“姨妈”要问的话全呛了回去。

那个“姨妈”也听出来知春的态度了，脸上讪讪的，独自嗑瓜子去了。

明珠坐在一旁，有点羡慕地看了看知春。知春真是个爽利又洒脱的姑娘。她喜欢。

台上要抛花球了，有几个表兄妹都想上去沾沾喜气。知春拉了拉明珠的手，狡黠地眨眨眼睛：“走！”

明珠忙往后退，却还是被知春拉到了台前。

几个表姐妹和碧晨的好友都上了台，嘻嘻哈哈，笑得花枝乱颤。

大厅暖气很足，人又多，明珠出了一额头的汗，在余光中，她看到了喻老师。喻老师坐在离舞台最近的婆家一席，她也看到了明珠，又惊又喜，略带讨好地笑着；她旁边坐的那位大叔，就是许家的爸爸，许文忠？他穿着暗红色的唐装上衣，略带拘谨地坐着。喻老师转头对他说了什么，他唯唯诺诺地点头，然后马上不自觉地挺直了腰背。

司仪说着串词，让姐妹们做好准备。明珠如芒刺在背，根本没听到司仪在说什么。

这时，现场响起一阵欢呼声。她一愣神，还没反应过来，那束捧花就落到了她的怀里。她惊慌失措地捧着那束花，环顾四周，发现所有人都在看她。

明珠的孕肚已经很明显，有一个表妹抗议：“这一次不算，这个姐姐都已经结婚有孩子了，不能参加。”

明珠尴尬极了，拿着那束花左右为难。知春一把揽住明珠，对那位表妹说：“谁说只有单身的才可以抢捧花？抢捧花本来就是西方习俗，寓意香草和鲜花可以护卫婚礼上所有人免遭厄运和疾病的侵害，抛出的是快乐，接到的就是幸福和安康。”

司仪马上机警地圆场，台下响起一片掌声。有一些老一辈的七大姑八大姨开始窃窃私语，对台上这位和喻老师神似的姑娘产生好奇。明珠局促地捧着花，恨不得遁地逃走。

知春凑近明珠，附在她耳边，小声说道："接到新娘捧花，预示着你是下一个遇见幸福的人。"

"哪有？别瞎说。"

"你独自担当生下孩子，是勇敢。未来仍相信爱情并能接受爱情，也是一种勇敢。"知春的话像她的人一样，亮堂堂的。

知冬接过了司仪的话筒，大声说："谢谢你，明珠姐，谢谢你能来。"

喻老师坐的位置离明珠近，也在一旁招呼她："来，明珠，坐这里。"

就在这时，知夏那一桌一阵骚乱，有一个女孩喊道："知夏姐，你怎么了？知夏姐晕倒了！"

大家都涌向知夏，明珠也紧张地凑过去。

只见知夏气若游丝，脸色煞白。有人在掐她的人中，她翻着眼皮恍恍惚惚地醒转过来。

喻老师叫知冬和老许回去招呼客人，她和一个侄子送知夏去医院。

那个侄子去开车了，几个女人七手八脚把知夏扶了出去。

司仪安抚着客人，婚宴即将开始。

明珠也跟了出去。喻老师正焦头烂额，回头看到明珠，还不忘叮嘱她："你快进去吃饭，我一会儿就回来了。"

明珠木然地点点头。

大厅外的走廊上只剩下明珠和老许。老许就像这个家的影子人、工具人，没用时无声无息，有用时就是一个摆设。在这个家，他不像个家长，不是主心骨，没有财政大权，说话不算数，而就是这样一个平庸无能的男人，却在多年前决定了一个家庭成员的去留。

他手足无措地站在那里，不知是该回到大厅里，还是跟着去往医院。最后，他给自己找到了任务，招呼好眼前这个小女儿。

明珠第一次和生父相对，不知该说什么。很奇怪，她过去对生母有很多想象，却对生父几乎没有任何期待和幻想。

"你叫明珠吧？走，进去坐，吃点东西。"他笨拙地招呼她。

"不，不了，我要回去了。"

他也不挽留，瓮声瓮气道：“那我送送你。”

明珠说“不用了”，逃也似的朝前走。老许也不说话，默默地跟在她身后。迷宫一般的走廊，这一次明珠竟然走通了。她一口气走到酒店大门口，伸手拦了一辆出租车，撂下一句“再见”，然后绝尘而去。

知夏在去医院的路上已彻底清醒了。喻老师既担心又生气，质问她，为什么弟弟结婚这样重要的事，张浩没有来。知夏支支吾吾，一会儿说张浩出差了，一会儿说他生病了。有外人在车上，喻老师不想让人笑话，也就没有追问。

知春给了姐姐一颗糖吃，说：“怎么会晕倒呢？是不是贫血啊？”

知夏疲倦地笑笑，不置可否。

皎皎终于忍不住插话：“我妈和我爸吵架了，冷战呢！”

知夏瞪了孩子一眼，皎皎撇撇嘴，不说话了。

喻老师和知春面面相觑，都没吭声。

送到医院挂了急诊，做了一轮检查，化验结果不久就出来了。医生说知夏太劳累了，且严重贫血，有流产迹象，需要卧床休息。言谈间，医生把喻老师当作知夏婆婆了，指责道：“你这后勤保障工作要跟上啊！怎么会贫血呢？要让孕妇营养均衡，少食多餐，不要怕麻烦。”

喻老师也不反驳，忙不迭地保证：“是是是，营养要跟上，把饭做好。”

过了一会儿，张浩接到知春的电话赶来了。知春先把姐夫劈头盖脸地批评了一通：“能让孕妇饿得晕倒了，你也真是个人才。”

这个小姨子嘴巴不饶人，说话毫不留情，张浩不敢惹她，只能点头回话：“是我照顾不周，我照顾不周。”

“再让我知道她婆婆不做饭去跳广场舞，你加班出差，我打断你腿。”知春恶狠狠地挥着拳头。

喻老师更加生气了。她不仅气张浩没有照顾好她女儿，也气张浩没给她面子，不出席知冬的婚礼。

“今天知冬结婚，你为什么不来？”喻老师黑着脸。

“什么？知冬结婚，我不知道啊。”张浩一脸茫然，不像演的。

“你和我妈冷战，我妈生气，不想跟你说话，所以才没告诉你。”

皎皎说。

刚才那个开车来的侄子已经回去了，此刻没有外人，喻老师也不避讳了，质问张浩："冷战什么？孕妇心情不好，肚子里的孩子也能感觉到。"

张浩更是无辜："冷战？哪有冷战？"

"奶奶不做饭，和妈妈闹别扭，妈本来就不高兴。有一天，你晚上给自己煮面，那个小锅太烫，你用桌子上的一本书垫了一下，我妈说你怎么拿书垫碗，你们吵了几句，后来妈妈就不和你说话了，你没发现吗？"孩子的这份冷静和洞察力让人吃惊，过早地看到婚姻的真相，不知对正处于青春期的孩子来说，是好事还是坏事。

张浩仍是一头雾水："不说话？也没有吧？平时不就是这样吗？哪有那么多话要说？小孩子，别瞎说。"

这或许并不是这个男人的辩解，而是他最真实的婚姻日常。他觉得没什么不妥，理所应当，理直气壮，而这才是最恐怖的。

知夏做完检查正好出来了，她眼神平静地看着自己的丈夫，她不是不悲哀。想当年，青春年少，她闹脾气不理他，他会马上来哄。可是现在，她以不跟他讲话作为惩罚，他却浑然不觉。多可悲！可是悲哀过后，她却无能为力，只能躲到书里去，躲到文章里去，不去想这些糟心事，继续把这寡淡的日子过下去。

她甚至带着埋怨的口气制止女儿："皎皎，别胡说。"

张浩倒先兴师问罪起来："知冬结婚，你为什么不告诉我？"他极力想推脱责任，挽回自己好女婿的形象。

知夏倒是把责任都揽到自己身上："我忘了。"

无论这个理由多么牵强，在场的人都信了，喻老师只得指责知夏："这都能忘了，结婚这么大的事能忘了。"

医生交代了一些注意事项，比如孕妇要多卧床休息，注意营养均衡，心情愉悦。

喻老师马上抓住医生的话头，为女儿出头撑腰："听到没？要多卧床休息，注意营养均衡，心情愉悦。"

"是是是。"张浩在喻老师面前维持了十几年好女婿的形象，早就喘不过气来。他现在急于脱身。

回去的路上，张浩才想起皎皎刚才的话，问："奶奶在家不做饭？不会啊。"

"奶奶做饭，看心情吧！我现在已经是点外卖小达人了，满减折扣计算比做奥数题都快。我还学会了蛋炒饭、包饺子、煮面条等拿手好菜，有机会给你尝尝。"

皎皎不会说谎，张浩这才感觉到问题的严重性。见知夏没有说话，于是试探着问："这不行啊！那……要不，把燕姐再请来？"

燕姐是家里之前的保姆，自从婆婆来后，婆婆就自作主张把燕姐辞退了。

知夏撇撇嘴："没有谁会一直原地等你回去请。"

"我先问问看吧！"

过了一会儿，张浩后知后觉，还是觉得不对劲，继续追问："知冬结婚，你为什么不告诉我？你跟我在冷战？"

知夏听到这话，无奈地冷笑了一声，说："是啊！下次请你不要用我的书垫碗，请你不要用筷子搅拌咖啡，不要把脚直接跨到洗面池里冲，不要……"

话还没说完，就被张浩打断了，他也冷笑了一声："行了行了，老大不小的人了，还是那么矫情，累不累啊！"

知夏脾气好，竟然没有反驳。她累了，吵架也累，偶尔生出斗志想吵一架，自己就先给自己泼一盆冷水——又吵不出什么结果，吵什么吵？浪费时间。只能自己默默地消化一些情绪，无休止地"冷战"下去。皎皎说那是冷战，其实不是，就是懒得说话而已。

婆婆见儿子儿媳一起回来，有点意外。张浩经过知夏晕倒这事，心里多少有点愧疚，进门时扶了知夏一把，帮她拎包。

只要儿子在家，婆婆总是按时做饭的。

张浩进厨房帮忙，明面上是帮忙，实则是为了找个机会跟妈说话。明明是私聊，他却很大声，好显得自己理直气壮。

"妈，最近是不是太累了？"他没有直接问妈妈是不是经常不做饭。不用问，妈妈不做饭的情况肯定是有。他知道知夏爱穷讲究，饭要清淡，连外卖都要重新摆盘，一定是两人在生活习惯上起了摩擦，互相生了闲气。

“还行，就是有点腰疼。”

“那你就多歇歇。我把原来那个保姆燕姐再叫回来，她轻车熟路，而且过些日子知夏生了，也是要雇保姆的。”

知夏在客厅听到这句话，心里又冷笑一声，他这是在和婆婆商量啊！呵呵！商量的结果就是被反对。

果然，婆婆不同意。她像被针扎了一般，夸张地叫道：“钱多了没处花吗？就做做饭拖拖地，一个月就要六千？怎么不抢钱呢！”

张浩犹豫了，顾虑重重地说：“大夫说，知夏贫血，得多补补。你大孙子也得吃啊！”

这么一说，婆婆马上懂了，这是儿媳妇吹枕边风告状了呀！

婆婆放下了手中择的菜，探头看了看外面，压低了声音，神秘地说：“什么大孙子，我都找人检查过了，是个女孩。你劝劝她，别生了，做掉吧！早早养好身体，明年再要。”

“你查过了？”

婆婆点点头。

张浩探头看了看外面：“这话我不敢劝，知夏那大道理一套一套的。”

气得妈拿一根葱抽他的背：“没用的东西。”

话虽如此，这一餐饭，婆婆还是正式地做了四菜一汤，且殷勤地劝知夏多吃点。

知夏保持着应有的尊敬，说：“谢谢妈！”

皎皎小小年纪，每天冷眼旁观着大人的表演，心里时时茫然。这种年纪，以为自己懂得很多，可是世上的事错综复杂，有很多她又想不明白。她吃饱了，撇撇嘴，小声嘟囔：“你们累不累啊？”

奶奶没有听懂皎皎的弦外之音，兀自邀功道：“不累，这点活儿有什么累的？为了儿女，累点也没啥，就当锻炼身体了。”

皎皎嗤之以鼻，回屋去了。

饭毕，张浩找了个空儿，悄悄对知夏说：“我批评妈了，她说以后按时按点好好做饭，绝不敷衍凑合，你就多包涵。”

“哦！”知夏静静地等待他的下一句话。

“请保姆的事，我想……”后半句，他就是不说出来。

知夏就做个好人，说：“算了吧！以后再说。”

张浩长长地松了口气。

“知冬那里，我回头补上一份大礼，再给妈好好道个歉，这事真不怪我。”

“哦！”

张浩又想起知夏的肚子来：“你现在感觉怎样？”

他把手抚在知夏的肚子上，难得的亲密和温柔，倒让知夏颇感不适。

“还行，没什么感觉。”

“要不，回床上躺着吧！”

她起身，也就顺势摆脱了他的手，说：“好啊！我去躺一会儿。”

知夏回到卧室床上，张浩替她端来了水果，然后轻轻掩上门出去了。她知道，这乍现的温柔结束了。

她躺在床上，阖目养神。早晨起太早到母亲那边帮忙招呼，一直绷着神经，累极了，这一刻放松下来，却睡不着，胸口仿佛有一块大石头，压得她喘不过气来。暖气太热，她起身，打开了一扇窗。

此时，手机传来了微信提示音。

她点开屏幕，是明珠发来的——“知夏姐，你身体怎样了？”

她知道明珠是发自内心的牵挂，心里动容。

“身体已没有大碍，但是，我心里有一件烦恼的事。”她回复。

过了一会儿，明珠也回复了同样的话：“我心里也有一件烦恼的事。”

第二十五章

隐瞒

明珠对养母撒谎，说约了小姐妹去金地广场逛街。

岳娥最近忙于明静相亲的事，无暇看管明珠，于是嘱咐了几句，也就随她去了。

广场六楼的广式茶餐厅里，两名孕妇相对而坐，还没开口，先笑了。

“我有一件烦恼的事。”

“我也有一件烦恼的事。”

“一起比惨，痛苦减半。”两人都想起这句话，异口同声地说。

这个烦恼事压在知夏心头许久了，那份羊水穿刺的检测报告，被她锁在书房抽屉里，不能示人。

“你喜欢听王菲的歌吗？”她问。

“喜欢。最喜欢那首《红豆》，等到风景都看透，也许你会陪我看细水长流。”明珠轻轻地哼唱起来。

“我喜欢那首——但愿你的眼睛，只看得到笑容，但愿流下的每一滴泪，都令人感动，你以后每一个梦，不会一场空。”知夏也哼唱起来，她五音不全，有点跑调。

“好听。”明珠仍给予赞美。

“听说这首歌是送给她女儿的。她是一个很棒的妈妈，两个女儿都养得很好，老大特立独行，继承了她的音乐才华，二女儿虽然……大众的声音不够友好，但孩子乐观自信。我想，我也可以做那样的妈妈。”知夏的语气很平静，但明珠仍听出了一丝异样。

“姐，到底怎么了？”

“报告结果排除了唐筛风险，但显示孩子有先天性唇腭裂。”

明珠倒吸一口气，半晌才说：“医生怎么说？”

“唇腭裂是可以治疗的，是可以完全修复的，不管医生怎么说，我是一定会生下这个孩子的。”

“对，不用担心，现在医学很发达的。我有个朋友的小孩儿，也是唇腭裂，做了修复手术，现在根本看不出来。”

“是吧是吧！我也是这样想的。你朋友的孩子，有前后对比的照片吗？我能看看吗？”知夏急切地想找到同盟和友军。

那个所谓的“朋友”，是明珠同事的朋友。她只是听说过，随口拿来安慰知夏，见知夏这样急切，安抚她道：“你别急，等我回去，问她要一下照片。”

“家里人知道了吗？”她想到知夏的丈夫并没有在知冬的婚礼上出现，隐隐觉得，知夏的婚姻也许并不像表面看起来那样光鲜。

知夏摇摇头，眉头皱了起来，眉心的川字纹瞬间让她尽显老态。她马上就奔四了，深知如果不加以保养和修饰，以及依靠金钱投入的医美手段，这真实的中年素颜模样，连自己也会厌弃。

“还没有说，不知道怎么说。”

“检测报告他都不看吗？”明珠忽然觉得自己可能问了句蠢话。

“别提了。”知夏不愿提起张浩，不愿让自己变成祥林嫂，她笑了笑，“说说你吧！”

明珠这才想起自己此行的初衷，她们是来做彼此的树洞的。

她的事总结起来非常简单，“我打碎了婆婆送我的手镯，据说是清朝传下来的传家宝，价格不菲。”

“你担心无法向公婆交代？”

“是，也不是。”

“再贵重不过是身外之物，传国玉玺也有命数。坦白告诉他们就好。”知夏很快给出建议。

不料明珠又补充道：“我拿去玉器店修，大师告诉我，那不过是几百块的普通石头。”

知夏呆了一下，像是在咂摸这件事背后隐藏的深意。她想起少年时看的莫泊桑的小说——一个美丽的女人为一串丢失的假的钻石项链，背负了沉重的债务，为此打了半辈子苦工，那漂亮的钻石项链，真正成了枷锁、圈套。而明珠呢，这个名不副实的传家宝，意味着什么？知夏看不懂这件事背后的隐喻。

“不要有什么压力，也不要去想这个东西的真假贵贱。找一个机会，你公公婆婆都在的时候，坦坦荡荡地承认你不小心碰碎了手镯，就可以了。”这是知夏能给出的唯一建议。

“就这么简单？”

“不然呢？你借钱买一个一模一样的，装作没有发生任何事，然后负债累累，辛苦打工还债？大可不必。”

明珠释然地笑了：“我读过那篇小说，女主角丢了一条钻石项链。”

“你看，如果一开始就大大方方地承认了，后面什么事都没有。来吧！吃东西，尝尝这个。”

第二天明珠就去了公婆家。他们已经回来了。两个人都在。

明珠当着公公婆婆的面，把层层包裹的断镯拿出来，低下头，忐忑不安。

“我不小心碰碎了手镯。”她声音很小，但足以让他们都听到。

婆婆发出惊呼：“天啊！怎么搞的？明珠，你太不小心了，这个手镯是建奇的奶奶传给我的。哎呀！你这孩子，也太粗心了。”

不出意料，她在指责明珠。明珠没有辩解。

倒是公公淡定一些，反过来批评婆婆：“别一惊一乍的，明珠已经很内疚了，你就不要再说了。”

他也看了看桌子，叹口气：“可惜了。”

婆婆也不想指责明珠，只是出于应激反应，没有多想就说出来了。

被丈夫这么一提醒，她也觉得不妥，于是转而安慰起明珠来："唉！已经这样了，也没办法，谁也不想的。唉！断就断了，这翡翠还是好的，等孩子出生了，给它打个小佛坠戴戴。唉！"

公公也安慰明珠："明珠啊！你不要有什么心理负担，东西再金贵，总没有人金贵，断了就断了吧！等孩子生了，给你奖励一个比这个更好的。"

婆婆小心翼翼地把断镯收起来，一直为之惋惜，回过头来却对明珠报以微笑，口中一直喃喃："没事，别往心里去。"

明珠羞愧极了，公公婆婆的宽容大度让她无地自容，心里的那块谜团也豁然解开。她为自己轻信了所谓的玉雕大师而感到羞耻。仔细想想，现在好多专家，可不都是商家包装出来的嘛，名头叫得响，专门忽悠消费者。自己当时怎么那么傻，连这点都没想到呢？

她发消息给知夏："我那件烦恼的事已坦白，现在轻松无比。姐，你是个智慧的人。"

知夏这一次却迟迟没有回复她。这个智慧的人，此刻正在吵架。

在知夏家，那间书房是独属于她一个人的。她的电脑、书籍，是决不允许别人乱动的。张浩不知是吃了什么熊心豹子胆，竟趁她下楼遛弯之际，悄悄潜入她的书房，翻箱倒柜，不知要找什么，最后在一个锁着的大抽屉里发现了她的检查报告。

知夏正好从楼下回来，看到被翻乱的抽屉和柜子，非常生气，在发火和淡定之间犹豫着。

张浩最初有点慌乱，但他拿着那份检测报告，像是为自己找到了底气，觉得该生气的人应该是他才对。知夏会生出一个唇腭裂的孩子，而她隐瞒了这件事，竟不打算告诉他。他是孩子的父亲，应该有知情权。现在，他感到震惊、担忧、焦虑和失望，愤怒的同时他还感到了，被轻视。

"为什么不告诉我，这个孩子是兔唇？"他质问她。

"你也没问。"

"可是你把报告锁到了抽屉里，你不想给人看到，你为什么要隐瞒？"

说到了抽屉上锁，这提醒了知夏，她反问："你也知道那个抽屉上锁了，那你开我的抽屉干什么？"

"你别跟我扯别的。我问你，这件事为什么要瞒着我？你打算要生吗？"

"别一惊一乍的，唇腭裂可以手术治疗。我要生，这是我吃了很多苦才怀上的，我要生。"

"你疯了？"张浩无法接受这个事实。他是想要个儿子，但他是想要个健康正常的儿子。他见过一些兔唇修复的例子，修复后并不会完全看不出来。

知夏很平静："我没疯。医生并没有建议打掉，说明这样的孩子是可以要的。我为怀这个孩子吃了多少苦，怎么能因为这个放弃呢？"

婆婆听到吵架，假意过来劝架，听罢来龙去脉后，竟有点喜不自胜，嘴角藏了一个来路不明的笑，开始劝知夏："村里老张头的孙子就是兔唇，手术都做了好几次了，还是能看出来。做了吧！现在打掉，身子养养，明年再怀一个。"

"我不做。孩子现在已经二十四周了，六个月了。我每天能清晰地感到胎动，这是一个活生生的生命啊！再说，六个月了，也不好做流产了，对身体伤害太大。"知夏一直瞒着没说，就是已经猜到了这样的结果。她并不打算和谁商量，这个检测结果，虽然不是她想看到的，但她承担得起，也负责得起，她要自己做一次主。

婆婆轻描淡写地说："现在医学很先进，那个流产广告不是说嘛，轻轻松松三分钟，无痛人流去无踪，没事。"

知夏提起一口气，又咽了下去："妈，现在六个月了，是引产，引产，对身体伤害很大的。"

婆婆索性在书房的椅子上坐了下来，一副誓要说服知夏的样子，语重心长地说道："实话告诉你吧！上次在那个老中医那里，我叫人查过了。这一胎是个女孩。现在又查出是兔唇，就算了吧！做了吧！"

"对，找正规大医院做。我有个客户的老婆在省医院妇产科，我找找人。"说着，张浩也坐下来拿起手机翻找通讯录，并且体贴地拉了拉知夏的手，示意她也坐下。他以为母亲已说服了知夏。

知夏却轻轻地抽走了自己的手，冷静地、一字一顿地说：“不，这个孩子，我会留下来。我很理智，我爱这个孩子，也爱惜自己的身体，我可以做这个主。”

她走出书房，随即又转身，冷冷地说：“不要在我的房间乱翻。”

从家里出来，室外冷风迎面，她却觉得让人冷静清醒。城市终日被雾霾笼罩，而这一天的天空竟是蓝的。她抬起头，满眼都是耀眼的蓝色，真好啊！她挺着孕肚朝前走，虽然肚子沉重臃肿，却觉得步子轻快、自由。看到明珠的消息时，她莞尔一笑，回道：“是的，我也觉得我是一个智慧的人。”

过去几十年，她也总犯错，也曾稀里糊涂过。可这一次，她觉得自己终于做对了一件事。

在商场里独自逛了一圈，无处可去。出了商场，冬天的风呜呜地吹，她却不想回家，就去了自己的工作室。

知夏的工作室在一个文化产业园区，地方不大，团队也不过五六人。她虽然不在，但一切有条不紊，进去的时候，几个年轻人正在开新的选题会。

办公室暖气很足，她坐下来，小鹿给她倒了一杯水，顺便给她汇报工作。无外乎就是那些文章数据和广告数据，以及对各种数据的分析，知夏听得头昏脑涨，摆了摆手。

小鹿合上本子，压低了声音：“前段时间，姐夫公司的那个广告，读者差评有点多，说产品质量不过关。”

知夏疲倦且无奈地笑了笑：“也就是这一锤子买卖了。”若不是看在夫妻情分上，她又怎么会签那个广告？

“唉！读者越来越挑剔了，只想白嫖。不接广告，我们吃什么？”小鹿抱怨。

知夏只好临时开了个小会，也算另给大家做了个培训，主题就是——如何写好广告软文。

“粉丝喜欢有故事的产品，广告不能单纯地枯燥地只讲产品。要为产品讲好一个故事。这个故事，可以是产品诞生的经历，也可以是创意形成的灵感，这些都能为产品增加更多感性的因素，使粉丝对产品产生好感，有好感，才有动力购买。最近的广告软文其实我都看了，怎么还在用那种末尾神来一笔的套路？这样容易让读者有上当的感觉。如果不能做到自然转折，如果还是生搬硬套，那还不如讲个短故事或者开门见山切入主题，剩下的篇幅就用来介绍产品，最后附带一个优惠福利，以及赠送产品的活动，吸引消费者点击。试试吧！改变一下思路，不要总抱怨读者想白嫖。”

站在这里，即使大腹便便，但举手投足间，她依然展现出了一个职场女性的十足魅力。这里是她的战场，也是她的游乐场。她享受工作时的这种状态，享受打开电脑时女王一般的感觉。可是为什么回到家里，她就变成了那个束手束脚的无能女人？在家里，她被人指手画脚，遭人轻视，仅仅因为她是一个平庸男子的妻子，一个愚昧老媪的儿媳，更因为，她是一个女人。

几个年轻人如同醍醐灌顶，信服地鼓起掌来，有人称赞道：“姜还是老的辣。行家一出手，就知有没有。”

小鹿马上吹起了“彩虹屁”：“什么姜？什么老？知夏姐可是小仙女。”

这番吹捧让知夏很受用，刚才胸口那一口闷气早已烟消云散。

大家笑闹了一阵，各自去忙了。小鹿仍不肯走，笑得像一朵花一样：“老板，许总，年底我结婚，你可要准备好大红包。”

“没问题。日子都定了？”

“定了，前几天去碧桂园看房子了。哦，对了，你猜我在售楼部看到谁了？”

“谁啊？”

“我看到姐夫了。”

“姐夫？”知夏愣了一下，迟疑道，“你是说，我老公？”

“对啊！你和姐夫也看上那边的房子了？是不是要给这个老二买学区房啊？以后咱们是不是要做邻居了？”

小鹿说得没心没肺，全然没注意到知夏的表情。女人天生的敏感让知夏心里咯噔了一下，可她表面仍佯装出平静，不动声色地问：“他一个人？”

“他啊，可不是一个人，他跟一个女人，不过他们没看到我……”小鹿卖了个关子。

知夏的手不自觉地颤抖了一下。

小鹿旋即又促狭地笑了：“他跟一个老太太，他管老太太叫妈，是皎皎的奶奶吧？”

知夏从小鹿那上气不接下气的话语里，听出了她玩笑中的促狭意味，这才意识到是虚惊一场，于是故作愠怒：“鹿小姐，这个月的奖金不想要了？”

小鹿从知夏的反应中看到中年女人那种虚张声势的焦虑，也窥探到了她婚姻那粗糙的底色。小鹿陪知夏去做过羊水穿刺术，那时她没有多想，可就在这一刻，她忽然意识到，自己的这个玩笑有点残忍。于是，她收起了笑。

小鹿的谨小慎微让知夏想起年轻时初入职场的自己，她实在怪罪不起来，反倒给了小鹿一个宽容的笑，自己打了圆场：“我是想买套学区房的，那个楼盘对口的学校不错。”

知夏留下来请大家吃饭，年轻人聊着最近大火的综艺节目和各自的“爱豆”。这些她全都听不懂了。她以前觉得自己可以和年轻人打成一片，认为自己也还年轻，可这一刻，才不得不承认自己跟他们已经是两个世界的人了。

酒足饭饱之后，小鹿开车送知夏回家。这么长时间，张浩始终没有打来一个电话。

车子从夜晚的霓虹中穿梭而过，像是在深深的海底潜行，从一种寂寞，驶向另一种寂寞。知夏又一次经过常走的那个路段，看到一座高楼拔地而起，不由得想起售楼部的那对母子。他要买房吗？为什么还要买房？他从来没有对她提起过。

第二十六章

撸猫馆记事

明晖又来要钱。这一次，是直接向明珠要。岳娥打开门，明晖一进门就绕过妈，紧走几步，“扑通”一声跪在明珠面前，抱住了她的小腿。明珠在沙发上坐着，惊得差点站起来，但她的小腿被紧紧箍住，动弹不得，只好把身体绷得直直的。

“姐，救救我，只有你能帮我了。”他带着哭腔。

岳娥唉声叹气，把脸转向了一旁不看他。很明显，明晖已经求过妈了。

“怎么了？你好好说话。”明珠被这样的阵势吓到了，求助似的看向岳娥。

岳娥也觉得不妥，叹气道：“起来好好说话，有事我们不会不管你的。”

“我们”两个字，马上把明珠架上了道德的高地。她心里一凛，有种不祥的预感。

明晖顺势坐到了单人沙发上，头仍低着，姿态也是低的，不敢抬眼看明珠："我需要六万，催债的人发信息说……说要起诉我，再不还就要坐牢。姐，只有你能帮我了。"

虽然明珠已经猜到了，但她还是无比震惊。她不明白明晖何以欠下这么多债，她不明白明晖为什么变成了这样。她隐隐觉得，有一双无形的手在使劲把她往一个深渊里拉。她的心揪成一团，不知道如何是好。

"追债的人说，查到了咱们村的地址，要去村委会讨债，要去找咱爸。姐，我不想给咱爸丢人……"

茶几上有一本杂志，她顺手抄起来，失控了般朝明晖劈头盖脸抽打一气，骂道："你还知道丢人现眼啊？你到底每天在瞎折腾什么啊？怎么欠下这么多钱啊？妈，你管管你儿子啊！"

说罢明珠失声哭了起来。她这么一打一哭，岳娥也慌了，既心疼儿子，又担心明珠被气出好歹，于是气急败坏地打了明晖两下，自己也"呜呜呜"地哭起来，任由两行老泪在脸上肆意流淌。

母女俩哭了，明晖也跟着哭。这时，手机又响起来，他的手颤抖着，犹豫了一下，还是接了起来，刚听了一句，他就忽然暴躁地扔掉了手机，大喊一声："滚！都给我滚，不要烦我！"

他疯了一般，左右开弓，抽打着自己的脸，口中含混不清地喊着："帮帮我，帮帮我，最后一次，我保证，最后一次！"

岳娥吓坏了，哭喊着抱住了明晖，扭头恳求明珠："明珠，你说句话啊！你不能见死不救啊！"

明珠双手抱住头，失声痛哭："我没有钱，我没有钱，那个钱，不能动啊！不能这样啊！"

听到姐姐松口，明晖神志似乎清醒了一些，再次跪倒在明珠脚下，迫切地表态："姐，这是最后一次，我保证！你放心，你和孩子我不会不管的，我挣钱了肯定会还你的。"

明珠仰着头，任泪水肆意地流着。

这一次，她看着明晖写了借条，又叫明晖写了一份保证书，才把钱转给了他。

明晖收到转账后就坐在一旁拿手机还款。岳娥一直在旁边絮絮叨叨地骂他，追问他为何欠下这么多债，问他接下来如何打算。明晖充耳不闻。明珠也想问这些问题，却觉得身心俱疲，多说一个字都无力。

她很累，便回卧室去躺着，看到房顶的水晶灯似乎比往日低了一些，令人压抑。她将头靠在枕头上，后颈传来一阵酸痛，无论怎样翻身都觉得不适。

从卧室出来时，妈和弟弟都已不在家里了。明珠还是觉得头晕，想去医院瞧瞧，又懒得奔波，就给李景哲发消息："我今天一直头晕，后脑勺疼，是怎么了？"

他很快回复她："初步诊断可能是血压高，为保险起见，建议到医院就诊。"

"天冷，不想动。"

"我今天休假，就在附近，你下楼。"他发了语音过来。

她怕冷，却想去外面透透气。

出了小区，他果然已经在车上等着了，他替她打开车门。

上了车，他先看到她的眼睛，两个小时前，那双眼哭过，现在眼泡发胀，眼白上的红丝还未散去。他看了几秒，并没有追问。

明珠像一个真正的患者那样。再次描述病情，并用手抚了抚自己的后颈："这里也觉得疼。可是天太冷了，不太想去医院。"

"不用去医院。"他竟伸手从后座拿出了一副血压仪，现场给她量起了血压。

明珠惊讶道："这是职业习惯？随身携带血压仪？"

他不可置信地看了看她，认真地回答："对，我们医生还随身携带手术刀。"

片刻后，她意识到他在开玩笑，两人都笑了。

"我妈血压不好，所以我车上备着血压仪。"他解释道。

"你真孝顺。"明珠由衷地称赞了一句。

李景哲被这么一夸，有些意外："孝顺吗？我妈经常说我是逆子，惹她生气。"

"你也会惹你妈生气？比如……"

"比如，我做了一名妇产科医生；比如，我不听她的安排去相亲；比如，我花三千块钱给她买了一双鞋；比如，我把她存放在冰箱背后的塑料袋都给扔了。我经常在家挨我妈骂，她让我赶紧搬出去。”

“啊！”

“你刚才问我，‘也’会惹妈妈生气吗？为什么是‘也’？你惹父母生气了？”

“不是我。”

“那是谁？”

他抬起头，取下了血压仪。

她很想有个倾诉的对象，但又觉得明晖的事太糟心太不堪了，迟疑了一下，摇了摇头：“没什么，我就随口一说。”

“血压有点高。”他把血压仪放回原处，正色道，“患者在医生面前不该隐瞒病情，否则只会耽误治疗。”

可她还是不能说，于是转移话题问：“血压高吗？需要吃药吗？”

“吃药倒不必，调理即可，平时注意左侧位躺卧，适当地休息和活动，劳逸结合，饮食上控制热量，不要过于肥胖。”

“好，我记住了。”听完医嘱，她打算下车了。就在这时，她的手机响了起来。是一个陌生号码，她没有多想，接了起来。

电话里是一个男声，问她是否是沈明珠，是否认识沈明晖，沈明晖在 ×× 银行办理的信用卡欠款逾期未还，现在沈明晖的电话关机，而沈明珠是第一联系人……

那人在那头说了什么，她渐渐听不到了。耳畔回荡着风声，明珠握着电话的手，筛糠般发起抖来。车里暖气很足，她突然觉得空气稀薄，喘不过气来，用另一只手慌乱地摸索着开窗的按键。李景哲按下了车窗中控开关，车窗打开了，她对着窗外的冷空气，大口地呼吸着，干呕着。

电话那头还在说着什么，他一把拿过她的手机，声色俱厉地呵斥：“这里没有沈明珠，也没人认识沈明晖，请不要再打电话过来！”

挂了电话，他自作主张，把刚才的来电号码拉进了黑名单。

明珠心有余悸：“他们还会打电话过来吗？”

“可能会换一个号码打，你不要接听，拉黑就好。”

“明晖真的会被起诉吗？他会不会一会儿再来要钱，我该怎么办？我刚刚给过了啊！”说着，明珠的眼泪又涌了出来。

李景哲用那种恨铁不成钢的眼神看了看她，说：“他会不会被起诉，要不要坐牢，这根本不是你该考虑的问题。”

明珠喟然，小声道：“毕竟是一家人。”

李景哲启动了车子。

“去哪儿？”

“远离是非之地。你说得对，他可能一会儿就会来要钱，躲为上策。”

明珠想起要面对的惨境，凄然苦笑，便把头靠在椅枕上，疲倦地闭上了眼睛。

他带她去了城中的一家撸猫馆。

大玻璃房里，虎斑、三花，还有一只玳瑁，正滚作一团。一只小橘猫穿着小裙子，公主一般。

店长是一个年轻美丽的女孩，给他们拿来拖鞋。李景哲似乎是这里的常客，和店长很熟，熟稔地开着玩笑。明珠难免好奇，悄悄问：“这位就是让你拒绝相亲的原因？”

“瞎说。她是我同学，不过学的是兽医，那可是辣手摧花的狠角色，会给猫做绝育手术的主儿。”他做了一个手术刀“咔嚓”的动作。

李景哲脱掉自己的鞋子，明珠看到他右脚的袜子大拇趾处破了一个洞。他也看到了，脚不好意思地往后缩了缩，自嘲：“这袜子质量也太不好了。”

没有人能一直无懈可击、完美无瑕，有瑕疵反而让人觉得亲近。看着那个洞，还有洞里正往回缩的大拇趾，她忍不住笑了，他也跟着笑了。

笑罢，他忍不住感慨：“今天是我第一次见到你笑。你应该多笑，母亲的情绪会感染胎儿。”

进了猫舍，他席地而坐。她大腹便便，在一个沙发上坐下来，几只猫不惧生，也不理睬他们。

他知道她的心里仍不平静，只是压抑着胸口的惶惧不说出来罢了。

“明珠，作为朋友，我想劝你。也许你不一定愿意听，也许你也想听，但可能觉得做不到。不过我还是要说。”

“你说，我在听。”

“在我们的身边，存在一种‘黑洞型’人格的人，他们散发着强大的负能量，总能把事情搞砸，把你往深渊里拉。你得不断付出金钱、精力和热情去填补他们，而他们会像吸血鬼一样，不断消耗你、折磨你，最后吞噬你，让你也变成一个‘黑洞’。”

“那我该怎么办？”

“两个方法。一是继续帮他，首先让他有一个稳定的每天能见现钱的工作。给他制订一个还款计划，列一个表格出来，搞清楚他现在到底还欠多少债，晓以利害，让他踏实工作，慢慢还债。当然了，这种方法成功率很低，我并不建议你使用。”

“那第二个呢？”

“第二个你不容易做到。像这种‘黑洞型’人格的人，遇到了，应该拔腿就跑。听懂了吗？遇到这种人，不用多问为什么，不要让任何人来消耗你的人生。记住，你不是救世主，你只是一个普通的女孩，遇到危险，拔腿就跑。”

她若有所思地点点头。

一只猫跳上了她的膝盖。她摸了摸，猫咪舔了舔她的手指，又跳开到别处去了。

有一只猫伸出自己的小脚，把他袜子上的洞当作攻击目标，他笑得很无奈。

“我觉得最好的人际关系，就应该是猫和人的关系，互相需要，互不干扰。爱人、朋友、亲人，都应该是这样。”

店主用小托盘端了花果茶和糕点来，笑吟吟地插嘴道：“谁说的？我有时在电脑前工作，猫就会来干扰我。”

“不要影响我做人生导师好不好？”

三个人都笑起来。

店长退出去招呼别的客人了。李景哲继续扮演人生导师。他抱起一只猫给她看：“你看它的眼睛。”

那是一双漂亮的眼睛，玻璃珠一般。棕黑色的眼珠蒙着一层雾蓝，它的眼神仿佛会说话，要亲亲，要抱抱。

“你见过婴儿的眼神吗？和这个很像，无欲无求，洁白无瑕，就像一面湖水，如果有欲求，那也只是想要一个拥抱。每当我特别疲倦，被误解，被伤害时，就会来这里撸撸猫。与猫对视时，我能暂时忘掉不快，时间也仿佛静止了，就像沉入了湖底，慢慢消失了，烦恼也跟着消失了。你试试看。"

她接过那只猫，与猫对视。时间静止，她慢慢沉入了湖底，烦恼消失了，忧愁消失了，一切都消失不见。

很治愈的过程。

临走的时候，她还和店主聊起了生意经，笑道："我刚进来时还在暗自猜想，开一家撸猫馆怎么会赚钱呢？现在我想明白了。"

这是一个多么美好舒适的所在。压力爆表的都市人，谁不想找这样一个心灵的憩所。

"所以你也要开一家撸猫馆吗？"女孩问。

"有可能。"

回去的路上，明珠说："我其实一直在想，我不能坐吃山空，一直依赖别人啊。我也要做点事，只是一直不知道该干点什么。"

"撸猫馆吗？"

"还没想好。"

"是要好好想想。做自己真正擅长的、热爱的，可千万别像我这样。"

"你这样？是哪样？你医术高超，认真严谨，是个好医生，不要妄自菲薄。"

"如果一个妇产科男医生说他热爱这份工作，那肯定是假话。"

"为什么坚持了下来？"

"如果一定要说得高尚一些，那么坚持下来的原因，绝不是热爱，而是责任感和使命感。"

"你是好医生。"

"过奖！谬赞！"

"送我到翠花路 239 号吧！"

"嗯？"

"那是我公婆家，我今晚想住那边。"

李景哲心领神会，将车子向左拐去。

打开手机，她看到妈发来的消息："你去哪儿了？我和明晖在家等你呢！"

除了微信消息，还有两个未接来电，一个是妈的，一个是明晖的。她回复了微信消息："别等我了，我在建奇家，不回了。"李景哲腾出一只手来，给她竖起大拇指。

到公婆家时，他们还没睡，婆婆把明珠迎进来，无比惊讶："明珠！"

明珠又撒了一个小谎："我妈回村两天，今晚小区停电，我一个人，就想过这边来睡。"

公公正在仰脖子喝药，咽下了，跟明珠打了个招呼，回房间去了。

婆婆喜不自胜，叫保姆把客房收拾一下，明珠却说："我就睡建奇的房间。"

婆婆的脸上闪过一丝异样："我怕你忌讳呢！"

"怎么会？我们是爱人、亲人，他是我的保护神、英雄，忌讳什么？"她坦荡又通达。

建奇的房间还是原来的样子，干净整洁，桌上摆着他看过的书，有一本书里夹了书签，折了角，再没有打开。

婆婆安顿她睡下，过一会儿又进来，给她被窝里塞进一个暖水袋，口气里既有兴奋，又有些愧疚："你能来跟我住，真好。本来就该一家人住在一起，好有个照应。我怕你跟我们在一起不自在，女儿和娘家妈在一起肯定舒服点！"

婆婆考虑周全，这更令明珠汗颜，她说："我以后常来住。"

夜深了，月亮很圆，从窗帘缝里漏下一片月光，铺在地面上，像一封雪白的信。明珠想，这是从天上投递的信啊！明月千里寄相思。

在梦里，她的孩子已四五岁，白白胖胖一个娃娃，分不清是男生还是女生。她和建奇拉着孩子的手，他们在野外踏青，一起走上一座吊桥。那座吊桥摇摇晃晃，孩子觉得好玩，一边摇摆一边兴奋地尖叫。她突然失去重心，内心恐惧，慌乱中去寻他的手，发现他已不在身边。一回头，他已独自站在桥头刚刚出发的地方，微笑地望着她。他的身后，是氤氲的雾气。她看着他，还是那么俊美的男人啊！漂亮的眼睛，薄薄的嘴唇，健美的身材，还有一双漂亮的手。他对她挥挥手，渐渐消失在如牛奶般稠密的雾里。

她醒来时，那片月光移了位置，仍像一封雪白的信。她躺在月光中，像夜色中静静涌动的海潮一般，安静而充满力量，多么美丽伤感的梦啊！他们依然相爱，却此生不复相见了。

第二十七章

我再也不管你了

第二天早上，吃完早饭，婆婆想留明珠多住几天，明珠觉得不妥。早上起床看到公公穿着睡衣进进出出，到底还是不适应，她委婉谢绝了。

婆婆亲自送她回家。

明珠小区门口的路边新开了一个便民早市，每天早七点到九点营业。此刻小贩出动，熙熙攘攘。自从有了这个菜市场，她每天早上遛弯回来，就算不买东西，也喜欢从这里走走看看。记得古龙有一本小说里写过：“一个人如果走投无路，心一窄想寻短见，就放他去菜市场。”大概是说，一个绝望的人，看着那些带着泥土和露水的青菜萝卜，扑腾着的鱼虾鸡鸭，也会被这种新鲜动人、热热闹闹的情景所感染，进而重新唤起对生活的热情。

明珠和婆婆提前从出租车里下来，穿梭在长长的早市里，慢慢地走回去。

她们一路走过去，买了青菜两把，活虾一斤，生姜少许，经过鱼贩的摊点时，一条不甘心的鱼从水里跳出来，溅了明珠一裤脚的水。这时，她看到市场的尽头，一个穿羽绒服戴眼镜的老太太正在一家蔬菜摊点前翻捡。明珠走近了，她正好回头，两人的目光就撞上了。

是喻老师。

“明珠，买菜啊！”喻老师说。

“嗯！您也买菜啊！”明珠还是不知道该怎么称呼她。

两位老人也微笑致意，彼此打量着对方。

婆婆已在明珠这里偶遇过喻老师两次。自上次和明珠开诚布公地谈过之后，她对明珠和喻老师的关系也心知肚明。看着喻老师尴尬且略带讨好的眼神，婆婆乐得做个好人，装作毫不知情，笑了笑道：“是她姑妈啊，那你们聊，我先回去了。”

婆婆拍拍明珠的胳膊，自顾自走了。

母女俩站在熙熙攘攘的菜市场，一时无语。

“上次你托了李医生给我做手术，一直没有当面谢你，怕给你惹麻烦。”

“说什么谢，我不过打了个电话。您恢复得还好吧？”

“挺好的，挺好的，什么问题都没有了。”

客套的话说完了，两人都没有挪步子。明珠不习惯在婆婆家待着，但也不太想回到自己那个压抑的家里。此刻她甚至产生了一个恶毒的想法——她就是要故意站在这里，和生母大大方方地聊天，让养母看吧，看就看吧！我不是跟在你身后流鼻涕的小孩子了，不是被你捏在手里的小鸟了。你看，我可以随时挣脱，随时逃走。

“知冬的婚礼，你能来，我特别高兴，你是个善良的孩子。当时太忙太混乱了，没顾上你，我特别想让你坐我身边，给旁人说这是我的老三知秋，看，长得多好看。可是我得顾虑你那边，不想让你为难。明珠，我和你爸对不起你，你……”说着说着，喻老师又哽咽了。

“你爸”，好奇怪的字眼，明珠听得浑身不自在。她没法解释，自己那日出现在知冬的婚礼上，纯属意外，只好尴尬地转移话题：“别说这个了。对了，你是来看知春的吗？”

这个便民早市和知春的家只有一街之隔，喻老师来这里买菜，合情合理。她当然不会承认，她是借着看望知春的名义，抱着一丝渺茫的期望，在这里等明珠的。她牵挂她，但不能给她负担，给她压力。

“是啊！来看看知春，她从小就不听话，让人操心。”

“她性格很好的。”

“这几天都见不到人影，打电话也不接。”

她们竟然能站在街头聊天，这让明珠产生了一种不真实感。她说：“我要进去了。”

“你最近还好吗？”喻老师并不想马上离开，想要多说两句。

“就那样，一切正常。”

“有点黑眼圈，要好好休息啊！”

“好。”

话题无以为继，在这里就结束了。明珠手里提着刚才买的菜，要回去了，喻老师要帮她提：“我送你到小区门口，不进去。这个看上去有点沉。”

“不沉。医生说，孕妇要多运动。”她淡淡微笑着婉拒了。

喻老师没强求，母女俩还能这样平和地说两句话，她已经很满足了。

明珠回到家，岳娥不在，明晖也不在。她轻轻地舒了口气。

中午十二点左右，岳娥回来了，一进门就埋怨：“手机怎么关机啊？”

“没电了。”

“没电了不知道充吗？知不知道别人担心你啊！不就怕明晖找你要钱嘛！还躲起来，至于嘛！”

“怎么？他这样要钱很有理？”

“我好好骂过他了，你放心吧！问题都解决了。”岳娥挑挑眉，看上去心情愉悦。

“解决了就好。”

明珠走后，喻老师在原地站了一会儿。她给知春打电话，知春仍不接，喻老师索性直接上门去了知春家。知春的门用的是密码锁，喻老师知道密码，可输了半天，都提示密码错误。唉！看来知春又改了密码。她只好悻悻地回家去了。

此刻，知春正站在一家私立医院的门口，抚了抚已经隆起的肚子，朝门诊大楼走去。

喻老师最近催她催得紧，叫她赶紧和沈其琛把婚礼办了。为此，母女俩吵了好几架，知春只好躲为上策。

不是她不想结，可现在怎么结？她还想穿婚纱呢！肚子已经这么大了，穿上婚纱多难看啊！那天碧晨在婚礼上穿了一条遮掩小腹的婚纱裙，她都没好意思说，真像一只大白鹅。

她说碧晨像大白鹅后，喻老师不乐意了，讽刺道："别人像大白鹅，你呢？你像企鹅，一只没人要的母企鹅。"

知冬结婚那天，知春穿了一条灰白撞色的裙子，肚子隆起，这么一说，还真有点像企鹅。知春怀孕后特别能吃，明明和别人怀孕月份差不多，但肚子显得特别"磅礴"。她和喻老师都怀疑是不是怀了双胞胎。

被亲妈比作母企鹅，知春也不恼，笑道："对啊！我都成企鹅了，还怎么办婚礼穿婚纱？等等吧！等我生完孩子，跟满月酒一起办。"

一听这话，喻老师就跳脚："生完孩子？生完孩子男人还能给你办婚礼？该上车时不上，还能专门给你再发一趟车不成？"

"他能，他就能。"明珠晃着手指上的钻戒，像个被爱情冲昏头脑的少女，笃信眼前的男人是真爱，是非她不娶，是一生一世。

"你是不是被那个人骗了啊？人家不要你了？怎么知冬结婚都不来？"一提起知冬结婚，喻老师就生气。大女婿没来，而喻老师一直给亲戚们吹嘘的一表人才的未来二女婿也没来。只有知春挺着个大肚子恬不知耻地晃来晃去，被亲戚们议论纷纷，让喻老师一直抬不起头。

"他那天在谈一个重要的合同，我没告诉他。"

"什么事有你弟弟结婚重要？"

"男人以事业为重。再说了，我来不就行了？婚礼上乱糟糟的，多一个人少一个人又怎样？他不来，你儿子结不了婚吗？"

跟知春没说几句话，喻老师就气得肝疼，真是皇帝不急太监急。

那天吵完之后，喻老师就一天三小催，两天一大催。知春不胜其烦，就躲着她。

沈其琛最近确实很忙，似乎签了一家酒店的设计项目，每天忙得不见人影，有时很晚回到家，电话还不断。他怕影响知春休息，总是出去接听。挂断电话后，他从身后环抱着她，把下巴抵在她的发顶，喃喃地说："对不起啊，知春，最近太忙了。"

他们也商量过婚礼的事。他喜欢中式，她喜欢西式。他说随她，就找了一家婚礼公司出方案。后来知春说身材臃肿穿不了婚纱，想要生完再办，他想了想，觉得也行。

她觉得自己的人生正稳步向前，高歌猛进，好得很哪！

有一天，知春在家和保姆聊天，猜起胎儿性别。保姆说肚子尖尖生男孩。知春说自己嗜辣，肯定生女儿，于是心血来潮，也想要查查孩子性别。她在通讯录里七拐八绕联系到一个朋友的闺蜜。那闺蜜在一家私立的妇产医院上班，说可以帮她查，知春就兴兴头头地来了。

这家私立医院离城中很远，盖得挺气派，外观看起来不像医院，倒像一个超大的儿童房。她一进去就被两个穿粉色护士服的护士围住，热情地给她端茶倒水，奉上精美的小糕点，就差捏肩捶背了。小护士让她填了张表，热情地给她介绍水中分娩、无痛分娩，以及盆底肌修复、产后修复等等，各种五花八门的项目。知春是个财大气粗又容易冲动消费的主儿，很快被"彩虹屁"吹得昏了头，觉得每个项目都高端大气上档次，仿佛是专为她这位尊贵的客人量身定制的。头脑一热，她就应承下来："好好好，这个可以，签签签！哎，不对，那个无痛人流我可不要！"

她就是在那时看到沈其琛的。他的身形，他近日常穿的咖色风衣，还有她买给他的鞋子，她都看得一清二楚。他出现在这家偏僻的妇产医院，身边还跟着一个年轻女孩。女孩看上去很瘦，头发乱蓬蓬的，穿得也很土。沈其琛紧紧地用手臂揽着她的肩，还很贴心地拿医院的纸杯小蛋糕给她吃。

知春不敢相信自己的眼睛。她摇摇头，揉揉眼，可那对"狗男女"还站在那里说着什么。知春的心里像闯进一架轰炸机，轰鸣着似要掀翻所有理智。她喘着粗气，努力让自己冷静。两秒后，她安慰自己：这一定是个误会。既然是误会，那上前问清楚就好了。如果不是误会呢？她也想好了：那就甩他两巴掌，胳膊一定要抡圆了。

知春想站起来，却被一个小护士微笑着按住了。她又起来要去追，那护士急了：“姐，你先付了定金，我们才可以为你保留 VIP 月子套房。”

“狗男女”要走了，再不追就来不及了。知春这时忽然从消费陷阱里清醒过来，冷静地说：“我要回去和我老公商量一下。”

护士还在给她讲“女性要对自己好一点”的大道理，她已经听不到了。她绕过那两个聒噪的女人，朝刚才那对“狗男女”离开的方向找去。人呢？人呢？“狗男女”去哪儿了？

她怀疑自己产生了幻觉，站在原地愣怔了许久，用了好长时间才消化了刚才那汹涌复杂的情绪，这才想起自己此行的初衷。

她在二楼找到那个熟人，做了一个 B 超检查。探头放到肚皮上时很凉，她猛一哆嗦。因为是熟人介绍，这个医生说得很详细：“胳膊和腿都很长，将来是打篮球的好料；你看，这个黑色的东西，就是她的眼睛了；这里是心脏……”

医生在说什么，她一句也听不清。她的手指在微微颤抖。

“你冷吗？暖气很足啊。”医生贴心地问。

“不冷。”她觉得自己心里很平静。

“是个小公主。”这熟人不知道知春查胎儿性别的初衷，怕她失望，似安慰道，“女孩好，我就喜欢女孩，贴心。”

“是呢！我就想要女孩，这下好了。”

“我家就是一个女儿，我老公就是个女儿奴，爱得不行。你老公想要男孩还是女孩啊？”这位朋友的闺蜜是个热情开朗的人，很健谈。

可是知春此刻不想说话，她淡淡回道：“他啊，都行。”

见知春意兴阑珊，这个熟人猜她还是因为胎儿是女孩而心情不好。于是她也不再多嘴了。

知春没有直接回家。她先去公司处理了一些事，然后约了一个女友吃饭，看电影，跟没事人一样。看完电影已经是晚上九点，女友开车送她回家。下车后她看了一眼手机，有好几个未接来电，全是喻老师的，沈其琛的来电夹杂其中。因为手机静音，她都没有接听到。她点开微信，他继来电之后发了一条消息：“李姐今天休假，你好好吃饭了吗？我带宵夜过去。”

李姐就是沈其琛为知春请的保姆。

她的心情已经趋于平静。冬夜的寒冷让人清醒和冷静，她抑制住了质问、发飙的冲动。她只是觉得，应该见面说清楚。

“好，你过来吧！”

谁知她的字刚打好，他的消息又挤了进来：“对不起啊，知春，我临时有点事，不能过去陪你了，我点了外卖宵夜给你。”

临时有事？呵！她想起那个和他一起出现在妇产医院的女人，实在想不出别的理由来说服自己——同事？下属？朋友？前女友？热情帮忙？偶然碰上？都不像。她没法在这件事上超脱，她震惊，猜忌，胡思乱想。深冬的风猎猎作响，像刀子一样割脸，也割着她的心，她看似平静的心阵阵绞痛。

“好！谢谢！”她回复了他。她告诉自己，不能打草惊蛇，她要让他自己说。

她步子虚软，走在小区的甬道上，路灯把她臃肿的身体投射在地上，果真像一只企鹅，还是一个巨型的企鹅，太丑了。她像一个怨妇似的迎着冷风吸了下鼻子，心里委屈，有点想哭。她看着那只巨型企鹅，恨自己为什么变成了这副模样，她恨这个男人，她也恨自己。他没有出现时，她的生活昂首阔步，充满活力。他的到来，让她也像那些没出息的女人一样，患得患失，优柔寡断。她恨自己这副样子。

进了单元，乘电梯，出电梯，一拐弯，看到一个人影在她门口徘徊着，她霎时心里一紧，再定睛一看，那不是亲爱的喻老师吗？

知春长长地松了口气，抚了抚胸口：“妈你站这儿干啥？吓死我了。”

喻老师不知等了多久，气急败坏，劈头盖脸就是一通骂：“我站着干啥？你说我站这儿干啥？打你电话为什么不接？锁为什么换密码了？”

夜深人静，喻老师的声音在楼道里发出回响。她意识到噪声扰民，于是压低了声音，狠狠地抓住知春的胳膊：“你到底什么时候才能让我省点儿心？你能不能别折腾了？”

可怜天下父母心。喻老师早上从这里回去后，寝食难安，下午给家人做了晚饭，说是下楼遛弯，结果又跑到知春这里。进不了门，她就死等。

知春被捏疼了，甩开胳膊，开始输入密码，低声反驳："我折腾什么了？我怎么要你操心了？我是违法乱纪了，还是啃老了？"

"你，你比啃老还可恶，每天腆着个大肚子招摇过市，你让我老脸往哪儿搁？"

知春正心烦意乱，可妈还在耳边唠叨。密码确实是新改的，不知为什么，知春输了三遍都是错的。她气得踢了门一脚，不耐烦道："脸往哪儿搁？就搁头的前面，搁不住你就装口袋。"

"怎么说话呢？你有没有良心？"

知春继续低头输入密码。

"就算妈求你了，你别作了，赶紧把婚一结，差不多就行了。"喻老师仍在耳边唠叨，看知春半天打不开门，又数落道，"当时你装修的时候我就说，用普通的防盗锁，你非要用密码锁，这下好了吧！"

也许是这一整天积压的情绪发了酵，这一刻知春终于绷不住了，她忽然把随身的包狠狠地掼在地上，压抑着声音，喉咙发紧，带着哭腔喊道："你能不能别说话了？你能不能别管我？你是不是管学生管惯了，现在闲得慌？你去跟我爸吵吵架啊；你去照顾你怀孕的儿媳妇啊，问问她想吃什么；你去管管知夏啊，看他们夫妻有没有吵架；还不行，那你去管管那个明珠，多关心关心她，补偿补偿她，补偿你跟我爸作下的孽！"

话音刚落，一个巴掌落在了知春的脸上。

两个人都愣住了。

喻老师很少打孩子，上一次动手打知春，是得知知春从大学退学。打了那个巴掌后，知春整整半年没回家。后来是老许和知夏找到知春，好说歹说，寒假时把她带回了家。喻老师不会道歉，只是做了一大桌菜，主动喊她"吃饭"，那件事就算过去了。

那一巴掌清脆的回响似乎萦绕在楼道里，久久不散。

知春觉得委屈，喻老师也同样委屈。喻老师喉咙沙哑，像是卡着一口痰，可仍不甘示弱，咬着牙说："好，我再也不管你了。"

记得许多年前，喻老师打了知春那个巴掌，也是这样说："我再也不管你了。”

语罢，喻老师转头就走。

那一巴掌不轻，知春的脸在外面被冷风吹过，此刻火辣辣地疼。她懊恼极了，一边流泪，一边颤抖着手指，在门锁上输入那个怎么也无法验证通过的密码。

她心乱如麻，不能平静。

已经是晚上十点了，天寒地冻，喻老师一定会去坐公交。门口那路公交车不知停了没有，如果打车，这会儿不知道好不好打。知春感到后悔，心里不忍，想要挽留喻老师，可脚下却像长了根似的，迈不出去。

密码终于输入正确，门打开了，她松了一口气。楼梯间里，传来“叮”的一声，应该是喻老师按的电梯到了。

知春追了出去，电梯口已空无一人，而电梯口的楼层显示仍在一楼。一切就像一场幻觉，好像妈妈今晚根本没有在这里出现过，什么都没有发生。可是脸上的灼痛感明明还没散去，彼此争吵的声音仿佛还在清冷的夜里回旋。今日的一切，都不是梦。

第二十八章

示威

小区里有一群“妈妈帮”。明珠遛弯的时候，常常看到宝妈们推着婴儿车，三五一群，或聊育儿经，或看顾着稍大一点的宝宝学走路和玩耍。阳光明媚的时候，大家都聚堆儿晒太阳。明珠挺着孕肚，如同找到了组织，很容易就和大家打成了一片。

有一位热心的妈妈把明珠拉进了她们建立的妈妈群。嗬！里面可真热闹！明珠在群里“潜水”了几日，发现聊天内容主要分为三类：一类是最常见的育儿交流、孕产知识，孩子的头疼脑热、吃喝拉撒睡，所有问题都能在这里找到答案。还有一部分人可归为“吐槽帮”。吐槽帮又细分为吐槽婆婆和吐槽老公两大类。吐槽的内容每每让明珠看得胆战心惊。那些妈妈好像生活在水深火热之中，相比之下，明珠觉得自己的生活好像也过得去。还有一类就是各种团购消息、拉票链接和微商广告。明珠觉得很奇怪，发现很多人在做了妈妈之后没多久，都忽然多了一个微商的身份。微商妈妈们自己也在群里自我调侃为何做微商，还不是做了妈妈后没收入，找老公要钱得看脸色，想出去工作吧，又被孩子捆着。只好等孩子睡着了，做点微商。虽说“喜提玛莎拉蒂”这种事想都别想，有一搭没一搭地，挣一点算一点。发朋友圈还得屏蔽老公，也不敢说拿它当事业，就怕被身为部门小领导的老公耻笑。明珠暗自感叹做全职妈妈的不易，也不免为自己未来的职业生涯担忧起来。

有一天深夜，大家聊起了美食。有人提到蛋黄酥，有一个妈妈说，她吃过最好吃的蛋黄酥，就是明珠做的。

那位妈妈正是拉明珠进群的群主。她在小区遛娃时，尝过明珠做的蛋黄酥。她也送过明珠自己老家产的黄桃。这位妈妈是明珠搬到此处结交的第一个朋友。

那位群主对蛋黄酥的描述好像有一种魔力，让深夜里孤独的妈妈们直吞口水。明珠上线后谦虚地说："等我再做了蛋黄酥，一定拿给大家尝尝。"

第二天她买了材料，就开始做蛋黄酥。岳娥出于好意，说："我在这里就是专门陪你，照顾你的，你不要总进厨房，没事给自己找事。"

"没事，这点活儿又不累。做美食对我来说就是一种解压。"

"解压，你有什么压力？"岳娥很敏感，觉得明珠话里有话。

"难道你每天无忧无虑吗？谁没点压力呢？"

"你有吃有喝有大房子住，有什么压力？我当然有压力，明静还没找个好婆家，明晖也老大不小了，还没结婚，要买房，要娶媳妇儿，我比谁压力都大。"

一听到"买房娶媳妇"这些话，明珠就当失聪，什么也没听见，自顾自低头做自己的事了。

蛋黄酥做好了，她带了一些下楼，分给了遛娃的妈妈们，大家赞不绝口。有一个妈妈吃了一个还想要，又不好意思，说要给钱买，明珠把剩下的都给了她，当然没要钱。

回到家，刚一进门，微信上就有申请添加好友的验证消息，打开一看，正是刚才多拿了蛋黄酥的那个宝妈。

加了好友后，那个宝妈先发了一个红包，说是刚才的蛋黄酥钱，称拿回家后，孩子和婆婆都觉得好吃，她想再买一些。说完，又发过来一个红包，说："我在外面买一盒 48，我付你 68，行吗？"

"都是邻居，喜欢吃的话，我下次多做一些拿给你。我没有开店做生意。”明珠回复。

那个宝妈发来一个惊讶的表情：“啊？你不是开糕点店的？你这个比外面店里卖的好吃太多了。”

明珠发了一个害羞微笑的表情，说：“谢谢。今天做的还剩一些，我下午下楼带给你。”

“好嘞！你快把钱收了。”

明珠发了一个表情，没有收那两个红包。

岳娥看到明珠给邻居们分了蛋黄酥，忍不住唠叨：“你也忒大方了点，买的这些海鸭蛋不要钱啊？还有那个红豆沙，都是自己熬的，不费工夫吗？煤气不要钱吗？”

明珠撇撇嘴。

妈妈群里纷纷称赞明珠的蛋黄酥。群主也私聊明珠，说周末要回父母家，老人就好这一口，想带两盒给父母尝尝。

厨房里正好还剩几盒，明珠本打算给李医生和婆婆拿去的。美食也要遇知音，明珠欣然答应了。

群主很快发了一个红包，明珠觉得不好意思，推辞不收。

这个宝妈过去是个生意人，自有一套生意人的处世哲学：“情谊是情谊，但是这个钱你必须要收。”

明珠脸皮薄，左右为难，当这个宝妈是知心大姐，就说出了自己的困惑：“刚才千千妈也给我发了红包，说是蛋黄酥钱。我不好意思，不知道该不该收。”

“收。”这位姐姐大概是学经济学的，给明珠讲了价格、价值和供求关系三者之间的关系。三言两语，就把明珠说得心悦诚服。在群主的劝说下，她收下了红包。

下午，明珠拿着打包好的蛋黄酥出门，岳娥又忍不住唠叨：“对外人就很大方，你钱多啊！”

明珠拿出手机，把红包给妈亮了亮：“公平交易，童叟无欺。我有收入。”

岳娥定睛看了看那个数字，有点吃惊：“68，就这么几个，要68？”

“这是市场价，好吗？又不是我乱喊价。”

明珠站在玄关换鞋，岳娥已经掐指打起了算盘，小声嘀咕着：“鸭蛋、红豆、面粉、猪油、白糖，鸭蛋贵点，这算下来，八个蛋黄酥成本才不到三十。嗬！这生意对半赚啊！一天做十盒，也不累，三百，一周就是两千多啊！哎，明珠……”

明珠已出了门。

下午，婆婆和保姆一起来了，提着一些食物，还有几盆花，哼哧哼哧地搬进屋里。

她带来的花有散尾葵、发财树，还有几盆水仙。

“我们刚才去花卉市场逛了逛，顺便给你也带点花花草草。雾霾严重，这几种植物净化空气，还好养活。”

明珠喜欢摆弄花草，马上把一盆小小的发财树摆在了玄关柜上，俏皮地笑道：“发财树，我喜欢，我有预感，我马上要发财了。妈，你看！”

婆婆扫了一眼她的微信红包，马上提醒道：“你现在不是一个人，你是个孕妇，要有充足的休息，不要整天待在厨房里。咱们家不用你挣钱，不缺你那仨瓜俩枣的。我和你爸爸的，将来都是给宝宝留的。你就安心养胎，带孩子，其他不用你操心。”

婆婆的话虽然给明珠刚才的热情浇了一盆冷水，但也给她吃了颗定心丸。明珠撇撇嘴，不置可否。

岳娥端茶倒水，热情无比，张口闭口“亲家母”，婆婆面上淡淡的，疏离地说：“别忙活了，我又不是客人。”

岳娥的热情受到了打击，她讪讪地看着明珠婆婆和保姆在家里旁若无人地忙着摆弄花草，自己坐立不安了一会儿，索性就坐在沙发上看起报纸来。

散尾葵共有两盆，婆婆指挥着保姆，给明珠的房间放一盆，给岳娥住的那间房门口放一盆。

岳娥忍不住提出意见：“我不喜欢花花草草的，放门口来回绊脚。”

婆婆笑笑，态度却是不容置喙的：“这植物好，净化空气，放着吧！”

上一次是电视机的位置，这一次又是一盆植物，岳娥看出来了，这女人是来给她示威的。至于为何来示威，岳娥心知肚明，自知理亏气短，于是不再说话。

保姆去扔垃圾了，明珠在阳台上给花儿浇水。瞅着空儿，岳娥小声问：“那件事，你没告诉明珠吧？”

“没有呢！”

这个“呢”字用得妙，像是在说“现在没有呢”，但保不齐过一会儿就说了。这个“呢”字，让岳娥更加忐忑不安，心揪起来，放低声音道：“别告诉她。我也是没有办法了。”

明珠婆婆的脸色此刻呈现出一种威严，如同她那个做官的老公一样。她冷着脸，并不与岳娥对视，目光看着前面，说：“不要再骚扰她，我不想她因为这些事情困扰，影响心情。”

“我也不想。”

“我不想她分心，影响到我的孙子。”

“我也不想。”

“那就让你儿子赶紧处理好自己的事。”说完这句，婆婆起身去了厨房。

岳娥羞愧极了。她没想到一把年纪了，却没有享到想象中的清福，还被儿子不断地往沟里拽，往一个深不见底的黑洞里拽。想起那天早上去明珠婆婆家借债，她也是不得已而为之。当她说出预支三个月工资时，明珠婆婆脸上的表情充满了鄙夷和震惊。但沉吟片刻后，她还是同意预支给岳娥，只是不轻不重地说：“不要再困扰明珠。”而今天她来，无异于敲山震虎，用词都不同了，是“骚扰”。

岳娥叹了口气。这时手机响了，一看是明晖，她顿觉手机烫手似的，连忙调成静音，慌慌张张进房间去接听。

“妈，你在家吗？我有点事，过去找你。”

不用问，准没好事。

岳娥的心突突地跳起来，压低了声音：“我不在，你不许过来，有什么事都别找我，你死到外头算了。不许过来，你姐的婆婆在呢！别丢人现眼，有什么事明天再说。”

说完这些，她狠心挂了电话，挂了电话还觉得不保险，又关了手机。

这边刚关机，那边明珠的电话就响起来。明珠不想接，又怕他继续打，只好接了起来。明晖的声音倒不像平时那么急躁紧迫，他不紧不慢地，说："姐，我找你有点事，就在你楼下，刚才看到你婆婆了。我就不上去了，说话不方便。"

他的语气甚至带了那么一丝丝说不清道不明的，淡淡的，无耻！

明珠头皮发紧，慌乱地挂了电话后，就往门口走，转头给婆婆打了个招呼："我下去拿个快递。"

"让小刘帮你拿啊！"

小刘就是婆婆家的保姆。

"不用了，要扫码的，她弄不了。"

她匆匆忙忙下了楼，明晖果然站在甬道旁的一棵树下，正在抽烟。看到明珠，他谄媚地笑了笑，忙掐灭了烟，态度是好的。

"什么事？赶紧说。"

"给我拿点钱，不多，两千。"他语气轻松，毫不客气。

果然不出所料，还是要钱。

"又要钱？你整天在搞什么啊？上次和上上次的钱什么时候还？"明珠没好气地问道。

"还，我肯定还，等挣了钱，我肯定还。这是最后一次，相信我。"他一脸真诚，说得跟真的似的。

"每次都说是最后一次，最后一次，我耳朵都听出茧了。连两千都要借，你真好意思。"

明晖也不急不恼，嬉皮笑脸道："你还嫌两千少啊，那你借我五千。"

看到这副嘴脸，明珠气不打一处来，顺手抄起脚下的一根枯树枝，朝明晖挥去："你还要不要脸了？还要不要人活了？"

明晖躲开了，也不恼，做求饶状："好好好，你别动怒，小心点！我惹不起你，我找妈，行吗？我现在上去找妈。"

说罢，明晖就作势要进单元门。

明珠明知他在逼自己，可她无可奈何，只能懊恼地叫住他："你回来，你不许去。”

……

打发走明晖，明珠又专门绕到小区门口去取了一个快递以掩人耳目，回到家里，婆婆数落她：“取个快递这么长时间，下次让送到家里来，不送就投诉他。”

“哦！好。”明珠心虚极了。

岳娥连忙表态：“取什么快递，你告诉我，我去取啊！”

母女俩深深地对视一眼，彼此心照不宣。

快递被拆开，里面是知夏帮明珠买的几本书，除了育儿方面的，还有两本理财方面的书。婆婆瞥了一眼，拿起来翻了翻，称赞道：“明珠喜欢看书好，这书好，你应该好好看看。老冯经常说，你不理财，财不理你。钱都不是大风刮来的，要让自己的钱保值、增值，而不是坐吃山空，当散财童子。这书你好好看看。”

婆婆话里有话，夹枪带棒。明珠生恐婆婆看出她娘家人的不堪，极力维护着表面的祥和：“对，我是该好好学学的。”

婆婆要回去了，明珠去送她，岳娥也打算去，婆婆婉言谢绝：“亲家母好好歇着吧！”

岳娥讪讪地止住了脚步。婆婆怕太伤亲家的面子，又补充道：“我顺便跟明珠说一下十月一给建奇上坟的事。”

十月一（农历），烧寒衣。我国北方的传统鬼节，人们在这一天祭扫，纪念逝去的亲人，谓之送寒衣。

此话一出，岳娥也无话可说，止步了。

明珠送婆婆到楼下，保姆在前面走着。

“我也想去看看建奇。”明珠先开口了。

“正好十月一到了，到时咱们一起去，我们过来接你。”

“好。”

婆婆略走得慢了一些，朝身后回望了一下，迟疑道：“明珠，我刚看你妈脸色很差，是不是太劳累了？”

“还好，她有点高血压。”

“要是太劳累，就回家歇一歇吧！你爸总是一个人在老家，回去了互相也有个照应，这边我可以让小刘过来，也可以给你再找一个保姆。”

婆婆话中有话，语气诚恳，这让明珠心里不安，以为婆婆知道了什么，可明珠无处倾诉，只好模棱两可地回答：“再说吧！”

送走婆婆，她舒了一口气，往回走。西安的冬天，天空终日雾蒙蒙的，难见一丝蓝天，午后的夕阳坠落到楼群后面，雾霾像一匹脏污的绉纱被抛向空中，令人压抑。她深吸一口气，尽量不去想那些糟心的事。

刚走到单元门门口，她的手机响起来，是知夏打来的电话。

电话那头，知夏语气很着急：“明珠，你在家吧？能不能现在到知春的小区看一眼，你们的小区离得比较近，我现在在工作室这边，过去得四五十分钟，你先过去看看……”

“你别急，慢慢说。”明珠心里一紧。

“那边物业的人给我打电话说有个孕妇在楼顶闹着跳楼，可能是知春，妈在楼下吓晕过去了，你快过去看看。知冬的电话也打不通，急死我了。”

“好好好，我先去看看，你别急，不会有事的。”

挂了电话，明珠就匆匆往知春的小区走。两个小区虽然只有一街之隔，但小区都比较大，走过去也挺费劲。正好小区里一位她认识的宝妈开车从车库里出来，她就央求这位宝妈载了自己一段。知夏的电话让明珠出了一层热汗，她也不知自己在急什么，是担心知春，还是紧张那个人？

进了明珠所在的小区，向保安说明了来意，她很快就找到了出事的楼栋。

楼下已聚满了围观的人，抬头看去，十几层高的楼顶上有一个黑色的人影。雾霾使人视线模糊，大家看得并不真切。楼下的人因而议论纷纷。

“太可怜了，听说已经怀孕七个多月了，老公出轨。”

“婆婆还向着儿子，打了儿媳妇。”

“这家人真不是东西。”

“真可怜，要是我，我也不想活了。”

……

明珠在嘈杂的人声里听了几耳朵大家的议论，心里为楼顶的孕妇唏嘘不已，但又暗暗松了口气，显然，楼顶的孕妇并不是知春。

在不远处一棵树下，她找到了被几个热心人看顾着的喻老师。

喻老师半瘫在条椅上，一位古道热肠的老太太让她靠着椅背。她的脸色苍白，嘴唇干裂得起了皮，目光还有些呆滞，似乎刚刚从一阵短暂的晕厥中醒转过来，鼻下的人中部位有一个清晰的红色印迹，像是刚刚被人掐过。有一位热情的物业工作人员拿来保温杯，倒了小半杯温水递过来，体贴地说道：“阿姨，喝点热水。”

明珠扒开人群走过去，声音发紧地叫了声：“喻老师，你没事吧？”

喻老师还没从失神状态中缓过神来，耳边呼呼作响，像刮着大风，隐隐还夹杂着学校运动会上此起彼伏的喧嚣声，震得脑袋嗡嗡直响。眼前这姑娘是谁？她摇摇脑袋，一时想不起来。

楼顶的女人忽然移动了，楼下的人群发出惊呼。

“警察来了吗？120来了吗？”

“她家人呢？”

人群引颈观望，议论纷纷，牵挂着楼顶那个可怜的妇女。

喻老师想起来了，刚才她正在家里做饭，趁着焖饭的间隙刷了一会儿视频，看到一条即时热点新闻：知春所在的那个小区，有个孕妇要跳楼。目击者拍的是一个背影，那灰白相间的衣服，不就是知春最近最得意的那件吗？穿上像企鹅一样，那一定是知春，一定是她。她被男人骗了，又被自己老妈骂，还得单身生孩子，背负了太多的压力，一时想不开了。都怪那天，自己说话太重了，肯定是这样的。

喻老师自责不已，立马打了一辆车赶来，看到楼顶那个人摇摇欲坠，心就揪成了一团。她想喊“知春别跳”，一口气没上来，就眼前一黑，晕了过去。

这时，人群涌动、骚乱起来，有人扯起被子打算在楼下接住可能坠楼的人。警察拉起了警戒线，120急救车也来了，在一旁随时待命。

喻老师慌了，挣扎着起身，跌跌撞撞冲过了警戒线，脚下一软，跪倒在地，朝天空撕心裂肺地喊着：“知春啊！你别干傻事，别干傻事！

妈不骂你了，你快下来，孩子生下来，妈给你带，妈给你养。”

明珠紧走几步追过来，给警察好说歹说，过了警戒线。她也揪着心，冲过去企图扶起喻老师，劝她：“您起来吧！上面那个人不是知春，您看清楚，那不是知春。”

喻老师被吓糊涂了，这才认出眼前的人是明珠，好不容易看到一个认识的人，如同抓住救命稻草一样，忽然失声痛哭起来。看着楼顶，她感到一种即将失去的痛苦，而抓住明珠的手时，又有一种失而复得的欣慰油然而生。她的泪汹涌地流淌起来，她哭得撕心裂肺，恳求明珠：“明珠，快，你劝劝知春，让她下来，你们姐妹好说话，她生我的气呢！你劝劝她。”

“那不是知春，你看清楚，那不是知春。”明珠既惶恐又紧张，感到微微的眩晕，仿佛握着她的这双手有千斤重。喻老师的手干瘦、粗糙，是一双经常干活的手。在喻老师握住她手的那一刻，她们仿佛建立起一种连接。千言万语，隔了几十年在这一瞬间汇聚、交融和衔接。所有积压的情绪都消解了。她仿佛回到了婴儿时期，伸出小手在空中摸索着，然后，一个温柔的大手牵住了她。记忆中，婴儿在时光深处露出的甜蜜的笑容，纯净得无欲无求。

喻老师不可置信，以为自己听错了，跌跌撞撞地站起来，抬头皱眉眯眼朝楼顶看着。她是高度近视，隔着十几层楼的距离，根本看不清，她急了，恳求警察让她上楼顶看看。

“你是她什么人？”警察问。

“我是她妈，你让我去看看。”

喻老师如此笃定，明珠也不禁怀疑，楼顶的女子到底是谁。

警察同意了，嘱咐她不要刺激对方，叫两个负责谈判的警察陪着她一起上去。就在这时，一个衣着光鲜的高大男子忽然冲进警戒线，扑通跪倒在地，声嘶力竭地喊道：“老婆，我错了，你下来吧！我真的知道错了。”

喻老师和明珠齐齐回头，愣住了。那是一个完全陌生的男子。

下一秒，一个表情严肃的老太太扯着一个五六岁的小女孩过了警戒线，把小女孩朝前推搡着，气急败坏道：“叫你妈下来，丢人现眼。”

小女孩懵懵懂懂，不知发生了什么事，被吓哭了，当看到楼顶的人，认出是妈妈时，开始号啕大哭要妈妈。

这时已有警察和物业的工作人员登上顶楼，在那女子情绪崩溃的瞬间将她拉回。一场“狗血”的闹剧落幕，背后是旁人无法想象的辛酸苦辣，只能由当事人和血咽下。众人唏嘘一阵，各自散去。

明珠和喻老师面面相觑。

喻老师的心像是坐过山车一般忽上忽下，现在终于缓缓落地。长时间紧绷的心松弛下来，她微微喘着气，再次摸索到明珠的手，将其紧紧地握住，口中喃喃道：“吓死我了，吓死我了，不是知春，不是她。”

明珠的手柔若无骨，像流沙一样顺从、柔软，任由她握着。喻老师在战栗中渐渐放松下来。

一位物业的工作人员既同情又和善地与她们开玩笑：“阿姨，以后可不能随便认亲啊！”

喻老师心有余悸地淡淡笑了笑。

知夏一路冲破城市交通的重重拥堵终于赶到了。此前在电话里也听明珠报了平安，如今看到妈没事，知道知春跳楼不过是个乌龙事件，悬着的心这才放了下来。

“没事就好，没事就好！”

可是看到明珠和妈在天寒地冻中坐在一张冰冷的石凳上，她忍不住埋怨：“知冬也不知道怎么回事，电话总是打不通，要这儿子有什么用？关键时刻一点也不顶用。”

喻老师知道，女儿们对她颇有怨言，逮着机会总要证明儿子无用女儿贴心。喻老师此刻疲倦且难过，也不想去理论。

“知春呢？这么冷的天，怎么不去知春的家里坐？她知不知道今天的事？一个个的，要手机有什么用啊，我打电话也打不通。”

“她，她……”喻老师犹豫着，不知道怎么说。

明珠就在旁边，喻老师羞于承认，知春家的大门现在对她是紧闭的，知春对她避而不见，知春的电话她是打不通的。仔细想想，她也觉得自己闹的这一出乌龙事件可笑啊！知春是谁啊？怎么会跳楼示威呢？她不会闹腾，更不会威胁任何人，她不争，不屑，但也绝不理你。知春到底是没心没肺，还是年纪轻轻就这样通透豁达？喻老师觉得自己好像很了解知春，可这一刻又觉得好像从来都不认识她。

知夏再次拨打知春的电话，听筒那头始终传来“您拨打的电话已关机”的提示音。知夏顿时仪态尽失，优雅全无，气得骂人道：“搞什么鬼？又玩失踪！”

明珠不明就里，安抚大家：“兴许知春姐开会呢！别想太多了。”

这时，明珠的微信提示音响了，是岳娥发的信息：“去哪儿了？回你婆婆家了？还吃不吃晚饭了？”

明珠这才想起来，忘记给妈报备打招呼了，她连忙发语音过去：“马上回去马上回去，吃晚饭。”

知夏平静下来，觉得叨扰了明珠颇感过意不去，于是拉住了她的手：“跟阿姨说一声，不回去了吧！饿了吧？我带你和妈去吃一家私房菜，那家的酱爆鸭丁特别好吃，走！”

“对！别回去了，走！你姐说的好吃的店，肯定没错。”

四周好像瞬间暗了下来，楼群亮起了星星点点的灯。冷空气一吹，明珠似乎一下子从那个临时的女儿身份中清醒过来，与梦境分离。她觉得今日自己的所行所为不妥，甚至有些逾矩，她应该马上退回到原本的位置，继续做沈家的乖女儿。

“不了，我妈在家等着呢！改天吧！”她拒绝了。

知夏没有强求，便和喻老师送明珠到小区门口，看着她进了小区。

路灯明亮，灯光劈开甬道的黑暗。没走几步，明珠就迎面看到妈在路边站着，等明珠走近了，妈也默默地走近，陪着她一起往家走。

岳娥说：“下来扔垃圾，顺便等等你。”

明珠心里不安，可是她不想总是撒谎了，也没有解释什么，问：“你吃饭了吗？”

“做好了，等你呢！下次你有事出去，给我说一声，免得我担心。”

“嗯！知道了。”

回到家，饭菜还温在锅里，岳娥一一摆上来。婆婆今日带了一只肥鸭来，岳娥就现宰现做，张罗了好几道菜，有酸萝卜老鸭汤、鸭肉焖腐竹、炒小油菜，巧的是也有一道酱爆鸭丁。岳娥可是开过农家乐的人，在做饭这件事上从不含糊。

明珠饿了，酸萝卜老鸭汤喝下肚，酸溜溜又热乎乎的，特别妥帖舒服，忍不住由衷且夸张地称赞："好吃，真的好吃！"

酱爆鸭丁很下饭，明珠吃了两口，不自觉地冒出一个念头：知夏说的那个酱爆鸭丁，到底有多好吃？有没有这个好吃？

岳娥忽然叹了口气，放下了筷子，说："刚才跟你爸视频，他最近胃病犯了。"

"啊？严重吗？我昨天跟他打过电话，没听他说过呀！要不让明晖接来到大医院来看看吧！"

"我想着，明静的婚事还没着落，你爸总一个人在家也没人照顾，一个人吃饭总是瞎糊弄。我想回去一阵子，给你爸做做饭，调理调理。你这边，我……"岳娥欲言又止。

明珠愣住了，妈这是在向她请辞？为什么？婆婆说什么了，还是自己惹她不高兴了？

"妈，你……"不知为何，妈说这番话，让她有一种轻松的解脱感。妈如果回去了，明晖也许就不会经常来了，包袱就可以甩开了。可她又觉得愧疚不安，也许是自己的心游离在生母那边，伤了妈的心，让母女俩处得这样疙里疙瘩。这两种感觉让她左右为难，不知该挽留还是答应。思忖片刻，她说，"要不，把我爸也接过来，我们一起住，这样，两边都能照顾到。"

"你爸不习惯城里的生活，还是算了。"岳娥似乎去意已决。

"可是……"

"也不急，等你这边安排好，要么你婆婆过来，或者找个保姆，我再走。"

"妈……"

第二十九章

按下葫芦浮起瓢

知夏带妈在那家私房菜馆吃了酱爆鸭丁，还有极鲜美的虾仁丝瓜。喻老师从前很讨厌吃丝瓜，却没想到丝瓜和虾仁搭配，竟能做得这么美味可口。

“好吃！以前怎么不觉得丝瓜好吃？”喻老师赞不绝口。

“同样的食材，在不同的人手中、不同的锅里，经过不同的烹饪方式，出来的味道就会不一样。”知夏吃得很少，看上去很疲倦。

喻老师听出知夏似乎话里有话，看到她鬓边似乎又多了几根白头发，在餐厅的灯光折射下，特别刺眼。她让知夏别动，伸手去帮她拔，无奈眼神不好，反倒拔了几根黑头发下来。知夏烦躁，躲开不让拔了。

天冷，知夏点了醪糟鸡蛋，母女俩对饮。

“我那天，跟知春吵了一架，还……打了她一巴掌。”愧疚、后悔、挣扎，几种情绪在喻老师脸上交织，而她极力掩饰的平静，也在这些复杂情绪的冲击下变得扭曲。

知夏有点吃惊，一下子坐直了身体，想了想，又靠回了舒服的沙发椅背，过了一会儿，才说：“她已经长大了，我们都已经长大了。”

言外之意是对喻老师的指责和一丝怨言，但知夏也不明说。

喻老师只得喟然叹口气：“是啊！都长大了，翅膀硬了，管不了了，我不管了。”

知夏无奈地笑了：“当了一辈子家长、班主任，不累吗？妈，不是我说你，你的心态也该改变改变了。儿女都长大了，我们需要的是父母，不是家长。”

这话让喻老师糊涂了，家长和父母，不是一个意思吗？

“什么意思？”

“就像在知冬和碧晨的这个新家里，他们才是一家之主，你和爸不是小学生的家长了，你们要摆正自己的位置，做好父母就行。”

知夏会玩笔杆子，说起道理来一套一套的。这话不太好听，喻老师听得一知半解，有些不悦，但也没脾气理论，于是不甘地嘟囔道：“等碧晨生了孩子，孩子大一点，我们带回村里带，谁爱跟他们住一起？”

知夏笑笑，不置可否。两代人的思想，隔着的岂止鸿沟，而是几个世纪，几个太平洋。

吃完饭，知夏和妈出门打车，喻老师说：“给张浩打个电话，看他在哪儿？叫他来接你。”

“不用，麻烦。打车很方便。”知夏想也没想就拒绝了。

车来了，母女俩上了车。

“你和张浩，没事吧？”喻老师担忧地问。

“没事啊！”知夏脱口而出，好像根本没经过思考。

喻老师放心了，又问：“你说知春，不会有事吧？你最近见过她吗？”

“不会有事的。她就那样，你又不是不知道。”

到家了，知夏送妈进小区，上了楼，进了家门。知冬和碧晨都没有回来，爸应该还在棋牌室玩兴正浓，家里冷冷清清。母女俩彼此叮嘱一番之后，知夏才离开了。

十月一，寒衣节，有人在马路边烧纸。火星和灰烬在夜风里翻飞，一种淡淡的哀伤笼罩着这个普通的夜晚。知夏疲倦地走着，迎面偶尔走来三两个行人，沉默且匆忙。她忽然觉得，夜行的人，也许都是孤魂野鬼呢？她觉得，自己就像孤魂野鬼。

屋里很安静，喻老师从洗手间出来，忽然听到微微的啜泣声。她吓了一跳，心想：鬼节快到了，那些孤魂野鬼该不会真的都跑出来了吧？

四下看看，屋内并无异样，她虚张声势大声叫道："知冬？知冬？是你吗？老许！"

知冬的卧室门缓缓开了一道缝，露出一个头发凌乱脸色苍白的脑袋，喻老师惊出一头冷汗，定睛一看，原来是碧晨。

她抚了抚胸口，埋怨道："吓死我了，你这孩子，在家怎么也不吭声啊？"

"妈！"碧晨带着哭腔喊道。

喻老师又吓了一跳，只见碧晨眼皮红肿，两个眼泡像快破皮的桃子，很显然，她刚刚哭过。

"怎么了？怎么了？知冬欺负你了？人呢？"

喻老师紧张地朝屋里看，可知冬并不在屋里。

婚房的喜庆还没褪去，红色拉花亮闪闪的，床头的婚纱照是油画风格，照片里的人宛如王子与公主一般。人们总说，王子和公主从此过上了幸福的生活，可是没有一个作家描绘过，那之后的幸福生活，到底是什么模样。

"别哭！他要是欺负你了，妈帮你收拾他。"喻老师这话说得很真诚，但她也知道，知冬做不出什么出格的事。小两口从来都甜甜蜜蜜，羡煞旁人，吵个嘴，半天就和好了。

岂料喻老师话音刚落，碧晨忽然抑制不住地哭出声来。

喻老师赶忙安抚碧晨，把她扶到床边坐下，细细询问。碧晨却只是垂泪，死活不说。

喻老师只好再给知冬打电话，这一次，电话终于通了。知冬的解释是，单位组织到山里某地做团建，是高强度的军事化拓展训练，要求每个员工关手机。

"对了，今晚就不回去了。明天下午回去。"他说。

喻老师不懂什么团建，拓展训练，她也不懂，不过既然知冬手机打通了，她这个做家长的，必须给碧晨做主、出气，她对着电话怒斥：“你怎么欺负碧晨了？碧晨的眼睛都哭肿了！什么团建？赶紧给我滚回来！”

知冬一头雾水：“我干什么了？我今天团建，要关机不回来，给她都说了呀！我怎么了？”

老人机的听筒里传来的声音清晰无比，一字不漏地被碧晨听了去。她忽然失控一般，夺过喻老师的手机，冲着手机撕心裂肺地喊道：“别回来了，你和你游戏里的老婆过日子去吧！”

碧晨还是忍住了，把“离婚”两个字咽了下去。结婚前一夜，娘家妈妈给的唯一忠告就是，婚后不要轻易说“离婚”。如果一定要说，先在心里掂一掂，睡一觉起来再做决定。

说完，碧晨自作主张挂断了婆婆的电话。

游戏里的老婆？这就是碧晨哭了一晚上的理由？喻老师一听，觉得好气又好笑，她觉得这没什么大不了。游戏嘛！不就是小孩子过家家，完了各回各家各找各妈，游戏怎么能当真？

喻老师松了一口气，却还是认真地安抚碧晨：“别气了，游戏怎么能当真？要是计较这个，那还不气死了？等他回来，我好好说说他，让他以后少打点游戏。都快当爸爸了，还跟个孩子一样。”

这些话，碧晨好像听进去了，她的泪慢慢止住了。喻老师又安抚了几句，给碧晨端了热牛奶进来，见她没事了，就回自己房间去了。

墙上的时钟已指向十一点，喻老师累极了，浑身如散了架一般，躺到床上却毫无睡意。不知道老许在哪个棋牌室废寝忘食呢！喻老师想起自己这一日，不禁慨叹自己命苦，这糟心的日子按下葫芦起了瓢，就没一件让人顺心的事。

那边碧晨好像不哭了，那就好。可喻老师还是翻来覆去睡不着，她就给老许打电话。老许从来不敢不接电话，每次接起电话的口气都是软绵绵的，毫无脾气：“什么事啊？”

“赶紧给我滚回来。”

“这才十一点啊！”过去，老许在村里打牌打到半夜一两点都是常事。喻老师有时半夜起来给孩子喂奶，老许还在牌桌上鏖战呢！

“少废话，赶紧回来。”

喻老师是真发火，或者是随口骂两句，这中间的细微差别老许能分得出来。这是几十年夫妻培养成的默契。十五分钟后，他从9号楼的某个棋牌室“滚”回来了。

看到喻老师脸色不对，老许不敢造次。他循规蹈矩，走路做事轻手轻脚，刷了牙洗了脚才敢上床。

无论老许再怎么小心翼翼，喻老师这种时候总能挑出毛病来，她骂他：“头转过去，抽烟的人，刷了牙嘴都是臭的。”

老许就把头转过去。

喻老师继续骂：“老子英雄儿好汉，没一个好东西。”

一听这话，老许明白了，肯定是知冬惹他妈生气了。矛头不是对准自己，就不要紧，让她发泄出来，一块儿帮着骂骂，这事就过去了。

“咋了？咋了？你儿子又惹你生气了？”老许决定加入讨伐儿子的队伍。

“你说说，你们男人为啥都爱玩游戏？游戏到底有多大的魅力？”喻老师用带着探讨的口吻问道。老许这才放松下来。

“男人为啥都爱玩游戏？因为男人至死是少年，男人至死是宝宝啊！要吃糖要抱抱要坐摇摇车的宝宝啊！哪有少年和宝宝不爱玩的？”

老许进城这些日子，跟牌桌上那些老少爷们儿学了一些俏皮话，现学现卖，说给喻老师听。喻老师一听，好像还真是这个理，老许不就是个典型的例子嘛！真不公平。

“男人是没断奶的宝宝，女人就活该受苦受累吗？一天啥事都要我操心。”

“到底咋了？”

不知喻老师怎么突然转了念头，想起老许的一件陈年旧事来，问：“你还记不记得村里的老杜，你的牌友？”

老杜是个女人，老许的绯闻对象，爱打牌，在家里搞了个棋牌室，经常跟老许他们打牌。有一次去镇上超市买东西，她搭老许的电瓶车，路上遇到个眼神不好的人跟老许打招呼：“跟你老婆上哪儿去？”于是这事从此沦为笑谈。喻老师知道老杜为人好，当然不嫉妒不吃醋。她心情好的时候，就会把这件事拿出来调侃调侃。

看来，喻老师这会儿心情好点了？

“咋又提老杜？老杜都瘫在床上几年了。”老许诚惶诚恐，不知道喻老师葫芦里卖的什么药。

喻老师用眼神挑挑东边，示意知冬房间的方向，小声说：“你儿子，玩游戏，游戏里有个老婆，被碧晨知道了，正闹脾气呢！”

老许笑了，就这件事？他松了一口气，裹上被子睡觉，说：“那哪能当真的？呵！睡觉。”

看吧！老许也觉得没事。喻老师这样安慰自己，也把一颗心放到肚子里，关了灯。

那边屋里无声无息，应该已经睡着了吧？她想。

碧晨其实没睡。

电脑一直开着，屏幕蓝幽幽的。她斜倚在床上，已经没有勇气去看那些肉麻的聊天记录。电脑是知冬的，用了好几年了，碧晨有时忘带电脑回来，在家处理一些事时也会用用。知冬爱玩游戏，每次陪她孕检，上孕产课，都抱着手机在底下玩游戏。年轻女孩嘛，总会嫌男友陪伴自己太少，两人为玩游戏吵过几次。知冬说玩游戏是放松，要带她一起玩。碧晨学了点皮毛，觉得没意思，就随他去了。

这天，她下午下班回到家，才想起有个要紧的QQ邮件要回复，打开电脑登录QQ，才发现知冬的QQ没有退出。真粗心啊！怎么会有这么粗心的男人？她宁愿自己没有看到。知冬把对她说过的情话，对电脑那头的女人都说了一遍，还有一些她从没听过的土味骚味情话，看得她胃液翻涌。两人还互相发了各自的照片，说了一些相当露骨的话。

呸呸呸！狗男女！

从聊天记录来看，他们是因某游戏认识的，互相加了QQ，聊了有两个多月了，也就是从结婚前一个月聊到现在，甚至结婚前一天，他们也还在聊。知冬对那个女人说：“明天要开一天会，不能陪你了。照顾好自己哦！老婆！”

多讽刺啊！

碧晨无法把QQ上的这个男人和现实中的知冬联系起来。知冬是那么敦厚、温柔、正直，单纯得带着点孩子气，他怎么会干出这种事来？他是不是人格分裂？哪一个才是真正的他？

夜已经深了，窗外的微风轻轻敲击着窗户。她怎么能睡着？怀孕四个多月了，她已经能感觉到轻微的胎动。母亲的情绪胎儿是能感知的，这一晚，她感到频繁且清晰的胎动，这让她心里满是焦灼和恐慌。她不断地安慰自己，努力让自己平复下来。

从聊天记录看，这对狗男女还没有发生实质性的关系，甚至没在现实中见过面。这种情况是不是可以原谅？精神的背叛就不是背叛吗？愤怒和原谅在她胸口互相顶撞，相互背叛。她心如刀割，无所适从，就在这时，她的手机屏幕亮了：“碧晨，我回来了，你开门，听我解释。”

他连夜赶了回来，还是在乎她的，对吗？女人用这种可笑的理由安慰自己，但她就是不去开门。

过了一会儿，外面有了响动，婆婆起来开门了。

知冬一进门，喻老师就顺手抄起玄关的一把长柄雨伞朝知冬一顿乱打。知冬先是惊叫了一声，然后就不躲了，任由她打。打了几下，喻老师又不忍心了，停下来，看看碧晨的房间，把知冬向前推了一把，小声道：“好好说，好好认个错。”

知冬惴惴不安地走进房间。房间里亮着一盏小夜灯，桌上的笔记本电脑打开着，那是呈堂证供。碧晨直挺挺地躺在床上，眼睛睁着，脸被昏黄的夜灯映照着，形容枯槁。知冬一惊，顺势在床边跪了下来，用手臂拢住了她的腰腹。他这跪着的姿态，既像是在跪地求饶，又像是为了与她方便交谈而摆出的虔诚模样。

“你听我解释。”

碧晨一动不动。

知冬解释，自己不过是闲得无聊，逢场作戏地聊了几句，完全没有走心。他表示自己一直且永远只爱碧晨一人，还说可以马上拉黑那个女人。

说着，他起身拿过电脑，当着碧晨的面拉黑了那个女人，以表忠心。

碧晨还是没有一点反应。

就在这时，知冬那只放在碧晨肚子上的手忽然感受到一个明显的胎动，他真切地感觉到了。过去好多次，碧晨都拉过他的手来抚摸，说有了胎动。他却说那是她的心理作用。现在，他真的感觉到了。那个胎动，像抗议，也像一个强烈的警醒，提醒他，也提醒碧晨，他们共同孕育了一个孩子，有过那么多美好的过往。他曾经在这样一个寒冷的冬夜把她的手放在自己的腋窝下为她取暖，向她表白。那一刻，他说的每一句誓言都是真的，就如同他现在的每一句忏悔，都无比真诚。

“碧晨，我真的错了。你原谅我。”

她终于动了一下，微微换了一个姿势。他赶忙殷勤地去扶她，帮她盖好被子。

侧过身，她的泪才流了下来。她还这么年轻，不过二十五岁，人生的第一场恋爱就是和他一起走到了现在，她对爱情和婚姻抱着童话般的幻想。她恨他，恨他用这样一种庸俗的方式打破了她的幻想。她以为他们的爱情可以永不破灭，她可以一直纯真，毫无保留地去相信和依恋他，可是这个五彩的肥皂泡泡被他打破了，她再不会相信他了。

“碧晨，我真的错了，你原谅我。”

知冬低三下四、虔诚忏悔的样子让碧晨有一种充满痛楚的快感。她很难过。她难过的是在知冬没有回来之前，没有忏悔之前，她就在心里预设了无数种理由，做了许多铺垫，她就这么轻易地原谅了他。她脆弱、无助、无能，什么也做不了，因为她悲伤地发现，她还是爱着他。就在他跪下来靠近她的时候，她并不想把他推开。

在暖气充足的屋子里，她抽泣的幅度越来越大，身子止不住地发抖。

他从背后紧紧地抱住了她，把下巴抵在她的左耳上，也颤抖着说：“我错了。”

第三十章

寒衣节记事

俗话说“十月一，穿齐备”。天冷了，人们都穿上了毛衣毛裤、大衣和羽绒服，戴上了帽子、围巾和手套。他们以为逝去的亲人在另一个世界也会冷，想为逝者送去“寒衣”。

建奇的墓冢在离城二十里地的郊外，这片公墓建在了一座山头上，是一处风水宝地。

这次出行，只有明珠和婆婆两人可以坐网约车前往目的地。婆婆说公公病了，看到儿子的坟又不免伤心，就不用他来了。

墓园里冷冷清清，蟹壳青的天空压在头顶，周遭死寂无声，偶尔有几个来上坟的人从山上下来。园里松柏常青，人一走近，几只麻雀便扑棱棱飞了起来，着实吓人一跳。

墓园中的墓冢排列得整整齐齐，建奇的坟依据地势，处在一个闹中取静的位置。起初那只是一个土黄且丰腴的土堆，如今已被黄绿相间的杂草覆盖。墓碑上有他的照片，他是那样年轻，并且将永远年轻，永远定格在照片中的那个时刻。

婆婆在清理遮盖了墓碑的杂草，把带来的贡品和花摆了上去。

来的时候，明珠心里有许多话想对他说，但现在婆婆在一旁，她反倒说不出来了。这半年里，她背负了很多压力，这些压力更多是来自精神上的。她时常感到迷茫、恐慌、不知所措，生活在暗地里向她露出獠牙，她躲闪不及，更多时候是深感无能为力。这些话，她只能深埋心底。而在看到墓碑上的建奇这一刻，所有的委屈和沮丧齐齐涌上心头，她再也无法克制和掩饰，无力地坐下来，扶碑而泣。

婆婆点燃了带来的冥币和寒衣，给了明珠一沓，叹息道："哭吧！偶尔哭一哭对身体有好处，憋着才会把身体憋坏了。把心里的委屈都哭出来吧。"说着，自己也落下泪来。

"累吗？"婆婆问。

"累。建奇，我太累了。"今时今日，她终于可以对建奇敞开心扉。

"后悔吗？"

"不后悔。"明珠回答得很干脆。

野外风大，婆婆脸上的泪很快干了，她的眼睛蒙上了一层薄雾，心里有许多哀苦，对着墓碑喃喃道："人啊！做什么事对得起自己的心就好。儿子，妈为你骄傲，可是妈也想你啊！"

说罢，婆婆又哭起来。时隔半年之后，婆婆才终于理解并释怀了儿子的牺牲。

明珠把纸衣投进火中，烟灰飘了起来，风带着一个小小的旋涡，托起一块灰烬。最终，它化作无数细小的飞末，被风吹散了，就像一个曾经鲜活的生命，就此融入山川湖海，看似浩浩荡荡，实则寂静无声。

不知何时，天下起雪来。薄薄一层落在了两人的头上、肩上。

下山的时候，地面已经湿了，婆婆搀着明珠小心翼翼地下台阶。到了墓园门口，明珠点开手机软件叫车，无奈荒郊野外，根本没人接单。

天寒地冻，两人在风雪中稍稍站了一会儿。婆婆无奈，叫明珠到公墓门口的一间办公室里等着，自己则打算走到公路边去叫车。这时，一辆银色的凯美瑞从公墓旁的露天停车场缓缓驶出来，车喇叭哔哔响了两声，明珠和婆婆都回过头去看。

车窗缓缓摇下，竟然是李医生，他冲着明珠喊道："沈明珠。"

婆婆和明珠上了车。

李医生是代母亲来给外婆烧寒衣的，正要回市里。

婆婆认得李医生。明珠第一次晕倒送医，婆婆还和李医生吵过几句，陪明珠去产检也见过几次，对他印象不太好。

“也来给老人烧纸送寒衣啊？”李医生问了一句废话，就好比在餐厅遇见某个熟人问“来吃饭啊”一样无用。

“嗯！哦，不是！是来看看我爱人，孩子的爸爸。”明珠伤感地回答。

“嗯！节哀！”

李景哲顺手打开了音乐，是一首张国荣的老歌，歌曲舒缓，让人放松了许多。

一路上大家的话都不多，李景哲以医生的身份问了问明珠最近的身体状况，叮嘱几句后便不再说话。

下了点雪，路有些湿滑，李景哲开车开得不是很快。一个小时的车程，车厢内寂静无声，很显尴尬。

婆婆坐着人家的车，却莫名地对这个年轻人产生了一种敌意。或许是因为他和自己早逝的儿子年龄、相貌相仿，勾起了她的丧子之痛；或许是因为他对自己的儿媳有点热情？说是热情也谈不上，话也没说几句，看上去就是一个医生和病患的关系，但婆婆心里就是不快，于是她没话找话，主动跟明珠聊起了建奇。

建奇喜欢吃面食，喜欢放很多的辣椒和醋；建奇小时候的理想是当兵，把零花钱存起来，买了很多玩具手枪和玩具兵；建奇孝顺，发了第一个月工资就给妈妈买了一件毛衣；建奇对明珠好，有一次冒着雨开车去给她送药……说着说着，娘儿俩又默默地流起泪来。

李景哲从后视镜里看了她们一眼，神情复杂。

一遇雨雪天，交通必堵塞。进城后，车子慢了下来。汽车喇叭声此起彼伏。

路有点滑，车子好几次微微甩尾，车上有老人和孕妇，李景哲握紧方向盘，开得很小心。谁知并排的一辆宝马车忽然斜插进来，然后一个急刹车，李景哲根本没有反应的时间，“咣”，追尾了。

明珠惊叫一声，一颗心差点跳出来，惊慌之下忙用手护住肚子。所幸她坐后排也系了安全带，因此并没有大碍。婆婆护住明珠，惊魂未定，还不知发生了什么事。

李景哲倒吸一口凉气，转头紧张地问："你没事吧？"

明珠摇摇头。

只见前车的后车门猛地打开，一个女人从车上冲了下来，紧接着从驾驶座那边下来一个男子，他紧追几步，捉住那个女人就朝车里拉。那女子如同失心疯一般，对着男人又踢又打。看起来，这又像是一出狗血的家庭伦理剧在上演。

两车相撞，交通马上拥堵。李景哲下车去查看，自己的车头被蹭掉了一些漆，但并不严重。对方的车尾也只有一些剐蹭。他急着赶路，不想让车上的人久等，想和对方说两句，不料那人根本不管不顾，揪住那个女人就塞进车里，锁好车门，自顾自上了车开走了。

交通堵塞，还不等李景哲报警，附近执勤的交警已过来疏导交通，询问了几句，拍了照。

明珠坐在车上，焦急不安，朝车窗外张望着。

雪落下来，很快在车窗上融化了，灯影虚贴在水痕上。才下午四五点，天已经似要黑了。路上有一些没打伞的行人。明珠看到一个大腹便便的没打伞的孕妇从这灯影水光中走过，她的身影被折射得变了形。同是孕妇，她看到孕妇时总是忍不住多留意几眼，那孕妇走得昂首挺胸，不紧不慢，步子很坚定，好像走的是康庄大道，无风也无雨。只是……这个孕妇看着有点眼熟。那轮廓丰腴的侧脸，还有那件灰白相间的外套，在昏暗中依稀可辨，好像是知春？明珠心里有点打鼓，想下车一看究竟，被婆婆拉住了："外面冷，你下去干什么啊？"

一眨眼工夫，车窗外的女人已不见了踪影。明珠想，也许是看花了眼？

李景哲和交警交涉完回来了，掸掸肩上的雪，回到了车上，发动车子，给车里的人吃了一颗定心丸："没事了，走吧！"

"你的车子？"明珠担忧地问。

"没事，蹭掉点漆，不碍事。"

车子缓缓汇入车流，走过了一段拥堵路段后，一路畅通无阻，直接朝明珠家的方向驶去。

岳娥问过明珠回来的时间，早已在小区门口等着，自己撑了一把伞，手里还另外拿着一把伞。

明珠下车，岳娥过来扶。婆婆也要下车，连声感谢李医生，说到城里就方便了，要自己打车回家。李医生热情挽留："下雪天不好打车，阿姨，别折腾了，您住哪儿？我送您。"

岳娥和明珠也劝婆婆赶紧坐李医生的车回家，婆婆只好又坐回车里。

婆婆和李景哲两人一路无话。途中婆婆把围巾解开了，李景哲默默将暖气温度调低了一些。

"李医生，你怎么知道明珠住在那个小区？我看你一路也没问过。"她忽然问。

这是一个很不礼貌且充满恶意的问题。李医生听出来了，他看看后视镜里这个悲苦的老人，既同情又无奈，泰然自若地回答："孕妇的档案里有写啊！"

婆婆的脸上闪过一丝若有若无的冷笑："那么多病人，李医生好记性啊！"

"阿姨过奖了！真让您说对了，我从小记忆力超强，过目不忘，现在我还能背圆周率到小数点后三百位。"

"啊！真的吗？我不信。"婆婆那点暗戳戳的小心思被李医生巧妙地岔开了。

"不信啊？阿姨您住哪儿？从现在起，我开始背圆周率，看看背到哪里能到家。"

婆婆恹恹地说了地址。

李景哲不动声色地笑了笑，开始背圆周率。

明珠下车的时候肩头上落了点雪，岳娥帮她掸掉。

回到家，岳娥开始热饭，她做了米饭和排骨。明珠觉得没胃口，但她很想喝一碗开水冲鸡蛋。

"这有什么难的。"

岳娥进了厨房，很快端出一碗热腾腾的开水冲鸡蛋。

明珠小口喝着，心绪还没有收回来，刚才那个女人的影子一直在脑海里盘旋不散。

“明静和刘家村那个小伙儿谈得差不多了，你说彩礼要十万少不少？明晖也不小了……哎！我跟你说话呢！想什么呢？”

明珠一句话也没听进去，被岳娥轻轻拍了拍才回过神来，说：“我刚才在路上看到一个人，没打伞，就那样迎着雪走着，很像一个人。”

“说什么胡话？一个人，不像一个人？还能像什么？”

明珠这才意识到关于“那边”的话题对妈说了不妥，于是转移话题：“你刚才说什么？”

“我说明静的彩礼要十万少不少。明晖也该谈婚论嫁了，不知道那边会要多少。”

刚才吹了冷风，明珠觉得头疼，妈说的话，更叫人头疼。明珠认为不该要那么高的彩礼，两个人恩爱和睦、一起奋斗比十万更有价值，但道理也不见得一定对，跟妈肯定也说不清，索性就不说了，便敷衍道：“你看着谈吧！”

“哦对了，我刚才看车里就你和你婆婆，你公公人呢？儿子才走半年，上坟这样的事，他都不去了？”

“他病了。”

“我说，你别整天这么傻乎乎的，嘴甜一点，把你公公哄开心，赶紧让他把那一百万转过来，钱落袋为安。”

“知道了知道了。我去躺一会儿。”明珠不耐烦道，起身打算回房休息。

“鸡蛋汤你不喝了。”

“不喝了，不是那个味。”明珠回到房间，轻轻掩上了门。

岳娥犹在身后念叨：“那当然了，现在这鸡蛋，能跟家里养的走地鸡鸡蛋比吗？那能是一个味吗？”

明珠没有应声。妈永远不明白，那个味，是在那个物质贫瘠的年代里，一个孤苦伶仃的女童，向养母祈求的一点甜。那个甜，她至今难忘，每次看着妈放一勺白糖进去，搅拌两下，她贴着碗沿，不舍得一下子喝完，一小口一小口抿着，品咂着。滚烫的鸡蛋汤裹着一点淡淡的腥味，和白糖的甜混合成一种对热腾腾的生活的渴望，滑溜溜地滚进喉咙里，身体就暖起来。那是一个女童隐秘而卑微的快乐。

第三十一章

女人都是福尔摩斯

在妇产医院偶遇沈其琛的第二天，沈其琛回到了知春的房子。

他看上去很累，眼窝深陷，眼角竟长出几道皱纹。知春和他靠近时，看到他长了许多白头发。

不过她现在不肯和他靠太近，想到他与一个女人刚刚拥抱过，甚至刚刚从一个女人身边滚落，就来到她这里，她觉得胃里反酸，恶心。

保姆李姐做好饭就回去了。

知春的餐桌很长，她和他对坐。沈其琛要坐她身边，或者让她坐到他身边，她都不肯，说什么“亲密有间”。他拿她没办法，两人就互相夹菜给对方，知春说：“你看，这个距离互相夹菜正好，增进感情，所以叫‘亲密有间’。”

她坐在他对面，自己吃得少，看着他吃。桌上有一道汤，冒着热气，像一层滤镜，男人的脸隔着热气，还是那么英俊。

“你怎么不吃？”

“现在胃口变小了。医生说子宫现在在逐渐变大，压迫到胃，属于正常现象，让少食多餐，吃些易消化的食物。”

“老婆，辛苦了。”沈其琛动容地说道。

“老公工作也辛苦了。”知春说着甜得起腻的话，心里觉得空空的，却仍笑着调侃，“亲爱的，你公司有没有漂亮的女员工？”

沈其琛当然知道女人的这种套路，也笑着说：“没有。在我眼里，你最漂亮。”

她静静地微笑着看着他，觉得今时今日的他说的每一句话都是演戏。看着他演戏，在她面前一点点露出马脚，她有一种抽丝剥茧、接近真相的快感。

吃完饭，收拾碗筷后，她倚在沙发上假模假式地看书，其实心乱如麻。知春从来不爱看书，平时就爱翻翻时尚杂志，手上的这本书，还是知夏带来的，说该给孩子做胎教了。

他擦干净手，切了水果拿过来，坐在她的身边，一只手轻轻地抚了抚她的肚子，对胎儿说话：“宝贝，有没有想爸爸？”

演，继续演！她心里咬牙切齿地说。

“在看什么书？”

提到看书，她勾了勾嘴角，来了兴致，说：“我在看一本成语故事，给孩子做胎教呢！”

“是吗？都教了哪些？”

“我给他读了‘金屋藏娇’的故事。汉武帝四岁为胶东王时，说如果能娶到表姐陈阿娇为妻子，会造一个金屋子给她住。若得阿娇，当以金屋贮之。”

他笑笑，不置可否。

“还有这个，齐人之福，齐人有一妻一妾而处室者，其良人出，则必餍酒肉而后反……”

沈其琛仍未觉察她话中有话，只是觉得知春糊涂，令人忍俊不禁，于是忍不住打断了她：“停停停，知春，这都什么乱七八糟的。能不能给孩子读一读孟母三迁、愚公移山、精卫填海、闻鸡起舞、程门立雪这些？”

知春却因此判定他心虚了，不悦地扔下了书：“这难道不是中华传统文化？怎么就乱七八糟了？这世上乱七八糟的事多着呢！”

他忙用甜言蜜语哄她，给她捏肩，提出请求："我爸妈想见见你，见见他们未来的孙子，然后想双方父母见见面，把咱俩的事快点定下来。"

听了这话，知春倒看不明白了。见父母？这不像一个脚踩两只船的渣男的做派啊？难道说，她是他权衡之后做出的最优选？可笑，她被选择了？她是该高兴呢，还是该觉得悲哀？

知春直起身，转头看了看他，他的表情无比真诚，充满期待。

不行，不能这么稀里糊涂。她又转回身背对着他，想了想，拒绝了："还是过几天再说吧！我感觉还没准备好。"

"丑媳妇总要见公婆啊！"

"谁丑？"

……

这件事她最终没有答应下来，他也没有强求，不了了之。晚上，两个人各占床的一边。其间，他想从后面抱她，她借口不舒服，拒绝了。她现在抗拒和他的任何亲密举动。

孕妇闹跳楼那天，知春在公司，晚上回来才看到当日的新闻，心里直叹那女人蠢，遭丈夫背叛女人就不活了？没出息，歌里不是都唱嘛："活出个样儿来给自己看。"

知夏发信息说妈白天来过，把那个女人当作是你，吓得晕过去了。知春有点动容，嘴里却说："她巴不得我死呢！"知夏只得叹气。知春想给喻老师打个电话，又忍住了，听知夏说她醒来后没什么大碍，晚上去的那家菜馆的菜很好吃，妈还吃了两碗米饭。知春觉得这个电话不打也罢。

知春也有一位闺中密友，两人无话不谈。第二日，她约了闺蜜，说了自己的困惑，说沈要带她见父母。闺蜜阅人无数，一语道破："这有什么奇怪的，渣男也会带你见父母啊！不要觉得见父母是多么郑重的仪式，有一种渣男，时常带不同的女生回家见父母，谈婚论嫁，让女生觉得他是认真的。父母也无奈啊！有一种父母，心态好，觉得儿孙自有儿孙福，多几次，就见怪不怪了，每次好吃好喝招待，塞一个红包，大家都欢喜，反正儿子不吃亏，最多背后数落几句。我啊，就吃过这种亏。"

知春听得胆战心惊，平日自觉通透洒脱，现在看来自己简直就是情场白痴。她更觉沈其琛居心叵测，形迹可疑，一心想要挖掘真相，最后甩他一个巴掌，潇洒转身离去。

闺蜜不解："你为什么不直接问他，说你看到了他和那个女人，问那个女人是谁？"

"他要是有心瞒着，怎么会说实话？'今天忙，有点累，那个女孩是我妹'，搪塞过去，你打草惊蛇，他会更加谨慎。"

"那你打算怎么做？"

"我会查个水落石出。"

"福尔摩斯？跟踪盯梢？搜集证据？你累不累？干脆分手算了，像我，自己带娃，不用伺候男人，不用受气，多爽！"

知春撇撇嘴："那可是我孩子的爸。"

"你还是你吗？"

"都怪这该死的爱情。"

该死的爱情让女人变成了福尔摩斯。知春果然去跟踪了。

医生已不建议她开车了，保姆在的时候也时刻盯着她。于是她叫了一辆出租车，车就停在沈其琛家对面的路边，只要沈其琛开车出来，她就叫司机跟上去。

出租车司机见惯了人生百态，一看这样子，也猜出了几分，八卦道："捉奸啊？"

知春不屑与他说，瞪了他一眼。

司机用余光瞥了一眼她的肚子，热心道："叫我说，还是算了，真捉到真相，对谁也没有好处。你现在这样，六七个月了吧？是离婚，还是打胎？只要他别太过分，还拿钱回家，睁一只眼闭一只眼算了。"

"怀孕怎么了？我怀孕犯罪了？怀孕是我的七寸，我被人拿住七寸了？怀孕是授人以柄，任人侮辱欺负都不能说半个'不'字？我为什么不能离婚？我为什么要打胎？有多少父亲在孩子的养育过程中是缺席的。对你们男人来说，得到一个孩子，几乎是零成本的，只要付出一颗精子就可以了，可是女人要付出什么？身体的健康、身材的走形、事业的断崖、时间、金钱。既然如此，要男人有什么用，我为什么不能自己抚养孩子？”知春语速极快，带着一丝怒火，把最近一段时间的郁气全发泄了出来。

司机不以为然，像是在听到天方夜谭，觉得这女人八成是被气疯了胡言乱语，好言劝道：“妹子，你别激动。”

“好好开车。”

大概十点多，沈其琛开车出了门。知春使了一个眼色，司机发动车子，一路尾随。

沈其琛的车只开了五分钟，就到了附近的一个小区。这个小区是个青年公寓，多是小户型。他进了单元门，过了一会儿，和一个女孩出来了。这一次，知春看清了，那是一张极清秀的脸，洁白又安静，像茉莉花一样。这一次，女孩穿的衣服也干净得体了许多，小腹隆起得很明显。知春和自己的对比了一下，大概有四五个月的样子了吧。也就是说，沈其琛在和知春发生关系之后又……这个狗男人！她咬牙切齿地在心里骂道。

司机有点过分好奇，兴奋地说：“噫！那个女人也怀孕了啊！”

沈其琛和女孩上了车，朝前开，又开了不到十分钟，在一个餐厅门口停下车，进了餐厅。知春就让司机给她做掩护，也进了餐厅，坐在离他们稍远的角落。

这家店主打海鲜粥，司机问：“你不点餐？”

恰好服务员拿着菜单来了，知春摆摆手，示意让司机点。他趁机毫不客气地点了店里最贵的粥。

沈其琛的位置背对着知春，她看到他对那女孩说着什么，那女孩就乖巧地点头。过了一会儿，他拿了一张餐巾纸，轻轻地帮那女孩擦拭嘴角。

知春感到全身的血都往头顶上涌。点的粥上来了，她起身就走，不吃了。

司机只好跟在她身后，念叨：“可惜了，这么好的海鲜粥。”

他们又回到车上。过了一会儿，沈其琛和那个女孩出来了，上了车。

这一次，他们的车子朝城外开去，大约开了二十分钟，到达了上次知春查胎儿性别的那家妇产医院。

她像一个真正的侦探，跟在他们身后，保持着适当的距离，走走停停，躲躲闪闪，假装镇定，最后，看着他们登记，签字，沈其琛送女孩进了手术室。

知春心一横，厚着脸皮，又去找了上一次那个熟人，让她查一查刚才那台手术。

熟人去科室找同事问了，回来后脸色凝重、讳莫如深。她体贴地扶着知春的肩："想开点！睁一只眼闭一只眼算了。"

那女孩孕十六周，要做中期引产。

热心的熟人还把沈其琛签字的手术知情同意书拍了照发给知春，沈其琛的签字很潦草，看得出，他很慌乱，手在抖。呵！这个渣男。

知春冷笑了一下，为自己，也为那个女孩。身体是自己的，子宫是自己的，生不生这个孩子，做不做流产手术，为什么要由男人说了算，要男人签字同意？她想不通。

就在这时，手术室的门忽然从里面被大力撞开，那个女孩光着两条腿跑了出来，发出狼嚎一般的叫声，四处冲撞，寻找出口。

护士们去追，一直在角落等候的沈其琛也闻声赶来。女孩看到他，如同看到洪水猛兽，捂着小腹，惊恐地后退，缩在墙角。

"这是我的孩子，我的孩子。你们不要过来。"

知春明白了，他逼她打胎，而她不肯打胎。那个女人像所有母亲一样，爱那个和自己血肉相连的孩子。她何错之有？

沈其琛拿着护士送来的床单，走过去，裹住了她的下身，温柔地说着什么，离得太远，知春听不到。

熟人拢了拢知春的肩，柔声安慰："别冲动，冷静！"

知春觉得自己的肩膀在抖，却微笑着对她说："谢谢你了！改天请你吃饭。"

她径直走出门诊大楼，回到出租车里，司机一直等候着。

"怎么样？都解决了吧？"

"回吧！送我回家。"

司机还想八卦一下，可看到知春阴郁的脸，只好噤声了。

回去的路上开始下雪，司机说他车上的暖气坏了。知春坐在车上，觉得有点冷，她想赶紧回到自己温暖的房间，洗个热水澡，好好睡一觉。

进城以后有点堵，知春忽然发现，沈其琛的车就在右前方，她很生气，斥责司机："我都说了回家啊！谁让你还跟着他。多事！"

司机大呼冤枉，大路朝天，各走一边，这次纯属狭路相逢。

就在这时，沈其琛的车子忽然疯了一般猛打了一把方向盘，朝前面斜着别过去，前面一辆车来不及躲避，追尾了。

那个女人先冲下了车，像一个被禁锢的人抓准了机会逃跑。沈其琛随即下车，将她抱住，那女孩对他又踢又打，他却隐忍不发。

好一出虐心的剧情。

女人何苦为难女人。这个薄情寡义的男人本来就不在知春的人生计划里。这位妹妹，如果你的孩子必须要一纸婚书才能生下来，那这个男人，我不要了，拱手相让。知春绝望又释然地想。

她下了车，打算上前对沈其琛说："别逼她了，她有权决定生不生这个孩子！你，我不要了。再见！沈其琛。"

所有的感情一开始都盛大无比，结束时不免潦草敷衍，也许这句告别的话也不必说。当她下车时，已经有些后悔了，她不能让人看到她狼狈的样子，她此刻一定有些狼狈。

还好，沈其琛并没有看到她，在她还没有走近时，他已经把那个女人塞进车里，绝尘而去。

是的，那个在雪中昂首挺胸行走的女人，就是知春。

女人这种生物很奇怪，智商忽高忽低——陷入甜蜜爱情时智商为零，一转身就变成了智者高人。知春悄悄订阅过知夏的公众号，她觉得有些观点颇有道理，鸡汤在一个极度虚弱的人眼里，那就是人参灵芝汤、起死还魂丹。她把自己关在房间，喝了姜汤，洗了个热水澡，很快安慰、开解了自己。不要怨憎，不要抹杀曾经的美好，那些快乐、期待、欣喜、冲动，都是真实发生过的。那些甜言蜜语即使是谎言，它的表层也是甜的，也曾经给了她快乐。弱者才会有受害者心理，我知春怎么会是弱者呢？知夏的文章里还说，让我们始终保持对生活的热情、好奇、探索，但不要做爱情里的福尔摩斯，你的时间很宝贵。说得真好。

这一夜她睡得很好，失去反倒让人更踏实，一夜无梦。

早上起床，天晴了。她去公司辞职，老板挽留，愿意给她放一个长长的产假，如果她要回来，随时为她敞开大门。从公司出来，她还去财务领了上一次新品发布的奖金。

回到家里，她缴清了物业费、水费和电费，整理了身份证、护照、户口本。孕妇建档卡、各类银行卡、些许现金、简单的衣物和必需药品，给远方的朋友打了一个电话，订购了一张单程机票，然后，拉上窗帘，走出家门。

去机场的路上，天好蓝啊！候机的时候，阳光正好照在她坐的地方，暖烘烘的。她觉得臃肿的身体仿佛轻盈起来。胎儿在肚子里东捣一下，西捣一下，她轻轻一摁，肚皮上也鼓起一个小包以示回应，像一个快乐的击掌。多神奇啊！她感到一种模糊的快乐、隐约的幸福。新生活的新鲜、热情，正在等着她。

第三十二章

人心隔肚皮

明珠受了凉，感冒了，鼻塞头痛，又不敢吃药，在某搜索引擎里自己根据症状诊断了一下，得出的结果好像自己快要死了一样。她就在家扛着捂着，不停地喝热水。

可巧了，她刷朋友圈时，李景哲正好转发了一篇科普文章《孕妇生病到底能不能吃药》。她看完后得出的结论是，孕妇是可以吃药的，有的药可以吃，有的药不可以吃。

她小心翼翼地在评论区留言："感冒了吃什么药？"

过了一会儿，她的手机响了，她接起来，竟然是和李医生搭班的护士小刘，小刘说："李医生正在忙，他让我告诉你，生病了就去看医生，别在某度瞎搜索，也别扛着。不想折腾就去家附近的社区医院抽血化验。遵医嘱，遵医嘱，遵医嘱，重要的事情说三遍。"

这口气，果然像李医生说的。

说完医嘱，小刘又趁机小声问："姐姐，你最近做蛋黄酥了吗？"

"等这两天做了，给你们带。"

明珠挂了电话就强撑着穿好衣服，和妈去了社区医院。诊断结果是病毒性感冒，医生给开了一些药回来。

回来的路上，岳娥心里还在打鼓："能不能吃药啊？扛一扛不就过去了吗？"

"遵医嘱！"明珠有气无力地说。

"医嘱？我看李医生的话是圣旨。"妈说话又夹枪带棍。

"说得对的话，就是圣旨，说得不对，那就是狗屁，跟谁说的没关系。"明珠忍不住反驳。

回家吃了药，明珠昏昏沉沉，回屋躺下了，迷迷糊糊地睡着了。恍惚间，她听到手机铃声大作，妈在外面跟人说话，其间锅子好像掉到了地上，明珠被惊醒了。

电话是村里的老石叔叔打来的。沈大诚最近在邻村做木工活，来回都骑自己的电瓶车，这天雪后路滑，不小心掉到了沟里，把胳膊摔了，伤到了骨头，正在省骨科医院躺着呢！

母女俩慌了，火急火燎地往省骨科医院赶。岳娥到底是个农村妇女，一遇到事就慌，人还没见到，自己先开始胡思乱想、六神无主，立马给明晖打电话："你赶紧到省骨科医院来，你爸腿摔了。"

挂了电话，岳娥唉声叹气，直叹自己命苦。

到了医院，她在病房见到了老沈。老沈醒着，脸色苍白，老石叔叔在一旁坐着，两个人正说着话。

岳娥先埋怨老沈："你咋这么不小心？"

"路滑，没注意。"

医生来了，拿着老沈的各种化验单和片子，向家属说明情况："这是典型的四部分骨折。肱骨头坏死发生概率比较高，我推荐进行反式肩关节置换，可以更好地保留患者的活动功能。"

岳娥听得云里雾里："医生，啥意思？要做手术？"

医生拿着片子，耐心地给岳娥解释："你看，肱骨就是胳膊上的大长骨，它分为近端、中端和远端。患者这次是近端骨折了，这个骨折又分为几种情况：骨头虽然断了但没错位，叫一部分骨折；断成两块还错位的叫两部分骨折；断成三块的，叫三部分骨折；要是断成四块以上，就是四部分骨折。我尽快给他安排手术。"

岳娥有点听懂了，忧心忡忡地问：“这手术要花多钱啊？”说罢，她下意识地看了明珠一眼。

“遵医嘱！听医生的。”明珠给爸掖了掖被角，柔声问，“冷吗？”

“不冷。你跑来干啥？这走路都不方便了。”老沈心疼女儿。

护士进来了，拿了一堆缴费单子和票据，随手递给了岳娥：“谁是家属？手术安排在明天下午了，把费用交一交。”

老石叔叔和老沈关系好，但也有农民的狡黠，趁机连忙说：“我刚才不是把费用都交了吗？怎么又缴费？”

护士给老沈换吊瓶，说：“你交的是检查化验费、住院费，你自己看，电脑打的单子，都清清楚楚的，现在要交手术费，每一项单子上也都写着。”

说完，护士出去了。明珠连忙表态：“老石叔叔，谢谢你！我等会儿取钱还给你。”

“不急不急。”

岳娥拿着几张单子，愁眉苦脸地翻看着。

就在这时，明晖来了，岳娥一见儿子，仿佛有了主心骨，一把握住明晖的手：“咋办啊？你爸把胳膊摔断了，要做手术，你看看这单子，这是多少钱，字小，我看不清。”

“人重要还是钱重要？再说你们现在不是都有农村合作医疗保险嘛！算下来花不了多少钱！我去交。”明晖这一刻颇有作为儿子的担当，他接过缴费单，说话掷地有声。

老石称赞：“娃娃们都乖，孝顺，你俩有福气。”

岳娥这才想起明静来，怨道：“明静这死女子跑哪儿去了？”

“和小孙到礼泉玩去了。”

明晖拿着单子出去了，过了一会儿，明珠的手机响了，是明晖发的消息：“姐，你出来一下。”

她起身出去了，明晖赔着笑脸：“姐，我出来得急，身上没带钱，你给我先拿点。”

其实不用明晖算计，这个钱明珠也会出，现在看他这样演戏，让人觉得既可气又可笑。

“给我吧！我去交。”

“不用你跑了，你现在上下楼不方便，你把卡给我，我去交。”

“我自己去。”

“你还信不过我吗？”

“信不过。”

“好吧！那我跟你一块儿去。”

缴完费，明珠又到医院一层的 ATM 机上取了几千块钱。

回病房的路上，明晖问：“姐，你怀的是男孩女孩？知道吗？”

“不知道，没查过，男孩女孩都行。”

“最好生个女孩。”

“为什么？”

“要是生个像我这样的男孩，整天给你闯祸捅娄子，要你跟到后面擦屁股补窟窿，那哪行？”

明晖这会儿也不自吹自擂，虚荣膨胀了，对自我的认识倒是很清楚，像换了一个人似的，让明珠有点意外。她揶揄道：“你对自己的评价，很客观，很中肯，很诚实。”

明晖不好意思地笑笑：“我改，我都改。”

回到病房，明珠把现金塞给妈，让她还给老石叔叔。老石推脱了一会儿后接过了钱，略坐了坐，告辞要回村去了。岳娥送他出了病房。

老沈看着这一双儿女，心里明镜似的，问：“手术费是明珠缴的吧？”

明晖在外人面前装，现在不居功了，给自己找台阶下：“谁交都一样，反正到时候新农合能报销。”

岳娥送完老石回到病房，老沈就埋怨她：“你咋能要娃的钱？明珠那点钱，将来要养娃的。”

岳娥不看老沈的眼神，小声嘀咕：“我也不想向人伸手，可是我没有钱啊！那你把你存的钱拿出来给你做手术。”

“我哪有钱？我这一辈子挣的钱，都交给你了。”

“我没钱。”

老沈伤口疼，也没心思和岳娥理论了。

病房里地方狭小，邻床还有一位病人，又挤着几个家属。老沈心疼明珠，让她回去。明珠担心爸，不肯走，想陪他说说话。

明晖出去抽烟，岳娥出去上厕所，只剩父女俩。老沈用另一只手从裤兜里掏出两千块钱："你拿着。爸看病不用花你的钱，你把钱给你和宝宝留着，不要乱花。爸看病不用花你的钱，你妈有钱。"

"她哪来的钱？她没钱。"

"不可能，几十年了，你妈这么抠门的人，至少存它十万八万了。等回去了，让她把存折里的钱取出来，给你一还。"

"还什么还？说这话没意思，我还是不是你女儿了……"父女俩正在推脱那一小沓钱，说话间，岳娥进来了。明珠不想让爸的小金库被妈发现，于是悄悄把钱攥在手里，瞅着空，又塞到爸爸枕头底下。

婆婆去给明珠送桃胶，见明珠和岳娥都不在，就打电话问明珠。

得知亲家公受伤住院，还是在城里的医院，婆婆觉得于情于理都应该来探望一下。

半个小时后，婆婆提着在医院门口买的营养品礼盒来了。

双方都虚与委蛇，说着一些客气话。

明晖进来，打了个招呼，叫了声"阿姨"。

明珠婆婆给明晖安排工作时见过明晖一面，后来他辞职，又三番五次向明珠要钱，婆婆都隐隐约约看出端倪，对这个弟弟印象很不好，因此淡淡地瞥了一眼，勾勾嘴角，不屑地从鼻腔里"嗯"了一声。

明晖热脸贴了冷屁股，冷笑了一下，也不恼，又谄媚地笑笑，问："冯叔叔呢？怎么没来？"

婆婆一愣，有些尴尬，说："他忙。"

岳娥连忙拍了拍明晖，叫他少说话，明晖不服气："问问怎么了？我姐给他家生孙子，两家结了亲，我爸现在躺在医院里，到他家门口了，来看看怎么了？瞧不起谁啊？"

老沈脸上臊得慌，叫明晖滚出去，明晖嘟嘟囔囔地出去了。

大家尴尬地坐了一会儿，明珠婆婆要走了，悄悄递眼色示意岳娥跟她出去。

岳娥心里本有些气短，一想到明晖的话，觉得很有几分道理，女儿这样没名没分赔上青春和未来给他们老冯家生孙子，她凭什么低声下气的？这么想着就不自觉地挺直了腰杆。

“有什么需要帮忙的，你就说话，老冯认识这儿的医生，要不要问问情况？”婆婆鄙夷明晖是不假，但这一刻对岳娥的体恤也是真诚的。

“不用麻烦了，医院都安排好了。谢谢你啊！”

“手术费什么的，够吗？不够你说一声，我……”

这话听得岳娥无比汗颜，她忙不迭回答：“有了有了，都解决了。我怎么好意思，上次拿你的那个钱，暂时还还不上，这又出了这事。”

“不用还了。人嘛！哪能没点小病小灾，咱们结了亲家，帮衬帮衬也是应该的。”婆婆沉吟片刻，又补充道，“只是别麻烦明珠，别给她添乱。”

“我知道，我知道。”

婆婆要走了，要带明珠一起回去。

“你照顾好亲家公，其他的不用担心，我这些天会照顾好明珠。”

明珠和婆婆回到家。

婆婆一回家就进厨房做饭，叫明珠去睡一会儿。

在医院奔波半日，明珠颇感疲倦，但她却睡不着。刚刚在病房门口听到的那番对话，像针一样刺扎着她的心。

她走过去，借口去倒水喝，倚在门口，低头看着杯子：“妈，我妈……向你借钱了？”

婆婆正在择菜，没有回头，轻描淡写地回答：“没有，也不算是借钱，就说是有点急事，想预支两个月工资。”

明珠的心一沉，脸火辣辣地疼，追问：“什么时候的事？”

“别问了，小事一桩。以后要是有这样的事，你不要管，就让你妈来找我就行。”

“不会再有了，我保证不会再有了。”

明珠别过脸，默默地朝卧室走，屈辱和羞耻像湿毛巾一样抽打着她的脸。她心里堵得慌，感觉自己流泪了，摸了摸眼角，却一滴泪也没有。她觉得自己的感情就像一团吸饱了水的海绵，水正一点点被干涸的生活蒸发，被枯竭的亲情榨取，已经快被绞干了。

第二天，老沈手术，婆婆陪着明珠到医院。一进病房，明珠就听到妈在骂明静，明静顶嘴，爸叫他们都滚出去。

明珠在一旁幽幽地想，当初婆婆反对她和建奇交往，到底反对的是什么？就是反对这负担累累的家庭吧！它像水草一样缠着脚，将人往泥潭里拉，她想逃离，想从水里探出头来呼吸一口新鲜空气，而这也不能。

手术很成功。老沈从手术室被推出来的那一刻，大家都长长地松了口气。医生说，好好养上半年，没什么大问题。

岳娥和明静、明晖轮流陪床，其实照顾老沈的重任，都落在了岳娥的肩上。明静坐不住，动不动就跑出去逛街了，明晖更靠不住，说他的店不开门不行。岳娥跟邻床的家属抱怨："男人老来病了，都是女人在身边照顾，指望儿女，那就是指屁吹灯。"

明珠天天跟保姆来给老沈送饭送汤，有时候是排骨汤，有时是鸡汤，邻床的女人就夸："你这大女儿多孝顺的。"

岳娥干笑着点头，背过明珠，悄悄给人说："人家跟咱不是一条心。"

老沈听了这话，就狠狠地拿眼白剜她。

一天中午，岳娥回明珠家洗澡换衣服，拿些日用品。

明珠的婆婆已经回去了，把保姆留下来照顾明珠。岳娥见状，心里打起了小九九，试探着说："要不，等你爸出院了，把他先接到你这儿来？这样，你们两个我都能照顾上。"

这本是一件好事，可现在在明珠看来，这是一个再坏不过的主意了。妈继续留在这里，借着照顾孕妇之名，要领取属于她的那份保姆费；爸后续的治疗费，难免要明珠承担；明晖再时不时过来找妈要钱，妈捂紧自己口袋，再把风险转嫁到明珠这里。孝敬父母天经地义，可明珠自己现在只是一个自顾不暇的孕妇，泥菩萨过河，实在承担不起这么多责任。

"妈，你知道吗？我昨天经过明晖的店，才发现明晖把那个店已经转让了，不干了。"

岳娥大吃一惊："我不知道啊！什么时候？没听他说啊！那他现在

每天在干什么？”

明珠眼神平静，没有回答妈的话，继续说：“不要再找我婆婆借钱，任何理由都不行。”

纸包不住火，明珠终于还是知道了。岳娥先是面露窘态，不过很快挺直了腰杆：“我也是没办法了。你这什么态度，胳膊肘朝外拐，还站在你婆婆一边？你是我女儿，我才是你妈。”

“你见过哪个妈照顾怀孕的女儿，还要保姆费的？”明珠忽然抬高了声调。

一句话问得岳娥面上无光、哑口无言。她平日里伶牙俐齿，可此刻面对女儿的质问，既心寒又无奈。心寒的是，母女俩一直小心翼翼维系的亲情，被女儿这句话无情戳破——她不是无私奉献的妈，而是掺水分的妈，是偏心的妈，她只是一个盘算着付出、计较着回报的养母；无奈的是，她发现这就是事实。她不知道从什么时候起，“人心隔肚皮”这句话竟也能用来形容母爱亲情，不是亲生的，隔了肚皮，那心就不是热的，也不是软的，最多是温的，半软不硬的。她是如此，明珠亦是如此。

明珠低下头，双手插进头发抱住脑袋，沉重地说：“妈，你回去吧！叫明晖也回去吧！”

岳娥又羞又气，咬牙切齿，最后又故作平淡地说：“好！”

老沈出院的时候，明晖开了自己那辆车来接。岳娥提前在明珠家把自己的衣服行李打包好，收拾得干干净净，一副走了再也不回来的架势。她提着大包小包下楼，心里带着一丝怨怼的火气，明珠要帮她提一个小包，也被她夺过来。

明晖上楼来接，阴阳怪气地对明珠说：“你还调查我！你行啊！你等着。”

看来妈已经问过他把打印店盘出去的事了，被骂过了。

岳娥恨铁不成钢，腾不出手，就用一只脚踢了明晖一脚，咬牙切齿地骂：“滚！”

妈回去了，偌大的房间瞬间空荡荡的，连回音都听得到。一个女人就是五百只麻雀，一个女人就是一支队伍，少了岳娥，屋子里再没有“狗血”电视剧夸张的哭笑声，再没有高压锅的“嗞嗞”声，静得可怕。虽然家里多了一个保姆，但明珠跟保姆不熟。保姆寡言少语，就像一个影子，干完活就回自己的房间里，她也看电视剧，但她用自己的手机看，不发出一点声音。保姆做的饭还行，但没有妈做得好。

明珠不知道是不是自己做错了、做绝了，但她一点不后悔。明晖以后就不来了吧？他的窟窿都补上了吧？他以后会踏踏实实的吧？她只想把缠在脚上的水草一点点解开，然后游到水面上来，呼吸新鲜空气。

第三十三章

江湖

喻老师发现彻底联系不上知春，已经是知春登机离开西安两天以后。

自从孕妇跳楼事件后，喻老师始终放心不下。她没见到知春，就放下老脸打电话，结果知春的手机关机；去家里找，无人应声；去公司找，才知道知春辞职了，再打她电话，已显示是空号。

喻老师慌了。

沈其琛处理完所有的事情后才发现，知春已经两天没理他了。他寻遍了知春可能会去的地方、可能会去见的人，最后，他也去了知春的公司，才知道她辞职了。他心里咯噔一下，像掉到了一个黑漆漆的井里。

她是不是发现了什么？她肯定误会了什么。他无法抑制地胡思乱想。

他辗转找到知夏的电话。知夏接到电话，先问了一句："知春在你那里吗？我好些天没见她了，她还好吗？"

看来大姐也毫不知情，沈其琛觉得不能再瞒下去了，喟然道："姐，对不起，我没照顾好她。"

"怎么了？她怎么了？"

"知春不见了。"

知夏这才意识到问题的严重性。喻老师总说知春对她避而不见，她只当妈太敏感，仔细想想，她和知春也有大半个月没见了。知春最后一次出现，是两天前，她点赞了知夏公众号的一篇旧文，那篇文章的题目是《爱情是个伪命题》。

“别着急，我们一起找找。”

“她会不会去了妈妈那里？”沈其琛问。

这个问题让知夏忽然觉得，难怪知春犹豫不决不肯嫁。这个男人也似乎不是良配，他根本不了解知春。回娘家？呵！那不是知春会干的事。

“不会。不过，这个事得问问我妈，听说前些天她们吵过架。”

“我跟你一起去。”

在去知春父母家的路上，沈其琛胡思乱想，不知神游何处，差点闯了红灯。

这是沈其琛第一次来知春父母家，准确地说，是她弟弟家。他见过知春的母亲，还是在知春家里遇到的。他一直想找个机会正式拜访未来的岳父母，可知春倒不急。沈其琛的父母想见见知春，她也推脱。这个女人，像谜一样，让他看不清了。周围环境压力使然，三十多岁的女人多少有点恨嫁的心理，可到了知春这里，一边颠倒了。沈其琛热烈追求，精心设计求婚，送贵重礼物，生怕她飞走，他倒像一个“恨娶男”一样。男女的关系就是如此微妙。她像是挟孕自重，把他拿捏得死死的，又好像不是，不都是女人婚前怀孕了着急结婚吗？她却不急。现在倒好，她彻底消失了。

沈其琛到达小区门口时，知夏也刚刚停好车。

沈其琛见过知夏，和知春一起与她吃过饭，此时再见，也没有过多的客套，直奔家里。

喻老师正打算出门，打开门，看到沈其琛，再看看他身后只有知夏，哪有知春的影子，顿时阴沉了脸：“知春呢？你一个人来干什么？”

“对不起阿姨，我没照顾好知春，我找不到她了。”

“不在你那里？那她能去哪儿？”喻老师原本还抱着一丝希望，以为知春和沈其琛在一起，现在看来，沈其琛也不知道她的行踪。看着眼前这个男人，想起自己的女儿还怀着他的孩子，可能流落在外，甚至遭遇不测，而他就是罪恶的源头、始作俑者，喻老师就气不打一处来，厉声斥责："那你还来干什么？还不赶快找啊？"

"妈，你先冷静，她不会干傻事，这个你放心。我想，她只是有意躲着。咱们现在想一想，她会去哪儿。"知夏劝道。

喻老师折返回屋，寻找自己的电话本，那上面有她记录的各类电话，连知夏、知春小学同学的电话都有。越急越乱，平时在手边的东西，关键时刻就是找不到，喻老师急得在屋里转圈。

她找不到电话本，回头看看沈其琛，又把矛头指向他："我问你，是不是你不肯负责任，不想娶她，害她伤心了？你是不是有家室有老婆，骗了我们知春？"

"不是，都不是。但是，也许她对我有误会，等见到她解释清楚就好了。"

"什么误会？你做了什么？"喻老师咄咄逼人。

知夏无奈，劝喻老师："好了，现在别追究是谁的责任了，先找到人再说。她喜欢旅游，会不会出去旅游散心了？"

"胡闹！都几个月了，还出去旅游？"喻老师胡思乱想，越想越觉得不对劲。想起平日看到新闻里那些凶杀案，想起那日在楼顶要跳楼的孕妇，后背就一阵发凉，她忧心忡忡，"要不，我们报警吧！"

"别瞎想了，没那么严重。"

知夏的话提醒了沈其琛。他想起一位在机场工作的朋友，马上联系了他，请朋友帮忙查一查知春的航班行程。

朋友很快查到了。两日前，知春搭乘东航某航班，落地杭州萧山机场。

大家听到这个消息，都松了一口气。

"我说没事吧！她不会亏待自己，说不定现在正坐在西湖边赏景呢！"

"我去找她。"沈其琛心急如焚，欲告辞离开。

喻老师惊魂初定，听到知春的行踪，一半心放到了肚子里，再次端起了丈母娘的架子，对沈其琛正色道："我们知春性子刚，是个顺毛驴，你好好哄哄她，她要是有点什么差池，我可不好说话！"

没转正的女婿面对丈母娘，只有点头称是的分儿，沈其琛忙不迭地点头："我知道了，嗯！放心吧！"

知夏看着妈这副虚张声势的样子，觉得好笑。就在这时，她的手机进来一个来电，是一个陌生号码，显示来自浙江杭州，她忙接起来，电话那头传来知春轻快明亮的声音："给你报个平安啊！我全须全尾，能吃能睡，好着呢！叫妈别疑神疑鬼作天作地地对我围追堵截了，也千万别给警察叔叔添麻烦。啊！今天的阳光真好啊！东坡肉也特别好吃，我在想干脆在这边定居算了……"

沈其琛听到是知春，想要抢过电话和她讲话："知春，你在哪儿？我去找你。"

喻老师又忍不住想骂知春："你还知道打电话啊！我们都急死了你知不知道？"

知夏连忙捂住了电话，示意妈不要说话，再回头来听，知春已挂断了电话。

沈其琛依着来电号码打过去，对方却已关机。

"我去杭州找她。"他说。

有了知春的行踪，又接到她报平安的电话，喻老师心头的阴云一扫而光，她催促沈其琛赶紧飞杭州去找。她又有心情去买菜了，便和他们一起下楼去。

等电梯的时候，知夏问起碧晨最近的状况。妈又愁云浮上眉头，小声叹气道："这孩子，整天说没胃口，闷闷不乐，也不爱说话，该不是有什么产前抑郁症了吧？"

"别瞎想，第一次当妈，心情忐忑肯定是有的，叫冬冬多关心关心。"

"知冬最近工作很忙，总是很晚回来，也不知道瞎忙什么。"喻老师想对知夏说说前些天那个"老婆"事件，但碍于准女婿在侧，又忍住了。

电梯来了，知夏也没有再追问。

沈其琛已买好了机票，要直接去机场。知夏要去工作室拿一份文件，正好顺路，就坐沈其琛的顺风车。

对妹妹的出走，知夏其实有很多疑问，她心思缜密，自然看出一些端倪，只是在妈面前不想横生枝节。现在，她与沈其琛独处，这才正色问道："沈先生，你对知春，是认真的吗？"

沈其琛认真开车，几乎是不假思索地回答："当然，我很爱她，我已经求婚，知春也答应了，只是她说现在穿婚纱不好看，等孩子出生了再说。我拿她没办法，可能我做得还不够好。"

"你是不是做了令她伤心的事？"

"我……"沈其琛欲言又止。正好遇到堵车，他懊恼地按了一下喇叭，没有回答。

知夏心里明白了几分，又隐隐为知春担忧起来。

"许多年前，知春因为退学的事，和我妈大吵了一架，被妈打了一巴掌，她躲了我们半年。那时候没有手机转账、手机支付，想给她寄钱都不能。后来我和爸找到她，她在美术学院上成人班，为了赚学费，在一个培训机构打工，大冬天地在街头发传单。"

"她从来没有对我说过。"沈其琛苦笑，因为他发现自己并不了解知春。

"我妈前些日子和她吵过架，这次她又不见了，妈很自责，以为历史重演，过错在自己。其实我知道，这一次知春离家出走，不是因为她。"

"我知道。我……我们之间有一些误会，我会向她解释清楚。"

"爱情和孩子可能是荷尔蒙的产物，但婚姻不是。两个相爱的人，能顺利走进婚姻，并能一直走下去，靠的不是举案齐眉，而是肝胆相照，必要的时候，两肋插刀。"

沈其琛知道知春的大姐是个写两性关系的作家，今日听她一席话，果然受教。婚姻里的两颗心，要坦诚，要付出，要有牺牲，这样才能求得花好月圆。而这些恐怕也是他上一段婚姻失败的原因，如果现在明白这些道理，还不算太迟。

"受教了。肝胆相照，两肋插刀，原来结婚是要行走江湖。"他虚心接受，又小小地调侃了一下。

"没错，婚姻就是江湖。"

知夏到达工作室附近，下了车。两人各自奔向自己的江湖。

其实知夏来工作室拿文件只是个借口，但既然来了，就顺便看看小伙伴们。刚走进园区大门，就遇到了熟人，是张浩的老板李总。李总先看到知夏，热情地打招呼："弟妹，真巧啊！快生了吧？"

李总身材矮胖，生意人，八面玲珑，讲究和气生财，跟张浩算是同学，多年来对张浩颇为照顾。张浩业绩差点，但知根知底信得过。

知夏停下来和李总闲聊了几句。李总过去做医疗器械生意，近两年专攻医美器械，专挣女人的钱，直叹市场竞争大，生意难做。

知夏附和："经济下行，大家都勒紧裤腰带过日子，生意都不好做，不过李总有眼光，女人的钱还是好骗的。"

李总爽朗地笑起来："这话说得我好像是个骗女人的渣男似的，我可是为了广大姐妹的青春美丽操碎了心啊！"

知夏想起李总上次为了打广告送她的那个美容仪，虽然她没用过几次，但出于礼貌，还是不得不夸赞："还要谢谢你呢！上次送我的那个美容仪挺好用的。"

"最近又代理了一款经络美容仪，回头我让张浩给你带一台回去。"

"别破费了，我这都快生了，哪有时间打理自己啊！"知夏如今也算半个生意人了，她深知李总要送她这个经络美容仪的用意。流量为王，搭上她这条线，她随便写一篇广告软文带来的销量，就能抵上他一家小公司两个月甚至半年的营业额，还能为他省下许多广告营销费，何乐而不为?

李总也直言不讳："弟妹，这个经络美容仪，西北地区还没打开市场，你看，咱们再合作合作？"

上次看张浩面子，低价签了那条广告，可读者反映产品质量不过关，团队的小伙伴颇有微词。这一回，知夏坚决不做这种吃力不讨好的事了，便找个合理的理由推脱："没问题啊！不过我现在马上临产，都不太到工作室这边来了，你叫人和工作室的小朋友去谈就行。"

李总工于算计，句句紧逼，笑道："那这个广告费，你看……弟妹，咱都是自己人，你得给我个优惠，骨折价。"

生意人的算盘打得响啊！知夏觉得李总精明过了头，于是直言道：

“就因为是自己人，上次才给了那么低的价格。我手下也有几个小朋友的薪水要发，总是徇私，让小朋友白干活，他们意见很大。”

这个李总，也吃多了生意场上的苦头，喝酒应酬，阿谀奉承，看人脸色，不禁感慨挣钱辛苦：“一百万不算低了。弟妹，还是你们文化人吃香啊！笔杆子一转，一字千金，哦不，你现在可是一字万金。”

一百万？知夏以为自己听错了，吸了一口凉气，却不想追问，于是不动声色地敷衍着笑了笑：“李总，我还有点事，先上去了。咱们回头再聊。”

李总只好放行，心想回公司和张浩谈谈，叫张浩给老婆吹吹枕边风。这个张浩，何德何能，能娶到这么好的女人，既能赚钱，还给生二胎。这世上他想不通的事太多。

知夏来到工作室第一件事，就是让小鹿拿出那份美容仪广告的合同给她看。她确定自己没有眼花，合同上就是一个骨折价——五十万。

她靠在沙发上，闭目养神，小鹿又拿了一份文件来给她过目。她翻开一看，是小鹿的结婚请柬。现在的结婚请柬做得真漂亮，像一个精美的贺卡，小抽屉似的往外拉，两人的四格婚纱照从一个小窗口里如漫画一般呈现，小抽屉拉完，贺卡的一端拉成一朵花，仪式感十足。知夏不禁感慨，许多婚礼虽盛大庄严，结束的时候却仓促潦草，实在可悲可叹。

小姑娘结婚，是值得庆贺的事，知夏却有点扫兴地给予忠告：“姑娘，江湖险恶，慎入啊！”

小鹿没听懂，一脸蒙：“什么意思？”

反刍了一下，又好像听懂了，小鹿狡黠地笑了笑：“老板，我不仅需要忠告箴言，还需要大红包。”

“放心吧！大红包少不了。”

回到家，知夏只觉得累极了，倚在沙发上不想动。皎皎已写完作业，过来给知夏揉肩。婆婆见状，也贴心地切了一盘水果端过来，劝她：“女人工作不用那么拼的，张浩现在事业发展得挺好，你还这么拼图什么啊？”

伸手不打笑脸人，知夏也无意和一个蒙昧的农村老太太争辩，只是小小调侃了一句："您老昨天还说，你们那时候生孩子，前一天还在地里干活呢！你生张浩的时候，羊水破了，自己骑自行车骑了五里地到县医院，等家属赶来，孩子都生好了。"

婆婆这"光荣事迹"够她吹一辈子。听到知夏提起这件事，她不免又得意扬扬地吹嘘一回。皎皎还是第一次听说这种事，吓得目瞪口呆。她在生理卫生课和妈妈看的书《孕期一百问》里学到过，羊水破了，应立即躺下，切忌站立和走动，避免羊水外流和胎儿脐带脱垂，羊水流失过多，不易顺产，还有可能导致胎儿死亡。

皎皎脱口而出："天啊！羊水流干了怎么办？书上说，羊水流失过多，容易造成胎儿缺氧，胎膜破了，有可能发生感染，从阴道上传到子宫。"

说到"阴道"和"子宫"这两个词，皎皎后知后觉，意识到自己可能说错了话，这些字眼，在奶奶这里，是敏感词，是羞耻的部位、肮脏的字眼，女孩子是不可以说的。她忙捂住了嘴，转移了话题："妈，我给你接一盆洗脚水去。"

看到皎皎走开了，婆婆又老话重提："前天，我回村里去了，看到老张家那个小女儿三花了，就是那个兔唇，噫！现在都三十多了，嫁不出去，没人要，那个嘴，快和鼻子连成一条线了。你知道不，三花有个外号，叫'狼不吃'，那鼻子嘴，狼见了都害怕。"

知夏知道婆婆想说什么。这些天，婆婆几乎找遍了各种理由劝知夏把这个孩子打掉。要是没有理由，她还会自己编故事呢！有时讲着讲着自己都串台了。昨天她也说这个三花，说三花有个外号叫"狗不理"，今天又变成了"狼不吃"，给人起绰号的水平可是一流的。

知夏不动声色，不接婆婆的茬，故作惋惜地说："能治疗的，他们肯定是不舍得花钱做手术，把孩子耽误了。"

"你就别犟了，算妈求你了，咱把这个做了，再好好生一个健康的好看的孩子，何必费那神呢！"

"妈，我累了，你也早点休息。"说罢，她站起身，朝卫生间喊，"皎皎，洗脚水好了没？"

"好了好了，我再添点热的。"

知夏的脚刚放进盆里，张浩回来了。婆婆朝他使了一个眼色，他就谄媚地笑着来到了卫生间，蹲下身，把手伸进了洗脚盆，转头赶皎皎出去："去去去，你把我的活儿干了，我干什么？"

张浩已经胖成一个球，蹲在那里很费力了。手伸进来，轻轻地在知夏脚背上摩挲着。他有多久没有这样温柔地抚摸她的脚了？有多久没有这样肌肤相亲了？脚痒痒的，记忆像是从脚底打开了一道门，哗啦啦全跑了出来。

怀皎皎的后期，知夏肚子很大。张浩每晚倒好了洗脚水，蹲在她面前，把手伸进来，一寸一寸摩挲她的脚背、趾缝，给她洗脚，坚持了三个月。那时他们还是初婚，虽然很穷，但两人甜蜜得像掉进了蜂蜜罐子。可不知不觉，他们的日子好像走进了死胡同，找不到出口，于是换了个方向，他们达成共识，生二胎，然而她悲哀地发现，这条路也是此路不通。

无事献殷勤，非奸即盗。张浩这样谄媚地讨好她，定是有求于她。她猜，一定是那个李总白天说的那件事。

没想到，张浩并没有提那件事。他小心翼翼地给她洗脚，小心翼翼地说："我跟医院那个同学联系好了，预约了明天的流产手术，明天我陪你去。"

他声音不大，但语气里有一种不容置喙的强硬。

知夏没说话，他又补充了一句："唇腭裂，严重的话，很难修复，我们不要冒险。"

"引产才是冒险。"她把脚从水里拿出来，擦也没擦，就塞进了拖鞋里，气汹汹地朝自己房间走去。

张浩跟上来，依然苦口婆心地解释："不会的，我那个同学的老婆，技术很好的，很有经验，不会伤害到身体。"

"怎么可能有不伤身体的手术？你们到底有没有把我当人？有没有尊重过我？孩子是你们想要的，好！我生，现在说不要就不要了，你有没有考虑过我的感受？"

这么大的帽子给张浩扣下来，他可不承认，反驳道："生二胎不是你也想要的吗？这是我们的共识，怎么就不尊重你了？"

仔细想想，张浩说得也对，当初决定生二胎，除了因为他和婆婆在耳边整天唠叨，她自己也是有想法的。女人是一种奇怪的生物，似乎有一种好了伤疤忘了疼的基因，生完皎皎后她曾发誓绝不生二胎，这几年不知为何隐隐感觉得体内有一种熊熊燃烧的生殖本能在躁动。在小区里看到别人怀里软糯的小娃娃，忍不住就想多看一眼，偶尔抱着别人的娃，那软乎乎、小肉团一般的手感，让她使劲回想当初抱皎皎的感觉，心里觉得甜滋滋的。没错啊！也是她想生的。

这么一想，刚才还自我矮化为卑微的生殖机器的知夏，又找回了一些独立女性的尊严，她说："对，是我想要的，我的地盘，我说了算！我想种庄稼就种庄稼，草盛豆苗稀我也乐意，不想种我就让地荒着，怎么了？你凭什么现在让我全拔了？"

吵个架也转文，张浩觉得好气又好笑，还是理智地给她讲道理："你这么说不对，生育不是你一个人的事，孩子是咱俩合作的产物。种庄稼你一个人可以，但生孩子你一个人生不了，所以胎儿的去留，咱们得商量着来。"

"你这是商量吗？你这是商量吗？你这叫通知我！"知夏憋了一肚子火，越想越气，越说越气。

"那咱俩现在商量商量。"

"不用商量，这事儿没得商量。"

"你看你这就不讲理了。"

"讲理，行啊！那咱俩今天好好讲讲理。"

说着，她从包里掏出今天从工作室带回的合同，甩到梳妆台上，质问："签的是阴阳合同，是吧？"

"阴阳合同"这个概念，她只听说过，具体怎么操作，她没有深究。想必有帮凶同伙，大概还偷拿过她的公章，她没想到，这种事会落到自己头上。

张浩愣了一下，看到那份合同，很快明白了她在说什么，也没有狡辩，只是有些木然地问："你都知道了？"

"钱呢？"

他两边欺哄，贪污了五十万，这不是一笔小数目。

“我……”

“李总那人对你还不错，你这样坑他，不太地道吧？你不光坑他，你连我也坑。”

“肉烂了在锅里，坑你谈不上，反正都是咱家的钱。”张浩为自己开脱。

知夏冷笑：“是吗？那钱呢？”

他却嗫嚅着不说。

“钱买了房子，对吗？××园的房子。”

张浩又吃一惊：“你怎么知道？”

“你坑这五十万，不是自己全拿的吧！那里的房子，地段虽然差点，但九十平少说也得一百五六十万，你不是首套房了，首付少说也得七八十万，你哪儿来那么多钱？”

“我，我……”张浩被问急了，脱口而出，“这个你别管，你挣多少钱什么时候告诉我了？你买什么东西跟我商量了吗？你弟弟结婚，你甩手就给十万彩礼，我说什么了吗？”

一句话把知夏给问住了，她心头骤然涌起一阵哀凉和绝望，他们已经隔阂至此。原来他对她有这么多怨恨，积怨像腐坏的伤口般沤成了痼疾，彼此都懒得多说一句，直到这股怨气彻底溃发、坏死，病入膏肓。

知夏不擅吵架，一迟疑，就好像理亏了似的，也想不起下一句要说什么了，因此常常懊悔自己吵架没有发挥好，输了气势。

婆婆在外一直竖着耳朵关注局势，听到知夏不说话了，马上推门进来给儿子撑腰：“我儿子给我买套养老的房子怎么了？自己挣的钱，也要经过你的同意吗？”

知夏恍然大悟，诧然：“房子，买到你名下了？”

“怎么了？不行吗？”

这是什么操作？他想干什么？转移财产？想离婚？给自己留后路？知夏着实看不懂了。

张浩把妈往外推：“你出去吧！这事我俩说。”

“你这种㞞包软蛋，你能说什么？不听我都不知道，十万块随随便便就给娘家弟弟了，你不知道的还有多少呢？”老太太一急，粗鄙的一面就显现出来了，劈头盖脸地连儿子也骂。

“秀才遇到兵，有理说不清。”知夏面对婆婆的质疑指责，不知该说什么来反击。不是说女人经济独立就底气足、腰杆硬吗？对，就这么说：“那些钱是我挣的，我爱给谁就给谁。”

“屁！别以为自己多挣几个钱就多了不起，那也是共同财产，离婚了也要分一半的。”

“离婚？”知夏从婆婆嘴里听到这个词，惊诧不已。张浩把妈忙往门外推。婆婆还想说什么，嘟嘟囔囔地被劝走了。

皎皎在外面终于绷不住大喊：“别吵了，烦死了！”

经过婆婆这么横插一脚，张浩再回到房间时，态度明显软了下来，口气是温柔的：“有什么事，明天再说吧！妈的话，你别往心里去，你早点休息。”

他要扶知夏回床上休息，被知夏甩手推开了。

临出门的时候，他又通知她：“早点睡吧！明天我陪你去医院。”

知夏的心像暗流涌动的深海，颇不平静，但身体困倦极了，很快就迷迷糊糊睡着了。一夜乱梦，她梦到自己被绑在手术台上，四肢动弹不得，她从梦中惊醒，迷迷糊糊中感到一只手臂被什么东西压着，她想动动手，却根本控制不了。在朦胧的小夜灯光线里，她看到张浩坐在床边，正轻轻地抬起她那只胳膊，把她的手机放回床头。手机屏幕是亮的，他半夜偷偷潜入，想用她的手指解锁手机？他想干什么？她彻底清醒了，忽地直起身子，一把拿起手机查看，惊问：“你干什么？”

张浩吓了一跳。他困惑而哀伤地看着她，喟然道：“我……只是想给你盖好被子。”

第三十四章

前女友来袭

在候诊等待叫号的时候，明珠百无聊赖，就开始研究屏幕上那些候诊患者的名字，想想给宝宝取个什么名字好。她想了许多名字，从《诗经》里选了一些，女孩的有：静姝、静嘉、婉如、欣怡、穆清、佩玉……她也想了许多男孩的名字：明哲、骏德、思远、厚朴……都是不错的名字。她买了许多婴儿的衣服，粉色的、蓝色的都有，不知道会生一个男宝宝还是女宝宝呢。想到一个软软糯糯的小肉肉穿上那些可爱的小衣服发出咿咿呀呀的叫声，她的心都要融化了。做一个妈妈，是多么幸福的一件事啊！

她的身边，坐着一个身材窈窕的女孩，穿着一件灰鼠色的毛衣裙，搭一件黑色小香风外套，既高级又显身材。明珠再看看自己，腰身已经很臃肿了，脸也圆了一圈，双下巴都出现了。这是每个即将初为人母的女人要做出的第一个牺牲——身材走样。明珠也爱美，可如今过去的衣服都穿不了，两条孕妇背带裤换着穿，走起路来像一个大鸭子——她在心里这样形容自己，又暗羡了一下旁边的女孩，安慰自己：生一个健康的孩子最重要，这点牺牲不算什么。

叫号终于喊到明珠，她刚要起身，却见那个窈窕女子深呼吸一口气，忽然起身，径直冲进了诊室。

明珠的保姆愤愤不平："这人怎么这么没素质啊！怎么插队呢？"

"算了算了，等等吧！"

李医生头也没抬，盯着电脑屏幕，说："你又晚来了一天。怀孕后期要适当增加产检次数，最好两周做一次。"

"两周做一次怎么够？我要天天做。哥哥！"女孩声音魅惑，充满挑逗，忽闪着妆容精致的眼睛。

李景哲吓了一跳，抬头一看，无奈地叹了口气，故做严肃状："请问这位病患，你哪里不舒服？有什么我可以帮你的？"

一听这话，女孩马上拉住他的手，放到了自己的胸口，做出柔弱状："我这里不舒服，只有你可以帮我。"

那胸口软绵绵的，李景哲触电似的抽回了手，正色道："我这里是妇产科，你的病我治不了。"

"那我怀孕了。"

"那先做个 B 超吧！"说着，李景哲就要开单子。

女孩就静静地看着他。

单子开好了，她乖乖接过去看了看，起身，转身，忽然又折返过来，一把挽住李景哲："医生，B 超室怎么走？你陪我去。"口气里尽是轻浮、娇俏和赤裸裸的勾引。

李景哲叹口气，抽走了自己的胳膊，双手微微举起做投降状，无奈道："晓涵，别闹了，我正在上班。"

那女孩见李景哲终于肯认她，态度也马上转变了，做乖巧状："好，我不闹，我去外面等你下班，下班后我们去吃火锅好不好？"

"我们已经分手一年多了，晓涵，我不认为我们有一起吃饭的必要。"

"我爸逼我相亲，你再不管我，我下个月就要结婚了。"

"那么，我就祝你幸福。"

"李景哲，你无情……"女人忽然就委屈地哭了，眼泪说来就来。

女人的眼泪，杀人于无形，李景哲慌了，四处看了看，小刘护士不知道出去干什么了，他连一个帮手都没有，只好好言相劝：“晓涵，我们已经分手了，当初是你要分手，我也尊重你的决定。坦白讲，我也伤心过很久，我认为，我现在已经放下了，我们都应该向前看。”

“不，你没有放下，你还是爱我的，我也放不下你，我们重新开始吧！”女人情绪激动，一头扎进他的怀里，抱住了他的腰。

他试图扯开她的胳膊，她却耍赖似的箍得更紧。两人无声地挣扎着，李景哲压抑的情绪突然爆发，他不自觉地抬高了声音：“我们没办法重新开始，感情是会变的，就算是食物放到冰箱里，也有腐坏的一天，哪怕感情还在，过去的矛盾和问题依然无法回避。”

晓涵不哭了，忽然理智起来，说：“我们的矛盾和问题，不就是你的工作吗？就算为了我，辞了吧！我爸说了，可以安排你到卫生局，好不好？”

“不好，我挺喜欢现在的工作。”他冷言拒绝了她，再次企图掰开她的手臂。

这一回，晓涵自己松开了，冷笑：“你喜欢你的工作？这份工作有什么好喜欢的？喜欢职业耍流氓？变态！”

李景哲感到不可置信，羞愤不已，一把扯掉自己的口罩，低声呵斥：“郭晓涵，你……你现在怎么这么粗俗？你马上给我出去。”

她哪肯善罢甘休，见他发火，更是显出一副委屈的模样，蛮横的公主脾气彻底爆发，又一把抱住了他：“我不走，你不答应我，我就出去喊医生耍流氓了！”

“随便你。”

李景哲扔掉口罩和手套，打算夺门而出。就在这时，明珠的保姆等不及拖着明珠，推开了诊室的门，抗议道：“大夫，本来该轮到我们了，这个人插队……”

一抬头，明珠和保姆都愣住了。只见这个女人紧贴在李医生的胸口，哭得梨花带雨，头发也乱了。

小刘护士这时也急急忙忙地推门进来：“不好意思啊！李医生，我刚去上了个洗手间。”

大家面面相觑，空气仿佛瞬间凝固了一般。

这个叫郭晓涵的女孩铁了心一般，忽然脱掉了自己的小外套，扯掉了头上的皮筋，披头散发冲到诊室门口，打开门，朝外面大喊起来："医生耍流氓，这个医生耍流氓！呜呜呜！"

门外一时间议论纷纷，许多医患和家属围过来，七嘴八舌，指指点点。前女友同学趁此机会添油加醋，愤愤不平地控诉。

李景哲夺门而出，众人如遇瘟神似的马上自动让开一条道。

小刘护士和保姆陪着明珠，来到楼顶。

寒风猎猎，李医生坐在一个条凳上，背对着大家，旁边是一块菜地。医院食堂的人在楼顶用木箱种菜，辣椒红了，一簇簇挂着，还没来得及摘取。

小刘护士汇报情况："保安上来把她劝走了。"

"别为难她。"

"没事了。下去吧！还有好多病人等着呢！"

他没有回头，冷笑一声："还有人在等吗？还没有惊慌失措，去找女医生？不怕我这个流氓医生？"

小刘护士沉默了。没错，经过前女友刚才这么一闹，许多不明真相的病患和家属确实被唬住了，选择了离开或转到女医生的诊室。

明珠上前走了两步，说："我不怕。医生，我已经等了半天了，现在身体沉重，行动不便，来一趟不容易，你不能让我就这么回去吧！"

他听到明珠的声音，叹了口气，依然没有回头："你去找雷燕医生吧！"雷燕是妇产科的一名女医生。

"我带了蛋黄酥，还有新做的芋泥软欧包，也给雷医生吗？"

李医生没说话。

明珠和小刘对视，暗暗一笑。

明珠像一个谈判专家，继续劝道："你知道我为什么爱做甜点吗？俗话说，心里苦，甜的补。吃点甜的，心里就不苦了。我刚参加工作那会儿，曾被小朋友气哭。就在快上课之际，园长找到我，让我擦干眼泪去上课，即便心里委屈，在孩子们面前也要保持微笑。她说，这是一个成年人需要学会的情绪自我控制。”

那人转过身，不以为然地笑了：“幼稚！谈判专家？以为我要跳楼？来给我做思想工作？”

明珠被拆穿，尴尬地干笑一下：“那倒不是，现在是你的上班时间，你这属于脱岗，你对得起这些等了一早上的孕妈吗？有的孕妈还是空腹来的，你这样，不负责任。”

“呵！又用激将法？走走走，下楼，上岗，别把你这空腹来的孕妈饿晕了。”他一转刚才的阴郁，像个没事人一样朝小刘护士挥挥手，叫她过来扶明珠。

回到诊室，果然候诊的孕妈已经走得差不多了。李医生心无旁骛地回到岗位，重新坐回自己的位置。

明珠现在的产检项目有检查羊水量、胎盘等级，做胎心监护，测血糖、血压。有一些项目是开了单子后去医技科室做，而有一些基础的检查，仍是李医生亲自“动手”。

将一道蓝色的帘子合拢，小刘护士扶着明珠躺上检查床，裤子褪于丹田下，她的肚子，如同一座耸起的山。他伸出手，深呼吸，迟疑了一下，手似乎在微微颤抖，半天没有落下。

明珠刚才已听小刘护士说了，那个女人是李医生的前女友，想跟李医生复合，最近已经来找过他几次了，没想到今天用了这样极端的方式。看得出，刚才那一番闹剧对李医生是有影响的，他被束住了手脚。

“李医生！”小刘护士小声提醒他。

李医生仿佛忽然回过神来，把手放到明珠腹部两侧，轻轻地按压着，轻声询问明珠的情况，回头对小刘护士说明胎儿大小、胎位等。明珠从第一次面对男医生时的尴尬，如今到已慢慢习惯，但每当外人的手触碰她的皮肤，身体还是会不自觉地有些紧绷。李医生感觉到了，提醒她：“放松！你太紧张，胎儿也会感到不适。”

“医生，你也放松，别紧张。”

他这才感觉到，自己的手指在微微颤抖。

两人都无奈又无声地笑了。

各项检查结果出来，一切正常，医嘱一如往常：“注意休息，不要过度劳累，避免攀高提重，适当运动，保持心情舒畅。”

明珠离开的时候也对医生说：“李医生，你也保持心情舒畅。”

回去的路上，明珠接到爸爸的电话。

一场病灾杀人锐气，老沈的语气苍老了许多，他说：“报销的费用下来了，我不会拿手机转，让明晖办的，我让他给你送去，可能快到了。”

听罢这话，明珠觉得很羞愧。她记得小时候有一次得急性肺炎，妈不在家，爸四处借钱带她去县医院看病，花了一百多。那时的一百多，可不是现在的一百，爸对她的爱不言而喻，可是到了父母年老，本该是儿女反哺，怎么老人还要把手术费给女儿还回来？

“爸，手术费是我该出的，赡养孝顺父母天经地义，我本来也该侍候床前。那个钱，你留着吧！”

“你快生了，以后养孩子花钱的日子还在后头呢！爸不能要你的钱，等我干木工活的那家结了账，我再叫明晖给你送过去。你照顾好自己。”

“爸！你别，钱你留着，别给明晖……别让明晖跑来跑去，你留着。”明珠欲言又止，想到那些钱到了明晖手里，无异于肉包子打狗，她又很无奈。

“你别管了。好了，挂了！”

保姆意味深长地看了明珠一眼，没有说话。

到了楼下，明晖果然来了，正站在单元门口徘徊。看到明珠回来，他喜出望外，叫了声：“姐！”再抬眼看看保姆，欲言又止。

保姆倒也识趣儿，交代了一下，自己先上楼了。

听妈说明晖收拾了打印店的烂摊子，和女朋友也分手了，最近在村里承包了一个绿化带的活儿，干得还不错，如果浪子回头，爸妈以后也能省点心。

明珠伸出手。

“干吗？”

“钱呢？”

“什么钱？”

“爸说手术费报销了，要你拿来还我的。”

“那点钱，你还惦记？你能不能目光放长远一点？”

听口气不妙，明珠追问：“钱呢？赶紧还我。”

“我还信用卡了。我今天来，是跟你商量大计的，你的格局能不能大一点？别捡了芝麻丢了西瓜。”

一听这话明珠就来气。当初他要创业是这么说的，上次他要代理某产品需要囤货，也是这么说的。明珠再也不会上当了。她知道，那个报销款是羊入虎口了，面对这个无底洞，她一定要跟他划清界限。左右看看，旁边的树下放了保洁员的扫把，她走过去一把抄起来，朝明晖挥去：“滚！马上滚！”

明晖后退了几步：“你真的不听？不听你可别后悔，跟你的未来生计可是有重大关系的，我可是为你好。”

“走不走？你再不走，我……我……”明珠见没唬住他，又顺手捡起半块砖头。

明晖大惊失色，心想这个疯婆子，动真格的了。他气呼呼地骂道：“泼妇！泼妇！”

说完气急败坏落荒而逃了。

一激动，肚子里的胎儿也有感知，频繁胎动起来，明珠扔下砖头，手抚了抚肚子，仰天长叹了口气。

明珠的保姆，实则也是冯母的眼线，一上楼就把情况汇报给冯母。

“好，我知道了。你照顾好明珠。”

冯母放下电话就出了门，她打算再去给明珠提个醒，和这样的家人保持距离，甚至划清界限。没想到，刚出小区大门，一个高瘦的男子就迎上来，谄媚地笑着：“阿姨，你好，我是明晖。”

嗬！竟然还找到这里来了。

明晖看看旁边的咖啡厅，说：“阿姨，我请你喝一杯咖啡，想跟你聊点事情。”

冯母鄙夷地乜了他一眼，冷冷开口道：“我喝不惯那玩意儿，有什么话，就在这儿说吧！”

他开口就向冯母借钱，要两万。

“我没钱。”说罢，冯母转身欲走。

“我这儿有个情报，可比两万块值钱多了，你要不要听听？”

冯母停下了脚步，转过身，不动声色淡淡地说：“情报？”

明晖见她有了兴趣，嘴角勾起一丝笑，颇有些得意：“是你家老头的事。”

不料冯母冷笑一声：“你是想说他那点风流烂桃花吧！”

明晖愣住了：“你都知道？”

“你还有别的事吗？”说罢，冯母转身离开。

冯父一辈子身边莺莺燕燕不断，冯母则一辈子都在“驱除鞑虏”。她像赶苍蝇一样驱赶冯父身边那些女人，好在那些关系大多是露水姻缘。冯父心里也清楚，从未动过真感情。冯母哭过、闹过、累过，最后只能无奈地睁一只眼闭一只眼。

“我真替你不值，也替我姐不值。”明晖忽然高声喊道。

冯母再次转过身，冷静且克制地问：“你到底想说什么？你知道什么？”

“你只知其一，不知其二。”

“说来听听。”

“阿姨，那我的事？”他当然是指钱。

敲诈，这是赤裸裸的敲诈。冯母向来骄傲，岂能被这样一个无赖牵着鼻子走？但是事关老冯，她没法无动于衷。

“明晖啊！咱们是亲戚，是应该互相帮助的，但一家不知一家难，我现在手头真的没钱，你妈前段时间从我这里借了两万。”她提醒明晖，她也是帮过他的。

明晖也圆滑起来，叹口气：“也怪我多事，这事我也不知道该不该说，万一你跟我姐气出好歹，我也担待不起。我再想想吧！”说罢，他故作姿态抬腿欲走。

“你回来。”冯母叫住了她，又羞又恼，可是还得语气柔和地劝他，“我想想办法，明天给你凑凑钱。”

“行！阿姨，您别上火。”明晖转身，狡黠地一笑。

第三十五章

葬礼上的黑衣女子

大倪回来了。风风火火，说回就回，一如走的时候，说走就走。她下午五点登机时给明珠打了电话，晚上八九点就已经敲响了明珠家的门。

她取下卫衣的帽子。明珠吓了一跳，只见大倪的额头有一道新结的血痂，脖子上有一道红色抓痕。

明珠忙把她带进卧室。

“怎么回事？你跟人打架了？”

大倪依然大大咧咧，笑称：“姐们儿在街头勇追小偷，进行搏斗，挂了点彩，不碍事。”

“见义勇为是好事，可是也要量力而行。”

明珠信以为真，忙去给她拿医药箱。

两姐妹见面，有说不完的话。大倪给明珠秀她那蹩脚的广东话——“猴塞雷”“黑凤梨”。明珠抚摸着她的脸，唱歌调侃：“可否抽空想这张‘狗’模样。”这是两个极易被逗乐的小傻瓜才能听懂的玩笑。

夜深了，两人同床而眠。明珠给肚子上抹一种防止妊娠纹的按摩膏，大倪就凑过来跟宝宝说话，自称是孩子姨妈，明珠脱口而出："这孩子可不缺姨妈，你还是当干妈吧！"

此话一出，明珠也愣了一下。大倪推己及人，脸上闪过一丝艳羡却又不屑的神色，说："姨妈？你是说你生母那边的几个姐姐吗？你们算是和解了？"

那股纠结的劲儿又涌上来，明珠的目光躲闪了一下："也不算和解吧！反正，就那样了。"

"就哪样？"

这么一问，明珠更说不清了，看大倪似有愠色，便安抚她："怎么了，亲爱的？这你也吃醋？你可是独一无二的干妈。"

一层伤感浮上大倪的脸，她幽幽地说："有些亲情缘分浅，断了，也就断了。"

"大倪，你怎么了？"明珠从她的表情里发现一丝异样。

大倪躺回床的一侧，闭上了眼睛，昨夜那肮脏一幕此刻像碎片一般被她一点点拼凑起来。

她本来是不肯喝酒的，母亲说那瓶红酒来自法国奥比昂酒庄，不可多得。

衣香鬓影，美酒入肠。只喝了一杯而已，她就觉得耳热脸酡，头重脚轻，便摇摇晃晃地上楼去了。走廊长且幽深，有无数道门，她头昏脑涨，忘记了这是在母亲的家里，还是在酒店。忽然，她身后的门缓缓推开，她被一股强大的力量拖拽进去。雪白大床，灯光如昼，她甫一挨上床边，就软绵绵地扑倒下去。

半梦半醒间，她感到一只手在她的后背游走，肆无忌惮地摸到她胸衣的搭扣，"砰"的一下，她的心像忽然被揪出来在胸口撞了一下。她瞬间清醒了，转过头，看到一张熟悉又有些陌生的脸正向她逼近，沉重的身体如墙一般压住她。她惊呼出声，灯却在这时灭了，月光白花花地倾泻进来，照在那人诡异且惨白的脸上。她不知从哪里来了一股莫名的力量，一把推开了他，拔腿就跑，却被扯住头发拉了回去，一个趔趄，她重心不稳，额头重重地撞击到床角。她被翻转过来，以难堪的姿势仰卧在床上，华丽的礼服裙被撩至腰间。

那人在她耳边含混不清地说："倪，我喜欢你。"

她看清了那张脸，那人叫罗小文，是某集团公司的二公子。母亲与其父母交好，有意联姻，两人见过两次。此人一身痴肥，且轻佻猥琐，她无意深交，冷淡处之，母亲说："倪，你真不听话。"

她如砧板上的鱼一般绝望无助，混乱之中，想起了曾经学过的几招女子防狼术，于是勾起膝盖，朝他的裆部狠狠一击，那人滚下床，痛苦地呻吟起来。她又羞又愤，夺门而出。下楼的时候，跑得太急，她不小心和一个女人撞了满怀，抬头一看，是她的母亲。母亲拦住大倪，不放她走，大倪强忍泪水："我要回家。"

母亲轻言细语："你喝醉了，这里就是家。"

"不！我要回家。"她声嘶力竭地喊。

"倪，你太令我失望了。"

"你同样令我失望。"

她打开门，迎着夜色奔跑起来。繁华，奢靡，喧嚣，她曾热切期盼的母爱亲情，都被关在了那道门内。

明珠轻轻地握住了大倪的手。那只因愤怒而微微颤抖的手在抚慰中渐渐平静下来。

"所以，是那杯酒？"

"是她。"

头上的伤还在隐隐作痛，大倪万万没有想到，自己的亲生母亲在现代社会竟然还会做出强按头拉郎配的事来。她自到达广东后，与母亲朝夕相处，龃龉不断，早已后悔，于是趁此机会，落荒而逃。

"你还有我。"明珠说。

"对，我还有你。"

"经过这次教训，你以后要记住，喝车不开酒，开酒不喝车。"

"哈哈哈哈！好傻的笑话。"

就是这样蹩脚的冷笑话，让两人在黑暗中肆意地笑出声来，把另一个房间的保姆吓了一跳。

失去的快乐又回来了。

冯母郁闷无比，这日她做好了饭，仍不见老冯回来，打电话过去，也是关机，她不由得开始乱想。都说少年夫妻老来伴，她挨啊等啊，如今半生已过，人到暮年，老头的心还不见收，她越想越气，越想越不甘。电视台网上整日宣扬“女人要独立，女人要活出个精彩”的论调，她也想精彩啊，为自己活，没有男人老来伴，自己也能吃好饭。于是她打起精神，给自己盛了一碗饭，橱柜里还有一瓶做菜用的花雕酒，她像模像样地给自己斟上一杯，喝了一口，直辣喉咙，眼泪都呛出来了。

就在这时，明晖又发信息过来：“阿姨，你考虑好了吗？”

一看到这小子的信息就让人郁闷。两万块，她有，可她宁愿被岳娥畏畏缩缩觍着脸来借，也不愿被一个无赖捏着把柄进行敲诈，两者都是拿钱不还，但感觉是不一样的。可她又很想知道那些不为人知的事。

她又喝了一口酒，想了想，回复：“明天吧！明天。”

她想，等一会儿老冯回来，问问清楚，今天到底干什么去了。如果他态度还好，她就继续睁一只眼闭一只眼算了；如果他让她不满意，那她就好好闹一闹，让自己也爽快爽快。

刚回完明晖的信息，有电话打进来，是老冯的棋友老杨打过来的，他的声音严肃且低沉：“何兰，老冯不行了。”

冯母赶到医院时，冯父已经成了一具冰冷的尸体。冯母看到那具被白布包裹的尸体时，心“咯噔”一下，像是跳到一半，被胸腔里的骨头绊住了。过了几秒，眼泪才后知后觉地从眼底溢出来。

喝酒误事，是冯父在生命最后一刻才悟出的人生真谛，可惜为时已晚。他本就有肝硬化，平日吃着药，这天和几个老战友聚会，得意忘形，逞强喝了几杯，人就不行了。

几个老朋友满心愧疚，不知道该说什么，嚅嗫着叫：“老嫂子！对不起！”

老冯知道自己的身体，怪不得别人。冯母摆摆手，叫他们别说了。

灵堂重又摆起来，屋里陡然多了许多人，有相熟的部下、自家的子侄和热心的邻居来帮忙。冯母和几个亲戚给老冯换寿衣，他的手僵硬，冰冷。他们有多久都没有这样握过手了？冯母有时也羡慕别人家的老夫老妻手牵手互相搀扶，她要是主动拉一下他的手，他肯定会不耐烦地挣脱开。他从不跟她并排走，他总是走得很快，走在她前面。

这下好了，这趟路，他也走在了她前面。冯母松开那只僵硬的手，撕心裂肺地哭起来。

明珠接到电话时，已经是第二天下午，婆婆沙哑着声音，疲倦地说："建奇他爸走了，你跟宝宝来跟他道个别吧！"

"走了？"她一怔，下一秒，忽然明白了。

大倪和保姆一起陪着她回去。

在路上，明珠想，生命到底是什么呢？是一阵风，一滴水，一朵花，一条鱼，一只花蝴蝶，一道残阳铺水中。生命有很多种形态，有的生命很短暂，死亡来临，总是令人伤感的。

她对冯父没有深厚的感情，但她觉得伤感、忧虑、无奈、茫然，各种情绪浮上心头。

她甫一进门，婆婆就抱住了她。以前她们从来没有过这样的亲密举动，但她知道，此刻婆婆需要这个拥抱，她就用一只手轻轻拍了拍婆婆的后背，颤抖地叫了一声："妈！"

她的肚子隔着两人，这个拥抱显得并不紧密，但足够有力，就像两个练武之人的某种交接流通，既像是传授内力，又像是吸取能量。婆婆抱她的时候并没有哭，只是在她耳边说："这种场合，本不该叫你来。你拜一拜上个香就走，叫老头子看看你和孩子好安心。"

明珠依言，在一个女人的指引下，在灵前上了香，面对空气说："爸，你放心吧！宝宝现在三十一周了，很健康，我会好好把他生下来抚养长大。"

听说人死后灵魂七日不散，公公的灵魂一定能看到、听到这些。

做完这些，婆婆叫保姆和大倪陪明珠回去。出门的时候，婆婆又抱了抱明珠，在耳边对她说："我只有你了。你也只有我了。"

"还有宝宝。"明珠轻轻地说。

冯父是个小小的人物，要办追悼会。冯母像个木偶似的，任由后辈们和单位的治丧委员会安排。明晖不知情，给冯母又发了两条信息，她都没有回复。

其实冯母看到消息了，但是她忽然不想知道老头的任何事了。人已经变成了灰，被装在一个黑色的小匣子里，大概还有一部分随着火葬场的烟囱飘向了天空，消失得无影无踪，她感到生命的虚无，再追究下去还有什么意义呢?

追悼会进行到一半，瞻仰遗容时，一个穿黑衣的中年女子走了进来。女人神情肃穆、一言不发，司仪也没有介绍。经过冯母时，女人也并没有行礼、致意，没有任何表示，只是面无表情地走了。

冯母一年里接连失去两位至亲，整个人木木的，眼前的世界在她眼里是变形的、模糊的。宾客来来往往，有些她认得，有些她不认得，礼数在这时都不重要了。大家都同情她，理解她。

明晖看冯母没回信息，急了，不断地发信息过来——“你不想知道你老公的事了? 钱呢? ”

冯母还是不理他。

追悼会结束，冯父下了葬，一个生命就这样从光明遁入黑暗中去了。

连日来，冯母身边总有几个侄女、外甥或者娘家弟媳妇陪着，明珠不放心，让保姆也回来了。第三天，大家安顿好她，各自散去。下午，冯母下楼透气，在小区的一棵桂花树下，又看到那个黑衣女人，那女人牵着一个五六岁的小男孩，孩子虎头虎脑很乖巧的样子，直觉告诉她，这个女人在等她。

冯母走过去，电话又响起来。这一次，明晖直接打了过来，他在电话里急切地问：“你老公的事，你不想听了? ”

怎么能被这样的人敲诈勒索? 她一张枯槁的脸，表情却平静如同蜡像一般，不动声色地说：“不用了，我不想知道了。”

“你真不想知道? 姨，我不是为这点钱，我是为了你和我姐。”他企图抓住最后一点希望。

“我已经知道了，你的消息，不值钱了。”

挂断电话，她走近那个女人。

“老冯走了，我很伤心，连他最后一面都没见。”女人哀哀地说。

“瞻仰遗容，你不是看了吗? ”冯母面不改色。

“孩子还没见他最后一面。”女人低眉顺眼，说话和声和气，长得也还是好看的，但也不算年轻了，四十左右，总之和想象中嚣张跋扈的小三是不太一样的。

孩子？看到那个孩子，冯母压根没往老冯身上想，离异女人带个孩子，想找个人依靠，再平常不过。

见冯母没说话，女人又心平气和地说：“孩子叫圆圆，是我和老冯的。孩子是无辜的，老冯就这么走了……”说着，女人抹起了眼泪。

孩子五六岁，也懂点事了，想必老冯平日里陪伴不少，听到父亲去世不在了，孩子也跟着哭起来。

这就是那个浑小子无赖要告诉她的事吗？老冯不仅出轨多年，私生子都这么大了！所以他对建奇的死，能那么容易就从悲痛中解脱出来！所以他对建奇的遗腹子，也似乎不那么热心！她总以为老头子只是面冷、不善表达，其实他的心热乎着呢！他早已兴兴头头地开启新生活了，只有她，还留在旧的悲伤里。

冯母的手忽然开始颤抖，控制不住地颤抖，她平静如蜡像的表情终于崩溃了，融化了，扭曲了，她忽然厉声喊道：“那你到我这里来干什么？我屋里有一个活的老冯给你瞻仰吗？”

那女人仍是不惊不惧，不气不恼，轻声细语：“我来，只是有些事跟你商量。”

冯母狐疑地看着对方，不知她葫芦里卖的什么药。

“圆圆快上小学了，养孩子要花钱，我能力有限。老冯说，给圆圆留了一笔钱……”

冯母听明白了，这是来争遗产了。她感觉全身的血液都往头顶冲，心脏仿佛在迅速膨胀，屈辱、羞耻、绝望、无奈，许多情绪在身体里酝酿着，她用最后一点力气和理智支撑住自己的身体，沙哑着声音低吼：“滚！”

明珠很担心婆婆，她觉得这时候自己应该陪在婆婆身边，老人家接二连三遭遇这样的打击，如果身边再没人陪伴开解，不知能不能撑下去。大倪不让她去，婆婆也不让她过去，说家里死了人，按照迷信的说法，对孕妇和胎儿都不好。大倪日夜陪着她，但大倪还有别的担忧：“你公公没了，那遗产肯定是留给宝宝了吧！你还是得赶紧把你婆婆搞定，把钱抓到你手里，这才放心。”

明珠惊愕：“尸骨未寒，怎么可以这样？”

公公忽然去世的消息，养父母那边也知道了。岳娥陪老沈来医院复查，顺道来看望明珠，明晖也跟着来了。岳娥对明珠说：“你婆婆这人对你还不错，好说话，把婆婆哄好，赶紧让她把钱转过来。”

老沈骂道：“妇人之见。馍不吃在篮子里，吃相不要太难看，不要寒了老人的心。”

明珠觉得爸说得对，又好像哪里不对。

一家人一起去探望冯母。

冯母病倒了，在床上躺着，眼泡浮肿着，头发没顾上染色，白头发越发明显，人仿佛一下子老了十岁。她血压高，老是头晕，医生给开了口服降压药，让多卧床休息。

老沈诚恳地表达了哀悼同情，让冯母节哀，又回头训导明珠：“你和宝宝，以后要好好孝敬你婆婆。”

岳娥也颇感慨，半是客套半是诚恳地说：“你该给我们通知一声，都是亲戚，过来吊唁一下，给你搭把手，帮个忙，也是应该的。”

“他走得急，丧事就是乱事，稀里糊涂就送走了，亲家还在养伤，不兴师动众也好。”冯母解释。

彼此寒暄客套了几句，岳娥终于七拐八拐，步入正题：“生命就是这样轮回的。明珠也快生了，将来有个小娃满屋跑，屋子里热热闹闹的，人就有奔头了。”

“是啊！我得好好养身体，好给明珠带孩子。”冯母脸上的皱纹舒展了一些，嘴角也有了一丝笑容。

“现在养孩子花销大啊！明珠又没上班，没有稳定收入……”

冯母马上明白了，说：“放心吧！房子啊，财产啊，都是身外之物。我和老冯的，将来都是明珠和宝宝的，虽说不是大富大贵，也能保证后半辈子衣食无忧。”

岳娥还想说什么，欲言又止，被老沈一个眼神杀了回去。冯母马上心领神会，又补充道：“哦！就这一半天，我去银行，把那个钱，给明珠一转。”

岳娥倒不好意思起来："不是那个意思，不是那个意思，你对明珠好，我们都知道。你就宝宝这一个孙子，冯家的独苗，还能亏待他们不成？"

明珠听着这对话变了味，非常反感，也用眼神瞪妈，低声制止："说什么呢？别瞎操心了。不早了，赶紧回吧！"

彼此又客套了几句，最后，明珠一家告辞要走了，冯母起身相送。明晖磨磨蹭蹭，找了个机会，悄悄对她说："你都知道了？那个女人和孩子的事？私生子，会分遗产的，你们可不能把我姐坑了。"

冯母轻蔑地瞥了他一眼，小声说："孩子，别到处乱讲话，别给你姐姐添堵，这事我心里有数。好好工作，像个男人，给父母争口气。"

明晖被怼，撇撇嘴，走开了。

回去的路上，找了个机会，明晖又凑近明珠，神秘地说："你知道吗？那老头子有个情人，还有私生子，小心来分遗产，到时你一毛钱都落不着，哭都没地儿哭去。"

明珠放慢了脚步，心颤了一下，心里遽然生出一丝恐慌。过去的许多谜团、疑问、困惑，像迷雾一样在眼前弥漫，现在终于要散开了，又似更浓重了，但她不能让明晖看出来，更不能让明晖再搅乱她的生活，于是佯装平静，轻描淡写地说："管好你自己，别瞎操心。"

明晖还想细说，大倪过来搀扶明珠："走不动了？医生说，你还是要适当运动的。"

明珠搀着大倪的手，觉得身体越发沉重了，举步维艰地朝前走去。

第三十六章

大破大立的勇敢

那晚吵完之后，知夏从家里搬了出来。

伍尔夫说，女人一定要有一间属于自己的房间。知夏早早就明白了这个道理。她何止有一间。早几年挣了些钱，跟大多数人一样，她也置办了房产。除了家里住的大平层，她在郊区还有一栋上下三层的别墅，在市中心还有一套两居室的小户，房龄虽老了些，但地段好，交通便利，离妇幼保健院很近。

闺蜜调侃："这叫狡兔三窟吧！"

知夏自嘲："这叫退避三舍啊！惹不起我躲得起。"

"这是富婆的忧伤，在法拉利里哭，在埃菲尔铁塔下哭，在法国的奥比昂酒庄一边喝红酒一边哭，在伦敦的广场一边喂鸽子一边哭。"

"我才不哭，孕妇哭对胎儿不好。"

她很快在家政公司找了一个保姆，这个保姆很懂事，话不多，只默默做自己的事，从不多问。

知夏搬出来，也没瞒着。张浩第二天打电话给她，她也没藏着掖着，报了平安和地址，但张浩来找她，她也不回，态度很坚决，说要好好清静清静，想一想。

她也没瞒着皎皎，坦言自己和张浩之间有了一些矛盾，针锋相对只会激化矛盾，因此两人要分开一段时间冷静一下。

皎皎问："你们会离婚吗？"

她也不瞒孩子，说："也许会，也许不会。"

这个小房子离皎皎的学校更近了，皎皎每天中午都过来，像一个间谍一样，给知夏讲那边的动态——奶奶要回乡下，被爸爸拦住了；爸爸每天如常上班，没什么异样；奶奶最近在织婴儿毛线袜子，织了一双粉色的，又织了一双蓝色的，不满意，拆了又重新织。知夏听了这些消息，都笑而不语。

从家里搬出来，她也没瞒喻老师。喻老师来看她，听说了胎儿唇腭裂的事，大吃一惊。

"严重吗？"

"不严重。"

"医生怎么说？"

"能要，能治。"

"七个月了吧？"

"嗯！"

喻老师忧心忡忡，唉声叹气："唉！月份大了。怎么没早点查出来啊？"

"早查出来了。"

"这事怎么能瞒着我们？也不跟大家商量商量？"

"商量什么？我的肚子，我的孩子，我为什么要让别人来决定他（她）的生死？"

"谁是别人？张浩不是孩子的爸吗？孩子是你一个人的吗？这不是你一个人的事。"

"波伏娃说……"

还不等知夏说出波伏娃的观点，就被喻老师粗暴地打断了："行了行了，什么波伏娃浪伏娃，你那一套大道理，我不爱听。我问你，你查过男女了吗？”

“没有。”

“怎么不查呢？你找个关系查一查，有多难？”

“没必要，我不想查。”

“这样吧！我找个地方，给你查一查，如果是男娃，就留下，如果是女胎，就，引产吧！还来得及。”说到最后，喻老师声音低下来。

知夏愕然，没想到这种话从自己母亲的嘴里说出来，然而下一秒，她又想通了，这才是喻老师啊，她能做出这种事来。知夏的声音不平稳了，哀伤地质问：“快八个月了，我是你的女儿，你不怕出人命吗？”

喻老师也有点恼火：“那还不是你隐瞒拖到现在的？”

“无论是两个月前，还是现在，我都不会去打胎的。没有必须要引产的指征，没有医生的医嘱，我不会听你们任何人的。”

“行了行了，随便你了。”喻老师见知夏生气了，也不再多说，丧气地说，“医生说能生，就生吧！反正你有钱，治吧！”

喻老师一时间觉得自己真的老了，谁也管不住，谁也不听她的了。知春说走就走，说不见就不见了，她想骂都捞不到人影；儿子儿媳不知道为什么，总是别别扭扭的，她也插不上手发不了言；知夏这里，她说一句，知夏有一堆大道理等着。这大概就是知夏说的，儿女们需要的是父母，不是家长，只有小学生才需要家长，家长这个词是封建的产物。知夏那些大道理，听起来是有几分理，又好像没有理。

罢了，既然来了，就干点活儿吧！她系上围裙，进了厨房。

皎皎放学回到知夏这边，说明早做值周生要早起，晚上住这里就不回去了。

吃饭的时候，几个人闲聊。皎皎好奇，问外婆和妈：“听我们班云云说，生孩子可疼了，她妈生二胎的时候，疼得在医院里撞墙，真的吗？”

“当然疼了。”知夏说。

对于生娃的疼，知夏曾在网上听了一首歪歌，有十分精准的描述，大概是：“像哪吒在我肚子里闹陈塘关，像二营长在我肚子里发射炮弹，像德国和苏联在我肚子里发起战端，打到一半英法美也加入混战，像被长矛刺穿，像被电锯腰斩，像古惑仔在我肚子里挥刀乱砍，像赵云在我体内四处冲杀，像金刚在我体内单挑哥斯拉，像容嬷嬷学会了分身大法，变出二十个她来把我扎，像太平洋孤岛火山爆发，像无人区沙漠原子弹爆炸……”

知夏把这首歌唱给皎皎听，皎皎笑得喷饭，笑完了，又噘嘴幽幽地说：“我不想当女生了，我要是个男孩就好了。我不想以后生孩子，我怕疼。”

喻老师忙轻描淡写把话圆回来：“听你妈瞎说，危言耸听，生孩子是疼，但也是人能忍受的程度。我生你妈时是有点疼，可到了你小姨，还没感觉到疼呢，就已经生好了，当天就下床了，没事人一样。”

皎皎被两种截然不同的观点搞蒙了，不知道该信谁，想了想，像个大人似的叹了口气：“唉！算了，我以后还是不生孩子。”

喻老师听到小孩子说这种话，觉得好笑，只当童言无忌：“哪个女人不生孩子？不生孩子你将来都找不到婆家。”

这样的“傻话”，大概每个女孩子小时候都说过，知夏也说过，喻老师也曾用这样的陈词滥调讥笑过她，可是，她知道，妈说得不对。

知夏给皎皎夹了一块肉，安抚她说：“生孩子不是人生的必选项，做女人也可以不生孩子，如果你不想生，就可以不生，可以不用听别人的。”

“真的吗？”

“当然。”

皎皎听得似懂非懂，喻老师简直像听的天方夜谭，又讥笑她：“整天给孩子灌输什么乱七八糟的东西。生孩子是老天赋予的女人的特权，不生孩子，就是违逆天理。”

知夏笑笑，不与之争辩。

吃完饭，皎皎自觉地去写作业了。

喻老师切了水果来，又忧心忡忡道：“知春最近和你联系过没？那个沈其琛那边有消息没？”

“没有，沈其琛往返好几趟了，都没找到。但是知春更新过朋友圈，在晒太阳，日子滋润得不得了。你别操心了，把她扔到沙漠里都能开出花来。”

“现在不一样，现在是负重跑，她不是一个人了。我得问问那个沈其琛，不行我就去杭州找知春。”

“好了妈，你别添乱了，把她逼急了，给你彻底玩失踪怎么办？”

喻老师唉声叹气，只好作罢，又问起明珠来：“明珠最近怎么样？你俩联系没？”

“有。我给她寄过一次鱼油，她给我寄过蛋黄酥、红豆酥，看起来日子平平淡淡，挺好的。哦，对了，你要吃吗？是明珠自己做的，还有几个，挺好吃的。”

“那就好，那就好。我晚上不吃甜的，明天给我带上。我做了两件婴儿的小棉衣，到时你帮我给明珠送去。”

皎皎写作业写到一半，跑来找知夏问题目。

知夏一看，是鲁迅的文章里颇受争议的一句话：“在我的后园，可以看见墙外有两株树，一株是枣树，还有一株也是枣树。”皎皎问这句话背后有何深意。想当年知夏也做过这道题，早忘了当初是怎么胡诌的了。她自己也有发表的散文被选入某地期末考的阅读题里，被煞有介事地分析，想想都觉得好笑，因此对这一类题，知夏爱莫能助，于是调侃道：“我觉得没什么特殊的意思，这样写真的怪怪的，没必要，不过假如他用这种写法写一个女人‘生了三个女儿’，你看，‘她生的第一个是女儿，第二个是女儿，第三个还是女儿’，那么这句话情绪强烈，能够马上把读者的阅读兴趣调动起来，眼前瞬间就有了一个重男轻女的家庭，女人对连生三个女儿的所表现出失望的画面，甚至还能让人联想到这个女人的绝望，她后续家庭地位的变化，以及她为翻转这种家庭地位所做的努力，还有这三个女儿的不同境遇……”

说着，知夏不动声色地偷眼看了看喻老师，喻老师听出自己“被内涵”了，撇撇嘴：“我还说今晚陪陪你，喊，挤对我，我回家去呀！”

就在这时，知冬打来电话：“妈，你在我姐那儿吗？我去接你。”

“好，几分钟到？好好好，我等你。”喻老师故意回答得很大声，挂了电话，得意地挑挑眉，“我生儿子怎么了？我儿子多孝顺，大晚上来接我。”

知冬接到喻老师，没有马上回家，在街上漫无目的地开着车，遇到堵车，就烦躁地按喇叭、骂人。喻老师眼神不好，看不清路，但觉察出他情绪低落。

“开车别急躁，骂人干啥？遇到不讲理的，起了冲突就不好了。”

堵车时间有点长，知冬忽然趴到方向盘上，发出一声长长的叹息：“妈，怎么办啊？”

“怎么了？你哪儿不舒服？”喻老师忙用手去扳知冬的脑袋，去摸他的额头。

“妈，我跟你说了，你别骂我。”

“到底怎么了？”

“碧晨要把孩子打掉，跟我离婚。”

喻老师瞬间心跳加速，话在嘴里打了个趔趄，都说不利索了：“啥？你说啥？把孩子打了？现在都五个月了，都成人形了，胡闹！为啥？还是为那个游戏里的‘老婆’？你咋不长记性呢？”

知冬又把脸埋到方向盘上，痛苦地说：“妈，你别问了，反正都是我的错。现在碧晨在她同学那儿，说明天一大早就去医院做。”

“她同学在哪儿？走，赶紧走，把她劝回来。”

“她不见我。”

“我去，走，快走。”喻老师用力地拍打知冬的肩，既是催促，也是恨铁不成钢。

没结婚前，碧晨和一个大学闺蜜合租，闺蜜现在依然住在原处，此刻正义愤填膺，一边给碧晨拿纸巾，一边大骂知冬是渣男。她们住的小区门禁不那么严，知冬和喻老师很轻易地就来到了闺蜜家门口。

闺蜜从猫眼里看到知冬，马上对他恶语相向，叫他有多远滚多远。喻老师无奈，只好亲自出马，敲了敲门，低声下气地说：“碧晨啊！是我，有什么委屈跟妈说，我给你做主。”

闺蜜嗤之以鼻，在里面继续说知冬坏话：“瞧瞧！整个一妈宝男，负荆请罪还带上老妈。”

听到婆婆来了，碧晨有点动摇，她的教养不允许她一直把老人关在门外。

喻老师又敲第二遍，语气很诚恳：“妈不知道你们为了什么事，但是妈也有怀孕的女儿，女儿这时候被人欺负了，哪个当妈的不心疼？将心比心，你从河南远嫁到西安，没有别的亲人，知冬欺负了你，无论什么原因，我都是站在你一边的。”

一听这话，碧晨又委屈又伤心，哭得更厉害了。

喻老师进来了，闺蜜到另一个房间回避，临走前，对知冬狠狠剜了一眼，以手做出抹脖子的动作。

喻老师也不清楚到底是什么事，猜想还是和那个游戏里的“老婆”有关。既然知冬说都是他的错，她也就把所有的过错揽在知冬身上，说回家一定要老许狠狠地打知冬一顿，又说到碧晨肚子里的孩子，刚提到宝宝，碧晨的眼泪唰的一下涌了出来。

喻老师忙给她拿纸巾，一时没找到，情急之下就用自己的大拇指帮她抹眼泪，说：“妈妈的情绪影响胎儿，生气伤的是自己的身，为难自己，跟自己过不去，不划算，饶恕别人，其实是饶恕自己。有什么问题，我们要面对，解决，而不是这样回避，躲起来。走，乖！咱们回家。”

做了几十年教师，喻老师惯会给学生做思想工作。她只要苦口婆心一番劝，讲事实摆道理，时不时再加点哲思金句，就算人心有座山，也能让她移了，当然，除了知春。

说到最后，碧晨心里松动了，眼泪也止住了，决定跟婆婆回家，面对问题。

知冬除了在喻老师身后说“我错了”，再说不出什么新鲜话。出门的时候，他去扶碧晨，她仍带着十二分的火气，把他的手甩开了。

回去的路上，喻老师和碧晨坐后排，一直拉着碧晨的手，问她和知冬到底发生了什么事，碧晨也不肯说。喻老师这时想起知夏说的“家长”和“父母”的论调来，想起她说的“界限感”这个词，觉得很有道理，就没有再追问下去。

知冬默默开车，时不时回望一下后视镜，他深知酿下大错，不敢多说话。

和“那个女人”的事说起来有点荒唐。部门聚餐，几个男人猥琐地劝新来的女孩侯薇薇喝酒，他挡了，替她说了几句话。侯薇薇初来乍到，嘴很甜，有什么事来问知冬，开口必称呼“知冬哥”，透着一股刚出校门的大学生的谦逊和懵懂劲儿，有点像碧晨从前的样子。侯薇薇和闺蜜合租房子，知冬顺路送过她两次，这不算什么特别的交情，毕竟知冬也送过其他人。那晚侯薇薇没有被灌酒，但知冬多喝了几杯，散场后，本来要叫代驾，侯薇薇忽然说她会开车。行驶了一段之后，知冬才有点后悔，侯薇薇大概没怎么上手开过车，一会儿猛地刹车，一会儿又突然加速，知冬觉得胃都快被颠出来了，还没开出多远，就叫停下车，去路边呕吐。她也跟着下了车，轻轻地帮他拍后背，从旁边的便利店买了水给他。他俯着身，弯着腰，她也俯着身，弯着腰。不经意一抬眼，他才注意到她的大衣里穿了一件低胸的很薄的毛衣，一对水蜜桃似的胸露了一半，在昏暗的夜色中明晃晃地晃人眼，他中了邪似的，竟然问：“薇薇，你穿那么薄的毛衣不冷吗？”“不冷，办公室有暖气，车上也有暖气，不冷。”

说完这话的下一秒，她又觉得不对，忙改口道：“冷，我冷，知冬哥，我现在冷。”

他为什么会抱住她？是酒劲上头，还是欲望作祟？他也说不清。

有研究表明，酒后乱性是个伪命题，当血液中的酒精浓度超过0.05bac 时，男人的性反应会直线下降，医学界广泛认同，酗酒可导致阳痿。男人酒后有无作案能力，这是人品和科学的重要议题。知冬觉得自己很清醒，抱在怀里的女孩是滚烫的，她一点也不冷，像一团火，他瞬间就被点燃了。

记忆进行了选择性遗忘，他不记得怎么去的那家酒店，但他记得女孩隐约的曲线和雪白的肌肤，他做得并不尽如人意，但最终仍在羞耻和愧疚中到达高潮。半夜他被噩梦惊醒后就睡不着了，他们各据床的一边，并没有像情人那样相拥而眠。他反省这场荒唐的邂逅，发现彼此并没有什么心动和爱情，只是浅薄的情欲当头。他揣摩着她的心思，不知如何收场，于惴惴不安中挨到天亮。后半夜开始淅淅沥沥地下雨，冷雨敲窗，像猫抓一样挠心。天亮后，女孩兀自起床，像什么事都没有发生过，正常去上班，没有索取承诺，更没有追问什么。他有点不好意思，起床后雨仍在下，他觉得至少应该送送她。

他拿了酒店的伞，和她同撑着出了酒店。她自然地挽住他的胳膊，他的身体绷得很紧，像一只待宰的虾子。唉！出轨的滋味一点也不好。

碧晨为什么会出现在那里？也许是那家酒店附近有一家味道很好的煎饼果子，她穿过两条街道前来，也许是那里离她的单位很近，她正好经过。是的，他亲爱的妻子，身材臃肿、行动不便的妻子依然坚持上班。

与碧晨劈面碰上那一瞬间，他手里的伞差点没把住，他迅速把伞推给了昨夜欢好的女孩，连同她一起推开，说："你先走吧！"

侯薇薇见过碧晨，她什么也没说，转身就走了。

碧晨马上明白了。她并没有马上冲上来给他一个耳光，她也什么都没说，转身就走了。

知冬觉得他应该说点什么，可是碧晨走得很快，健步如飞，很快消失在早高峰的人群中。

她在闺蜜处住了一晚，他吃了闭门羹，车子停在她们楼下，他在车里睡了一晚，对喻老师谎称带碧晨去山里民宿玩了。第三天，她终于回了他信息，说她想清楚了，流掉孩子，离婚。知冬慌了，只好搬来了母亲。

路遇红灯，车子停了下来。知冬这才发现，附近正好是他们的母校××学院。学院的门口一到晚上就化身小吃一条街，此刻，各种食物的香味粗鄙又霸道地混合在一起，冲撞着人们的嗅觉。碧晨最爱吃的那家烤红薯还在，那个在寒风中缩着脖子烤红薯的女人和她的烤炉是校门口的一个标志。她像上班族一样，只在周内到校门口烤红薯，周末就消失得无影无踪。不知道为什么她的烤红薯特别香甜，学生们要是想在周末吃到，没门儿。

知冬猜测碧晨也许还没有吃晚饭，于是小心翼翼地问："校门口大姐的烤红薯，你吃不吃？我去买。"

"不吃。"她想也没想就回绝了。

烤红薯的香味像一个记忆的密码，"吧嗒"一下，把碧晨记忆里那道门打开了。青春由此开始，她怎么会忘记呢？碧晨家远在河南郑州，那时一学期才回去一次，一到周末，本市的同学各自回家去，宿舍里就剩下她孤零零一个人，知冬也就不回家，陪她在图书馆看书，用省下的钱带她去看电影。有一次，他们去爬翠华山，山上有一座吊桥，一走上去，他就使坏，开始晃桥。她吓得尖叫，紧紧地搂住他的腰，一抬头，他目光灼热地看着她，凝住不动了，然后吻了她。

她喜欢吃校门口大姐的烤红薯，可是一到周末，大姐就消失无影踪。有一次，馋虫闹得厉害，他不知道从哪里打听到大姐家的地址，在大姐家巷子口见到了她的烤红薯摊。她吃着他费劲巴拉买来的红薯，就感觉到了幸福。年轻的时候总容易被这样不起眼的小事感动，以为那就是爱情。

他现在还记得她喜欢吃那家烤红薯，可是他怎么能干出那样肮脏龌龊的事呢？他都承认了，她一质问，他就承认了，她宁愿他撒谎，编借口，她闹闹脾气，给自己一个台阶下，眼睛一闭，心一横，日子就还可以这样稀里糊涂地过下去，可是他承认了，她被自己的道德感逼到了死角，原谅，不原谅？两条路都不好走。

为什么两个人的心曾经可以那么近，又可以像现在这么远？她想不通。

绿灯亮了，车子启动。又走了一段，经过一座过街天桥。这座天桥是另一所大学门口的天桥，是附近几所大学学生眼中共同的胜地。一到晚上，天桥上小贩出动，贴膜的、卖袜子的、卖小饰品的、卖辣条的，五花八门，什么都有。有一年冬天，碧晨和知冬都感到穷气逼人，决定也做点生意。他们进了一批熊猫元素的马甲和帽子，为了避免被同学耻笑，特意跑到这座天桥上摆摊。碧晨戴着那顶熊猫帽子，熊猫帽子下面有个气囊，按一下，熊猫耳朵就会动，十分吸引小朋友。她和知冬一个人戴帽子表演，一个人收钱，配合默契。城管来的时候，他们就跑，他们跑得极快，尽管背着大包裹。跑远了，两人就开心地笑，有一种滑稽的刺激的快乐。他们用赚的钱到路边买关东煮吃，她把辣椒汁沾到了嘴角，热气腾腾地笑着，他忽然俯身去吻她，连同那辣椒汁也一同吻下去。

那时候，她以为爱可以永恒。

车子拐了个弯，驶入了他们所属社区的那条街道。记得两年前，这里还是一片工地，许多新楼盘在如火如荼地建造着。那时他们刚刚毕业，各自在一家小小的企业里工作，感到模糊的快乐、隐约的幸福在等着他们。有一天，知冬告诉她，妈为他买了婚房，他向她求婚。她带他回郑州见父母，父母提出希望婚房加上女儿的名字，他们可以出钱装修，陪嫁车子。知冬笑得很尴尬。那次回来后，他们大吵了一架。知冬说她的父母现实、算计，她怨他并不真心，对她设防。虽然后来她妥协了，但心里却留下了芥蒂。她仍深深地爱他，却觉得这爱里有了心酸和委屈。

半座城市，数十公里，从梦境到现实，从校园到婚纱，她不过用半个小时就回忆完了。她不知道这段路程从哪一个路口变得苦涩，也不知道这段记忆从什么时候开始变了味。眼前仿佛有一道门槛，她从前始终把自己包裹起来，以为还可以留在旧的岁月里。现在不知不觉，那道门槛，她终于跨过去了。那道门槛，代表着成熟，跨过了那道门槛，就是大彻大悟后的决然，大破大立中的勇敢。

第三十七章

扛住意味着一切

这天是工作日，撸猫馆里客人竟然挺多，大有人满为患之势。大概是一到年底，残冬急景，人们恍然发现这一年匆匆忙忙，竟一事无成，内心因此生出山一般的焦虑来。人的压力陡然骤增，撸猫馆的生意就出奇地好起来。

明珠也觉得焦虑，坐卧不安，胸闷气短，做甜点时竟然也失手了一次，索性全扔进了垃圾筐。

她来到撸猫馆，大倪送她上了楼，自己去面试了。

店长认识明珠，给她安排了一处安静的角落，还有一只狸花猫和一只金渐层作陪。店长笑称："上一次那只虎斑猫，可是这里的头牌，被人点了，正陪客呢！"

明珠笑了："这话怎么听起来怪怪的。"

店长出去了。

狸花猫和金渐层也很好，一只正优雅地伸懒腰，一只正在认真舔爪，都没搭理她。不搭理也没关系，店里放着音乐，她就闭目养神，可还是不行，心静不下来，突突地跳。

像是约好了似的，李景哲被店长送进来，店长抱歉地解释：“今日客满，场地不足。”

“你今天没上班？”明珠有点讶异。

“轮休。你怎么在这里？”

“我胸闷气短，来这里透透气。”

“如果是真的身体不舒服，应该去看医生。”

她调侃：“医生不是送上门了吗？”

他在她对面的沙发上坐下来，长长地伸了个懒腰，发出一声婉转的叹息，有点像男人从鸡飞狗跳的家里出来上了自己车后那一声意味深长的“呻吟”，像是一台老旧的机器启动前“咯噔咯噔”的异响。

她不由得想起那个癫狂的前女友来，看了他几秒，迟疑地问道：“你那个事，处理好了吗？”

他自嘲地笑了笑：“没事了。那时也真心爱过。她闹一闹，大概也是为了确认，理清自己的感情，让自己死心。我也看清了，有许多爱，没法重来，人生就是这样，只能一直孤勇向前，没有回头路可走。”

“孤勇”是一个多么文艺又矫情的词，但从他嘴里说出来，却闪闪发亮，充满力量。她叹息：“我觉得生活对大部分人都充满恶意，每天都在安排着疾病、死亡、车祸、争吵、痛苦、贫穷、背叛和分手。众生皆苦啊！”

他抬起头来：“可是生活也每天安排着相遇、重逢、拥抱、和好、久病初愈、诞生、旅行、美食、绘画和音乐，这一切美好。”

“你也是心理医生？”她听罢这话心里舒展了许多。

“对，我有一级心理咨询师证书。”

身边有一个心理咨询师朋友那可是稀缺资源，要合理利用，她终于忍不住说：“我公公忽然去世了。”

她并没有抛出什么问题，他却能一针见血：“我想我应该先说一句‘节哀’，但我知道你对他的感情会更为复杂。这件事才是你焦虑的原因？”

“我也不知道。”

“我还是那句话，你现在是个孕妇，两个月后，你就是一个产妇，你必须要为自己留出产育的费用。你现在毫无技能、一无所有，没有任何资本去职场冲杀。我有个表姐是HR，她说用人单位最不欢迎两类人：一种是刚刚结婚的女人，另一种是刚生完孩子出来工作的女人。这个群体意味着睡眠不足、智商降低，根本没法全情投入工作，你至少有两三年没法回到职场。我知道你和夫家达成了某种约定或协议，因此他们是你的靠山、后盾，你也依赖、期待。可现在，某种不确定感包围着你，让你无所适从。我说的对吗？”

明珠点点头。

“但是，我想说的是，明珠，没有人能真正可以让你依靠，即使是在一个健全的看似幸福的家庭里，有很多时候，你也只有自己一个人。你要做好心理准备，这不是危言耸听。我支持你用策略维护自己的权益，争取属于自己和孩子的那份保障，但还是提醒你，凡事要靠自己。亲人、朋友也许会帮你，我也可以帮你，但都十分有限。”

明珠沉默了。李医生的洞察和通透让她无法反驳。

“我真是一个不称职的心理医生。是不是听我说完，你更焦虑了？”

她当然感到不爽，淡淡地自嘲般地笑了，找了一个小小的问题反驳道：“你刚才说我毫无技能、一无所有，什么意思啊？我在你眼里就那么一无是处吗？”

他也笑了：“你是身负重物，你现在是负重跑，你很伟大，真的。”

“真的吗？”她抬起落寞的双眼，像一个等待肯定和表扬的小学生。

他狡黠地挑挑眉，半开玩笑：“要是能再吃到你的蛋黄酥，我会考虑多夸你几句的，现在不行。”

“昨天做失败了，都扔了。下次吧！”

大倪面试完了，过来接她，在门口给她发信息。明珠要回去了。李医生还不走，说：“我再吸吸猫，补充点能量。医生刚才跟你说的那些话，要听哦！”

她微笑点头。

大倪通过了面试，特别开心，刚才的面试官也很帅，令人心情愉悦。她决定和明珠去吃水煮鱼，刚刚落座，明珠的电话响起来，是家里的保姆打来的：“何姨中风了，你快来。”

鱼不吃了，大倪开车载着明珠急忙往医院赶。

婆婆已经进了手术室。手术室外，保姆和婆婆娘家的外甥等候着，还有一位陌生的黑衣女子和风衣男在休息椅上坐着。女人神色自若，脸朝窗外悠悠地看着，风衣男提着一个公文包，面无表情。

那个女人有点面熟。明珠在记忆里搜寻着。保姆走过来，用眼神“夹”了“夹”那黑衣女子，对明珠悄悄说：“就是那个女人，就是她把你婆婆气病的。不过刚才是她和我一块儿把何姨送到医院的。”

“哪个女人？”明珠还是没想起来。

“就是，你公公……外面那个，你不知道吗？”保姆的口气里有一种讽刺，也夹杂着一点同情。

明珠想起来了，那个在酸菜鱼店见过的女人，穿鱼尾裙的女人。原来，都是真的。

手术室的指示灯一直亮着，婆婆还在里面，生死未卜。明珠的心像被一只手揪着，就那样一直揪着。

黑衣女人看到了明珠，站起身，朝她走过来。

“你就是明珠吧！听老冯提起过你。”女人盯着明珠的肚子，玩味地打量着，说，“快生了吧？”

大倪马上站在了明珠前面。

明珠有自己的骄傲，她不屑与这样的人交谈，警觉地乜斜了她一眼，淡淡道：“我不认识你。”

“我们不需要认识，有什么事，我以后会让律师来谈的。你来了，你婆婆就交给你了，我走了。”

律师？只见那个提着公文包的男人也站起来，微微点头示意。

争夺遗产？明珠一头雾水。

女人提着自己小小的包，款款走了。

两个小时后，手术结束了。婆婆被转入重症病房。

婆婆躺在病床上，像一片枯槁的树叶。她的身体插着各种仪器的管子，仪器发出迫人的声响。人已醒了，但不能说话，不能动弹，两只眼珠子如同濒死的鱼眼，眼皮微微颤动，证明她还活着。

医生来告知病情和治疗方案。缺血性脑中风，此外，病人还患有糖尿病、高血压、心脏病，尚未脱离危险，有偏瘫的可能。

明珠恍恍惚惚、六神无主，无力地坐在椅子上，大口喘着气。大倪紧紧地握着她的手。

一连几天，明珠昏昏沉沉，她感到身体已不是自己的，有时在医院，有时在家里，眼前总有不同的人来来往往，医生、护士、保姆，来探望的亲戚，耳边充斥着各种声音——真诚或虚假的问候、仪器发出的声响、痛苦的呻吟、别的病房里乍起的哭声，以及走廊里儿女的争吵声。医院里暖气开得很足，汗出了一层又一层，她每天汗津津的，头痛欲裂，燥热不安，像从水里捞出来的一样。

从热热闹闹到冷冷清清，最后，她发现，婆婆的身边只剩下她一个人了。

一周后，婆婆从重症病房转到普通病房。她的眼珠子更活泛了一些，脸上有了血色，右手的手指会动了，嘴里能发出含混不清的声音。明珠握着她的手，不知道她想说什么，心里觉得很难过。

恰逢月底，这天是保姆工资日，保姆主动问起，以前是冯母这边付，现在由谁来付。

婆婆瘫了，进食和大小便都困难，保姆任劳任怨地照顾了几日。明珠没有多想，付了工资，又多给了一千。年底了，人心浮躁。有一天，保姆说，自己老父亲身体不好，想回家照顾他，过年回去了可能就不来了，叫明珠早点找人接手。

明珠木木的，没回过神来，说："哦！"

保姆觉得不好意思，又说："该找个护工了。"

"哦！"

又过了一个星期，婆婆出院了，为了方便照顾，明珠暂时住到了婆婆家。

大倪搬回了自己的房子，隔三岔五过来看看明珠。

有一天，保姆和大倪都不在，婆婆拉了肚子，又羞又气，满脸通红。明珠去帮她擦洗。褪下裤子，一股奇异的恶臭直冲鼻腔，在人口里胃里胡乱翻搅。她屏住气，双手抬起婆婆的一条腿。那条腿，就像一根剥去了树皮的雪白的木桩，僵硬而沉重，她费了吃奶的力气才把那条腿抬起来一点，帮婆婆翻了身，擦拭了秽物。婆婆不能正常说话，发出呜呜咽咽的带着哭腔的声音，令人心酸。

擦拭完，她把那坨成人纸尿裤和一大堆脏污的卫生纸装进一个黑色的塑料袋里，拿去卫生间扔，刚一进卫生间，忽然一阵胃液翻涌，她对着洗手池哇哇地呕吐起来。

呕吐完，她抬头看到镜中的自己，吓了一跳，镜中的人头发枯黄散乱，眼神无光，皮肤粗糙，形如女鬼。这人是谁?

恍惚间，她听到手机在响，一看，是小刘护士的号码，于是接起来。小刘护士刚说话，电话就被李医生夺了去，他带着十二分的火气，很不客气地说："你的产检时间已经过了两天，为什么没来? 现在孕后期，要特别注意，你对自己和孩子太不负责了吧！"

她哑口无言，强忍着泪水，努力平复了声音："我忘了。"

"这么重要的事都能忘了? 你每天都在干什么?"

"我……我明天去。"

婆婆又在咿咿呀呀地叫起来，她匆匆忙忙挂断了电话。

只见婆婆努力地抬起那只还能够活动的手，颤抖着，指着放在五斗柜上的一个手提包。

明珠把包拿到床边，婆婆用那只枯瘦的手颤颤巍巍地翻检着包，又呜呜呀呀地说话，叫明珠帮忙。

在她的指示下，明珠帮她从手提包最里面的一个夹层里掏出一张银行卡和冯父的死亡证明。

婆婆又要了纸笔，歪歪扭扭地写下一行数字。

"你……去……给……给你！"婆婆说不清楚，但明珠听懂了，这是公公的银行卡，婆婆要把钱给明珠。

明珠拿着那张卡和死亡证明，像捧着一块烫手的火炭，不知该如何是好。

一个人死了，留下遗产，遗产该怎么继承? 她完全不知道。她想，自己应该先问问人，问下小区妈妈群的群主姐姐吧。还是百度一下? 或者问问知夏。

"一起，啊！我，一起，去！"婆婆又说。

明珠听懂了，婆婆要跟她一起去银行。

一个孕妇，带一个偏瘫的人去银行，这是一件多么艰巨的工作，明珠抚了抚婆婆的手，安抚她：“我找人帮忙，找个车，别急。你先休息吧！”

“快，要快！”婆婆很急，胸口剧烈起伏着，大口喘着气。

“好，我快。”

有人敲门，明珠去开门。

邮递员递过来一份文件，显示是法院的传票，寄给何兰的。

明珠一头雾水，签收了。

她把文件拿给婆婆看，婆婆一看信封就明白了。那个女人怀揣着一份真假难辨的遗嘱，要求按遗嘱分割冯父的遗产，而冯父名下的银行存款、股票和基金，都已暂被冻结。

婆婆用右手捶打着床，发出困兽一般的哀鸣，像是要挣扎着起来，又像是身体不适难耐，大颗的泪水从眼角滚下。过去那个清爽、自持、有风度的老太太不见了，她呈现出一种歇斯底里的状态，表达对命运的不满。婆婆有糖尿病，眼睛不好，看到眼前黑乎乎一道影子，恍惚以为，那个女人又站在了她的面前。她年轻，年轻就漂亮；她跋扈，不可一世；她还有一个儿子；她戴着老冯送的翡翠镯子，是那只传给儿媳的传家宝。过去，何兰做家务不舍得戴，小心翼翼地放了起来，它什么时候跑到了那个女人手上？男人不是没有爱情，只是把那稀有的爱情给了别人。爱情是一颗火种，当他没有遇到那个点燃它的人时，他们也以为自己没有爱情，后来遇到一个人，那颗渺小的种子被点燃，尖锐地成长起来，风来了，花开了，雪落了，月亮升起来，死水微澜的人生又活过来了。去他的该死的爱情！她想骂人，一口痰卡在喉咙里，呼噜噜地像拉风箱。她咳嗽起来。

明珠手忙脚乱，给婆婆拿吸痰器吸痰，默默地垂泪，然后再去卫生间清理，自己又吐了一回。

保姆买菜回来，开始做饭，看到家里这幅光景，心里不免生了退意。

蒸饭时保姆才发现，半袋米生了虫，只好重开了一袋，把生虫的米袋扎紧封口，让明珠扔出去。

明珠打开门，大倪正抬手要敲门，她办事经过这里，顺便来看看明珠。看到明珠手里提着米袋，忍不住埋怨保姆："阿姨，她现在是个孕妇，怎么能让她提重物呢？"

说罢，把那袋米顺手接过来放到门外。

保姆拿着一根正在剥皮的葱，探出头不满道："娃呀！你心疼明珠，我也心疼她啊！可是我又不是三头六臂，那你来做饭，你去给老太太擦屎擦尿，你去打扫卫生。"

大倪还要反驳，被明珠按住了。

两人朝屋里走。外面雾霾天，屋里也显得阴沉沉的，客厅里冯父的灵堂还未撤去，看得人怪硌硬。

大倪悄悄抱怨："你住这边哪行啊？你瞧瞧！不是我迷信，胎儿处在这种环境，不太好吧！搬回去吧！"

"我住回去了，我婆婆怎么办？"

"你才是该被保护照顾的对象，叫她的亲戚管。"

明珠怕婆婆听到了，使劲给大倪使眼色："小声点！"

婆婆还是听到了，咿咿呀呀地叫她们过去。

大倪和明珠来到婆婆床前。屋里一股莫可名状的气味，大倪屏住呼吸，看着明珠婆婆连说带比画，她竟然听懂了。老太太请她多多照顾明珠，大倪迅速换气，连声答应："阿姨你放心吧！明珠就是我亲妹妹，亲人。"

从婆婆房间出来，明珠带大倪到自己住的房间，也就是建奇生前的房间。看到建奇的遗照，大倪不免又叹气。

明珠把法院的传票拿给大倪看。

"这也太张狂，太无耻了吧！"大倪压低声音惊呼。

"我得找个律师吧！你有认识的律师吗？"

大倪认真想了想："还真没有。我帮你问问别的朋友，或者我陪你去找一家好的律师事务所。你也问问别的朋友。"

明珠疲倦地靠向大倪的肩头。

"我很担心你。"大倪心疼地说。

"都会过去吧？都会过去的。"明珠自问自答，是迷茫、困惑，也是坚定、勇敢。

婆婆又呻吟喊人了，明珠要起身去看，被大倪按住了："你歇着，你家保姆会去的。你听，她叫的是保姆的名字，又没叫你。"

明珠仔细听了听，婆婆确实叫的是保姆。

但是保姆没应声。

婆婆还在叫。

保姆仍然没去。

明珠坐不住了，还是起身过去了。

婆婆尿了，本来用的是成人纸尿裤，不知道为什么侧漏，屁股底下的床单湿了一大片。明珠忍着那股强烈的尿臊味帮婆婆换纸尿裤。婆婆的半边肢体都没有知觉，移动翻身都很困难，明珠吃力地俯身。大倪看了看，想帮明珠，可冯母毕竟是她眼里的外人，她不无私，也不高尚，下不了手，没好气地喊保姆："阿姨，阿姨！你过来一下！阿姨！"

她提高分贝拖长声音，坐在厨房小凳子上择菜的保姆终于不情不愿地过来了。

"喊什么，我忙着呢！"

大倪可不像明珠那么好说话，讽刺道："阿姨这么年轻，就耳背了呀！我们叫你半天了。"

"开着抽油烟机，没听见。"

"开着抽油烟机啊！我怎么没听见，看来是我这耳朵有毛病了。"

"别说了，都过来搭把手。"明珠很烦躁。

三个人齐心协力，翻身，抬腿，累得满额的汗，好不容易换好了婆婆的纸尿裤。明珠去扔换下来的纸尿裤，在厕所又吐了一回。大倪给她倒了水端过来。

"你这样天天吐，孩子能受得了吗？"

"久居鲍肆不闻其臭。过几天习惯就好了。"明珠安慰自己。

"虽然听不懂你在说什么，但是直觉告诉我你说得不对。赶紧去吃点东西吧！"大倪又心疼又无奈。

大倪接了个电话，说有事要走，明珠将她送至门口。大倪又在门口看到那半袋要扔的米，提起来，打算下楼顺道扔掉。

明珠再次叮嘱："找律师的事，记得帮我问啊！"

大倪朝屋里又看了一眼，叹口气："记得记得，我觉得，你还需要换一个保姆。"

明珠急忙嘘声，赶大倪走。

肚子里的孩子这两天胎动得厉害，她想，是应该赶紧去查一查了。

忙完一切，躺到床上，已经是晚上十点，望着建奇的照片，明珠倍感委屈和无奈。这一刻，她有点怨他，爱情和生命同样脆弱无力，在这种艰难时刻，不能提供给她任何帮助。转念一想，她不该和他计较，这是她的选择。选择，就意味着要承受，要面对，要扛下去。

知夏一分钟前发了朋友圈，是她公众号的新文章，开头就是："××× 生了三个孩子，第一个是女儿，第二个是女儿，第三个还是女儿……"

明珠看到了。看来知夏还没睡。

明珠拨通了知夏的电话，电话那边，知夏的声音依然是那么从容优雅。

"姐，帮我找一个律师。"她说。

第三十八章

萱园的女人

在火焰的光亮中
时间会停止
你可以想你不能想的事
你可以说你不能说的话
做你不能做的事
直到火光熄灭
时间重新开始
在火光中发生的一切就像从没有发生过一样

天气晴朗，知春半卧在躺椅上，在深冬的阳光下读一首诗。这首诗写得真好，像她曾经历的一切、失去的一切。现在，火光熄灭，时间重新开始。

放眼望去，远山如黛，这座墅居临水而建，掩映在山林之间。隆冬时节，院子里的树木花草已零落凋敝，但玻璃花房的花儿依然盛开如春。

几位孕妈妈在紫藤花架下晒太阳聊天，一位保洁在清扫院中的落叶，大门的左侧，挂了一个黑漆木雕的门牌，上书“萱园”二字。

萱园是由三栋联排别墅组成，上下三层，共有三十间大小不一的卧室，提供给因各种原因而单身生育且陷入困境的女人，孕期失婚的、未婚先孕分手的、离婚后发现怀孕的、就想单身生育却不被周围人认可或无人照料的，都可以来这里寻求扶助庇护。萱园是一个公益组织，最早的创办者就是一位单亲妈妈，一位商界的传奇女性。萱园给孕妈妈们提供住所、食物和医疗，甚至帮助解决孩子出生后的户口、上学难题，提供宝妈生育后的就业机会以及追讨抚养费的法律援助。知春曾在工作中与一位在萱园受过益的单亲妈妈有过交集，从而了解到萱园。与沈其琛关系崩裂后，她投奔到了此处。

每个人都有做福尔摩斯的潜质。在知春走后，沈其琛也变成了福尔摩斯。他往返西安和杭州多次，根据知夏提供的知春朋友圈的只言片语和零星照片，还有被粗暴挂断的那通电话里传来的背景音，经过抽丝剥茧，顺藤摸瓜，沈其琛终于辗转找到了这里。

他仔细辨认着门牌上的“萱园”二字，环顾四周的建筑和树木，再对照知春朋友圈的一张照片仔细观察。那张照片里，她戴着墨镜，而在墨镜的反光里，映出的景物、门牌，和这里无异。没错，就是这里。

门虚掩着，保洁大妈的扫帚不长眼睛，朝他的方向扫荡。沈其琛躲避不及，落叶扑了满身。

好容易躲过了大妈的“袭击”，他找了个空地站定，彬彬有礼地询问：“请问，这里有一位……”

不待他说完，大妈拖着扫帚，转身回去了。

他只好迟疑地推开门，跟着走进去，四处打量着，刚走两步，就被一个声音洪亮、身材彪悍的粗壮女子喝住：“哎哎哎！你谁啊？干什么的？”

女人从大门内的一个小屋里走出来，像老鹰一般挡住他的去路。这位应该是传达室大妈。

“我……我找人。”

花架下的几个孕妇马上警觉地站起来，朝这边张望。

萱园就像一个小型的女儿国。这里的女人大多经历过一些婚恋变故，多少有一些厌男情绪。因此，这里过去也发生过出轨前夫听闻前妻怀孕又来求复合，求合不成恶语相向，被群女暴打驱逐出去的事件。萱园的女人同仇敌忾，是一群母老鹰，蓄积着能量，随时准备和这个世界大干一场。

“这没有你要找的人，走走走，赶紧走。”传达室大妈不耐烦地赶他走。

“许知春，知春。”沈其琛朝着大楼大喊起来。

知春听到楼下动静，拿开覆盖在脸上的书，朝楼下一望，那个身影，那个熟悉的声音，不是……沈其琛吗？

她忙关上了窗帘。千山万水，他是怎么找到的？连知夏也不知道的地方，他是怎么找到的？她还能躲到哪里？

“知春，是我，知春！”

楼里还有一些刚出生的婴儿，被外面的嘈杂声吵到，有的孩子被吵醒，哭了起来。

一位穿着粉色护士服的工作人员马上出来，厉声喝止：“别嚷嚷了，把孩子都吵醒了。”

沈其琛看到工作人员，如抓住救命稻草一般，上前一步：“护士，请问，这里有没有一位叫许知春的女士，我是她丈夫。”

这位护士当然知道知春，她下意识地用余光扫了一眼楼上，敷衍道：“这个我不清楚，我去帮你查一下，你不要喊了，就在那里等着。”

沈其琛几乎已经可以断定，知春就在楼上。他想冲上去，又克制住冲动，朝后退了几步。

说话间，知春自己下了楼，坦然地站在了他的面前：“找我什么事？”

知春愈发臃肿了一些，穿了一件雾霾蓝的大衣，大衣的扣子敞开着，她过去棱角分明的脸，变得圆润，阳光晒过的脸颊微微泛红，显得气色很好。离开后，她还是过得很好。知夏说得对，把知春扔到沙漠里，她都能开出花来。

沈其琛想起相识到分开的点点滴滴，心里一阵喟然无奈，哀伤地叫了声："知春，你听我解释。"

他被请到院中的凉亭了，围观的女人们窃窃私语，又自觉地散去，只有扫地大妈和传达室大妈站在不远处，一个持帚站立，如同护卫；一个虎视眈眈，时刻盯着沈其琛的一举一动。

沈其琛不由得挺直了腰背，且由衷地称赞了一句："这真是一个好地方。"

"当然，我打算也捐一笔钱，贡献自己的一份力量。"

"我来出。"

"欢迎！但你是你，我是我。"

"那个女孩是我妹。"他忽然说。

知春忽然"扑哧"笑出了声。这不是"渣男经典语录"吗？可是她一抬眼，与沈其琛愁苦的目光相接，忽然又觉得，她可以听一听。也许，早在她来杭之前，她就应该走到他面前，把疙瘩解一解，谁说疙瘩一定是死结呢！

沈其琛带来了妹妹的户口本和病历卡。那个女孩叫张燕，是他同母异父的妹妹。生母和父亲离婚后，又再婚，生了这个女儿，后来还生了个儿子。多年来生母与他疏于联系，他对那边的情况知之甚少。前几年，生母去世时，他回去了，才知道生母的再婚丈夫前两年也去世了，大女儿张燕小时候发过一次高烧，引发脑膜炎，病愈后导致神经病变，智力下降，变得痴痴傻傻，话都说不清楚。他唏嘘不已，留下一笔钱离开了。

两个月前，生母村里有个熟人到西安办事，偶遇沈其琛，神秘兮兮地告诉他："你知道吗？你那个妹妹，被人那个了，怀孕了，在村子里乱跑，没人管。"

那个？哪个？沈其琛明白过来，无比震惊。他想起那个女孩，皮肤很白，是村姑中少见的白；身材消瘦，长胳膊长腿，眼神清澈，人多的时候就躲在人后，像一只懵懂的小鹿。他对那女孩没什么感情，但那是生母的血脉，与他是有血缘的。血缘是一种很玄的东西，让他生出同情、心疼、焦虑和许多奇怪的情绪来。他开车去村里一看究竟，在村里瞎转悠了一圈，忽然看到路边围了一群人。几个半大小子吹口哨怪叫，女人们端着饭碗，一边拉自己家的娃回家，一边唏嘘不已，男人们一边假装正经地回避，一边用眼神偷瞄。沈其琛顺着男人们的目光看过去，路边石头上坐着一个女人，深秋季节，穿一件短袖衫，扣子掉了几颗，身子露了大半，葡萄干似的乳头在衣衫里若隐若现，小肚子微微隆起，证明那个老乡所言不虚。有人给了她一个包子，她正津津有味地吃着，馅儿沾了一嘴。那个女人，就是他同母的妹妹张燕。张燕还有个亲弟弟，已经成家，在县里做点生意，不常回来，对她也不闻不问。

沈其琛其实也可以不闻不问的，他本来已经狠心掉头要走，却看到一个半大小子拿石头扔张燕，嘴里还念念有词说着一些下流的字眼，那小子耸动屁股，做出令人作呕的动作。沈其琛崩溃了，血往头顶冒，脸烧得慌，心里升腾起一种奇异的感觉，好像那被侮辱的人是他，被围观的人是他。他下了车，喝走了男孩，一把抓住张燕，把她往自己车里塞。张燕对他哪有印象，吓坏了，对他又踢又打，上了车还抢方向盘，害他差点开到沟里。他找到村长家里，怒气冲冲地询问情况，村长觉得很冤，村里几百户人，他能给每个人安个监控吗？他也不知道谁干的，张燕家里人都不管，村长媳妇好心，还经常给张燕送点吃的。村长问："你是谁？" "我是他哥。" 正说话间，张燕从车上自己打开车门跑了，他又和村长一块儿去追。

村长陪他一起去报了警，他把张燕带回了城里，先安顿在酒店里，耐心地给她介绍自己，安抚她的情绪。这个妹妹正常的时候安安静静，睁着一双大眼睛，眼神洁白无瑕，像个天使。她自己去洗了澡，吃了他给她点的饭，最后安静地睡着了。沈其琛疲倦不堪，也和衣而眠，后半夜，一声可怖的尖叫刺破长夜，她去开酒店的窗，要往下跳，他去拦，她反过来咬他，还打碎了酒店的落地灯。酒店不能住了，但是家里也不能住，知春不知道什么时候会来。他只好在家附近租了一间公寓，又雇了一个护工。知春有时打电话来，他没有接，因为那时妹妹正在发疯。警方立案后那段时间，他焦头烂额，要配合警方查案，西安和乡里两头跑。警方锁定了几个嫌疑人，建议沈其琛带妹妹做流产，流产的胚胎拿去做 DNA 测试。他带她去医院，她不配合，逃跑数次，他身心俱疲。

有时他也会后悔，为什么要多管闲事，他应该像她那个亲弟弟一样，不闻不问，置身事外。可是他又做不到。他把自己卷入这段稀薄的血缘亲情里，像是对张燕的救赎，更像是对自己高尚人格的一种成全，他痛苦不堪，后悔不已，又在这痛苦和后悔中不断给自己打气。他想起生母在他十几岁的时候来看他，给他买了一双球鞋，那是他十岁时向她要的，时隔五年，他才收到。他知道她不是忘了，她只是贫穷，那是一个自顾不暇的母亲一点点从贫瘠的生活里抠搜出来的，是她无力且苍白的母爱。对妹妹好点，就当宽慰生母的在天之灵吧！

知春被这个解释震惊了。这种只存在于新闻中的事，因荒诞和残酷而显得真实。她看着他鬓边新增的白发、他深陷的眼窝，瞬间就原谅了他。但原谅并不能解决实际的问题，一个随时发作的疯子比一个漂亮无脑的小三更可怕，那何止是一个烫手的山芋，那是埋在身边的地雷。

她很快冷静下来。

“案子破了吗？”

“快了。”

“以后怎么安排？”

“我还没想好。”

知春的心一点点沉下去，不动声色地撇嘴笑了一下。萱园的厨房飘出饭菜的香味，快开饭了。她站起身，他去扶她，她没有拒绝，淡淡地说：“阿琛，谢谢你来看我。留下吃饭吧！这里的厨师做西湖醋鱼做得不错，比楼外楼的还好。”

沈其琛从她这句温和又客气的话里听出来明显的疏离感，一愣：“你不跟我回去？你不肯原谅我？”

“你没做错什么，你有情有义，你勇于承担，你真的很好，我不怪你。你不需要谁的原谅。”

“可是……”

“可是，我不能跟你回去。”

“为什么？”

“婚姻生活里的障碍，不只小三，听完你的解释，我才发现，我们之间的问题有很多。你之前隐瞒了妹妹的事，而我有满腔疑问却守着自己那点骄傲不去挑明，我们两个都有问题，我们沟通不力，彼此缺乏基本的信任，这也将是婚姻里的雷；第二，我真的很同情妹妹的遭遇，站在朋友的立场，也很支持你帮助和照顾她，但是……"

沈其琛打断了她："朋友的角度？"

"对，如果我们要走进婚姻，我没有办法接受生活中有这样一颗定时炸弹埋在身边，我知道照顾这样的病人，是一件很艰难的事。而我，没有勇气去面对这些，就像我曾经只想有个孩子却不想结婚一样，我不想牺牲自己现有的自由和快乐，我不愿意和公婆住在一起。你可以说我自私，但我就是这样想的。"

"知春，我爱你，你不爱我吗？有些困难，我们可以一起去面对。"沈其琛连日来奔波，本就劳累，听罢知春的话，更是徒生出一种巨大的无力感来。他想伸手抱抱她，却觉得一个拥抱都显得那么虚无和徒劳。

知春温柔地抚了抚他长出胡楂的脸，目光一如初见时的柔情和婉转，说："我爱你，但是，坏男人，不要企图用爱情诱惑我，绑架我，我觉得爱情不是进入婚姻的前提。"

沈其琛这一刻发现自己一点也不了解知春。他的骨子里，依然遵循的是中国的传统秩序，男耕女织，尊老爱幼。而知春不知从哪里灌了满脑子的歪理邪说，他忍不住反驳："胡说，没有爱的两个人怎么可以在一起生活？渣女！"

"你去看看百度百科里对婚姻的解释，和爱情两个字毫不沾边，爱情一定是你们男人发明出来的词儿，麻痹腐蚀女人的。"

沈其琛气坏了，失去了风度，他甚至忘了自己来这里的初衷，对知春反唇相讥："拿百度百科补充知识的人，智商都不太高。"

知春被嘲讽了智商，也不恼，仍笑吟吟地行待客之道，问："西湖醋鱼、东坡肉，吃不吃？"

沈其琛拿知春毫无办法，只得改变了态度，低声下气地恳求："别闹了，知春，跟我回去吧！我们有了孩子，你怎么不说，百度百科还说婚姻承担了为家族和社会养育后代的责任和义务。"

"呵！谁刚才说的，拿百度百科补充知识的人，智商不太高。"

"你现在月份大了，马上要生了，我们是孩子的父母，应该给孩子一个完整的家。父母也希望我们早点结婚。"

"奉子成婚？呵！这不是我委曲求全的理由，孩子不是进入婚姻的前提，婚姻也不是生孩子的许可证。”

这是什么天方夜谭？沈其琛听得气结，环顾这个院子，刚来时还觉得甚好，现在却深深怀疑，是什么人给知春脑子里灌输了乱七八糟的东西。理不辩不明，他得把她从歧途上扳正回来，给她科普道：“没结婚证就没准生证，没出生证，没户口，你懂吗？”

“据我所知，有些城市已经放开单身生育和未婚生育落户了。这是社会的进步，先生，你 out 了。”

她对他没有了世俗的期待，就像一条蛇没有了七寸，他拿她一点办法也没有。他充满挫败感，无力再与她争辩，沮丧地问：“知春，告诉我，我该怎么做？”

“嘘！别说话，他动了。”知春忽然噤声，另一只手轻轻地放到了肚皮上，叫他也来摸：“感觉到了吗？他在动。”

他一愣，迟疑着把手轻轻地覆上她的肚子，多神奇啊！像金鱼吐泡泡，一个，又一个，像海水鼓起波浪，一波，又一波。过去他从未捕捉到这转瞬即逝的信号，生命的勃勃生机。此刻，他们共同感觉到这一波胎动，生命的链接，同频共振，神秘且充满欣喜。此刻，他仿佛才真正成为一个父亲。

午后的阳光朝西移去，一缕灰白的光落在她的脸上，她沉浸在那阵胎动的欣喜中，光线给她涂抹上毛茸茸的金边，她那样温柔，没有棱角，需要保护。他觉得今日才真正认识她，立体的、丰盈的、坚硬的、脆弱的，像一种玉，他从来没有真正走到她内心去。他想起知夏说的那句话：“两个相爱的人，能顺利走进婚姻，并能一直走下去，靠的不是举案齐眉，而是肝胆相照，赤膊相见，必要的时候，两肋插刀。”对，肝胆相照，赤膊相见。

不知道为何，想到“赤膊相见”这个词，他有点出戏，产生不正经的联想，自己先禁不住笑了自己。

“你笑什么？”

四周那些暗中观察的八卦的眼睛也觉得诧异，在萱园时常能见到寻妻的戏码，但不吵不闹，还能说笑的，她们还是第一次见。她们几乎可以断定，这个叫知春的女人要搬走了。

“见到你们，开心啊！”他是真的开心，是“朝闻道，夕死可矣”的豁然开朗，宛如新生。

他跨越千山万水而来，但此刻才知道，他们之间还有千山万水要走，这一刻，其实是新的开始。

这一次，她并没有跟他一起回去。他到底没有留下来吃西湖醋鱼，说下次，因为他知道她不会再躲开。她送他到门口，两人还能拥抱，他说：“我知道该怎么做。”

第三十九章

最后一次掺和

大倪特意请了假，陪明珠去产检。

候诊的人很多。明珠就先去做了胎心监护，一切正常，回来时，诊室的叫号正好叫到她。她推门进去，发现上一个病人还没离开，小刘护士要扶那个孕妇出来，其实是要赶她出来，那女人不肯，力量大得惊人，挣脱小刘护士的手，又冲到李医生的诊断桌前，声泪俱下："求求你，医生，你就让我做手术吧！这个孩子我不能要，我是经过深思熟虑的。"

看起来李景哲已经被磨了很久，失去了耐心，却仍克制地向对方解释："胎儿一切正常，已经是孕中期，现在不想要了，那就是引产，没有必要指征，我们是不可以随意给孕妇做引产手术的，国家有相关的法律规定，我已经给你讲清楚了。"

明珠站在门口，进退两难。李景哲再次给小刘护士摆摆手，示意她带走这位孕妇，然后他的目光越过来，正色道："下一位。"

那位孕妇回头看了一眼，又转过头去，仍不死心，哽咽起来："我也是个女人，我也对这个孩子有感情，可是，可是，我刚才已经给您说清楚了，我和他，我们的婚姻出现了问题，必须要离婚，我不想孩子在这种状况中出生，这才是对孩子负责。”

小刘护士再次搀起那女人的胳膊，口气里有微微的不耐烦：“引产对身体伤害很大的，夫妻感情的事，建议你们商量好了再来。还有，做引产要去开证明，还要有你丈夫的签字。”

女人似乎被他们这种没有温度的套话激怒了，忽然发出尖锐的嘶喊一般的质问：“为什么要他签字？就因为一个结婚证，他就有权在我的手术单上签字，决定我的人生？为什么？我是一个成年人，我头脑清醒，知道自己要干什么。为什么要他签字？我的子宫，决定生，还是不生，为什么我不能做主？”

小刘被对方的态度吓住了，既同情又无奈，医院最近正在推行微笑服务，她不想激怒她，只能好言相劝：“您别激动，万事都有解决的办法，我们先出去吧！”

女人无可奈何，看到医生态度坚决，知道多说无益，只好失魂落魄地离开，经过明珠身边时，明珠不禁悄悄偷眼看了看对方。咦！这人有点面熟。

明珠走到医生诊断桌前，唏嘘道：“这个人很面熟，我好像认识，叫什么名字啊？她怎么了？”

“保护患者隐私，无可奉告。”李医生一脸正色。

婚姻和怀孕堪比整容，两个月前知冬婚礼上的新娘，婚纱衣袂飘飘，笑靥如花，宛如仙女。而刚才的孕妇，面容臃肿，腰身粗胖，若不是那相似的眉眼，眉心的痣，明珠很难将两者联系起来。

“我想起来了，她是不是叫碧晨，你看看，是不是叫袁碧晨？”

她与碧晨有两面之缘，一次是在孕妇学校的课上，一次是在婚礼上。她想起来了。

李医生这才勉为其难翻看了一下记录：“没错，是叫袁碧晨，你认识？”

“她怎么了？”

“听她的意思，是夫妻感情不和，要离婚，所以想把孩子做掉。”

“啊？我去看看。”明珠隐隐担忧。

“放心吧！不会有医院做这个引产手术的。对了，你认识她？”

她已站起来，欲往外去追，随口答道："认识，她是我弟弟的老婆。我去问问清楚，别干了傻事。"

一听这话，李医生马上脑补了许多情节，噌地站起来，厉声道："你弟弟？就是你那个混蛋弟弟？那个无底洞？什么时候有老婆了？一个无底洞还不够，再来一个怀孕的老婆绑架你？用打胎来威胁你？叫你拿钱？对不对？"

这都是哪儿跟哪儿啊？明珠错愕，知道李医生误会了，忙解释："不是，不是这样的，其实是……"

"不要解释了，收起你的圣母心，你不是救世主，没有人需要你去拯救，这样的家人，就应该一刀两断。"

这番指责令她羞赧不堪，她咬咬唇，低声道："不是明晖，是另一个弟弟，我生母家的，弟弟。"

李医生这才知道自己误会了明珠，刚才的指责太甚，他不禁尴尬和内疚起来："对不起！我只是担心你被他们……嗯，担心你再陷入那种生活里。"

"我知道，我去看看。"

明珠推门往外走，小刘护士已经回来了，李医生叫她再跟着明珠去看看。大倪迎上来："检查完了？一切都好吧！"

她们来到医院门口的大街上。刚才，小刘护士就是送碧晨到的医院门口。此刻熙熙攘攘，人来人往，哪里还有碧晨的踪影。

思前想后，明珠还是拨通了知夏的电话："姐，我刚才在医院遇到碧晨，她要求做流产手术，我觉得，应该告诉你。"

这是人命关天的大事，知夏震惊，说她知道了，就匆匆挂断了电话。

再回到诊室做常规检查，李医生已经恢复了平静，在为明珠检查的时候，背过小刘护士，低声说："刚才我有点激动，态度不好，向你道歉。"

明珠知道他为她好，也没计较，调侃了一句："还会道歉？是不是怕我投诉，你这个月的微笑服务标兵就没有了？"

"你投诉我我也要说，我希望你能自私一点，无论是养母家的弟弟，还是生母家的弟弟，他们的人生，是他们自己的。而你，只需要对自己负责，对你腹中的胎儿负责。”

说好是道歉，却又充当起了人生导师，明珠撇撇嘴：“唉！话真多。投诉。”

“而我，只是为我的病人负责。”

碧晨万念俱灰，在大街上走了很久，不知该去向何处。闺蜜谈了男友，她不方便老去打扰了。父母远在河南，她如今这般光景，连给父母打一个电话的勇气都没有，她怕一开口就会崩溃。

冬天天黑得早，快过年了，街上已经有了一些年味。有工人正在给光秃秃的树上挂灯笼，通了电在夜里亮起来很好看，整个街道宛如梦境。她恍恍惚惚地走在这梦境里，已经流不出泪了。

离婚，不要这个孩子，是她深思熟虑后决定的。她试图原谅知冬的出轨，但她做不到，只要一闭上眼睛，脑海里就是他和女人在床上的污秽画面。这件事像一个导火索，把她这几个月在这段婚姻里的委屈全部点燃了。她想了两日，决定离婚，和知冬谈。他像听到天方夜谭似的，一脸错愕，他承认自己错了，认错的态度也很诚恳，但他不认为这件事情应该上升到离婚的程度，他跪在床边，哀求她：“晨晨，我们还有孩子。”

她当然想到了孩子。她的胎动已经非常明显，那是一个鲜活的真实存在的生命，他做错了什么？有时被打上爱情的标签致以歌颂，有时却要承受父母的错误带来的惩罚，被抛弃，被扼杀。当她想到结束妊娠时，她的心在滴血，但她想不出更好的办法。离婚独自生育，她没有勇气和底气，可是继续在婚姻里苟且，她说服不了自己。她沙哑着声音，说出了自己的决定：“孩子，也不能要了。”

“你疯了！别闹了。没完没了了，是吗？”知冬挥手扫落了床头的台灯。

婆婆听到声响，推门进来，把知冬连骂带推拖出去了。

第二天，她如常去上班，请了假，然后去了医院。

她被医生拒绝了。

此刻万家灯火，她却无处可去。他们在寻找她，她知道，他们找到她后有什么说辞，她也知道，只是她不想再听了。

走过了那段流光溢彩的街道，拐入了一段正在维修的坑洼路面。瞧！这个繁华的城市多像婚姻啊！人前风光，表面光鲜，背地里却掩饰着多少腌臜不堪。她疲倦地苦笑，看到前面有一家小小的快捷酒店。她走过去，没注意到脚下有一个台阶，忽然一脚踩空，一个趔趄，重重地摔了下去。她感到头部和肚子被什么重物狠狠击中，昏迷的瞬间，她感到一阵轻松，心里只有一个念头：死了算了。

她醒来的时候，是在另一家医院里，一位路过的外卖骑手救了她。

肚子很痛，一直在流血。

他们都来了，知冬、婆婆、公公和知夏。

这些人影在疼痛中变了形，是那么遥远，那么陌生。

要打引产针，需要知冬签字，知冬犹犹豫豫，看向妈的脸。婆婆和医生吵起来，在吵什么，她听不清，头上出了一额头的汗。知夏握住她的手，轻声问："要不要喝水？"

碧晨闭上眼睛摇了摇头，抽出了自己的手。

当她再一次从一个混乱的梦里醒来，是一个晴天。爸爸妈妈也从郑州赶来了，妈握着她的手，心疼地流着泪，小心翼翼地埋怨："怎么这么不小心。"爸出去了。

打完引产针后那数个小时是撕心裂肺地疼，快开宫口的时候是最疼的，一分钟一疼，疼得想死，宫口开了孩子出来后才不疼了。由于胎盘滞留，医生只能手工剥离胎盘，而这种程度的疼与之前相比，可以忽略不计。

刻骨铭心。她得让自己长长记性。

袁父从许家人躲闪的眼神里已猜出个大概。他手搭在知冬肩上，将他带出了病房。

岳父的到来，给知冬带来了巨大的压力。岳父三言两语一问，加上碧晨引产带来的惊惧，令他全线崩溃，全都承认了。他已经做好了被岳父暴打的准备。他佯装镇定，回头四下望望，只见喻老师从病房里跟出来，迟疑着，却并没有跟过来。

最后，岳父拍了拍他的肩，喟叹："做人啊！要对得起别人的心，也要对得起自己的心。”

两家的老人见了面都很克制，尴尬地干笑着，都有一腔怨气。许文忠只会沉默地到角落抽烟，给人递烟。喻老师失去了孙子，比谁都难过，她怨知冬，也怨碧晨，但碧晨父母在侧，她只能咽下怨气，敷衍地说一句：“都怪我，怪我没照顾好碧晨。”

亲家公和亲家母都沉默，似乎用沉默表示赞同，一句客套虚伪的话也没有了。

七天后，碧晨出院，知冬来接，袁父袁母也来接，他们在外面的酒店住了下来。

身体的痛慢慢消散了，但心里的痛还在。孩子的失去像一个暗示，让碧晨的离意更甚。

袁父的声音不大，但掷地有声：“晨晨，如果你要离婚，爸爸妈妈支持你。如果你要回去，我也不拦你，你自己想好。”

喻老师一听不痛快了，小声抗议：“亲家，劝和不劝分，你可不能这么劝孩子，谁家夫妻没点矛盾呢！”

“您也有两个女儿，如果你的女儿被别人这样对待，你会怎么想？你还会说出劝和不劝分的话吗？”

喻老师哑口无言，脸上又臊又烧，恼羞成怒，转头就去打知冬。知冬连日来被责骂，心情压抑郁闷，被妈打得心烦意乱，忽然不耐烦地喊：“离就离，有什么大不了？”

大家面面相觑，喻老师像忽然挨了一记响亮的耳光，她愣了一下，跌坐在病房的椅子上，地动山摇地哭起来。

引产也要坐月子，闺蜜很快帮袁父袁母在附近租了房子，把碧晨接过去照顾。喻老师来看望过两次，大家表面上仍能虚与委蛇说几句话，但心里有疙瘩，女方家态度是坚决的，没有商量的余地。

喻老师气病了，索性不管了，躺在床上唉声叹气。老许到底向着老伴，气儿子不争气，训了知冬几句。知冬顶嘴，气得老许拿拖把杆去抡他，知冬疯了一样，口不择言地怼道：“你凭什么打我？你们生我，就是为了自己可笑的面子，从小到大你管过我吗？我告诉你许文忠，我不是谁的面子，我就是一个普通人，是根废柴，会干混蛋事，一身毛病，做不了大事业，没啥出息，我连婚姻幸福家庭美满儿孙满堂的面子都给你撑不起来，我就是一个快要离婚的失败者，你满意了吗？”

知冬摔门而出。喻老师在房里默默流泪，老许只觉得血压飙升，忙去阳台上抽一根烟回神。

知夏来看望喻老师，给她宽心，但也没什么好事能让人宽心，只好说“儿孙自有儿孙福”，又告诉她，沈其琛找到了知春，知春一切都好。喻老师心里稍稍安慰了一些，下一秒又想起明珠来，便问：“明珠呢？生了没？”

“快了，她说生了会通知我。”知夏不敢说明珠婆婆瘫痪在床且身缠遗产官司的事，喻老师的心脏已经承受不起这过山车一般的轮番刺激了。

半个月后，碧晨和知冬约好到民政局去办理离婚。

知冬远远看到碧晨站在民政局的台阶上，她脸上的浮肿消失了，身形又消瘦起来。奇怪，即将变成前妻的女人为什么会比之前好看起来？

他当然对她有感情，过去的感情不可抹杀，他也去她新租的房子看望过她，只是没有上楼。岳父像一座大山，像一座铁塔，他一靠近就觉得心脏缩紧，不能呼吸，他也累了，道歉道累了。有人说真诚的道歉充满力量，可是他觉得不被接受的道歉轻如鸿毛，他还有很多话，那就不说了。他们都对彼此关上了门。

“来了。”他和她打招呼。

“进去吧！”她看到知冬也瘦了些，额头还有一道小小的伤疤，大概是被公公打的吧！不过，以后他的一切，都跟她没关系了。他给予的甜蜜不必再期待，他带来的痛苦也不能再伤她半分。

“等一下！”喻老师不知从哪里冒出来，像一只老鹰一样，双翅展开挡住了他们的去路。

她恳求碧晨：“知冬已经知道错了，再给他一次机会吧！你们是自由恋爱，你们是有感情基础的。”

碧晨有些尴尬，看了看知冬。

“妈，您回去吧！我们已经考虑好了。”碧晨和喻老师虽然有点小矛盾，婚前也因为彩礼心里有点隔阂，但面子上总要过得去。

“妈，你回去吧！别掺和了。”知冬也说。

一听儿子说这话喻老师就来气，“掺和”这个词像针扎一样让人难受，喻老师脱口而出：“我怎么就掺和了？你结婚的时候，怎么不嫌我掺和？买房子，跑装修，出钱出力的时候，怎么不说我掺和呢？我不都是为了你们好吗？”

碧晨敏感，听着这话里有话啊！这口气，不像是劝和，倒像是……算账？

知冬尴尬，但他觉得妈说这话有点胡搅蛮缠了，他从来都觉得父母给他准备婚房、出钱出力都是理所应当的，哪个孩子初入社会，组建家庭，是光屁股闯天下的？这是为人父母的责任。

“妈，你还是回去吧！”他把喻老师往外推。

“我不走，你们再好好考虑一下。组成一个小家不容易，哪能没点磕磕绊绊？碧晨，你说句话，我亏待你了没？房子、彩礼、首饰，哪一样少了你的？你孩子没了，妈也没怪你，你还年轻，养好了身体再生。可是你不能说走就走，说离就离啊！你们这才结婚不到三个月，这算怎么回事啊？你说句话啊！”

这一次，碧晨是彻底听明白了，喻老师在话里夹枪带棒，跟她算起账来了。那就算一算。

她吸一口凉气，嘴角不自觉地挂上了一个冷笑：“好，我说。妈你没有亏待我，房子、彩礼、首饰，都没少。不过，房子是知冬的婚前财产，没有我的名字，我也没还过房贷，跟我没有半毛钱关系，至于彩礼，我会还回去的。”

喻老师一听急了，像是受到了莫大的羞辱，夸张地嚷起来：“哎呀！你这娃说的什么话？你误会我了，我不是那个意思。”

“我不管你什么意思，这是我的意思。”碧晨冷着脸，头也不回地进了民政局。

离婚，这件事对她而言，虽有遗憾，但并无悔意。

第四十章

新生

年关将近，春运大军从城市返回乡镇，沈庄的村头陡然多了一些衣着光鲜但在冷风中缩着脖子的小青年，村花们也都陆续回家过年了，年前有得热闹呢！家家灶火生烟，从大城市回来的女娃们用指甲上涂着油彩镶着水钻的手往锅底添火，在缩手缩脚中享受着这一刻的温情。

老沈家就显得冷清了许多。老沈的骨头长好了，虽然没有什么大碍，但还要养着；明晖在绿化队的活儿结束了，无所事事，整天和村里的青年们打牌；明静也不叫人省心，上次的对象叫岳娥搅黄了，再去相亲，眼高手低的，总跟岳娥对着干，在家也不帮忙干活儿，岳娥看见就烦。家里天天都是岳娥摔摔打打骂骂咧咧的声音。

知夏给明珠介绍了一个律师，顺便来看望她，看到床上瘫着的病人，才知道明珠艰难。眼见保姆脸色难看，对病人态度粗暴，知夏隐隐担忧，悄悄对明珠说："我帮你找个靠谱的护工吧。你也需要照顾，她一个人忙不过来的。"

明珠垂下眼皮，淡淡地笑着摇头："护工，好贵的。"

"明珠，要是经济上有问题，你告诉我。"

明珠连连否认："没有没有，还好，还好。"

"预产期是什么时候？"

"二月十三号。"

"快了。"知夏环顾四周，看着这一家老弱病孕相依为命，忧从心来，又问，"到时谁给你伺候坐月子呢？你妈妈怎么最近不在，到时会过来吧？"

"我爸做活儿受了点伤，她在家照顾。"

"要不？"知夏犹豫了一下，故意先笑了笑，用一种半开玩笑的口气问，"要不，让……让喻老师来照顾你坐月子？她有时间。"

明珠困惑地看了看知夏，辨不清她是在开玩笑，还是认真的，让那个人照顾她月子，是她从来没想过的事。

"那怎么可能？知冬的老婆不是也快生了吗？"

提起碧晨，知夏的脸色倏地阴了一下，喟然道："孩子，没了。"

明珠想起那日在医院遇到碧晨的事，马上明白了，不禁唏嘘，许久，才迟疑地问："她，喻老师一定很难过吧！"

快过年了，往年喻老师在这时候已经兴致勃勃地置办年货了，现在整个人恹恹的，连一日三餐都懒得做。知夏要给他们报个旅游团，她也不肯去。

"你劝她想开点。"

知夏深知妈的脾气，无奈摇头："她啊！什么大道理都懂，就是钻牛角尖，绕不过去自己那个弯。"

说话间，知夏的手机悄悄响了一下，是银行卡到账短信。她抽空悄悄看了一下，是妈转了十万元过来，在微信上告诉她："那个彩礼钱，还你。"

知夏的心瞬间针扎了一般疼了一下，又像被人狠狠打了一巴掌，碧晨那个傻姑娘，身心受了重创，离了婚，竟将彩礼也还了回来，可见其决然。

带来的律师正艰难地向冯母询问一些信息，婆婆说不清楚，旁人听不懂，明珠就帮忙翻译。

开庭时间在年后，诉讼时间漫长，结果未知。律师是知夏的朋友，古道热肠，但也有律师的精明，说得很委婉，尽量表现自己能力超群胜诉无数可以胜任，又在言语中流露择清责任的狡猾。明珠已经慢慢接受了眼前的事实，每天用励志鸡汤安慰自己，兵来将挡，水来土掩吧！

与此同时，知春那边也收到了妈退回的十万块彩礼钱，喻老师仍附言：“那个彩礼钱，还你。在外面花钱的地方多，你照顾好自己。”

每逢佳节倍思亲，知春此刻心软如棉，也没有多想，被妈这句简简单单的问候濡湿了眼眶。

知夏走后，保姆就正式向明珠提了辞职。明珠无奈，但也知道挽留不住，只好给足工资，和气告别。

年底了，有钱没钱，劳动人民都要回家过年，保姆不好找。大倪却替明珠找到了一位合适的人选，前保姆刚走，新保姆就到岗。

新保姆不过三十多岁，人称小庆，离婚女人，没有房产，居无定所，娘家也不好住。这边的风俗讲究离婚女儿不能在娘家过年，她不愿看人脸色。而明珠要找住家的保姆，小庆再合适不过了。

小庆人高马大，给婆婆翻身一个人就能搞定，干活利索，一来就到厨房忙活，做了一桌菜，像主人一样留大倪吃饭。

大倪得意地向明珠邀功，挑挑眉：“怎么样？这姐妹儿人不错吧！”

明珠心里的一块石头落了地，给大倪夹了一个大鸡腿表示感谢。大倪趁机怂恿她：“你婆婆现在有人照顾了，你搬回去吧！我能管你。”

明珠面露难色：“那怎么行？我留在这边，好歹和小庆能互相照应。”

小庆也拍着胸脯保证：“放心吧！我一个人能照顾两个，保证照顾得好好的，我们三个女人住一块，就是女儿国，有吃有喝有暖气，神仙一样的日子。”

大倪想想，也只能如此。

相处了两日，明珠觉得小庆这个人真不错，勤快，有眼色，干活主动，性格也好，就像她的名字一样，总是乐呵呵的，喜庆。当然小毛病也有，就是爱玩爱逛，叫她去小区附近的超市买一桶油，买了两个小时才回来，回来手里提着大包小包，原来是到超市旁边的商场逛去了，商场打折，给自己和儿子买了好几件新衣服。

水至清则无鱼，明珠明白这个道理，就小事化了，像个妹妹一样向小庆撒娇："小庆姐，你下次早点回来，我俩现在可离不开你。"

小庆聪明，知道明珠提意见呢，爽朗一笑，说："好，离不开好，以后咱仨一块儿过。"

腊月二十八，儿歌里唱"二十八，把面发"，小庆揉面蒸包子，一笼屉大肉馅儿的，一笼屉地软粉条馅儿的，包子一出笼，先给明珠拿了一个。明珠吃着地软包子，不由得想起家里后山雨后长的地软，想起妈妈蒸的地软包子来，她正想给妈打个电话，心有灵犀一样，妈的电话就打进来了。

她接起来，流露欢喜："妈，我们今天蒸包子了，地软的包子。"

岳娥很想跟明珠寒暄，问问她近况，可是她没心情寒暄，一开口就带了哭腔："明珠啊！你婆婆把剩下的钱打给你了吗？"

明珠看看躺在床上的婆婆，想想未卜的遗产官司，不禁一阵懊恼，生硬干脆地回答："没有。"

"那你手头的钱，能不能先拿五万给我，催债的人，把电话都打到村委会了，丢死人了。"

"又是明晖？"

"他说了，这是最后一次，还完就没有了，真的。"

明珠的一口郁气咽不下去，心跳仿佛停止了两秒，头皮发麻，心里有一个声音不停地告诉她，"自私一点，自私一点，你不是救世主，做一个自私的人"。是的，心里有两个小人在打架，就是这一个声音在呐喊，不知从哪里来了一股力量，她冲着电话干脆利落地大喊："没有，不管。"

挂完电话，她大脑一片空白，在沙发上呆坐许久。做一个自私的人，滋味并不好受，她心里充满了负疚；做一个圣母救世主，滋味也不好受，委屈了自己。做人真难。

还好电话没有再响起来。下午明珠睡了一会儿，心情平静了许多，离预产期一天天近了，她希望能平平安安地生下孩子。

谁知心情刚刚平静，电话又响起来，这一次，来电显示是明静。明珠马上猜想大概是妈用明静的手机打的，响了许久，犹豫了一下，她还是接起来。

电话那头是明静轻快明朗的声音："姐，是我啊！"

明静说她来西安了，想来看看明珠。听着明静轻松愉快的声音，明珠放心了许多，给她说了建奇家的地址。

进门的时候，明静手里连一个女孩必备的手提包都没带。一进门，她就从羽绒服的兜里掏出充电器、手机、唇膏、口红和一个小小的钱包，还有一个小号的护手霜。

她找到插板，给手机充电。

明珠惊叹："你这衣服口袋，可比机器猫的还能装啊！怎么不背个包？"

"你有不喜欢的包吗？给我一个。"明静神秘地补充道，"我是从家里逃出来的，不能挎个小包大模大样地走。"

"逃出来？怎么了？"

有人给明静介绍了一个相亲对象，家里有钱，在镇上做水泥生意。媒人在中间传话，说对方愿意在县城给明静买房子，彩礼三十万，妈同意了，可明静不同意，嫌那个男娃胖，年纪轻轻还秃了，她不喜欢胖子。妈天天在耳边唠叨，威逼利诱，摔碟子绊碗，和媒人自作主张，把定亲的日子都定下了。明静想来想去，逃了。

妈做出这样的事来，明珠一点也不奇怪。她心疼明静，也佩服明静，说："你做得对。可是，这快过年了，你打算去哪儿啊？要不？你给我照顾月子。"

"不不不，我可干不了这精细活儿。"明静连忙拒绝，说，"我还去广东打工，然后我得学点啥，学点什么呢？学个技术，或者自学个文凭，也不知道现在还行不行。"

"行啊！当然行。"

明静心里稀里糊涂，又跃跃欲试，思路并不清晰，但总归不是之前贪吃贪玩没心没肺的小女孩了，知道思考了，有一些简单的道理她看明白了，说："你看，没有文化的打工妹，回到乡里，相亲只能相到各种歪瓜裂枣，看起来很多选择，其实没有选择，要是多读点书，在写字楼里上个班，接触的人都不一样。"

这个道理她虽然现在才明白，但也为时不晚。明珠感到欣慰，甚至有点兴奋，明静正在做自己不敢做的事，背叛蒙昧的父母，逃离那种被掌控被绑架的人生。

明珠兴起，说："走！我带你去那边房子收拾点衣服，再买两件新衣服。"

明静笑了："我正有此意。"

在路上，明珠还是忍不住问了："爸恢复得咋样了？明晖的事解决了吗？"

"爸把明晖打了一顿，用一根桌子腿一样粗的棍子，朝明晖腿上抡，把明晖腿也打骨折了，他自己胳膊又开始疼了。"

明静说得轻描淡写，听的人却听得胆战心惊——桌子腿一样的棍子，骨折，听起来就疼。明珠只觉得心里堵得慌，心疼爸爸，但也无可奈何。

"你给过钱没？"明珠问。

"给过两次，后来再要就不给了。"

"做得对。"

"女人得学会心硬，学会自私。"明静也这么说。

"缺钱吗？我先给你一点。"

"不用，我有，我有私房钱的。"

"票买了吗？"

"买了，明早九点的高铁票。"

"春运人家都回老家呢！你非得逆行，给交通添堵。"

明静挑了一件自己喜欢的衣服，眼睛里闪着光，想象着盛大光明的未来，朗声笑着："我怎么能叫添堵？我这是给铁路部门贡献自己的一份力量。"

姐妹俩收拾好行李，又回到冯家，这里离高铁站近。

一晚上，姐妹俩聊得不亦乐乎，聊起小时候在头上绑个纱巾，在床上蹦蹦跳跳开演唱会，聊起到人家田里偷毛豆用火烧着吃，被主人的狗狂追，原来她们姐妹间也有那许多已经被遗忘的美好时光。

"姐，你还记得高中时喜欢你的那个张强吗？嘻！前几天我见到他了，已经是两个孩子的爸了。怎么回事？还不到三十岁，就变得油腻了，简直没眼看。腆着肚子，脸被风吹日晒得又黑又红，多么平庸的一个男人啊！他是不是你的初恋？”

“瞎说！”

明静惊讶得直起身：“不是他？难道是初中的那个，谁来着？”

“别瞎猜了，我的初恋就是建奇。”

月光和城市的灯光倾泻进来，这一刻如此平静祥和。明珠想起当初高三备考时，不知道自己为了什么憋着一股劲儿，但是她现在很清楚，她做得对。

第二天一大早，不等明珠醒来，明静已经悄悄地走了，城市大雾弥漫，她拖着姐姐给的行李箱，在高铁站第一波早班的返乡大军中，逆行而上。

明珠醒来，看到明静在微信上给她的留言，唏嘘了一阵，再翻了翻朋友圈，她忽然眼睛亮了。知夏在早晨六点多，发了一条朋友圈——“欢迎你，宝贝！”附图是一张大手握小手的照片。

知夏生了。真好！新生命总是令人欢喜。她马上发去祝福的消息。知夏许久没有回复，可她并不介意，只是觉得开心，为知夏，也为自己。她想象着知夏此刻的心情，联想到自己，想象自己为人母那一刻会是怎样的心情。明珠也马上就要临产了，像所有的准妈妈一样，迷茫，害怕，又充满期待。会不会很疼？到底有多疼？能不能顺产？听说有人顺转剖，要受两茬罪，希望自己那时不要有什么状况，平平安安生下宝宝。

知夏刚刚经历了明珠担忧的事——顺转剖，此刻正有气无力地躺在床上。第一胎生皎皎是顺产，这一胎她本也打算顺产的，可疼到一半，开了四指，羊水破了，大夫说羊水污染三级，恐怕对孩子有影响，建议剖。

张浩签了一大堆单子，满头大汗。知夏生第一胎时，比预产期早了一个星期，他正好出差了，等他回来时，孩子已经在怀里吃奶了，除了初为人父的喜悦，他没有经历产妇生产这种惨痛的血泪史。知夏那么优雅得体的一个人，痛苦呻吟得像个疯妇。他申请了陪产，做内检的时候，女人张开光着的两条腿，毫无尊严，像砧板上的鱼，而医生的手是刀，仿佛要切割她，杀死她，她发出痛苦的呻吟，她像缺水的鱼一样，嘴巴一张一合，喘着粗气。张浩受不了了，也像鱼一样，嘴巴一张一合，喘着粗气，这样才能好受一点。医生拿刀划破她肚皮的时候，血马上就涌了出来，他握紧她的手，闭上了眼睛。

知夏生了个男孩，和检测报告显示的一样，有唇腭裂，当然不好看，但是不严重。婆婆心里的遗憾很快被男胎的喜悦冲散了，和喻老师抢着抱。

没人的时候，婆婆围着知夏的床，一会儿掖掖被角，一会儿问她喝不喝水，一会儿又看看吊瓶的药还剩多少，好几次欲言又止。知夏看在眼里，只好主动问："妈，你有话要说？"

"没有没有！你睡吧！"她连连否认。

知夏也困了，闭上了眼睛。

婆婆也坐在旁边的凳子上打盹儿，估摸着知夏睡着了，她忽然开始自言自语："知夏，知夏啊！我一个农村老太太，没什么文化，有时候说话口无遮拦，你别往心里去啊！买房这个事，你别怪张浩，是我的主意。有件事，我没跟你们说，张浩他姐离婚了，带着个孩子，现在在外面租房住。叫她回娘家吧，我又时常不在，离婚的女儿，在村里容易被人说三道四。我想着，你们经济好点，在这旁边给我买个房子，她们娘俩来了，也有个落脚的地儿，我两边都能照应到。我现在帮你带带孩子，等孩子大一点，我就过那边去住。我知道，你们年轻人都不喜欢跟老人住，生活习惯不一样，观念也不一样，不住在一起，矛盾也少了，你说是吧！你放心吧！这房子我到时候肯定留给咱娃，这事就是这样，绝对不是张浩有二心，他敢有二心，看我不打断他的腿。张浩让我跟你多沟通沟通，我觉得你俩也应该多沟通沟通，其实他很关心你的。每次你出门，他都会给你单位的小孩打电话，让照顾好你，可是你俩在一起时，却都爱搭不理的，不知道是怎么了。你也反省反省。"

孩子醒了，婆婆忙起身去抱孩子，知夏微微侧了下身，心情起伏，过去种种委屈，几乎已令她内心麻木。这番树洞私语听起来有几分恳切，让心里的坚冰也有了融化松动的迹象。

护士过来帮知夏压肚子排瘀血，知夏疼得嗷嗷叫。张浩忽然流泪了，一边流泪，一边帮忙拿垫纸。那一刻，知夏心里的坚冰仿佛全部垮塌，她也流泪了，喻老师以为她太疼了，过来关切地问：“听说现在有个东西叫镇痛泵，你用了吗？”

“用了，用了，不疼。”

到了晚上，知夏才有力气拿过手机，看到明珠的信息，给她回复：“一切都好，母子平安。等你生了，以后我们一起遛孩子。”

知夏在医院的这段时间里，病房里总是来来往往很多人，娘家妈妈、婆婆妈、同事、亲戚和保姆，张浩像个影子一般随时待命，招呼客人，夫妻俩没有交流，也没有对话。第三天中午，喻老师和婆婆正好都回家了，夫妻两人才得以独处。

“儿童房已经收拾好了，家里暖气也很好。”他希望她回家。

“我定了月子中心。”

张浩一听，忙说：“也好，也好，月子中心照顾得更专业。”

“皎皎最近怎样？不要有了这个孩子，就都不管她了。”

“你放心，她学习一直很自觉，这两天还在上补习班，都是我送的。”

“你天天接送，不用上班了吗？”

张浩知道，知夏的心里松动了，她在问他工作上的事，是在问那个合同的处理结果呢！

“那件事我和李总坦白了，钱我也还回去了，房子没法退，我卖了一些股票还的。李总说多年的兄弟，不追究了。”

“可是……”

还不等知夏说完，张浩急切地表示：“知夏，你让我把话说完。我反省了，我们之间问题的根源在于——缺乏沟通，失去了信任。就像那天晚上，我去给你盖被子，而你误会了我。这些年你走得太快，其实我心里是很自卑的，我大概在你眼里，就是萎靡不振……”

“没有，我觉得平平淡淡也挺好。”她连忙否认。

张浩没接她的话，自顾说着：“我也想振呢！振给你看一看，可是做事业哪有那么容易，时间久了，人就没什么心劲儿了。没错，我还有点嫉妒你，人有了那么点自卑、嫉妒、怨气，就别扭起来。你看不惯我，我也看不惯你，越看不惯你，越想对着干。男人控制不了女人，会对自己的无能产生愤怒。我知道你对分房睡有意见，我就跟你对着干，就好像在这件事上，我赢了，我占了上风，虽然我也落个孤独寂寞冷，可是也杀了你的锐气……”

听到张浩这么推心置腹地剖析肝胆，知夏绷不住笑了，一笑，伤口又开始疼了："哎哟！嘶！"

张浩手足无措，不知道怎么安抚她："你没事吧？"

知夏忍住了笑，嗔怪道："你好扭曲变态啊！"

"这有什么好笑的？我去看心理医生了，这些都是心理医生给我分析的。心理医生说我们要坦诚相待，多沟通。"

"你啊！都什么年代了？搞事业嘛！谁行谁上，过去讲究男耕女织，现在女耕男织也没问题啊！一个家只要人人都遵守秩序，新秩序也好，旧秩序也好，只要遵守这个秩序，就不会乱套。"

孩子哭了，张浩去看，是尿了，他去拿纸尿裤，轻松地笑道："好，那就遵守咱俩的新秩序，我先从学换纸尿裤开始。"

看着他尾巴又翘起来，知夏撇撇嘴："谁跟你咱俩呢？"

张浩为安抚孩子，一边手上忙着，一边唱起来："你耕田来我织布，我挑水来你浇园……"

"我问你，你分房睡，真的是因为那点扭曲的报复心思吗？"她听完他的解释，有点释然，但还是有些不甘。

换好了纸尿裤，他又去给孩子冲奶，有模有样地抱孩子、喂奶，羞涩地笑了笑："也不全是，你不是总嫌我打呼噜嘛！你睡眠不好，我不想影响你。"

这个解释还像句人话。

"嘁！"

张浩低着头，专注地给孩子喂奶，不动声色地说："前些日子，我做了一个手术。"

知夏马上紧张起来："你怎么了？"

"没怎么，我做了扁桃体切割术。医生说我扁桃体肥大，影响了呼吸，就会打呼噜，所以就切除了。"

“哦！”

他抬起头，带着一种温柔又有一点色眯眯的笑，说：“我以后就不打呼噜了。”

她知道他什么意思，心里暗暗笑了，却不说破，揶揄道：“祝你健康！”

此刻窗外已是除夕的光景。街上张灯结彩，路人归心似箭，喻老师在厨房里大展身手，包饺子，炖鸡汤，打算给女儿送去。新生命的到来冲散了心头的不快，饺子出锅时，她想起了另外两个女儿。

她擦干手，给知春和明珠发短信。发给知春的，是自己编辑的一句话：“照顾好自己，好好吃饭。”

知春正和沈其琛在街边看烟花，过年的气氛和淡淡的思乡之情让人褪去了戾气和怨恨，她很快回复：“祝喻老师春节快乐。我过几天就回去。乖哦！”

喻老师笑笑，无奈地叹了口气。

她又给明珠发。发给明珠的信息，要斟酌，太热情了显得刻意，怕她反感，太冷淡了又没法传达心意。她先复制了一条别人发给她的拜年短信，辞藻华丽，排比整齐，把拜年人的姓名改了，先改成喻静香，不妥，看起来还是像群发的，再改成“妈妈”，更不妥，明珠肯定不愿意看到这个称呼。思前想后，还是自己编辑了短短一句话：“明珠，记得吃饺子，天冷，穿厚点。新年快乐。”确定没有什么不妥，才发了出去。

此刻明珠正在和小庆一起包饺子。电视机开着，七点多了，中央台的春晚正热热闹闹地播放着，欢歌笑语让人倍受感染。她看到喻老师的消息，心头微微一暖，也很快回复：“祝您新年快乐，身体健康。”

虽然短短数语，简单克制，但喻老师看到时，还是在热气腾腾的锅前抹了一把眼泪。

小庆和明珠包了两种馅儿的饺子，一种是芹菜大肉，一种是白菜大肉。她们把一张折叠小餐桌摆到了婆婆床旁边，三人一起吃饭，不让婆婆感到孤单。婆婆的精神也好了许多，自己非要拿筷子吃，不让人喂，一口气吃了二十个。

小庆说：“阿姨，你吃的是芹菜馅儿的，芹菜寓意好，勤能生财，祝我们的日子都红红火火，发大财。”

小庆说话就是中听，听得明珠心里热热的，她们举起杯中的饮料干杯：“红红火火，发大财！”

城市已经不让燃放烟花爆竹，没有了爆竹声声，节日还是略显冷清。小庆聊起了农村过年的热闹场景，这时她忽然想起来，问明珠：“你去过大唐不夜城吗？听说那儿的夜景特别好看，我还没看过呢！”

“去过呀！就在我们新房子附近，走路就能到，等过阵子再搬回去，咱们一块儿去。”

“啥时搬回去呢？”小庆追问。

这个问题把明珠问住了，婆婆出院时，为了照顾婆婆方便她便住了过来。若要搬回去，那就也得让婆婆搬过去，如果把婆婆丢下，她该不会以为明珠不想管她了吧？这个事，两人还没商量过。明珠看了看婆婆，婆婆眼里闪过一丝凄楚，装没听见，挪开了眼神。

“不知道，再说吧！”

小庆撇撇嘴，颇感失望。

吃完饭，又聊了会儿天，小庆收拾了厨房。九点多了，婆婆打起了瞌睡，安顿好婆婆，大家都各自回房睡了。

明珠很快入睡，半夜迷迷糊糊醒来去洗手间，解完小便刚提上裤子，下身忽然一热，有一股液体涌出，她褪下内裤一看，淡淡的黄色液体已将内裤湿了一大片。

她一慌，羊水破了！

“小庆姐，小庆姐。”推开小庆住的房间，一看，床上空空如也，根本不见小庆的踪影。

“小庆，小庆。”

还是无人应声，她慌了。

婆婆醒了，叫明珠过去。

明珠六神无主：“小庆不知道去哪儿了，我……我可能要生了。”

“快，打电话。”

对，打电话。打给谁呢？她恍恍惚惚，竟然忘记了还有 120 这回事，先拨了大倪的电话，该死，大倪怎么会关机？慌乱无措之际，她拨出了李医生的电话。

电话才响了一声，就被马上接起，李医生心情大好，声音愉悦："新年快乐！现在已经是十二点，孕妇要好好休息。"

"羊水破了。"她的声音在颤抖。

"我马上来。"李医生马上严肃起来。

他刚刚陪父母看完春晚回到卧室躺下，接到电话后马上披衣出门，不到十五分钟就赶了过来。明珠已自己收拾好了待产包，穿好衣服，整装待发。打了小庆的电话，无人接听，把婆婆一个人留在家里又不放心，情急之下，她拨出了喻老师的电话。

"那个，嗯！……"她不知道该怎么称呼，犹豫了半天，才说，"喻老师，您能来一下吗？我要生了……"

喻老师刚睡下，一听明珠的声音，连声应道："好好好，我去医院陪你，别怕，孩子。"

"是陪我婆婆，她一个人在家。"

"行，我马上出发，好，马上。"喻老师激动万分，睡意全无，如聆纶音，说话的声音都在颤抖。

"钥匙我放在脚垫底下。谢谢您！"

她告知了地址，安抚好婆婆，才关好门，随李医生上了车。

疼，铺天盖地地来了；一个新的生命，要来了；春天，也要来了。

第四十一章

婴儿蓝

除夕的城市街道畅通无阻，可是十分钟的车程，显得特别漫长。李景哲抓着方向盘的手出了汗。

明珠感到小腹传来一丝隐痛，像谁用锥子锥了一下。她吸了口凉气："嘶——"

"开始疼了吗？这是阵痛，用我之前在孕妇课堂上教给你们的方法吸气，呼气，还记得吗？在宫缩开始时深吸一口气，呼气的时候，放松身体，用鼻子吸气，用嘴巴呼气，嘴和两颊的肌肉保持放松。"

她尝试用他说的方法呼吸，也许是心理作用，痛似乎有缓解。

"现在给你父母打电话，叫他们来。"

阵痛过去了，她喘了一口气，目光迟疑了一下，拿出了手机，拨打了爸的电话。

电话响了很久，终于被接起，那边传来迷迷糊糊的声音："明珠，怎么还不睡啊？"

阵痛再次袭来。"爸！……"她像是瞬间被一把利刃刺中腹部，疼得说不出话来。

李医生自顾抢过手机：“叔叔，明珠要生了。在省妇幼保健院，请你马上赶过来。”

那边连连应声。

车子转弯，医院出现在眼前。

除夕的医院灯火通明，急诊室甚至比平时更忙碌。

阵痛的间隔时间越来越短，她已经疼得恍恍惚惚，刚才的呼吸法已经不管用了，疼法也变着法儿地来，现在像无数锥子从后腰不断刺入。她抓着担架床的栏杆，身体扭曲着，不断变换着姿势，一会儿像弓腰的大虾，一会儿像神经绷紧不断抽搐的鱼，汗水和泪水齐齐涌出。胎心监护，内检，B 超检查……因为有李医生的照拂，一切顺利进行。谁知 B 超显示胎位不正，且脐绕颈，李医生当即决定，为明珠进行剖宫产。

他做好了手术准备，特意走过来鼓励她：“我来给你手术，不要怕。你一定会生一个健康漂亮的孩子。”

她的头发已湿透，嘴唇发白起皮，头颈无力，已经没法点头示意，只好闭闭眼睛，喉咙里发出沙哑的一声：“嗯！”

麻醉师到位，她只觉得腰部一阵胀痛，很快，肚子以下就失去了知觉。

一切都很顺利。疼痛消失后，她的意识格外清醒，能准确辨认周围的事物，她甚至能从手术灯的玻璃里看到李医生的操作。他泰然不惊，语气沉稳地对护士吩咐指示。她对手术中的切割、拉扯所产生的疼痛浑然不觉，很快，她听到孩子的哭声，清脆、响亮，护士把一个皱皱巴巴的小东西抱给她看：“沈明珠，沈明珠，看看，你生的是男孩还是女孩？”

孩子在护士手中挣扎着，两只小手在空中乱舞，是个女孩。可是，那张小脸又红又皱，胎发沾在额头上，好丑啊！明珠心里欢喜，又略感失望，和从前她想象的感觉一点也不一样，一时百感交集，各种情绪涌上心头，她流出泪来，转而破涕而笑：“女孩，我喜欢女孩。”

关腹缝合的时候，李医生安抚她：“放心吧！现在都是美容刀口，不用拆线，缝合后留下的疤可以忽略不计。”

她疲倦地笑笑。

就在进行筋膜层缝合时，她忽然感到一阵针刺般的头疼，忍不住叫出声来：“头痛，不行，头痛。”

床边的麻醉医生很快发现，她的心率迅速掉到了每分钟35次，紧接着血压计竟然也测不到血压了，血氧饱和迅速掉到了80%。

李医生心里一沉，暗呼不妙，沉默地跟麻醉医生交换了一下眼神，迅速启动紧急气管插管、呼吸机辅助通气，推注甲基强的松龙、多巴胺、阿托品、氯化钙、肾上腺素……他的心也陡然一紧。

“羊水栓塞！”他暗忖。他从医科大学毕业时已25岁，加上在医院的三年住院医师培训，已工作了七年，在他短暂的职业生涯里，竟然第二次遇到羊水栓塞。上一次，产妇因羊水栓塞而丧命，他因此被牵连处分，陷入职业困境。这一次，眼前的产妇沈明珠，这个命运多舛的女人，他早已视她为朋友、姐妹，还有一份莫可名状的男女情愫。她的生之希望此刻全都寄托在他的身上，他感到责任千斤重。

没有时间犹豫，他深吸一口气，迅速为她关腹缝合，有条不紊地指挥现场抢救，启动危重产妇抢救程序，让护士上报总值班室，上报市危重孕产妇抢救网络。

还好，副院长、妇产科主任、麻醉科副主任都在值班，很快赶到现场，协助抢救。羊水栓塞犹如恶魔，明珠被恶魔选中了。

病情凶险，凶多吉少。

明珠的意识越来越模糊，从产床边陡然多出的医生、紧张的气氛、医生之间的窃窃私语中，她似乎猜出了几分。她发出微弱的呼喊：“李医生，医生！”

他靠近她，心遽然揪起来。

“医生，我快要死了吗？”

他不知该如何回答，喉头发紧，给自己打气，也给她打气：“不会的。”

眼泪涌出来，她已无力发出哭声，气若游丝：“医生，我的特等奖兑奖券，阿拉丁神灯、圣诞老人，你还记得吗？今天，你要兑现了。李医生，我想活着，我想活着。”

他的眸中闪过沉痛和焦灼，咬了咬唇，尽力掩饰内心的惊涛骇浪，竟开了个玩笑："你会活着，活很久很久，活到被人骂'老不死的'。"

她疲倦地勾动嘴角，陷入短暂的梦境一般的昏迷中。

手术室外，喻老师已经来了。保姆小庆兴致高，偷偷跑出去逛大唐不夜城，半夜才回来。喻老师劈头盖脸地骂了她一顿后，匆匆赶到医院。

喻老师已看到了小外孙女。多可爱的孩子啊！那小脸和明珠小时候一模一样。孩子很快被护士抱走了，她在等待明珠，准备手术结束后送她回病房。

谁知，过了不久，她等到的是一脸焦灼的李医生。

听到病情，喻老师还没明白怎么回事，她没听过这个名词，虽然有点担心，但觉得应该没什么大问题，医生惯会唬人，做个阑尾炎手术都会提示有一大堆风险。李医生给喻老师做过取环手术，又是明珠的好友，喻老师相信他，但是她说话的时候还是有些牙齿打战："医生，她不会有事的，对吧？麻烦你告诉明珠，妈妈在外面等着她。"

李景哲喟然，护士跑出来悄悄告诉他："产妇血压没了。"他迅速转身回了手术室。

喻老师用手机查什么叫"羊水栓塞"，不知道是哪个"栓"字，还问了问旁边一个妇女，一查吓一跳，喻老师的泪马上唰地淌下来。

手术室里，以李医生为首的抢救团队正在与这个恶魔做殊死搏斗。麻醉师打通多条静脉通路，同步开展输血、补液……不久，明珠出现了血尿症状，这说明她的凝血已经出了问题，更加确认了李景哲的诊断：羊水栓塞引发的弥散性血管内凝血。血液无法正常凝固，必须输血，同时要快速补充纤维蛋白原、凝血酶原复合物帮助止血。一般产后出血患者使用六到八支纤维蛋白原即可控制出血，但这次抢救中用到的纤维蛋白原已远超常规。

"药房有多少支？"他问。

"300 支！"

"先准备 100 支！"

输血科备足血浆，同时向血液中心申请血小板，很快，血小板和血浆抵达手术室。

输血！不断地输血！输血！输凝血物质！液体复苏！激素抗过敏！

纠酸！血管活性药物循环支持！纠正电解质紊乱！李景哲出了一层又一层汗，里面的衣服全都湿透了，神经紧绷，目光如炬，全身的每一个细胞都不敢放松。

看着医生和护士不断进进出出，喻老师陷入深深的恐惧和绝望之中，无力地跌坐在椅子上，手一直在发抖。

凌晨 4:30，明珠紫色的指端变得红润，子宫出血没有继续增多，生命体征也趋于平稳，只是人还在昏迷之中。

在场所有的人暗暗松了一口气。

一位小护士悄悄问李医生："外面那位老太太是病人的家属吗？一直在哭。"

李景哲顿了顿，说："是她母亲。"

"要给她通报一下病情吗？"

李医生脑中的那根弦还没有放松，想了想："等等吧！等综合评估后再说。"

岳娥和老许大半夜叫醒了村里一个本家的侄子，开车送他们来。

明珠生死未卜，喻老师的眼睛已经哭花了，看到岳娥，根本没认出来。岳娥倒是认出了她，看到她，气不打一处来，先指责她："你哭什么哭？你有什么脸哭？"

喻老师抬起泪眼，认出了她，心里也充满怨气："你怎么现在才来？有你们这么当父母的吗？在她最艰难的时候，撇下她不管。我把好好的孩子交给你们，你们好好待她了吗？"

"我怎么亏待她了？缺她吃缺她穿了吗？我还供她上了大学，我怎么对她不好了？"

"那是我娃聪明、学习好，你儿考不上，你不供说不过去。"

"别挑我的理了。你大女儿学习好，你咋不供她上大学？有啥资格说我呢？"

原来，她们彼此在这几十年里都默默地关注着对方，像悬在头顶的监控一样，一个暗戳戳地关注着，一个悄无声息地严防死守着。岳娥连知夏没上大学的事都知道。喻老师被抢白得哑口无言，愣了半天，想起还躺在手术室生死未卜的明珠，又委屈又心疼，忽然崩溃大哭："吵什么啊！我们的女儿，快没了。”

老许连“呸”了三声：“说什么晦气话？别胡说。”

李景哲出来了，眉头终于舒展。

三个人都围上来，询问明珠的病情。

“产妇生命体征平稳，子宫保住了，暂时脱离危险。”他说。

早晨6:30，在综合评估明珠的病情后，明珠终于从手术室转到重症监护室。她终于醒来了，意识模糊恍惚，像是中学时长跑冲刺时忽然晕倒，陷入一阵短暂的昏厥，耳边一直回响着嘈杂的呼唤声，醒来时，脑袋依然嗡嗡作响，头痛欲裂，分不清现实还是梦境。

老沈被叫去签字。

仍不能去探望病人。

转到重症监护室，只是救治告一段落。接下来，还有一道道难关。羊水栓塞的各种并发症出现了，肝衰竭、胰腺衰竭，最常见的肾功能衰竭也来了！重症监护室组织多学科专家会诊，讨论病情、制定治疗方案。

早晨8:30，岳娥去医院食堂买了包子、豆浆，给喻老师一份，喻老师没接：“不吃，不饿。”

她焦急地望着重症监护室，胃早已忘记了饥饿是什么感觉。

岳娥又把包子递给老许一份，两人各自拿着包子，都没有吃。过了一会儿，岳娥想了想，拿起包子大嚼起来。

喻老师鄙夷地瞥了一眼，冷笑：“到底不是自己亲生的，这种时候还有胃口吃下东西。”

话比包子噎人，岳娥放下了包子，提起一口气，反唇相讥：“人是铁，饭是钢。我就知道，天塌下来，也得吃饭，吃了饭才有力气，才能活下去。”

“吃吧吃吧！都给你。”喻老师把手里的那份包子都塞到岳娥手里。

岳娥又给她塞回来：“不光我要吃，你也得吃，你不吃，你身体垮下来，谁帮我照顾明珠呢？”

听到这话，喻老师眼睛里的光亮了一下，惊喜道：“我可以照顾她吗？你不生气我跟她走得太近了？你同意？”

岳娥不自然地撇撇嘴：“血浓于水，我不同意有什么用？你俩不是一直都来往吗？”

“你放心，我一定会好好照顾明珠。大妹子，你要是家里有事，你就忙你的，我一定把明珠照顾好。”喻老师忙不迭地保证。

“那是你欠她的。咋？还想我感谢你？”

“对，我欠她的，我欠她的。”

在岳娥的劝说下，喻老师也强迫自己吃了几口包子，两人都心境平和了一些，像熟人一样闲聊几句。

“我给你说，你可不要有别的心思。明珠是我养大的，她要给我养老送终的。”岳娥说。

“放心吧！别胡思乱想，明珠是个孝顺懂事的娃，你把她教育得挺好。”

“是呀！明珠是个乖娃，从小就乖巧伶俐，惹人爱，长得又漂亮。”

“那还不是我会生？不然你哪能捡这么漂亮一个娃。”喻老师不免有点沾沾自喜。

岳娥在这件事上，永远站在道德的高地，轻蔑地乜斜了喻老师一眼，说：“真是的，这么好看的娃，你当初咋舍得送人呢！”

绕到这件事上，喻老师永远理亏，没什么好说的，叹口气，一脸内疚：“那时候也是没办法，没办法，乡里嘛！就为要个小子，都是这样，我也实在没办法。娃送走后我哭了几天，病了一场。你能理解我吧！”

一句话让岳娥心里感慨万千。乡村社会是一个网，人被这个网网住，就像被扼住了喉咙，穿上了鼻环，一辈子被牵着走。岳娥原来跟村里的几个婆子媳妇到镇上的基督教堂去过，牧师说，神说了——“我必定增多你怀孕的疼痛，你必在疼痛中生儿女，你必恋慕你丈夫，你丈夫必管辖你。”神说女人犯过原罪。神的话听得女人怨气更深了，女人被婆婆和丈夫管辖着，怨气重重，是个矛盾的角色。女人有时是施暴者，有时又是被施暴者。女人的嘴是刀子，能杀人，你没生孩子时，说你是不生蛋的母鸡；你抱养个孩子，说你养的野种；你生不出小子，被人骂一辈子绝户。岳娥被人戳着脊梁骨骂过，也跳着脚骂过别人。

她理解喻老师，她当然理解喻老师，于是叹了口气：“唉！别说了，咱女人都不容易。”

明珠醒过来了，眼皮睁开，眼睛亮亮的。

她嘴巴起了皮，嘴唇嚅嗫了一下，因为正在使用呼吸机，仍无法说话。

李景哲忙了一晚上，滴水未进，心有余悸，久久不能平静。业内曾有人开玩笑说，如果一个产科大夫能够救活一个羊水栓塞的产妇，那这“丰功伟绩”足可以“吹一辈子”，这说明羊水栓塞的凶险和抢救成功率极低。但是他宁愿不要这种丰功伟绩，也不愿明珠遭此劫难，不愿任何一个病患遭此劫难。

明珠一共失血 4550 毫升，相当于所有的血液都流干了，补充悬浮红细胞 4800 毫升、血浆 3200 毫升、血小板 3 个单位、纤维蛋白原 96 瓶、凝血酶原复合物 2600 个单位。而明珠此刻还未完全脱离危险，不能掉以轻心。

他看着她的眼睛，又看看窗外，说：“医院外面那株腊梅已经开了，就是被你跳窗压过的那株，赶紧好起来去看。”

护士拿了一大堆单子去找家属缴费。明珠有医保，但手术复杂，有自费项目，且价格不菲。喻老师冲在前面接过单子，看也没看：“我去缴，我去缴。”

此时，老沈和岳娥想到为了帮明晖还债而掏空了家底，只得面面相觑，连连叹气。

大倪赶到医院时已是年初一的晚上，明珠仍在重症监护室里。她急得直哭，认为是她手机关机没接到明珠的求助电话，因此贻误了时间才导致意外，自责不已。

喻老师守在监护室外面，整整守了三天三夜，白天徘徊在监护室外面，晚上就找个椅子歇一会儿。医院不允许太多家属陪伴，岳娥和老沈待了两天回去了。岳娥要照顾骨折的明晖，又放心不下明珠，隔两天夫妻俩又来了，有时候轮流来。知冬和老许给喻老师送行军床和吃的，要换她回去，可她就是不肯走。

终于，第四天，李医生通知她可以到监护室去看看明珠了。她深吸了一口气，揉揉肿胀的眼泡，走进了监护病房。

病床上，明珠还用着呼吸机，脸现在是肿的。喻老师忍住没哭，安抚明珠："你放心吧！孩子挺好的，健康、可爱，长得像你，家里挺好的，你婆婆有保姆照顾着。那天晚上保姆偷偷跑大唐不夜城玩去了，我把她批评了。一切都好，你放心，踏踏实实配合医生治疗。"

"谢谢你！"明珠仍使用着呼吸机，没法说话，从她嚅嗫的嘴唇依稀可辨，她说的是那三个字。

人慢慢清醒，身体渐渐恢复了知觉，她觉得浑身都疼，如万虫噬咬一般钻心刺骨。她的眼泪从眼角一直流向鬓角，喻老师就用手帕去擦，一边擦，自己也一边流泪。

医生们在反复讨论，制定方案。

术后第五天，明珠顺利拔除了气管插管，撤掉了呼吸机，血氧饱和度100%，呼吸平稳，没有憋气的情况了。

明珠的身体指标一天天好起来。手术后第十天，明珠终于排尿了！

接下来的日子，李医生每天最高兴的事儿就是看到她的尿量逐渐升高。她的肾功能还没有完全恢复，仍然住在重症监护室里。

李医生出名了。有记者来采访他，被暴跳如雷的他骂走了，他让他们去采访妇产科、麻醉科、病理科、血液科、重症监护室的其他同事，把明珠从死神手中抢回来，很多科室都参与和提供了支持。他讨厌当这个英雄，小时候他也有英雄梦，但现在才深深体会到，英雄无用武之地，才是平安，才是最好的梦想。

术后第十二天，喻老师把婴儿抱到明珠身边。孩子刚刚吃过奶，还没睡，小嘴巴嚅嗫着，头侧着，朝着明珠睡的方向，不过短短十日，已褪去了初生时的红皱。此时的她皮肤雪白，眼珠子漆黑，眼白泛着点蓝，清澈，纯洁，无欲无求。孩子刚吃过奶，嘴角勾着勾着，露出了一个甜蜜的笑。

第四十二章

英俊的瘸子

喻老师三十多年前生知春的那天，是大年初七，她早上洗完脸把水泼到院子里，胳膊抡出去时好像闪了腰，肚子立刻疼了起来。那天她本来要去走亲戚，也不走了，老许要用架子车拉她去医院，她已经疼得受不了了，老许只好把村里的接生婆叫来帮她接生。这是喻老师的第二胎，急产，很顺利，孩子很快就生出来了，是个女娃。全家人都有点失望，但没有说什么。那天正好是立春，喻老师说，就给这个娃取名叫知春吧！知春喜欢过农历大年初七的生日，好记。

三十五岁的生日，知春打算在萱园过了，沈其琛又来了。他签了一个杭州的单子，现在两头跑，干事业，哄女友，什么都不落下。

“你知道吗？杭州有一个地方，叫情人弯，你知道为什么？”沈其琛问。

知春摇摇头。

沈其琛就兴致勃勃地告诉她：“那条路有一个弯度特别小的弯，如果是老司机开车，故意拐弯拐得特别急，副驾驶坐着的妹子会控制不住朝驾驶座的方向倒去，机会就来了。”

知春很鄙夷："猥琐的男人才这样暗戳戳地制造机会，有魄力的男人都是不用问，直接吻。"

他就逼近了她，两手笼住椅子扶手，坏笑道："你是在暗示我吗？"

她把头歪了歪，用手推他："走开！你挡住我的阳光了。"

沈其琛不敢贸然造次，又坐回沙发。

"我知道有一家餐厅的杭帮菜做得特别好，我带你去吃。今天是你的生日。"

一提起吃，知春的眼睛就亮了。萱园的大锅菜其实不错，但吃多了也就腻了，她正好想换换胃口。

他借了一辆朋友的车，载她去吃饭。

一路环山道逶迤不绝，春寒料峭，前两日下了场雨，他把车子开得很慢，路过一个转弯时，他把车子开得更慢了一些，自嘲道："这里就是我说的那个情人弯了。我是正人君子吧！车开得很慢，绝不让你借故扑到我怀里。"

意外来得毫无预兆。

一块大石头突然从坡上滚落下来，沈其琛一个急刹，猛打了一把方向盘，车子撞到路边树上，瞬间侧翻，气囊打开。知春只觉得一阵天旋地转，待反应过来，她已被卡在狭窄的车厢里，她下意识去护肚子，发现一只手被夹住了，而此时下体忽然一阵暖流涌出。不妙！羊水破了。恐惧瞬间袭来，她绝望地呼喊："阿琛！"

"别怕！不会有事的。"他稳了稳心神，低声安抚她。

他们的身体在狭小的空间里紧紧地贴在一起，她的半个身子压住他的肩头，跟叠罗汉似的。沈其琛只觉得腿部传来一阵钻心的痛，但尚可活动，前挡风玻璃已碎裂，他用另一肘用力击碎，可以爬出去了，可是他甫一挪动身体，她就撕心裂肺地喊起来："疼！"

原来，她悬空卡在那里，一只手被座椅和车门夹住，他略一松动，她的身体就沉沉地往下坠，那只手被扯得断骨剥皮一般痛。

他不动了，用半个身体托起她，他感到受伤的腿痒痒的，血腥味充斥着车厢。

"羊水破了。"知春绝望地哭起来。

手机？他艰难地从裤子的兜里摸出手机来。

仍有小石块落在车厢上。山体在前日的雨后松垮，谁都意想不到会有这样的意外发生。

他终于拨通了120。

这一刻，知春才意识到，在生死面前，成长和生活中那些波澜起伏根本不值一提。她想活着，想孩子活着，想沈其琛活着，每个人都好好活着。

弹出的安全气囊把她的胸口震到了。不知是肚子疼，还是胸口疼，疼和恐惧让她眼前的世界一片模糊，空气稀薄，她觉得无法呼吸，仿佛要晕厥一般。

“你说，咱们的孩子出生了，取个什么名字好？”沈其琛问。

“随便吧！你取吧！120什么时候到？”她气若游丝，根本没心情说话。

“你知道那个电影明星成龙吧！他以前叫陈港生，在香港出生的。我有个同学，叫赵京生……”

知春疼得面容扭曲，咬牙切齿，但还是被他这种奇怪的想法误导，忍不住反驳：“你什么意思？我的孩子，要叫杭生？车生？山上生？这什么破名字？”

“那就不要把取名字这种大权交给我。”

“能不能从《诗经》《楚辞》里想想？”

“谁生的，谁做主。”

……

120在十五分钟后赶到，知春的宫口已经开了，而沈其琛始终保持同样的姿势，用半个身体承托着她的重量。他的腿被一块铁片划伤，一直在流血，他面色苍白，被救援人员拖出后，马上如一摊泥一样瘫倒在地。

在车厢里，散落着他的身份证、银行卡和房产证。

知春顺产生下一个女孩，母女平安。她的手只有一些皮外伤，并无大碍。

沈其琛的右腿缝线十针，暂时变成了一个瘸子。

这个瘸子拄着拐杖来产房看他的爱人和女儿。拄拐杖也是个技术活儿，他还不太熟练，走得很滑稽，很别扭。

一则新闻很快上了热搜——《车祸中男子受伤忍痛托举怀孕妻子》。知春很感动，可是看到他拄着拐杖的样子时，还是忍不住笑了。

他心里涌动着甜蜜，又饱含委屈，瞪了她一眼，把准备好的甜言蜜语都咽了下去，转头去看小床上的女儿——她小小的一团，被裹在一个蓝色的包被里，嘴巴翕动着，像猫咪一样，把人心都融化了。

“名字想好了吗？”知春问。

“还没，我正在《诗经》里寻找灵感。”

“快点想，办出生证的时候要用。”

“要不，取一个国民好名字，叫梓涵吧？”

“你敢？”

“那我再想想。”

“回去后我们就去领证。”知春的声音忽然低了下来，带了一丝羞涩。

沈其琛感到意外，又似乎捕捉到了知春那点小心思，于是故作傲娇，故意揶揄她：“哦？你妈又催婚了？你可不能违背初心，被逼就范。”

“不是。”

“难道是为了给孩子办户口？那更不行。婚姻不是和孩子捆绑销售的东西。”他一本正经道。

“明知故问。”

“我知道什么呀？”

“我想结婚了，我想和你结婚。”

“你别冲动。我现在可是个瘸子。”

“那也是英俊的瘸子。”

“你别冲动，英俊的瘸子也不行。”沈其琛终于扬眉吐气一回，定要趁机杀杀知春的锐气。

知春的好脾气几下就被磨光了，有点恼羞成怒，愤然道：“装什么啊？渣男，这是什么？”

她从枕头底下拿出他的银行卡和房产证来，扔到面前。

铁证如山，沈其琛也不装了，坦白从宽："我现在住的这套房子是三中三小的学区房，以后孩子就落户在这里，上学的问题就解决了；这是一份购房合同，五月份交房，环境比较好，以后我们周末去住，或者将来养老，都是不错的选择，这两套房子都可以加你的名字；这是我的存款，不太多，公司运营良好的话，这个数字会逐年递增的；这是我买的一些基金和理财产品。这些就是我全部的身家。我本来，是想拿这些东西再向你求婚的。"

"俗气。"知春小声嘟囔了一句。她不是俗气的人，可还是被这种俗气却真诚的方式打动了。

"这一点也不俗气。从你离开后，我想了很多。你为什么会离开，为什么在我解释了误会后仍不肯回来，我想明白了。"

"想明白什么了？"

"在人类生育中，交配，抱歉，我暂时只想到这个词，交配是最不重要的，之后的孕育、分娩、哺乳、教育，才是关键。而男人是这个育儿团队中的一员，幼崽需要房子遮蔽风雨，需要安全的环境，需要有人施援手照顾，需要奶粉，需要尿布、早教班，男人只有有能力提供这些必需的条件才能保证孩子健康地成长。女人生育是承担了风险、损伤和代价的，一个男人想和一个女人结婚生子，仅凭甜言蜜语是不够的，（当然甜言蜜语我也有）。这个男人还应该有足够的物质实力和精神实力来辅助女人，这叫对冲风险，来规避那些潜在的不稳定不安全因素，或许只有这样才可说服女人走入婚姻一试。知春，我把这些东西都交给你，与你共享，我申请成为你这个育儿团队的一员。"

知春静静地听着，如闻纶音，她觉得心里有一些坚硬的东西在瓦解冰消，又有一些东西在聚拢融合。她分不清他这番话是甜言蜜语，还是金石掷地有声，但她坚信，在她无助脆弱的时刻，他能够拼尽全力给她庇护和力量。产后的她此刻觉得虚弱又无力，只想泅进他宽厚的怀里靠一靠，想给他的话都打上对号。

她说："准奏！"

喻老师在手机新闻里看到《车祸中男子受伤忍痛托举怀孕妻子》

时，吓了一跳。她马上打电话过来。知春乖乖接了电话，语气像外面的春风一样和软、无力，她像是被抽筋剥骨，卸了铠甲：“妈妈，新年好，我很好，孩子也很好，我们都很好。”

“孩子？生了？生了吗？男孩女孩？”喻老师激动得声音发抖。

“又问男女。”

“不问不问，男孩女孩都好，我就是好奇。”

“是个女孩，妈，你给我们姐弟几个取的名字就挺好的，你给孩子取个名字吧！我亲爱的语文老师。”

接到这个大任务的喻老师如负重担，深感责任重大，忙不迭地应声：“好，好！没问题，好。”

快开庭了，律师往返数次，向明珠、冯母询问情况，沟通细节。喻老师在一侧听得火冒三丈——噫！天下怎么会有如此寡廉鲜耻的人？

看着躺在病床上羸弱单薄的明珠，喻老师又心疼又气愤。她记住了原告的信息，瞅了个空，跑去痛斥小三。

那女人住在一个中档小区，至少十年楼龄，不新了。喻老师按照地址找到了楼栋和单元，门禁不严，她轻易就进去了。女人住在十一层，两梯六户。

喻老师看准了门牌号，沉了一口气，把想说的话在心里又预演了一遍，敲了门。

敲了好半天，无人应声，她侧耳听了听，门里有响动。再敲，仍没人开门。她叹了口气，正打算转身离开，只见防盗门中间部分的一个改装的通风小门从里面打开，喻老师隔着那镂空的棂格看去，正好与一个小男孩的目光相接。

喻老师暗忖，给入户门改装通风门，可见这套房子并不是南北通透的好户型。原来，不是所有的“那种女人”都是豪宅名车、锦衣玉食啊！

“你找谁？”

那是一个六七岁的小男孩，白白净净，很乖巧的样子。

喻老师一惊，这就是那个孩子吗？

“我找李妍。”她在冯母给她看的传票上看到了“那个女人”的名字。那个除夕夜，两个老太太同仇敌忾，瞬间引为知己。冯母用自己已经不利索的口齿大倒苦水，喻老师听得出奇愤怒，那时就发誓要揪出狐狸精，为这一对寡母弱媳出一口气。

“我妈妈上班去了。”

“你一个人在家？”喻老师问。

男孩马上警觉地后退了一步：“我妈马上就回来了。”

喻老师那大妈式的热心肠马上泛滥，竟对敌人的孩子产生了一种莫名其妙的怜悯，亲切地问：“你一个人在家害怕吗？谁给你做饭吃？”

小男孩眼里闪过一丝落寞，没有回答。就在这时，喻老师的身后响起高跟鞋脚步声，那个女人回来了，看到通风门开着，马上警觉地紧走了几步挡在喻老师面前，厉声斥责男孩：“不是说了不许给陌生人开门吗？”语罢，又回头横眉冷对喻老师，“你是干什么的？”

“我没开门。”男孩怯生生地说。

“乖！”

“你是李妍吧？我是沈明珠的妈，我想找你聊聊。”喻老师挺直了腰背，打起了十二分的精神，仿佛进入了战备状态。

女人柔声嘱咐男孩关上通风门先回屋看动画片，然后示意喻老师随她乘电梯下了楼。

两人站在楼下的一棵不知名的树旁，隔开两米的距离，那女人抱着双臂，一副戒备的样子，但穿高跟鞋的脚却不停地微微扭动着。

“找我什么事？”

“你脚怎么了？要不坐那儿说吧！”喻老师那该死的恻隐之心又冒了出来。

女人也不客气，旁边有一个石凳，她也不嫌冰凉，一屁股坐下来：“说吧！”

“明珠和建奇的事，你知道吧？她怀的是建奇的遗腹子，冯家的孙子。”

“怎么？你是来和我认亲的？我儿子是那个建奇同父异母的弟弟，论辈分，这个孙子管我儿子叫二爸。呵！”那女人不屑地冷笑了一下。

她一笑，喻老师马上乱了阵脚，把刚才想的台词全忘了。本来要说什么呢？卖惨？还是直接上来骂她没有廉耻？好像都不合适。

喻老师犹豫了一下，开始发挥自己班主任的特长，开始苦口婆心道：“你说你，年纪轻轻的，找个好男人嫁了多好，干吗蹚这种浑水？就为了老头子几个钱，惹得一身骚，被人戳脊骨。”

“这事我是没有廉耻也好，还是利益交换也好，都不需要你来评判，即便是被扒光衣服当街打，也轮不到你吧？”

“我……你……”喻老师被呛得说不出话来。

“我做了就是做了，错也是错了，老冯已经走了，我也不想解释辩白什么。但是，我儿子的权益，我一定会争取，他要交学费，要报兴趣班，要喝牛奶、穿衣吃饭、参加夏令营，哪样都需要钱。我过去就算做错了，但我现在没错。”女人一边牙尖嘴利地说话，一边脱下一只高跟鞋来，揉起了脚后跟。

喻老师瞥了一眼，那脚后跟已经红肿了一大片。

她既然说起自己的儿子，喻老师忍不住批评道：“你还上班啊？孩子还小，不能一个人这么放在家里。”

在喻老师的印象里，“那种女人”都是养在金丝笼里的金丝雀，好吃懒做，爱慕虚荣，怎么还需要上班？

“对啊！我不上班吃什么？喝什么？对了，您需要买保险吗？我现在在保险公司上班。”

此言一出，喻老师愣了一愣，她耳根子软，在超市里被推销的小姑娘甜言蜜语几句，就会买回来许多本不需要的东西，可她今天是干仗来了啊，怎么被对方当作潜在客户了？她不禁暗叹，这种女人真是内心强大，自己根本不是对手。

“我不买。”喻老师果断拒绝，时刻提醒自己此番来的初衷，正了正脸色，斥责道，“做人不要太贪心，这些年你也捞够了吧！现在冯家躺着两个病人，每天睁眼就是医药费，你这样做，是要把人逼上绝境啊！做人要给自己积福积德啊！”

女人忽然冷笑了：“你来是想让我撤诉吗？你难道还不知道？老冯做生意亏了钱，他的账户上现在只有几万块了。除了这个破房子，他写的遗嘱就是一纸空文。我上哪儿哭去？我十年的青春，我下半辈子，都这么搭了进去，但凡有一点出路，我何苦把孩子一个人锁在家里去上班？

你们不是都喜欢看小三悲惨的下场吗？我现在够惨了吧？现在你看到了，满意了吧！”

喻老师平日里最是怜幼惜贫，听她这样诉苦，想起那个被锁在家里的孩子，心里颇不是滋味，又听到账户上只有几万块，一时语结，脑袋嗡嗡作响，半晌，才叹口气说：“不管怎样，不能把孩子一个人锁在家里。你去上班，把家里老人叫来帮你带孩子啊！”

“我妈早死了。”女人带着一丝恨意，不耐烦地说。

喻老师铩羽而归，一路上脑海里都是那个女人充满怨气的脸，耳边回荡着她的诘问和控诉。喻老师不了解这个女人有着怎样的过往，那是另一个故事了，她只是感到一阵悲哀，为那个女人，也为明珠。两个无辜的小生命，被浑然不觉地裹挟进未知的飘摇的命运里，注定要背负着沉重的负担向前走。

她回到病房时，大倪已经回去了，老许在。明珠和孩子都睡着了。

床头柜上放了一个保温杯，老许说是他炖的鸡汤。

喻老师大吃一惊：“你还会熬鸡汤啊？”

老许笑了笑：“我照着抖音上学的。”

喻老师打开保温杯，拿小碗盛汤，看了看，皱皱眉，念叨：“还是有点沫子没撇干净，焯水了吗？”

老许马上紧张起来：“我是按照步骤的，焯水了。”

明珠醒了，给老许打圆场：“喻老师，别说了，我叔能煲汤给我们，应该表扬。”

明珠现在找到了合适的称谓，把生母称“喻老师”，把老许称“叔”，大家都不尴尬。

老许煲鸡汤，这真是生平头一遭，喻老师忽然意识到，老许变了，这世上的一切事物都在时刻改变，而自己，也该改变了。她疲倦地笑了笑，说：“表扬，该表扬。嗯！闻着挺香呢！来，明珠，我给你盛一碗尝尝。”

老许出去抽烟了。明珠接过喻老师递过来的汤碗，小口品咂着：“好喝！”

一旁的新生儿总是长时间酣睡，长睫毛覆盖在眼睑上，皮肤是半透明的润白，天使一样。喻老师凝神看了看孩子，心里一阵唏嘘，终于还是忍不住，问明珠：“你以后打算怎么办？”

“好好工作，好好带孩子啊！”明珠不假思索地回答。

“你公公的账户上，只有几万块钱，你知道吗？”

明珠愣了一下，放下了汤碗，轻轻答道：“我早就知道了。律师告诉我了。”

喻老师本想问是不是很失望，又觉得这样的问话毫无意义，只好又问：“你以后打算怎么办？”

明珠又回答：“好好工作，好好带孩子啊！”

两人都沉默了一会儿，明珠反应过来，问：“你怎么知道的？我还没告诉我婆婆。”

“我今天找那个女人去了，想劝她撤诉，再不济，也能骂几句给你出口气。”

“其实没必要，她也是个可怜的人。你骂不过人，平白受气。”

“是啊！也是个可怜人。最可气的是你那……你那公公，都说死者为大，可是我还想骂两句，这个冯志，真不是东西，无耻……”

明珠打断了她：“生孩子是我的决定，我想好了的，我做好了准备的，我承担得起。喻老师，我不怪任何人。不期待，不指望，不依赖，不埋怨，这是我选择的人生。”

喻老师又盛了一碗汤，脸上浮起温柔又疼惜的笑意，说：“不埋怨，对，向前看，不过，该依赖还是可以依赖的，该指望还是能指望的。明珠，你放心，我们都会帮你的，我帮你带孩子。”

明珠接过第二碗汤时手微微颤抖，她看向喻老师的眼神透着是一种清亮，是沉淀了茫然、焦虑后的那种清亮，是目标坚定的那种清亮，是放下了一切的那种清亮。她豁然开朗，迎上喻老师的眼睛，喉头有点发紧，说：“好。”

第四十三章

厨房管理权

喻老师每天拿一本字典，戴着眼镜，没事就翻，把中意的字写到一个纸条上，左思右想，又用铅笔画掉。

明珠觉得好奇："在做什么？"

喻老师仍低头认真地看着那张纸："知春让我给她的孩子取个名字。"

"那可是重任，一定要取好。"明珠已经可以和喻老师轻松地开玩笑了。

说到起名字，喻老师颇感自豪，说："那当然了，名字伴随人一生，一定要取好，笔画不要太多，寓意要好，还要和八字合。你们四个的名字，都是我取的，知春，知夏，知冬，还有……"说着说着，喻老师声音低了一些，"还有，知秋，你叫知秋，那时候，我给你取了名字的，本来没打算……"

两个人忽然都沉默了。

明珠的孩子也没取名，想到这里，她打破沉默："你帮宝宝也取个名字吧！"

一听这话，喻老师惊喜至极，不敢相信自己的耳朵。给孩子取名，不仅是重任，更是殊荣，她哪有资格，哪有资格啊？她的第一反应是忙拒绝："不行不行，我不行，这个得问问你婆婆，让你婆婆取。"

"没那么多讲究，你是语文老师，你取的名字都很好听。嗯！知秋，也好听。"

见明珠说得诚恳，喻老师才接受了提议："好，我想想，我好好想想。"

这时，知春打来了电话，告知自己回西安的时间和航班，末了，问道："妈，我让你给孩子取名字取好了吗？"

"我想了很多字，你看，草字头的蓁啊，芃啊，葳蕤，都不错，还有个萱字，萱草是无忧草，也代表母爱亲情，你觉得呢？"

知春马上表示赞同："'萱'不错，我在这边住的地方就叫萱园。那就和若皎的也连起来，叫若萱吧！"

"行，你喜欢就行。"

知春心情不错，在电话里调侃："没叫招娣、引娣就好，嘻嘻！"

"贼。不跟你说了，孩子醒了。"

知夏一家，也在为孩子取名而争论不休。知夏给孩子取名若澹，婆婆双手赞同，连声称好："澹澹好，澹澹娃好。"

可是当知夏说想要孩子跟自己姓许时，婆婆马上惊叫："那怎么行啊？这是张家的孩子，怎么能跟你姓？张浩又不是入赘的。别的都行，这点我不同意，这不是胡闹吗？"

看到婆婆跳脚的样子，知夏觉得好笑好玩，她故意为之，就想看看婆婆的反应。大多数人都搞错了，孩子是独立的个体，不是什么私人物品，要什么冠姓权？李唐赵宋今何在？她都已经"澹兮其若海"了，浩浩恢宏、坦荡广阔了，岂会在意这些？

没想到，张浩竟然说："我同意。知夏辛辛苦苦生下澹澹，应该有取名和冠姓的权利。我同意。"

婆婆急了："那怎么行啊？这不是胡闹吗？你家有弟弟，弟弟将来生了孩子，当然会姓许，你在这儿争什么呢？"

皎皎抗议了："为什么弟弟可以姓许，我不可以？我也要姓许。许啊，顾啊，是文艺小说里作家们最常用的姓，我也想姓许。”

“胡闹胡闹，你们都疯了。”婆婆气呼呼地出去了。

知夏笑了：“去叫妈回来吧！我开玩笑的。我不在乎这个。”

“我不是开玩笑的。老婆，这次你生孩子，我在旁边看着，触目惊心，心里特别感动，也特别难过。那是女人拼了命生下的孩子，姓你的姓怎么了？如果能给你一点慰藉，那算什么？有什么不可以？孩子叫阿猫阿狗，那都是我的孩子。”张浩说得很诚恳，他一急，说话就有点结巴。她仿佛看到他第一次向她表白的样子，就是这样，短促地喘着气，额上冒出了汗，脸上带着憨厚的表情。

“你真是这么想的？”知夏觉得很意外。

“真的。”

皎皎一直在旁边逗宝宝，听了爸爸妈妈的话，插嘴道：“真的吗？爸爸你说的是真的吗？我也可以姓妈妈的姓吗？”

“你凑什么热闹呢！别闹。”

张浩出去安抚母亲了，过一会儿两人一起回来，婆婆气已消了大半，嘴里犹在嘟囔：“反正我不同意，绝对不同意。”宝宝醒了，婆婆仍速速去抱，口中呼唤着小儿名字，既像在逗孩子，又像宣示主权似的，“张澹澹，澹澹娃。”

月子中心的日子结束时，知夏同意搬回家里。婆婆最开心，给知夏保证：“你除了给澹澹喂奶，其他什么事都不用管。”

知夏莞尔，模仿某女主持人的口气，调侃道：“我不信。”

婆婆不知这个段子，更加信心满满：“不信走着瞧！”

张浩又去了小房子几趟，把知夏和婴孩的一些物品搬回来，然后把钥匙交给知夏，知夏没接。

“叫咱姐去住吧！”知夏说。

“嗯？”张浩以为自己听错了。

“让你姐去住吧！”

他愣住了，鼻子一酸，默默地上前一把抱住了知夏。知夏身体一僵，他的怀里散发着皮质旧沙发被太阳暴晒后的衰朽味道，却又暖烘烘的，那拥抱像时间一样包裹着她，既浩大又渺小，似意义深重，又轻如鸿毛，她放松下来，也轻轻地伸出手。

接下来的日子，婆婆果然把知夏照顾得无微不至。有一次做了粥，放了葱花，她忽然想起来知夏不吃葱，于是又用小勺子一颗一颗把葱花挑出来。但是她还是坚持叫孩子“张澹澹”。皎皎有时故意跟她对着干，对着弟弟喊“许澹澹”，气得婆婆拿眼白剜皎皎。

给孩子上户口的时候，婆婆非要跟着去盯着张浩。张浩找了个空把户口上了，给孩子取了“许若澹”这个名字。婆婆看着户口本上那个许字，两股眼泪直流。张浩只好耐心地给她解释，一路安抚，回到家，婆婆还在哭，又对着知夏哭：“你们有你们的大道理，我也有我的大道理。过日子，女人哪能不受点委屈？我也受了一辈子委屈，也没人给我什么这个权、那个权，我什么权都没有，在这个家连说话权都没有，凭什么？到了你们这儿，一会儿要生育权，一会儿要冠姓权，老祖宗留下的规矩，你们说改就改了，你们要上天。”

婆婆哭得像个委屈的孩子。知夏忽然有点心疼，拿了一张纸巾给婆婆擦眼泪，婆婆躲了一下，接过纸巾自己擦。

知夏像哄小孩一样安抚她：“我们不要上天，上天做仙女多无聊啊！我们就在地上，就想做个普通人，不光是做女人，还得做个人。”她知道婆婆困囿在时代和环境的圈里一时走不出来，新旧交替所带来的变化冲击着这位老人。她的大道理婆婆听不懂，但是慢慢来、慢慢讲，也许会有她听懂的一天。

皎皎整日是怼奶奶小达人，今日看奶奶哭得这么伤心，也觉得心疼，主动上前抱了抱奶奶：“奶奶，你也有很多权。你看，你有厨房管理权、广场跳舞权，还有甩手不带孙子权。”

婆婆止住了眼泪，勾着头，像是在自己说服自己，可还是没能说服，又反驳道：“瞎说，我不带孙子谁带？老人给儿女带孩子那是天经地义，是不是啊？张蛋蛋，哼！我就叫张蛋蛋，我就叫。”

婆婆用无赖撒娇找到了一点安慰和一点内心的平衡。

明珠在医院住了近一个月，喻老师每天汤汤水水滋养着，她的脸色一天天红润起来。

出院了，孩子正好满月。在陕西，人们讲究孩子满月挪窝，明珠也就顺理成章地搬回了新房子，为了方便照顾，和婆婆商量后，把婆婆也接了过来。明珠大病初愈，身体还很虚弱，决定先不办满月酒，就一家人在家里聚一聚。

喻老师和小庆在厨房里张罗饭菜。

冯母让把孩子放到她身旁。这是她第一次见到这个孩子，流着她的血脉，是她亲亲的孙女。孩子粉粉嫩嫩，漆黑的眼睛好奇地望着这个世界。

明珠说给孩子取名叫千寻，“寻”是喻老师从字典里选出来的。“千寻”形容极高或极长，形容不断思考和探索的人生境界。她问婆婆的意见，婆婆连声说好，然后伸出枯瘦如干枝的手去抚摸孩子的脸，又犹豫着收回手。她的笑像要从脸上溢出来，喃喃道：“真好看，真好！”

岳娥和老沈也来了，给孩子包了一个大红包。此番来，岳娥已完全似一个客人一般。她睡的那间房，冯母睡了；她的厨房，明珠亲妈占据了。明珠客气周到地招呼他们喝茶吃水果，岳娥想进厨房帮忙，被喻老师客气地推出来了：“你辛苦了，今天尝尝我的手艺。”她连厨房管理权也失去了。

心里当然会落寞。岳娥有时候坐在家门口也会反省，有一次看到有个孩子抓了一只鸟，别的孩子说“别捏太紧了，别捏死了”，那孩子就松手了，结果，鸟飞走了，孩子懊恼极了，和另一个孩子吵起来。岳娥就想，儿女就像父母手里的一只鸟，抓得紧了，一不小心就捂死了，手松了，一不留神鸟却飞走了。唉！

好在明珠还是亲亲热热地管岳娥叫“妈”，管生母叫“喻老师”，想到这里，岳娥心里安慰了许多。

明珠问明晖近况，岳娥讪讪地说：“明晖送我们来的，他不好意思见你，我知道，你也怕见他。他在楼下，没上来。”

“我为什么要怕他？叫他上来。”

打了电话，过了一会儿，明晖上楼来了，瘦了些，对每个人都点头微笑，做小伏低状。老沈一个眼神杀，明晖就乖乖坐到他旁边。

岳娥说，明晖现在在舅舅的砖厂上班，跟在舅舅身边，把螺丝紧一紧。岳娥说什么，明晖就点点头，最后，岳娥小声补充了一句：“等挣钱了，欠你姐的钱，都得还上。”

明晖仍老老实实地点头：“还，一定还。”

不料明珠忽然接过话头，说：“要还。你写个借条吧！再写一个还款计划书。”

明晖闻言抬起头来，难以置信地看着明珠，老沈狠狠地瞪他一眼：“去，必须写。”

岳娥目瞪口呆，明珠一脸平静，不像是开玩笑。

明晖和明珠进了房间，她拿了两张纸：“写吧！会写吧？”

“真写啊？”

“真写。”

明晖郁闷懊恼，似是带了一丝怨气，在纸上写下借条，并依照明珠要求，写了一个还款计划书。九年义务教育，作文课从未学过这样的文体，到社会上，总有人教。他抬头看看明珠凛冽的眼神，忽然觉得不认识她，唏嘘了一阵，想起自己过去干的荒唐事，深觉自己也该受些惩罚，得个教训，便收起那一丝怨气，签上了自己的名字。

姐弟俩出了房门，明珠把那两张纸折了折放到自己衣兜里，淡淡地笑了笑：“唐僧的紧箍咒，念不念，就看孙猴子的表现了。”

岳娥有些茫然地看着明珠，觉得像重新认识的一个人。明珠从鬼门关走了一回，像变了一个人，大概那旧日的她已被带走，听说她全身的血都换了一遍，可不就是个新人嘛！

吃饭的时候，小庆和明晖把冯母抬到轮椅上，推到饭桌前，和大家一起吃饭。大家边吃边闲聊，说到明珠生孩子受了苦，都唏嘘感慨，婆婆叹老天爷不长眼，让明珠吃这么多苦。

说话间，小庆又端了一盘菜上桌。小庆以前在大饭店打过工，偷学了几招，给大家做了一道葫芦鸡。大家像约好了似的，喻老师、岳娥，都给明珠的盘里夹了一块鸡肉，连冯母也颤巍巍地夹了一个鸡腿，想给明珠，没夹紧，掉到了桌面上。明珠见状，忙夹起来放到自己碗里。她的面前放了一道热汤，热气扑上她的眼，潮潮的，她笑着说：“我一点也不觉得自己苦，我有三个妈，我比谁都幸福。”

那个“妈”字，虽然没有直接对着喻老师叫，却认可了她，那个字平日里多么寻常，现在却像勋章一样闪闪发亮。喻老师鼻子一酸，只觉眼热，泪水忽然滑下来，自己觉得难堪，自嘲地笑了。她抹了一把眼泪，招呼大家："吃饭，吃饭。"

饭毕，到了下午，岳娥、老沈一家要回去了。岳娥把小千寻亲了又亲，欲言又止，明珠知道她的心思，安抚她："别胡思乱想了。照顾好我爸，你俩都健健康康的，等着享福吧！"

"我有什么福可享？"岳娥撇撇嘴。

"享我的福啊！我打算创业，好好赚钱。等我挣了钱，带你们去旅游，给你们也买大房子住。"

这话听着真让人心里痛快，岳娥眉头舒展了，忸怩地笑了笑："你也跟明晖一样，学会说大话了。"

老沈在外面催了。

喻老师一直忙到最后，整理完厨房，把垃圾带出来，向明珠告辞，问明珠想吃什么，她明天一大早过来，路上顺便买菜。

明珠想了想，说："想吃你腌的萝卜咸菜。"

"行行，这好办。"

临走的时候，明珠一定要让喻老师带上几根腊肠和小庆刚炸的小酥肉，说："叔和知冬还没吃饭吧！你把这个带回去热一热就行。"

说起家里这两个男人，喻老师也宽慰了许多，言语里不再像之前那样充满抱怨，说："这爷俩现在都不用我管了，老许天天看那个短视频学做饭，天天在厨房里鼓捣，自己给自己做饭没问题。我有一次尝了一下，味道还不错呢！冬冬在单位食堂吃过了，现在也奇怪了，不打游戏了，一回来就看书复习，说要考 CPB，还是 CPA？"

"CPA，注册会计师。"

"对，注册会计师。考不考上都无所谓，人踏实稳重了就好。"

"男孩子成熟得比较晚。"

"哦，对了，知春已经回来了，说过几天要办婚礼，和孩子满月一起办，你要来啊！"

"好！"

第四十四章

母亲的伞

明珠说创业就真的干起来，买来一个大烤箱、模具、打蛋器，各种家伙什，挽起袖子就在厨房忙碌起来。她手艺还在，蛋黄酥出炉，小庆尝了一个，大呼好吃。明珠拍了图，小心翼翼地编了段文案发到几个群里，推销自己的产品，又发了红包，她看其他人都是这么干的。

妈妈群的群主姐姐先要了两盒。明珠只做了二十盒，不到二十分钟就被订购一空。

她算了笔账，原材料用的都是上等的猪油和海鸭蛋，但仍有百分之三四十的利润空间，如若先小试牛刀，每周一、三、五做，一周也可有千元盈余，虽谈不上事业，但有进账，又足不出户，还可以看顾孩子，何乐而不为。

说起来容易，真正做起来却不简单。有时刚揉好水油皮面团，孩子醒了，她只能洗洗手去抱孩子；一会儿婆婆在房里叫人，小庆替婆婆翻身，一个人搬不动，她得过去搭把手。日子过得真叫按下葫芦起了瓢。但是晚上躺在床上，看着孩子恬静安睡的脸蛋，心情和身体都无比安适妥帖。她觉得烘焙和带孩子同理，累是真累，但也是放松治愈的过程，她乐在其中，旁人无法体会。

一个好汉三个帮。听说明珠开张营业，群主姐姐主动出谋划策，给她计算利润率，分析市场，制定营销方案，连朋友圈文案也帮她修改；知夏更是提议，要帮明珠在她的公众号打广告，明珠吓坏了，忙说：“小作坊，接不起大订单。谢谢姐姐。”

知夏发来叹息的表情：“抱歉！总是不能帮到你。那个案子，李律师跟我说了。”

遗产案判决了，对方胜诉，那个女人得到了她居住的房子和冯父账户上仅剩的几万块钱。想来，这也不是那个女人想要的结果。

官司有输赢，现实中没有谁是赢家，每个人都得抱憾往前走。

譬如知夏已抱着唇腭裂的澹澹开始奔波在求医的路上。

譬如知冬不得不在深夜里猛灌咖啡，不断地用冷水洗脸，抗击阵阵困意，像高三毕业生一样进行题海战术。

他已经用冷水洗了三遍脸，为什么还是看不进去题目？不是瞌睡虫，是有佳人撩乱心绪。

那天，他遇到碧晨了。

碧晨也上那个培训班，坐在最前排，听得很认真，时不时低头做笔记。她瘦了一些。前妻或前女友总是分手后就变得更加好看。

自从离婚后，他就再没有见过她。他以为她和父母回河南去了。

下课了，他向她走过去，故作轻松地跟她打招呼：“我以为你回河南去了。”

她轻轻地笑：“因为一个人，爱上一座城？再因为一个人，恨上一座城市，一走了之吗？我不是那样的人。这里有我的工作、我的朋友、我的老师还有我喜欢的美食，而不仅仅是你。”

这样一个绝情的女人，叫人怀疑从前的缱绻柔情全都是假的。她说话声音和语调都很平静，几乎找不到起伏和破绽，显得毫无怨气。知冬有点受伤，把想要请她吃饭的话咽了回去。

下半节上课后，培训班的老师让碧晨收一下作业，她起身去收，走到他跟前时一块凸出的地砖把她绊了一下，手里的作业本就掉在地上。他得到难得的献殷勤的机会，马上帮她把作业本捡起来。她接过那一沓本子，淡淡一笑："谢谢你！"

不是所有的谢谢都代表着感谢，过去碧晨从来不对他说"谢谢你"，这个"谢谢你"像针一样刺痛了他。她待他像陌生人一样客气，像与他之间隔着十万八千里，他这才意识到，他真的失去了她。他觉得她就像月亮，他以前从来不了解她的另一面，当他有机会了解时，他已经失去了她。

碧晨也反省了，不要去做男人的小太阳，无私地奉献光和热，做月亮才好，高高挂在天上，头仰酸了，也摘不到。旧情人相见当然有这些暗戳戳的较劲和怨气，天性使然。

城郊第一批油菜花黄的时候，知春拉着沈其琛抱着娃一起去拍了一组忸怩作态的婚纱照。拍完照，给了影楼八百块加急，让赶快制作出来，说她要在婚礼上用。

从油菜花地里回来，知春就要和沈其琛去领证。

沈其琛哭笑不得："菜花黄，疯子忙。小姐姐，结婚须谨慎，你不再考虑考虑了？"

"爱情就是精神病发作，趁着发作，赶紧上贼船。"

"上船容易下船难啊！"他坏笑。

"不怕，我才是贼船上的杰克船长，谁怕谁？"

嘴上虽这么说，到了民政局的门口，知春又犹豫了，问沈其琛："我问你，你有没有做好当丈夫和当父亲的准备？"

"还问？我全身心都做好了准备。"

"你想生几个孩子？会想要二胎吗？会催生男孩吗？"

"不了不了，一个宝贝就够了，现在养育一个孩子压力很大，我们要尽全力给她最好的。"

知春很失望："什么？你只想要一个孩子？你嫌养孩子太辛苦？那算了，我们的生育观都不一致，还是不要结了。"

"别啊！你是什么意思？这事咱们可以商量啊！你是想生……两个？三个？"

知春挑挑眉，伸出了两根手指。

沈其琛顺势搂住了她的腰，坏笑："只要你想，我随时全力以赴。"

明珠的“事业”也做得风生水起，朋友们都乐得帮她在朋友圈转发广告，每天接单不断，一开始只是每周一、三、五做产品，给自己留足休息和陪伴小千寻的时间，后来订单太多，周日也要加单忙一天。到第三周结算，盈余两千多。明珠现在对钱特别敏感，锱铢必较，每一笔账目精确到分。张爱玲敢大大方方说“我喜欢钱”，明珠也敢大大方方承认了，这是一个女孩成熟的门槛之一。她跨过来了。

有一天在会员群里接了一个订单，地址是撸猫馆。平日里小区里的订单都是小庆抽空跑腿配送的，看到“喵呜”撸猫馆，小庆又玩心大发：“撸猫馆是干什么的？我去送吧！”

“这个我去送吧！”明珠说。

她提着两盒蛋黄酥送到撸猫馆，不出所料，李景哲果然在。他坐在走廊旁一个小小的天井里，天井里立着一棵瘦骨嶙峋的梅树，树下卧着一只肥胖的大橘猫，有阳光淌在他肩头，好不悠闲！

订单是店长姐姐的前台小妹下的。李景哲说：“小姐姐想吃你做的蛋黄酥了。”

“难道不是你想吃？”

“你太忙了，我岂敢打扰？”

明珠不得不承认：“确实是太忙了。小孩子是天使，也是恶魔，日夜缠着，要亲亲要抱抱，再累都不忍心拒绝。”

“你要多休息。”

“你也很忙啊！我前天去复诊，没有看到你，另一个医生说，你有一个专访，你现在是名人了。”

“我宁愿不要这样出名。”他苦笑。

两人再无多余的话，其间，前台小妹端来茶点，和明珠闲聊了几句。李景哲出去接了一个电话，等他回来的时候，明珠已经歪在那个舒服的藤椅上睡着了。天井里有微微的自然风，和阳光融在一起，轻轻地摩挲她的额发，她呼吸均匀，睡得很踏实。

他就在一旁静静地坐着，直到阳光从她身上挪到脚边。

她睡了整整一个小时，醒来时看了眼手表，急忙惶惶地往外走：“我不能出来太久，孩子要吃奶的，我要回去了。”

他送她到门口。原本她已下了楼梯，他又叫住了她："下周六，妈妈课堂有我的讲座，婴儿护理知识，来听啊！"

"好。"

"活动结束有幸运抽奖哦！"他像说服爱占小便宜的街头大妈一样，利诱之。

她笑了："好的，我一定会来，金鱼先生。"

知春结婚的那天，是个大晴天。暖暖的春日阳光里，知春穿一件简洁的缎面婚纱下了车，小若萱也穿着白纱公主裙，挂在妈妈的脖子上不撒手，母女都是风景。

明珠抱着女儿去参加婚礼，席间自然有爱八卦的亲戚窃窃向喻老师询问，喻老师就大大方方地向人介绍："这是我家老三，知秋，秋秋啊！"她说"秋秋"的时候，就好像那个名字熟稔得已经叫了很多年。

知春抱着孩子，在台上讲话，这也是小若萱的百日宴，她第一句话就隆重介绍女儿："这是我和沈先生的第一个孩子……"

台下众人哗然，窃窃私语。一位老姑婆感慨："女人始终是女人，嘴上说不结婚不生孩子的，最后都开开心心生孩子去了，生一个还不够，你听听这话。"

另一个亲戚说："生孩子就没有后悔的，小孩子多可爱啊！你看这肉嘟嘟的一团，看得人心里就暖烘烘的。"

那亲戚对着小千寻做了鬼脸，孩子就咧着嘴笑起来。

知春讲完，轮到沈其琛讲话。沈其琛到底是个商人，说话充满了"铜臭"味，他说："钻石象征爱情，因为钻石很贵。贵，是因为稀少，并不容易获得，爱情正是如此。而婚姻就像炼金，要先采集矿石，再用各种化学方法提炼才能把真正的金子从矿石里分离出来，千锤百炼，淬火才能成金。所以，我们都会吃点婚姻的苦，只有这样才能尝到婚姻的甜，炼出婚姻的金。"

台下众人热烈地鼓起掌来。玉树临风，事业有成，又会说话，这样的人才在婚恋市场上是稀有物种，七大姑八大姨不知多羡慕喻老师。

"不过，我会尽量让知春少吃点苦。她要攀登事业高峰时，我是那个托底的人；她要星辰大海时，我是那个撑船的人；她做妈妈，我一定做那个抱孩子最多的人。”此刻，小若萱就在他的臂弯里，拱来拱去，小脸憋得通红，忽然放了一个很响的屁，那个声音随着话筒被放大，大家都笑起来。

沈其琛闻到一股酸臭的味道，知春也闻到了，早上出门时不知是谁给孩子穿的纸尿裤，竟然在这个时候发生侧漏，他们低头撩开孩子的公主裙，一看，裤子上已渗出斑斑黄色印记，并且还有一些沾到了沈其琛的袖口上。

孩子哭起来，夫妻二人面面相觑。沈其琛拿着话筒，略带窘迫，又故作轻松地说："抱歉各位，我们的炼金之旅这就开始了。"

这是一句有味道的结束语。大家嬉笑一阵，开始用餐，依然觉得这是参加过的最特别的婚礼。

过了一会儿，新人出来敬酒。因为刚才的小插曲，婚礼省去了扔捧花的环节，知春过来敬酒的时候，带了那束花，直接送到明珠的手上："你还会遇到你生命中的钻石，虽然稀有，不容易获得，但一定有。"

会遇到吗？明珠太忙了，好像没有想过这个问题，会遇到吗？托底的人，撑船的人，钻石一样的人。她捧着那束花，脸忽然发烫起来。

明珠确实太忙了，根本没时间去想这些问题，也没有时间结识新的人。她想开发新的产品，特意在家附近的一家烘焙学校报了一个培训班，每周一、三、五晚上六点去上一节课，八点下课。喻老师仍旧每天过来帮忙，逢一、三、五就不回去了，在明珠家住下。阳光很好的时候，她就推着小千寻去湖边散步、喂鱼、晒太阳。有时看着明珠忙碌又瘦弱的样子，她也心疼，很想冲动地抱一抱她，但她们没有拥抱的感情基础，她就紧紧地抱一抱小千寻，想象她是童年的知秋。

这么多年，喻老师总觉得自己有些事做错了，但又觉得错的根源不是她，可能是老许，可能是婆婆，也可能是和她吵架时骂她生不出儿子的那个邻居。一想到这个错到底算谁的，她就头疼，索性不想了。

有一天，明珠又去上烘焙课。出门的时候天气清朗，可没多久忽然下起雨来，春雨无力，淅淅沥沥下了一个多小时，地上很快汪起了积水，天迅速暗了下来。

明珠出门的时候只穿了件薄外套，也没有带伞。喻老师就去给她送伞。

烘焙学校离家只有一站之距，喻老师到的时候，明珠刚刚下课。她和几个躲雨的人站在门廊下，灯箱的光照着她的脸，雨丝被风吹斜了，粘在脸上，头发濡湿了。她并没有在等谁，她只是在犹豫，要不要下一秒冲向雨中。这雨的味道裹着旁边烤红薯和蜂蜜粽子的味道，是那么熟悉，让她想起童年的母校，想起那个卑微的自己。记忆如同黑白默片，她仿佛看到那个穿着单衣、没有带伞的女童，在左顾右盼中，看着同学们一个个被家长接走，她最后强忍着泪水，冲向雨中。记忆中，养母只接过她一次。那一回，也是突然下雨，妈在学校附近给人做工，下了工，她绕道过来，撑着一把破了一角的伞，穿着一双补着轮胎皮的黑色雨靴，忽然走到明珠面前，先粗鲁地用手刨了刨明珠的湿发，然后不耐烦地数落她："你长的猪脑子啊！自己不操心带伞，感冒了谁管你。"她默默不吭声，抓着妈的胳膊，紧紧地贴着她的身体，心里却是甜的。

喻老师突然出现在明珠面前，笑吟吟地先把外套递给她，再把手里拿的另一把伞给她，念叨着："这雨说下就下了，你可别淋感冒了，给孩子喂奶呢！又不能吃药，自己难受。"

她接过喻老师递过来的伞，按了一下，没打开，又推了一下，还是没打开，想了想，干脆钻到了喻老师的伞下，亲热地挽住了她的胳膊，笑嘻嘻地说："我这个伞坏了，咱俩撑一把伞吧！"

喻老师身体僵了一下："那怎么行？雨飘进来了。"

"没事，你的伞大。"

喻老师撑了一把大黑伞，两个人钻进去，就是一个无风无雨的小天地。明珠自然地挽住了喻老师的胳膊，紧紧贴着喻老师的身体，默默地朝前走着，就像走入记忆中那个妈来给她送伞的日子。耳边的喧嚣仿佛消失了一般，身边的人也仿佛消失了一般，她一边走，一边自说自话："妈，你怎么现在才来接我？"

喻老师一惊，眼圈红了。

"每次下雨，我都等你来接我，等你来给我送伞。"她的声音里带着欢欣，又饱含委屈，微微哽咽。

喻老师再也忍不住，潸然泪下，哽咽着说："好！以后妈每次都来接你，第一个接你。”

雨声淅沥，像夜曲呢喃，像母亲的哼唱。她们紧紧偎依着，在这春夜的雨中行走着。童年里的那个母亲和身边的这位老人，在时空交错里，慢慢重叠、汇合，最后变成一个轻柔的拥抱。喻老师伸出右臂，紧紧地拢住了她的身体。这一刻，明珠终于相信，她被爱过，她被很多人爱过。

全文完

2020.12.31 于西安